Melody 4
Middernachtmuziek

Bij Uitgeverij De Kern verschenen de volgende V.C. Andrews™-boeken:

Bloemen op zolder
Bloemen in de wind
Als er doornen zijn
Het zaad van gisteren
Schaduwen in de tuin
M'n lieve Audrina
Hemel zonder engelen
De duistere engel
De gevallen engel
Een engel voor het paradijs
De droom van een engel
Melody
Melody 2 – Lied van verlangen
Melody 3 – Onvoltooide symfonie
Dawn – het geheim
Dawn – mysteries van de morgen
Dawn – het kind van de schemering
Dawn – gefluister in de nacht
Dawn – zwart is de nacht
Ruby
Ruby – parel in de mist
Ruby – alles wat schittert
Ruby – verborgen juweel
Ruby – het gouden web

VIRGINIA ANDREWS

Melody 4 Middernachtmuziek

DE KERN BAARN

Na de dood van Virginia Andrews werkt de familie Andrews met een zorgvuldig uitgekozen auteur aan de voltooiing van haar nog bestaande verhalen en ideeën en aan het schrijven van een nieuwe roman, waartoe ook
deze behoort, die zijn geïnspireerd door haar vertelkunst.

Oorspronkelijke titel: Music in the night
Copyright © 1998 by Virginia C. Andrews Trust, V.C. Andrews is a trade-
mark of Virginia C. Andrews Trust.

This edition published by arrangement with the orignal publisher, Pocket
Books, New York.
Copyright © 1999 voor het Nederlandse taalgebied: Uitgeverij De Kern,
Baarn

Vertaling: Parma van Loon
Omslagontwerp: Chaim Mesika BNO
Omslagillustratie: Lisa Falkenstern / Pocket Books New York
Zetwerk: Scriptura, Westbroek

ISBN 90 325 0652 8
NUGI 336

CIP-GEGEVENS KONINKLIJK BIBLIOTHEEK DEN HAAG

Toen ik in bed lag vroeg ik me ongerust af: wat hebben we toch gedaan om al die gemene roddels over ons af te roepen?

Cary en ik waren een tweeling, broer en zus, enkele minuten na elkaar geboren. We waren in de schoot van onze moeder verbonden geweest en de geboorte was een grote scheiding van elkaar en van haar...

Toen we opgroeiden bleef Cary als vanzelfsprekend in mijn buurt, beschermde me. Er was er maar één blik of aanraking nodig om angst of een gelukkige inval aan elkaar over te dragen. Misschien stoorden onze vrienden zich aan die magische communicatie; misschien waren ze jaloers en wilden ons daarom kwetsen; ze konden gemakkelijk van Cary's toewijding aan mij iets smerigs maken.

Een angstig stemmetje in mijn achterhoofd liet zich horen: 'Misschien is Cary zo kwaad omdat hij beseft dat er iets van waarheid zit in hetgeen ze zeggen... misschien is hij te veel aan je gehecht...'

Nu ik alleen was voelde ik me kwaad en verward maar ook beschaamd. Ik dacht aan Cary boven me, opgesloten in zijn zolderkamer. Het was heel stil maar ik meende dat ik hem hoorde huilen. Ik spitste mijn oren maar het was weer stil. De wind was gaan liggen maar nog krachtig genoeg om de muren te doen kraken. Buiten speelde de maan verstoppertje met de uiteendrijvende wolken. De branding sloeg op het donkere zand en leek op een reusachtige natte hand die de aarde streelde. De nacht verleende respijt, tijd om de beproevingen en kwellingen van de dag van je af te zetten en de slaap als een geliefde vriend te verwelkomen.

Ik sloot mijn ogen en bad, en wachtte op de verrassing van de ochtend...

Proloog

Lang geleden leefde ik in een sprookjeswereld. Overal om me heen was magie: magie in de sterren, magie in de zee en magie in het zand. Toen we tien jaar waren, lagen Cary en ik 's avonds op onze dekens op het dek van papa's vissersboot en staarden naar de lucht. We fantaseerden dat we in de ruimte vielen, langs planeten vlogen, om manen heen cirkelden en onze hand uitstrekten naar de sterren. We lieten onze geest rondzwerven en fantaseren. We vertelden elkaar alles, nooit te beschaamd of te verlegen om onze geheimste gedachten, onze dromen, onze intieme vragen te openbaren.

We waren een tweeling maar Cary noemde zichzelf graag mijn oudere broer omdat hij volgens papa twee minuten en negenentwintig seconden eerder was geboren dan ik. Hij gedroeg zich als een oudere broer vanaf het moment dat hij kon kruipen en me beschermen. Hij huilde als ik ongelukkig was en hij lachte als hij mij hoorde lachen, zelfs als hij niet wist waarom ik lachte. Toen ik hem er een keer naar vroeg, zei hij dat mijn lach hem als muziek in de oren klonk, dat hem dat zoveel plezier deed dat hij onwillekeurig moest glimlachen en met me mee lachen. Het was of we betoverde kinderen waren die onze eigen liedjes hoorden, melodieën die voor ons werden gezongen door de zee waar we zoveel van hielden.

Zolang ik me kan herinneren was er magie in het water. Cary waadde er vaak in en kwam er dan weer uit met de meest fantastische versiering van zeewier, zeesterren, mosselschelpen, zeeschelpen en zelfs dingen waarvan hij zei dat ze over de oceaan uit andere landen naar onze kust waren gespoeld. Als het over de zee ging, geloofde ik alles wat hij zei. Soms dacht ik dat Cary geboren was met zeewater in zijn aderen. Niemand hield zoveel van de zee, zelfs als die woest en gevaarlijk was.

De vondsten die we van papa mochten houden, bewaarden we in Cary's kamer of in de mijne. We kenden aan alles een soort macht toe:

7

de macht om een wens te vervullen of ons gezonder of gelukkiger te maken alleen door het aan te raken. We schreven aan alles wat we vonden toverkracht toe.

Toen ik twaalf was en een ketting droeg van schelpjes die we hadden gevonden, waren mijn vriendinnen op school verbaasd over de manier waarop ik elke schelp benoemde en uitlegde hoe de ene je kon troosten als je bedroefd was en een andere donkere wolken kon verjagen. Ze lachten en schudden hun hoofd, zeiden dat Cary en ik gewoon dom en onvolwassen waren. Het werd tijd dat we over die kinderachtige ideeën heen kwamen. Die dingen hadden voor hen geen magie.

Maar voor mij school er al magie in een zandkorrel. Cary en ik zaten eens naast elkaar en lieten zand door onze vingers glijden, deden net of elke korrel een miniatuurwereld was. Daarin leefden mensen zoals wij, te klein om te kunnen zien, zelfs onder een sterke microscoop.

'Kijk uit waar je loopt,' zeiden we tegen onze vrienden als ze met ons op het strand waren. 'Je zou een heel land kunnen vertrappen.'

Ze keken verward, schudden hun hoofd en liepen door, ons achterlatend met onze droombeelden, beelden die niemand met ons wilde delen. We waren zo lang onafscheidelijk dat ik denk dat de mensen dachten dat we aan elkaar vastzaten toen we werden geboren. Een van mijn jaloerse vriendinnen verzon het verhaal dat ik een lang litteken op mijn zij had en dat Cary hetzelfde litteken op zijn lichaam had. Daar zouden we bij de geboorte met elkaar verbonden zijn geweest.

Soms dacht ik dat het wel eens waar kon zijn, dat onze scheiding was begonnen op het moment dat we op de wereld kwamen, een traag en pijnlijk proces. Het was een scheiding waartegen Cary zich veel meer verzette dan ik toen we ouder werden.

Als klein meisje en zelfs toen ik in de laagste klassen van high school zat, voelde ik me op mijn gemak en gelukkig met Cary's toewijding, was er dankbaar voor. Andere broers en zussen maakten ruzie en beledigden elkaar soms, zelfs in het openbaar! Cary zei nooit iets echt gemeens tegen me, en als hij tegen me sprak op een manier die wees op ongeduld of ergernis, had hij er altijd onmiddellijk daarna spijt van.

Ik wist dat meisjes flirtend naar Cary keken en met elkaar wedijverden om zijn aandacht. Het was geen zusterlijk vooroordeel als ik zei dat Cary knap was. Vanaf de eerste dag dat hij een touw kon uit-werpen en een emmer dragen, voer hij met papa mee op de kreeften-boot en hielp op het veenbessenveld. Hij had een donkere teint die het smaragdgroen van zijn ogen accentueerde, en lang, dik zwart haar, met lokken over de rechterkant van zijn voorhoofd, net boven zijn wenkbrauw. Het was zijdezacht en de meisjes waren er jaloers op en wilden er allemaal met hun vingers doorheen strijken.

Mijn broer gedroeg zich stoer; hij was zelfverzekerd, al toen hij nog op de basisschool zat. Andere jongens staken de draak met de manier waarop hij zijn hoofd ophield en zijn schouders rechtte, naast me liep, strak voor zich uitkijkend met samengeknepen lippen. Het duurde niet lang of ze begonnen hem te benijden en de meisjes bij ons in de klas vonden hem ouder, volwassener.

Maar gefrustreerd omdat ze zijn aandacht en belangstelling niet konden wekken, vonden ze er uiteindelijk troost in ons belachelijk te maken. Toen we op high school zaten, noemden ze Cary 'opa'. Hij scheen zich er niets van aan te trekken of het zelfs maar te merken. Ik wist zeker dat ik het erger vond dan hij. Pas als iemand hem fysiek raakte of mij in zijn bijzijn beledigde, reageerde hij en bijna altijd gewelddadig. Het kon hem niet schelen of de ander groter was of dat ze met meerderen waren, zijn drift kwam snel en vernietigend als een orkaan. Zijn ogen werden glazig en zijn lippen waren zo samen-geperst dat er witte plekjes in zijn mondhoeken verschenen. Iedereen die hem rechtstreeks uitdaagde wist dat het op vechten uitdraaide.

Natuurlijk haalde Cary zich moeilijkheden op de hals, hoe gerecht-vaardigd zijn reactie ook was. Hij was degene die driftig werd en zijn tegenstanders meestal meer schade toebracht dan omgekeerd. Bijna altijd als hij van school was gestuurd, kreeg hij een pak slaag en ver-bande papa hem naar zijn kamer, maar niets wat papa deed en geen straf die de school hem oplegde kon hem tegenhouden als hij dacht dat ze me op een of andere manier te na waren gekomen.

Met zo'n toegewijde en trouwe beschermer naast me, hielden andere jongens zich op een afstand. Pas toen ik naar high school ging, besefte ik hoe onbereikbaar ik in hun ogen was. Veel meisjes van mijn leeftijd waren verliefd en hadden vriendjes, maar geen jongen durfde mij in de klas een briefje toe te spelen, of kwam in de gang naast me lopen als we van het ene lokaal naar het andere gingen, laat staan dat ik naar huis werd gebracht. Ik liep naar huis met een paar vriendin-

9

nen of met Cary, en als ik met vriendinnen was, volgde Cary ons gewoonlijk als een waakhond.

Maar in het tweede jaar wilde ik graag, net als de meesten van mijn vriendinnen, een jongen die serieus belangstelling voor me toonde. Er was één jongen, Stephen Daniels – hij woonde pas een jaar in Provincetown – die ik erg aantrekkelijk vond. Ik wilde dat hij met me zou praten, me naar huis zou brengen en zelfs een afspraakje met me zou maken. Ik dacht dat hij dat ook wilde, hij keek altijd naar me, maar hij deed het nooit. Mijn vriendinnen vertelden me dat hij wel wilde, maar het niet durfde vanwege mijn broer. Stephen was bang voor Cary.

Ik zei dat tegen Cary, en hij antwoordde dat Stephen Daniels stom was en met elk meisje uitging dat hem gaf wat hij wilde. Hij zei dat hij dat had gehoord in de kleedkamer. Later kwam ik er achter dat Cary naar Stephen was gegaan en hem, met zijn gezicht een paar centimeter van het zijne, gedreigd had zijn nek te breken als hij zelfs maar twee keer naar me keek. Natuurlijk was ik teleurgesteld maar onwillekeurig vroeg ik me af of Cary gelijk had.

's Avonds, als we ons huiswerk hadden gemaakt en mama hadden geholpen met May, ons jongere zusje dat doof geboren was en naar een school voor gehandicapten ging, praatten Cary en ik over de kinderen op school. En over welke vriendin ik het ook had, hij had altijd wat op ze aan te merken. De enige op wie hij geen kritiek had was Theresa Patterson, het oudste kind van Roy Patterson. Theresa's vader werkte met papa op de kreeftenboot. De Pattersons waren Brava's, half Afrikaans-Amerikaans, half Portugees. De andere leerlingen keken op hen neer, vooral degenen uit families met zogenaamd blauw bloed, families van wie de stamboom terugging tot de Pilgrims, families als die van grootma Olivia, papa's moeder, die over ons heerste als een douairière.

Cary vond Theresa aardig en vond het prettig met haar bevriend te zijn, bewonderde de manier waarop zij en haar Brava-vriendinnen de andere leerlingen trotseerden. Toen ik hem vroeg of hij Theresa als zijn vaste vriendin zou kunnen zien, trok hij zijn wenkbrauwen op alsof ik iets idioots had gezegd en antwoordde: 'Doe niet zo stom, Laura. Theresa is als een zus voor me.'

Ik veronderstelde dat het zo was, maar toen ik ouder werd en Cary's schaduw steeds meer voelde, begon ik te wensen dat een of ander meisje zijn aandacht zou trekken. Ik bracht verschillende meisjes onder zijn aandacht, maar niets wat ik zei veranderde zijn houding. Als ik met een vriendinnetje voor hem op de proppen kwam, was dat meisje plotseling lelijk of dom in zijn ogen. Ik besefte dat het waarschijnlijk beter zou zijn de natuur zijn gang te laten gaan.

Alleen deed de natuur dat niet.

Ik dacht dat de natuur Cary gewoon over had geslagen. Ze was voorbij gewandeld toen hij was uitgevaren met de kreeftenboot. Andere jongens van zijn leeftijd probeerden afspraakjes te maken, hingen rond in de stad, stelden zich aan om de aandacht van een meisje te trekken, vroegen meisjes met hen uit te gaan; maar Cary... Cary bracht al zijn vrije tijd door met mij of met zijn modelboten op zijn zolderkamer, vlak boven de mijne.

Ten slotte vertrouwde ik Theresa mijn groeiende ongerustheid toe. Ze rolde met haar donkere ogen en keek me aan of ik net uit het ei gekropen was.

'Weet je dan niet wat er achter je rug gezegd wordt? Het gefluister en de roddels? Er is geen meisje op school dat denkt dat Cary normaal is, Laura, en de meeste jongens hebben ook hun twijfels over jóu. Ze praten er niet over met mij maar ik hoor wat ze zeggen.'

'Wat bedoel je? Wat zeggen ze over ons?' vroeg ik, bevend afwachtend.

'Ze zeggen dat jij en je broer als vriend en vriendin met elkaar omgaan, Laura,' antwoordde ze aarzelend.

Mijn hart stond even stil en ik herinner me dat ik in de kantine om me heen keek en dacht dat iedereen vol minachting naar ons keek. Ik schudde mijn hoofd. Het diepere besef nam de vorm aan van een monsterlijk beest dat uit een nachtmerrie gekropen kwam.

'Kijk eens naar jezelf,' ging Theresa verder. 'Je bent vijftien en een van de mooiste meisjes op school, maar heb je een vriendje? Nee. Vraagt iemand je voor het schoolbal? Nee. Als je gaat, ga je met Cary.'

'Maar...'

'Er is geen maar, Laura. Het komt door Cary,' zei ze. 'Door de manier waarop hij je verafgoodt. Het spijt me. Ik dacht echt dat je het wist en dat het je niet kon schelen.'

'Wat moet ik doen?' kermde ik.

Ze gaf me een por met haar schouders, zoals ze meestal deed als ze iets hatelijks ging zeggen over een van de meisjes op school.

'Zorg voor een vriendinnetje dat zijn hormonen laat werken, dan is je probleem opgelost,' zei ze.

Ik herinner me dat ze opstond om naar haar Brava-vriendinnen te gaan. Ik bleef zitten, plotseling erg eenzaam en ongelukkig. Cary kwam de kantine binnen, zag me en kwam snel naar me toe.

'Het spijt me dat ik zo laat ben,' zei hij. 'Corkren liet me weer nablijven in verband met mijn huiswerk. Wat is er?' Hij keek me indringend aan toen ik geen antwoord gaf. 'Is er iets gebeurd?'

Ik schudde slechts mijn hoofd. Ik vroeg me af hoe ik het hem moest vertellen zonder hem verdriet te doen.

Ik stelde het uit en probeerde het hem nooit echt duidelijk te maken, tot een jaar later, toen de familie van Robert Royce het oude Sea Marina Hotel kocht en Robert bij ons op school kwam. Tussen Robert en mij was het liefde op het eerste gezicht en dat bracht een speciale magie met zich mee die Cary niet kon delen.

Op de een of andere manier moest ik het hem aan zijn verstand brengen en moest hij leren het te accepteren. Ik moest hem laten zien hoe hij zich van mij moest losmaken.

Ik hoopte alleen dat het mogelijk was.

1. Jonge liefde

De hele dag had mijn hart sneller geklopt dan normaal. Het bonsde zo hard dat ik zeker wist dat Cary de echo in mijn borst kon horen. Als ik liep was het of mijn voeten de grond niet raakten. Ik zweefde op een wolk, mijn voeten maakten sprongetjes. Ik wist zeker dat ik die ochtend wakker was geworden met een glimlach op mijn gezicht, en jawel, toen ik in de spiegel van mijn toilettafel keek, zag ik dat mijn wangen rood waren van opwinding, de opwinding van verrukkelijke dromen die tijdens het ontwaken doordringen. Dromen die me als een Arabische prinses op een vliegend tapijt voortdroegen en me door een betoverde wereld lieten zweven.

Alles om me heen kreeg een nieuwe, andere gloed. Kleuren waar ik aan gewend was geraakt werden helderder, dieper, feller. Elk geluid werd een deel van een grootse symfonie, of het nu het gekraak van de traptreden was als ik naar beneden ging om mama met het ontbijt te helpen, het gekletter van borden en pannen, het gespetter van water in de gootsteen, het openen en sluiten van de koelkast of het fornuis, of voetstappen en stemmen in de gang.

'Je ziet er goed uit vandaag, lieverd,' zei mama bij het ontbijt. Papa keek even naar me en knikte. Ik hield mijn adem in, want ik had een beetje lippenstift opgedaan, en papa vond het verschrikkelijk als een vrouw zich opmaakte. Hij zei dat het werk van de duivel was; een eerlijke vrouw zou nooit proberen een man voor de gek te houden door haar gezicht te beschilderen.

Ik had mijn mooiste blauwe jurk met het witte kraagje aangetrokken en droeg mijn gouden bedelarmband die ik onlangs op mijn zestiende verjaardag van mama en papa had gekregen. Cary had een duur zakhorloge gekregen aan een gouden ketting, dat 'Onward Christian Soldiers' speelde als hij het opende.

Cary keek op van zijn bord havermout.

'Ben je niet bang dat je iets van die lippenstift inslikt?' vroeg hij en

13

zond een onheilspellende bliksemstraal door mijn zonnige ochtend.

Ik keek naar papa maar hij sloeg alleen een pagina van de krant om en keek de koppen door. Ik keek woedend naar Cary die zich verder met zijn havermout bemoeide.

Toen we naar buiten liepen om naar school te gaan, voelde ik de zon in mijn gezicht en sloot mijn ogen. Ik drukte mijn boeken tegen mijn borst en wenste dat dit alles geen droom was.

'Wat doe je nou?' vroeg Cary scherp. 'Wil je dat May te laat op school komt?'

'Sorry,' zei ik en huppelde naar hem toe. Hij hield May's hand stevig vast. Mijn zusje, gevangen in haar stilte, keek naar me op met een glinstering in haar ogen, alsof ze het allemaal wist, alsof ze vannacht met haar mooie gezichtje in een van mijn dromen was gedrongen en mijn geluk had gezien. Ik pakte haar andere hand en we liepen verder de straat door. Ik voelde me als Alice in Wonderland.

'Je gedraagt je net als al die stomme meiden op school,' mopperde Cary en keek me verwijtend aan. 'Je stelt je belachelijk aan voor een of andere jongen.'

Ik lachte alleen maar. Vandaag, dacht ik, vandaag word ik omringd door beschermende elfjes, kleine feeën, die alle ongelukspijlen van me afwenden. Er waren wolken in de lucht, maar voor mij was alles blauw. Hoewel het begin mei was, hing er een kilte in de lucht, het restant van de noordwesterstorm van gisteren. De witte schuimkoppen op de zee ontsproten als waterlelies, en zelfs zo'n eind van de kust konden we de branding horen bulderen. In het zonlicht had het zand de kleur van herfstgoud. De meeuwen leken over onontdekte schatten te trippelen op zoek naar hun ochtendmaal.

Mijn haar werd van achteren bijeengehouden, maar een paar losse lokken dansten zachtjes tegen mijn voorhoofd en wangen. May droeg een lichtblauwe haarband die haar haar netjes op zijn plaats hield.

Cary interesseerde het niet hoe zijn haar eruitzag als hij de school binnenging. Hij streek er even met zijn vingers doorheen en ging zelfs niet zoals de andere jongens naar het toilet om het voor de spiegel in orde te brengen. In plaats daarvan liep hij met me mee naar mijn kleedkast en wachtte tot ik mijn boeken had voor hij naar zijn eigen kast ging. Hij bleef zelfs staan als Robert Royce naar me toe kwam, keek ongelukkig, achterdochtig, zei nauwelijks een woord en bleef naast of vlak achter ons lopen als een donkere stormwolk. Het was het enige dat duisternis in mijn hart bracht.

'Hou op met dat dagdromen en kijk uit waar je loopt,' beval Cary toen een auto langs ons heenreed.

De invasie van toeristen was bescheiden begonnen. De Cape was nu drukker in de weekends, maar het verkeer door de week ging nog in een langzaam gangetje door Commercial Street. Onze route 's morgens voerde ons door zijstraten naar May's school. Bij het hek gaven we haar een zoen en gebaarden ons afscheid. Cary zette zijn beste papa-achtige gezicht om haar te vertellen dat ze zich netjes moest gedragen, alsof zij ooit een waarschuwing nodig had. Er was geen liever, vriendelijker beminnelijker maar ook fragieler kind dan onze May. Hoewel dokter Nolan ons verzekerde dat haar doofheid er niets mee te maken had, werd May in haar groei belemmerd. Ze was vrolijk en intelligent, leerde goed op school, maar was klein voor haar leeftijd. Haar gezichtje was zo klein als dat een pop, en haar handen zo nietig dat ze nauwelijks Cary's of mijn handpalmen bedekten.

We beschermden haar allemaal en we waren dol op haar. Soms betrapte ik papa: als hij dacht dat niemand naar hem keek, staarde hij naar haar met een droevige uitdrukking op zijn gezicht, zijn ogen glazig van bedwongen tranen, zijn onderlip net genoeg trillend om te worden waargenomen. Maar als hij zich daarvan bewust werd vermande hij zich en wiste elke emotie van zijn gezicht. Ik heb papa nooit echt zien huilen, de enige keren dat ik hem met gebogen hoofd heb gezien, was als hij bad of na een heel zware dag op zee.

Toen ze al door het hek was draaide May zich nog even om, lachte ondeugend naar me en gebaarde: 'Zoen Robert niet te veel.' Ze giechelde en holde de school in met de andere kinderen. Ik keek even naar Cary, maar die deed net of hij het niet gezien had en liep zo nadrukkelijk weg dat ik dacht dat hij voetafdrukken in het trottoir zou achterlaten.

Het was vrijdag en vanavond was het voorjaarsbal van school. Voor het eerst in mijn leven had ik een echt afspraakje voor een schoolfeest. Robert Royce had me gevraagd. Het zou onze eerste officiële afspraak zijn. Tot nu toe hadden we elkaar alleen maar toevallig ergens ontmoet of verlegen geopperd op een bepaalde tijd ergens te zijn.

Robert was eind februari op school gekomen. Zijn ouders hadden het Sea Marina gekocht, een hotel met vijftig kamers in het noordwesten van de stad. Zodra het voorjaar werd, waren ze begonnen met de restauratie van het oude hotel, hadden gerepareerd, geschilderd en de tuin beplant en gesnoeid. Robert was enig kind, er waren dus geen andere kinderen om Charles en Janet Royce te helpen. Robert legde uit dat zijn ouders het grootste deel van hun geld in de aankoop van het hotel hadden gestoken en het meeste werk zelf moesten doen. Daarom ging hij na school meestal direct naar huis en had het in het weekend erg druk, vooral nu het zomerseizoen snel naderde.

Ik had gehoopt dat Cary Roberts toewijding aan zijn ouders en hun hotel bewonderenswaardig zou vinden. Robert en hij hadden echt veel met elkaar gemeen, maar vanaf het moment dat Robert de moed had in de gang naar me toe te komen en een gesprek te beginnen waar Cary bij was, werden Cary's ogen klein en donker zodra Robert in mijn buurt was.

Robert probeerde hem altijd in het gesprek te betrekken, maar Cary's antwoorden waren kort, soms niet veel meer dan gebrom of een schouderophalen. Ik was bang dat Robert zich hierdoor zou laten afschrikken of dat Cary's gedrag hem zo zou verontrusten dat hij niet meer met me zou praten of met me op zou lopen, maar in plaats daarvan werd hij steeds stoutmoediger en liet zelfs een keer zijn werk in het hotel in de steek om me op een zaterdag thuis te komen opzoeken.

Cary was naar de steiger om aan de motor van de kreeftenboot te werken met papa en Roy Patterson. Ik stelde Robert voor aan mama en May, en May werd nog sneller verliefd op hem dan ik. Robert was erg vlug in het leren van de gebarentaal. Voor hij die dag wegging kon hij al 'hallo', 'dag' en 'ik heb honger' zeggen.

Toen Cary later terugkwam en mama papa en hem vertelde dat ik bezoek had gehad, werd Cary eerst wit en toen rood, en vroeg me waarom ik niet met Robert naar de boot was gekomen.

'Ik wilde jullie niet storen,' legde ik uit. In werkelijkheid was ik dankbaar dat Cary niet bij ons in de buurt was geweest.

Hij keek gekwetst en toen kwaad.

'Schaam je je voor wat we doen?' vroeg hij.

'Natuurlijk niet,' protesteerde ik. 'Bovendien heb je Robert gesproken. Je weet dat hij niet zo is. Hij komt niet uit een snobistisch gezin, Cary. Als íemands familie snobistisch is, dan is het de onze wel.'

Cary bromde wat, onwillig toe te geven dat ik gelijk had.

'Waarschijnlijk wist hij dat ik de hele dag op de steiger was,' mompelde hij.

16

'Wat? Wat doet dat er nou toe, Cary?'

'Het doet er veel toe,' zei hij. 'Geloof me, al die jongens willen van je profiteren, Laura. Je bent gewoon te goed van vertrouwen. Daarom moet ik op je passen,' verklaarde hij.

'O, nee, dat doe je niet, niet met Robert. En ik ben niet te goed van vertrouwen, Cary Logan. Je weet niet alles van mij en je weet beslist niets over romantiek,' stoof ik op. Stampvoetend ging ik naar mijn kamer en deed de deur achter me dicht.

Toen mijn hart ophield met bonzen en ik tot bedaren kwam, ging ik liggen en dacht aan mijn heerlijke middag met Robert, aan onze wandeling op het strand, hand in hand, alleen maar pratend. We vertelden elkaar over onszelf, over wat we graag aten, onze favoriete kleuren en boeken. Hij was verbaasd dat we geen televisie hadden, maar hij bekritiseerde papa niet toen hij hoorde dat het zijn beslissing was.

'Waarschijnlijk heeft je vader gelijk,' zei hij. 'Jij leest meer dan wie dan ook en je doet het geweldig op school.'

Hij lachte, het soort lach dat tot in je ziel doordringt, zich in je geheugen prent, je bijblijft als je je ogen dichtdoet en aan hem denkt. Hij had hemelsblauwe ogen, die ondoorschijnend werden als hij serieus en diepzinnig met me praatte, maar als hij lachte, lichtten ze op alsof de zon eruit straalde. Het was het soort lach dat je hart verwarmde, aanstekelijk werkte en alle somberheid verdreef.

Robert was een paar centimeter langer dan Cary en even breedgeschouderd. Hij had langere armen, maar was niet zo gespierd. Hij droeg zijn lichtbruine haar kort en altijd keurig geborsteld, glad opzij, met een lichte golf van voren. Omdat hij een jaar ouder was, zat hij klas hoger, maar ik wist dat hij een goede leerling was en dat zijn docenten hem graag mochten omdat hij beleefd en leergierig was.

Cary was nooit een bijzonder goede leerling geweest. De school was voor hem zoiets als een twee maten te kleine broek die hij met tegenzin aantrok en waarin hij zich onbehaaglijk voelde. Hij voelde zich opgelucht als de bel het eind van de laatste les aangaf. Hij vond het verschrikkelijk opgesloten te zijn en te worden beheerst door de klok en de regels. Hij was echt een vis op het droge.

Daarom was het succes dat Robert Royce op school had ook iets wat hem tegenstond. Hij haatte het als Robert en ik een discussie hadden over geschiedenis of een boek dat we voor school hadden gelezen. Voor Cary was het alsof we een andere taal spraken. Maar een enkele keer praatte Robert over de moeilijkheden die zijn ouders hadden met het hotel, de bouwproblemen, het gebruik van gereedschap en verf, dingen die Cary begreep en waar hij gevoelig voor was. Bijna even onwillig als iemand die plaatsneemt in de stoel van de tandarts, mengde Cary zich in het gesprek en kwam nuchter en snel met suggesties.

Later zei hij dat Robert zich bij zijn geschiedenislessen moest houden en het echte werk overlaten aan mannen die er verstand van hadden. Dat maakte mij alleen maar aan het lachen, wat Cary in verwarring bracht.

'Wat is er?' vroeg hij. 'Wat vind je zo grappig, Laura? Je loopt tegenwoordig altijd met zo'n stomme grijns op je gezicht. Je weet zelf niet hoe stom je eruitziet.'

'Je kunt gewoon niet toegeven dat je hem aardig vindt, hè, Cary?' zei ik, en hij bloosde.

'Dat doe ik niet,' hield hij vol. 'Er valt niets toe te geven.'

Ondanks die sombere vooruitzichten, hoopte en bad ik dat Cary uiteindelijk vriendschap zou sluiten met Robert, vooral nadat hij me voor het schoolbal had gevraagd. Mama was echt op Robert gesteld, maar papa had hem nog niet ontmoet en ik wist dat hij geen toestemming zou geven met hem naar het bal te gaan voor hij hem gezien had. Dus nodigde ik hem de zaterdag nadat hij me gevraagd had uit om te komen lunchen.

Robert palmde mama in door een doos bonbons voor haar mee te brengen. Cary noemde het omkoperij maar ik legde hem geduldig uit dat het een beleefdheidsgebaar was, iets wat mensen die voor een lunch of diner worden uitgenodigd doen. Zoals gewoonlijk bromde hij wat en draaide zich om in plaats van toe te geven dat ik misschien wel gelijk had.

Tijdens de lunch zat Robert naast me, tegenover Cary, die zijn ogen neergeslagen hield en weigerde te praten. We begonnen de maaltijd zoals gewoonlijk met lezen uit de bijbel. Ik had Robert gewaarschuwd dat papa dat altijd deed. Papa zweeg even toen hij het heilige boek opende en keek naar Robert.

'Misschien heeft onze gast een voorstel,' zei hij. Cary begon te glimlachen. Het was papa's kleine test. Hij hield ons altijd voor dat jonge mensen sneller in zonde vervielen omdat ze de bijbel niet kenden.

Robert dacht even na en zei: 'Ik hou van Mattheüs zeven.' Papa trok zijn wenkbrauwen op. Hij keek even naar Cary, die plotseling een somber gezicht trok.

'Ken jij dat, Cary?' vroeg papa.

Cary zweeg en papa overhandigde Robert de bijbel.

Robert sloeg hem open, glimlachte naar mij en keek even naar Cary voor hij met zachte stem begon te lezen.

'Oordeelt niet, opdat gij niet geoordeeld worde; want met het oordeel waarmede gij oordeelt, zult gij geoordeeld worden...'

Hij las verder en keek toen op. Papa knikte.

'Goed,' zei hij. 'Goede woorden om te onthouden.'

'Ja, meneer, dat zijn ze,' zei Robert, en papa en hij begonnen een gesprek over het toerisme, het oude Sea Marina en hoe papa zich het hotel herinnerde. Ik was bang dat papa op zijn en grootma Olivia's stokpaardje zou komen – dat de toeristen de Cape ruïneerden – maar hij was voorkomend en leverde geen kritiek.

Cary leunde mokkend achterover met zijn rug tegen de stoelleuning en zei alleen iets als hij wilde dat iemand hem een schaal doorgaf.

Robert bekende dat hij weinig afwist van de kreeftenvisserij en nog minder van de zee en boten.

'We hebben het zo druk gehad met het opknappen van het hotel dat ik weinig tijd heb gehad voor andere dingen,' legde hij uit.

'Dat is in orde. Je ouders hebben je nodig en zij gaan voor. Misschien wil je na de lunch mee naar de steiger om onze boot te bekijken,' zei papa met een blik op Cary. Maar na de lunch beweerde Cary dat hij aan een van zijn modellen moest werken en die week al genoeg tijd op de boot had doorgebracht.

Ik gaf May een hand en Robert pakte haar andere hand, zoals Cary altijd deed. Gedrieën volgden we papa naar de steiger. Ik draaide me om en keek naar het huis. Ik meende Cary achter een van de ramen boven te zien. Even stond het huilen me nader dan het lachen, maar Roberts glimlach verdreef dat gevoel weer snel en we liepen verder.

Het belangrijkste was dat papa die dag zijn goedkeuring aan Robert had gegeven en dat ik met mijn allereerste vriendje naar het schoolbal kon. De hele dag heerste er een drukte van belang op school. Iedereen zat zenuwachtig heen en weer te schuifelen in de klas en in de kantine was zo'n lawaai dat het leek of er die ochtend nog honderd leerlingen bij waren gekomen. Alleen Cary liep als een treurwilg door de gangen, met een grauw gezicht en sombere ogen. Hij zat zwijgend in de kantine, at automatisch.

'Waarom vraag je Millie Stargel niet om vanavond mee naar het bal te gaan, Cary?' opperde ik toen Robert en ik bij hem gingen zitten. 'Ik weet dat niemand haar nog gevraagd heeft.'

Cary hield op met kauwen en keek me met zoveel pijn in zijn ogen aan dat mijn keel werd dichtgeknepen en ik even niet kon slikken.

'Millie Stargel?' Hij lachte. Het was een wilde, luide en bijna angstwekkende lach. 'Wiens idee was dat? Het zijne?' zei hij met een knikje naar Robert.

'Nee. Ik dacht alleen –'

'Ze is aardig,' zei Robert, 'en ik wed dat ze er dolgraag naartoe wil.'

'Waarom vraag jij haar dan niet?' vroeg Cary.

Robert lachte dromerig en keek naar mij.

'Ik heb al een afspraak,' zei hij.

'Waarom kijk je dan naar andere meisjes?' kaatste Cary terug.

'Dat doe ik niet. Ik zei alleen –'

'Zie je wel, ik heb je gewaarschuwd,' zei Cary tegen mij en stond op. 'Zo'n schoolbal is toch een stom gedoe. Rondhangen in de gymnastiekzaal is niet mijn idee van plezier maken. Als ik met een meisje afspreek, breng ik haar niet terug naar school.'

'Cary,' riep ik toen hij wegliep. Hij keek kwaad achterom en liep de kantine uit.

'Hij draait wel bij,' zei Robert en legde zijn hand op de mijne. 'Op een dag zal hij iemand tegenkomen en zal zijn hart net zo gaan bonzen als het mijne toen ik jou voor het eerst zag.'

Ik knikte. Maar ik had er niet zoveel vertrouwen in dat Cary dat gauw zou overkomen. Vast niet. En ik wist dat als Cary niet gelukkig was, het mij veel moeite zou kosten zelf gelukkig te zijn.

Het leek me dat Cary met opzet een stuk langzamer liep toen we uit school kwamen. Hij hoefde geen genie te zijn om te zien hoe ik erop gebrand was om thuis te komen.

20

'May staat op ons te wachten,' klaagde ik. 'Ik wacht niet tot je me ingehaald hebt,' voegde ik eraan toe.

'Ga dan in je eentje,' zei hij, en ik liep haastig door.

May kwam net uit school toen ik aankwam. Ik gebaarde dat ze moest opschieten en we gingen op weg naar huis. Cary was zo ver achter ons dat hij bij May's school nog niet te zien was. May vroeg waar hij was en ik vertelde haar dat hij onuitstaanbaar was. Ze keek verward achterom maar ging niet langzamer lopen. Ze wist waarom ik zo'n haast had om thuis te komen en ze was bijna net zo opgewonden als ik. Toen we bijna thuis waren vroeg ze of ze me kon helpen me mooi te maken voor het bal. Ik gebaarde dat ik alle hulp nodig had die ik kon krijgen. May lachte en gebaarde dat ik al mooi was, dus helemaal niet zoveel hulp nodig zou hebben.

Ondanks May's complimenteuze woorden, wilde ik iets bijzonders doen met mijn haar. Ik had mama een foto laten zien van een meisje in *Seventeen* en haar verteld dat ik mijn haar zo wilde kappen. Ze zei dat ze zou helpen. Ze was daar bijna even goed in als een echte kapster. Nadat ik een douche had genomen, ging ik aan de toilettafel zitten en mama begon mijn haar te borstelen en bij te knippen. May zat op de kruk naast me en keek opgewonden toe. Ze zat vol vragen.

Waarom, wilde ze weten, veranderde ik mijn kapsel?

'Dit is een speciale gelegenheid,' antwoordde ik. 'Ik wil er zo goed mogelijk uitzien.'

'Je zult er prachtig uitzien, Laura,' zei mama. 'Je bent het knapste meisje van de school.'

'O, mama.'

'Dat ben je. Cary zegt het zelf.'

'Hij is... bevooroordeeld,' zei ik.

'Ik herinner me een meisje bij mij op school dat Elaine Whiting heette. Ze was zo knap dat iedereen dacht dat ze een filmster zou worden. Alle jongens wedijverden met elkaar om haar als eerste voor het schoolbal te vragen. Elk haartje zat altijd keurig op zijn plaats en er was geen jongen die haar niet nakeek als ze langskwam. Ik wed dat het jou net zo vergaat,' zei mama met een stralende glimlach. Ze keek naar me in de spiegel maar haar ogen leken zich te focussen op haar eigen fantasie. Ik merkte dat zij noch papa ooit iets had gehoord van de gemene roddels over Cary en mij. Haar hart zou breken als ze wist wat sommige leerlingen op school dachten. Gemene geruchten konden werken als een besmettelijke ziekte en zelfs de meest gezonde geest verzieken en aantasten.

'Met welke jongens ging u naar bals, mama?' vroeg ik.

'O, niemand vroeg me ooit. Ik was wat je noemt een muurbloempje,' zei ze met een glimlach.

'Ik weet zeker van niet, mama.'

'Ik was vreselijk verlegen, vooral tegenover jongens. Ik was blij toen mijn vader en Samuel mijn huwelijk met je vader regelden.'

'Wat? Uw huwelijk werd voor u geregeld?'

'Nou ja, zo zou je het misschien kunnen noemen, al was het minder erg dan het klinkt. Onze vaders bespraken het en ik denk dat grootpa Samuel het aan je vader vertelde en hij vond dat ik zou voldoen. En toen begon hij belangstelling voor me te tonen.'

Ze zweeg even en lachte om een herinnering.

'Wat?'

'Ik moest denken aan de eerste keer dat je vader tegen me sprak. Ik was op weg naar huis van mijn werk in Gray's apotheek en hij ging langzamer rijden in zijn truck en vroeg of ik een lift wilde. Ik wist wie hij was. Iedereen wist wie de Logans waren. In ieder geval gaf ik geen antwoord. Ik liep door, durfde zelfs mijn hoofd niet naar hem om te draaien. Hij reed voor me uit, stopte toen en wachtte tot ik bij hem was. Hij leunde uit het raampje en vroeg het nog eens. Ik schudde mijn hoofd zonder iets te zeggen en liep door.'

'Wat gebeurde er toen?' vroeg ik met ingehouden adem.

'Hij reed weg en ik dacht dat het daarmee afgelopen was, maar toen ik de hoek om kwam en de straat wilde oversteken naar huis, stond hij daar. Hij had zijn truck geparkeerd en stond tegen de deur geleund op me te wachten. Ik was als de dood,' bekende ze en keek toen even naar May, die haar hoofd schuin hield, zich afvragend waar mama zo lang over praatte.

'Ik had me bijna omgedraaid en was de andere kant opgegaan, maar ik bleef doorlopen. Toen ik bij hem kwam, ging hij recht staan en zei: "Ik ben blij dat je mijn aanbod niet onmiddellijk aannam, Sara. Dat bewijst dat je geen frivool ding bent. Jouw vader en de mijne zijn het erover eens dat wij een goed koppel zouden vormen. Ik wil graag je toestemming om je aanstaande zaterdag te mogen bezoeken, op de correcte manier."

Ik was ademloos,' vervolgde ze. 'Weet je, ik had tot op dat moment geen idee van het plan van mijn vader. Ik wist niet eens dat Samuel Logan en hij vrienden waren. Toen ik wat tot mezelf was gekomen, vroeg je vader: "Heb ik je toestemming?" en ik knikte. "Dank je," zei hij en reed weg. Ik bleef achter met ongetwijfeld een verbijsterde uitdrukking op mijn gezicht.'

'En kwam hij die zaterdag?'

'Ja, en daarna begonnen we met elkaar uit te gaan.. Onze vaders hadden ons huwelijk besproken, maar het duurde een tijdje voordat je vader me meenam naar Olivia. Ze verlangde er niet zo erg naar mij te zien,' ging ze verder.

'Waarom niet?'

'Ik denk dat Olivia Logan iemand anders in gedachten had voor je vader, iemand die... rijker was, iemand met een maatschappelijke positie,' zei ze. 'Maar grootpa Samuel had het al besproken met mijn vader en Jacob begon me aardig te vinden, dus dat was het dan. Doet er niet toe,' zei ze met een licht handgebaar. 'Dat is allemaal verleden tijd. Laten we verder gaan met je haar.'

'Had u een mooie bruiloft, mama?' vroeg ik, niet bereid afstand te doen van mijn eerste blik in het vroegere leven van mijn ouders.

'Het was een eenvoudig huwelijk in het huis van Olivia en Samuel. Rechter Childs trouwde ons.'

'Ik heb u nooit over uw huwelijksreis gehoord, mama. '

'Dat komt omdat ik die niet gehad heb.'

'Nee?'

'Niet echt. Je vader moest de volgende dag weer aan het werk. We zeiden tegen elkaar dat we gauw vakantie zouden nemen, maar dat is er nooit van gekomen. Het leven,' zei ze met een zucht, 'het leven neemt het gewoon over. Voor ik het wist was ik zwanger van jou en Cary. Kijk niet zo triest, Laura,' zei ze en keek naar me in de spiegel. 'Ik ben geen ongelukkige vrouw.'

'Dat weet ik, mama, maar ik wou alleen dat u een kans had gehad om te reizen, een beetje plezier te hebben, één keer Provincetown achter u te laten. Niemand in onze familie gaat hier ooit weg... Niemand behalve oom Chester en tante Haille. Mama, ik heb nooit begrepen waarom papa niet meer met oom Chester wilde praten, en waarom oom Chester en tante Haille uit Provincetown zijn vertrokken.'

'Je weet dat je vader niet wil dat we over hen praten, Laura.'

'Ja, maar –'

'Dit is zo'n fijne avond. Alsjeblieft, kindje,' smeekte ze. Ze sloot haar ogen en opende ze toen weer, zoals ze vaak deed als ze iets wilde vergeten of iets onplezierigs van zich af wilde zetten. Ik wilde het haar niet moeilijk maken, maar oom Chester en tante Haille bleven het grote mysterie in onze familie. Ik bleef me afvragen wat hun liefde en huwelijk zo gecompliceerd had gemaakt, dat ze uit de familie gestoten waren.

Maar mama had gelijk: dit was niet het moment om op antwoorden aan te dringen.

'Oké, mama,' zei ik. Ze keek dankbaar. Ik draaide me lachend om naar May, die gebaarde en wilde weten wat we allemaal tegen elkaar gezegd hadden. Ik vertelde haar zoveel ik kon. Terwijl ik zat te gebaren, hoorde ik het gekraak van planken boven me en besefte dat Cary op zijn zolderkamer was. Ik keek omhoog naar het plafond, dacht aan hem, dacht eraan hoe hij een van mijn heerlijkste avonden alleen en verbitterd zou doorbrengen.

Plotseling zag ik iets wat eruitzag als een lichtgaatje. Ik hield mijn adem in en legde mijn hand tegen mijn borst.

'Wat is er, lieverd?' vroeg mama.

'Wat? Niets,' zei ik. 'Mijn haar zit mooi, mama. Ik ga mijn kleren vast klaarleggen,' zei ik snel.

Ze deed een stap achteruit en knikte. Ik keek weer omhoog naar het plafond. Het licht was verdwenen, alsof iemand het gaatje had bedekt. Waarom had ik dat nooit eerder gezien? vroeg ik me af. Mijn vingers trilden toen ik in mijn kast zocht naar mijn mooiste jurk, de roze taftzijden, die mama voor me had gemaakt. Het was de enige uitgaansjurk die ik bezat.

Het was ook een fijne jurk om in te dansen. De hele week had ik geoefend met die jurk aan. May zat op bed naar me te kijken en als ze zich dapper genoeg voelde, kwam ze naar me toe en deed me na. We lachten tot we duizelig werden.

Ik dacht aan het gat in het plafond en vroeg me af of Cary ons al die tijd had gadegeslagen. Voelde hij zich zo buitengesloten? Was dat de reden? Hoe lang was dat gat er al? De gedachte dat Cary me in de gaten hield bracht me even in de war, ik bleef doodstil staan met de jurk in mijn hand.

'Ben je blij met je jurk, Laura?' vroeg mama. 'Ik weet dat hij niet zo kostbaar is als de jurken van sommige andere meisjes.'

'Wat? O. Ja, mama, ik vind hem prachtig.'

Ik haalde hem uit de kast en legde hem op bed. Ik pakte mijn schoenen.

'Goed,' zei mama, 'ik ga nu maar naar beneden om het eten voor je vader, Cary en May klaar te maken. Roep me maar als je klaar bent. Ik popel van verlangen om je te zien. O, en ik wil dat je vanavond mijn ketting draagt.'

Ik begon al nee te schudden. Mama's ketting was haar enige echt kostbare sieraad. Zelfs haar trouwring was niet zo duur, omdat papa het geldverspilling vond om een kostbare ring te kopen als een gewone zilveren ook aan het doel beantwoordde.

'Dat kan ik niet, mama.'

'Natuurlijk wel, lieverd. Wanneer krijg ik nu de kans hem te dragen? Ik wil dat jij hem voor me draagt, oké?'

Ik knikte aarzelend.

'Kom, May,' gebaarde ze. 'Help jij me vanavond met het eten? Laura heeft te veel te doen.'

'Maar ik kan helpen, mama.'

'Nee, dat kun je niet, schat. Ik heb je al gezegd, ik ben nooit naar een schoolbal geweest, maar ik wilde het altijd erg graag. Vanavond,' zei ze met een diepe zucht, 'ga jij ook voor mij.'

'O, mama, dank je,' zei ik. Ik strekte mijn armen naar haar uit en knuffelde haar.

Ik voelde de tranen achter mijn oogleden prikken en gaf haar snel een zoen op haar wang. Toen draaide ik me om en haalde diep adem. Toen ze weg waren, ging ik achter de toilettafel zitten en begon mijn nagels te lakken. Ik begon te dagdromen, stelde me voor hoe het zou zijn om in Roberts armen te dansen, te zweven onder de ballons en de lichten, te voelen hoe hij me dicht tegen zich aandrukte en nu en dan met zijn lippen over mijn haar streek.

Een hevig gekraak van het plafond wekte me uit mijn mijmeringen en herinnerde me aan het kijkgaatje. Ik staarde ernaar en stond toen op en ging naar de badkamer. Ik was kwaad, maar begon toen medelijden te krijgen met Cary. Ik wist dat ik hem buiten een deel van mijn leven sloot, een deel waar hij nooit meer binnen zou kunnen komen. Maar hij moest leren begrijpen dat ik ouder werd en dat dingen die me vroeger amuseerden, ons amuseerden, niet langer voldoende waren. Hij zal het gauw genoeg beseffen, probeerde ik mezelf te overtuigen. Hij moet. Intussen wilde ik niets wat zijn hart zou breken.

Mijn gedachten keerden terug naar het bal. Ik was zo opgewonden dat ik even moest gaan liggen voor ik me aankleedde. Ik had het idee dat ik bijna een uur had geslapen voor ik mijn ogen opendeed en recht overeind ging zitten, bang dat ik me verslapen had. Het waren maar twintig minuten geweest, maar toch haastte ik me om mijn jurk aan te trekken. Ik deed wat meer lippenstift op dan ik ooit eerder gedaan had, maakte mijn haar in orde en haalde diep adem voor ik mezelf in de spiegel bekeek.

Was ik echt knap, zoals mama beweerde? Robert dacht van wel, en Cary natuurlijk ook, maar ik voelde me nooit het meisje dat mama had beschreven. Ik geloofde niet dat alle jongens naar me keken of dat ik ook maar iemand het hoofd op hol had gebracht. Ik was niet lelijk, dacht ik, maar ik was ook geen oogverblindende schoonheid. Ik moest met beide benen op de grond blijven staan en me niet te veel verbeelden zoals veel andere meisjes die ik kende.

Iedereen was net klaar met eten toen ik beneden kwam. Mama sloeg haar handen ineen en slaakte een zachte kreet toen ik de eetkamer inliep. Papa leunde knikkend achterover en May keek naar me met een stralende lach. Cary trok een vreemd, somber gezicht.

'Je bent mooi, lieverd, heel mooi. Nietwaar, Jacob?'

'IJdelheid is een zonde, Sara. Ze ziet er goed uit, maar dat is geen reden haar zo te prijzen dat ze naast haar schoenen gaat lopen,' zei papa berispend maar hij keek heel trots.

'Wacht hier,' zei mama en liep haastig de eetkamer uit.

'Hoe zie ik eruit, Cary?' vroeg ik. Ik kon niet uitstaan dat hij niet naar me wilde kijken.

'Goed,' zei hij snel en staarde naar zijn bord.

'Ik dacht dat jij ook wel naar het bal zou gaan,' zei papa.

'Stom gedoe,' mompelde Cary.

'Hoezo?'

'Ik interesseer me niet voor zo'n idioot bal,' snauwde hij. Papa trok zijn wenkbrauwen op.

'Er is toch toezicht? De docenten zijn er toch?'

'Wat wil dat nou zeggen, papa?' meesmuilde Cary. 'Op school zijn de docenten er ook, maar kinderen roken op de toiletten en zo meer.'

'Wat nog meer?'

'Andere dingen,' zei Cary, die besefte dat hij een gat groef voor zichzelf waar hij misschien niet zo gemakkelijk meer uit zou kunnen klimmen. Hij keek naar mij, maar ik zei niets. 'Stomme dingen die kinderen doen.'

'Laura is een oppassend meisje,' zei papa, naar mij kijkend. 'Zij zal niets doen om schande te brengen over de familie.'

Cary lachte zelfgenoegzaam en wendde zijn blik af.

'Natuurlijk doe ik dat niet, papa,' zei ik, mijn ogen strak op Cary gericht. Mama kwam terug met haar ketting in de hand.

'Ik wil dat ze die vanavond draagt, Jacob,' zei ze, naar hem kijkend om zijn toestemming te vragen. Hij knikte kort en ze deed de ketting om mijn hals. Ze streek met haar vingers over de granaten en de fonkelende diamant. 'Staat hij haar niet mooi?'

'Wees er voorzichtig mee,' waarschuwde papa.

'Ja, papa. Dank u wel, mama.'

De deurbel ging.

'Dat zal Robert zijn,' zei ik.

'O, ze moet een sjaal mee, denk je niet, Jacob?'

'Ja, het kan aardig fris worden 's avonds,' zei papa.

Mama liep naar de kast om haar sjaal voor me te halen en ik ging naar de deur om Robert binnen te laten.

Hij zag er ongelooflijk knap uit in zijn jasje en das. Hij had een kleine doos in de hand.

'Een corsage,' legde hij uit.

'O, dat is heel attent,' zei mama. Robert gebaarde hallo naar May, die stralend naast me stond. Hij maakte de doos open en haalde er een corsage uit van rode rozen, mijn lievelingsbloem. Ze pasten schitterend bij de granaten.

'Je moet hem opspelden,' zei ik. Hij keek even hulpeloos naar mama en probeerde het, maar zijn vingers waren onhandig omdat hij zenuwachtig was.

'Ik doe het wel,' zei mama, en schoot hem te hulp. Robert glimlachte opgelucht en stapte achteruit om toe te kijken terwijl mama de corsage op mijn jurk bevestigde.

'Zo staat hij heel mooi,' zei mama.

'Dank u, mama.'

'We moeten weg,' zei Robert. 'We mogen de openingsdans niet missen.'

'Heel veel plezier,' zei mama. Papa kwam achter haar staan en keek naar Robert.

'Je ziet er goed uit, jongen,' zei hij. 'En denk eraan,' ging hij fronsend verder, 'ik wil dat ze voor middernacht thuis is.'

'Ja, meneer,' zei Robert.

Ik zocht Cary, maar hij was in de eetkamer gebleven.

'Dag, Cary,' riep ik. Geen antwoord. Ik lachte flauwtjes naar mama, die met een blij gezicht naar me knikte. Toen liepen Robert en ik naar buiten, de avond in.

Hij deed het portier van de auto voor me open en ik stapte in. Hij liep haastig naar de andere kant en ging achter het stuur zitten.

'Ik heb beslist de mooiste partner op het bal vanavond,' zei hij terwijl hij zich naar me omdraaide. 'Laura, je bent mooier dan ik had durven dromen.'

'Dank je, Robert. Jij ziet er ook heel knap uit.'

'We zullen ze allemaal de loef afsteken,' voorspelde hij.

Toen we wegreden keek ik naar de voordeur, hoopte half en half Cary te zien, maar hij was nergens te bekennen.

2. Ik had de hele nacht kunnen dansen

'O, Robert,' zei ik toen we de gymzaal inkwamen en zagen hoe prachtig het feestcomité de zaal had versierd. 'Ik wou dat Cary hier was. Hij zou niet zo kritisch zijn over het bal als hij zou zien wat ze met de zaal hebben gedaan. Hij ziet eruit als een echte balzaal!'

'Ik geloof niet dat dát hem heeft belet te komen, Laura,' zei Robert. Hij glimlachte vriendelijk, in zijn ogen lag een zachte, gevoelvolle blik. Ik knikte. Ik wist dat hij gelijk had.

Vlak voor ons was een geïmproviseerd podium voor een band van vier leden. Ze speelden al en de vloer was vol dansende paren. Boven ons hoofd hingen veelkleurige ballons met lange slierten goudkleurig papier, die kriskras met crêpepapieren linten waren omwikkeld. Helemaal rechts stonden tafels gedekt met rode, groene en blauwe papieren tafellakens voor de buffetten, en links en langs de zijkanten van de zaal stonden stoelen en tafeltjes met dezelfde kleur tafellakens. Op een grote poster aan de linkermuur stond: WELKOM OP HET JAARLIJKSE LENTEFEEST.

Iedereen had zich opgedoft. Sommige meisjes droegen jurken die er zo officieel en duur uitzagen dat ik zeker wist dat mama het gevoel zou hebben dat wat zij voor me gemaakt had niet mooi genoeg was, ook al vond ik mijn jurk perfect. Ik was nu blij dat ik erin had toegestemd mama's ketting te dragen. Veel meisjes droegen oorbellen, kettingen, armbanden en aan de meeste vingers ringen. Het leek wel een wedstrijd wie het meest 'overdressed' was.

'Kom,' zei Robert, 'zullen we meedoen aan de pret?'

Hij leidde me naar de dansvloer en we te dansten weg. Toen we ons tussen de talloze dansende paren bewogen, had ik het gevoel dat iedereen naar ons keek. Als ik mijn blik even van Robert afwendde, zag ik meisjes van mijn klas in groepjes bij elkaar staan en ons met scheve glimlachjes gadeslaan. Ik kreeg een raar gevoel in mijn maag.

De muziek was luid en snel. Ik hoopte dat ik geen al te stuntelige indruk maakte, maar Robert leek tevreden. Hij was een uitstekend danseur en ik begon een paar van zijn arm- en heupbewegingen te volgen. Zolang ik me op hem concentreerde, voelde ik me veilig en op mijn gemak. Hij straalde zo'n zelfvertrouwen uit, voldoende voor ons tweeën.

Als er een pauze was tussen twee liedjes, bleven we staan, omhelsden elkaar en lachten. Hij bracht me naar de punchbowl, zwaaide naar een paar jongens die hij kende. Ze zwaaiden terug en staken hun duim omhoog om hun goedkeuring te kennen te geven.

'We zullen een hoop plezier hebben vanavond,' beloofde hij met ogen vol opwinding. 'We zullen dansen tot onze voeten om genade smeken.'

'Deed ik het goed?' vroeg ik.

'Wat dacht je? Als ze een danswedstrijd organiseren doen we mee.'

'Geen sprake van, Robert Royce.' Alleen de gedachte al benam me de adem.

We dronken wat punch en aten wat chips met kaasdip. Marsha Winslow en de klassenvertegenwoordiger, Adam Jackson, kwamen bij ons staan. Marsha had de leiding van het feest. Ze was een lang, aantrekkelijk meisje, dat met een enigszins nasale stem sprak, alsof ze op de rest van de wereld neerkeek. Ze had een klembord bij zich.

'Neem me niet kwalijk,' zei ze, 'maar we hebben geen bewijs dat jullie kaartjes betaald zijn.'

'Wat? Dat móet je hebben. Ik heb het geld aan Betty Hargate gegeven,' zei Robert.

'Betty heeft jou genoteerd, maar Laura niet,' antwoordde ze.

'Dat is belachelijk.'

'Wil je Marsha belachelijk noemen?' vroeg Adam. 'Ze wordt niet betaald voor al dat werk voor jullie plezier. Ze doet enorm haar best.'

'Ik zeg niet dat ze belachelijk is. Ik zeg alleen... waar is Betty? Daar is ze,' wees Robert. 'Laten we haar even roepen.'

'Goed idee,' zei Adam en zwaaide naar Betty, die bij Lorraine Rudolph stond. Ze kwamen allebei haastig naar ons toe.

'Wat is er?' vroeg Betty ongeduldig, haar hand op haar heup. Het leek alsof haar was gevraagd zich onder ongewenste gasten te begeven.

'Robert Royce beweert,' zei Marsha, met haar ogen rollend, 'dat hij ook voor Laura heeft betaald, maar zij staat niet op de lijst.'

'Ik heb je het geld afgelopen dinsdag in de kantine gegeven,' hield Robert vol. 'Weet je nog wel?'

'Ik heb ontvangen wat op de lijst staat,' zei Betty op zangerige, zelfingenomen toon. 'Ik hoef geen geld van de kaartjes te stelen.'

'Ik zei niet dat je gestolen hebt,' riep Robert uit, die al gefrustreerder raakte.

'Ik heb maar één kaartje achter jouw naam staan,' herhaalde Marsha. 'Dat betekent dat je maar één kaartje betaald hebt.'

'Dit is niet te geloven,' zei Robert.

'Weet je zeker dat je niet alleen maar gedácht hebt dat je voor Laura betaalde? Misschien wist je afgelopen dinsdag nog niet dat ze met je meeging,' zei Lorraine hatelijk, met een strak glimlachje. Ze keek naar Adam en toen weer naar Robert.

'Natuurlijk weet ik het zeker. Ik heb betaald,' hield Robert vol.

'Al het geld klopt,' zei Marsha.

'Dat betekent dat we niet meer geld hebben dan er kaartjes zijn uitgegeven,' voegde Adam eraan toe.

'Ik weet wat het betekent,' zei Robert.

'Heb je de kaartjes bij je, Robert?' fluisterde ik. Hij dacht even na, knikte toen zelfverzekerd en haalde ze uit de binnenzak van zijn jasje.

'Als ik er niet voor heb betaald, hoe kom ik er dan aan?' vroeg hij aan Marsha terwijl hij de kaartjes voor haar gezicht hield.

Ze staarde naar de kaartjes en toen weer naar haar klembord.

'Ik begrijp het niet,' zei ze.

'Misschien heeft Betty hem twee kaartjes gegeven en beloofde hij haar het geld voor het tweede later te geven,' opperde Adam.

'Ja,' zei Betty haastig, 'dat is het.'

'Nee, dat is niet zo en dat weet je,' zei Robert.

'Betty heeft te veel verantwoordelijkheidsgevoel om kaartjes af te geven zonder het geld ervoor te incasseren,' zei ik kalm. Iedereen zweeg en keek even naar mij. 'Iemand heeft gewoon een vergissing gemaakt.'

'Tja...' Marsha keek naar Adam.

'Ik denk niet dat Robert een kaartje voor het bal zou stelen, wel?' ging ik verder.

'Ik hoop van niet,' flapte Betty eruit.

'We zullen het later wel uitzoeken,' zei Marsha. 'Nu verspillen we alleen maar tijd terwijl we plezier horen te maken.'

'Precies,' zei Adam en pakte haar bij de arm. 'Naar de dansvloer, mevrouw de voorzitter.'

De anderen lachten en gingen met hen mee.

'Dat was een stom stukje valsheid,' zei Robert, hen met een woedende blik nakijkend.

'Misschien was het gewoon een eerlijke vergissing, Robert.'

Hij bleef hen kwaad nastaren, alsof hij hen wilde uitdagen achterom te kijken.

'Ik waag het te betwijfelen,' zei hij. 'Dat soort maakt geen eerlijke vergissingen.'

'Laten we onze avond niet door hen laten bederven, Robert,' zei ik terwijl ik zijn hand vastpakte. Hij ontspande, lachte naar me en knikte.

'Gelijk heb je. Zullen we?' vroeg hij en pakte het glas uit mijn hand om het op een van de tafeltjes te zetten.

We liepen terug naar de dansvloer. Het duurde niet lang of we waren verdiept in de muziek en elkaar. We vergaten het incident met de kaartjes en dansten tot ik verklaarde dat mijn voeten nu toch echt om genade smeekten. Robert lachte en zei dat het tijd werd dat we iets te eten kregen.

'Ik denk dat we een flinke honger hebben gekweekt.'

We gingen in de rij staan en vulden onze borden. Een paar meisjes van mijn groep Engels gaven me een complimentje voor mijn dansen, en meisjes die met elkaar waren gekomen, zonder partner, verdrongen zich rond Robert en spraken hun bewondering uit over zijn danstalent.

Theresa Patterson was er met een paar van haar Brava-vriendinnen. Ze bleven onder elkaar, maar Theresa keek met een stralende lach naar me toen ik zwaaide.

Toen ik naar de eindeloze rij schalen eten keek, moest ik de duivelinnen de lof geven die hun toekwam: Betty en Marsha hadden een fantastisch feest georganiseerd. Er waren natuurlijk gestoomde mosselen, en allerlei kipgerechten, waaronder *Southern fried chicken*, schalen met driekleurige pasta, salades, schotels met fruit, Portugese broden, broodjes, en een tafel met desserts die beslist het eerst leeg zou zijn.

Toen we van alles een beetje hadden genomen om te proeven, gingen Robert en ik bij een paar vrienden van hem en hun partners zitten. Iedereen was zo opgewonden dat ze allemaal door elkaar heen praatten. Ik had een geweldige tijd en toen Robert zich naar me toe boog en me een snelle zoen op mijn wang af, bloosde ik en zei dat ik het zo enorm naar mijn zin had.

'Ik ben blij toe,' zei hij. 'Ik maakte me bezorgd toen Cary zo negatief deed over het bal. Ik dacht dat hij –'

'Dat hij wat?'

'Je zou overhalen niet te gaan,' bekende Robert.

'Dat zou hij nooit kunnen. We zijn wel een tweeling maar ik kan zelfstandig denken, Robert.'

'Mooi,' zei hij lachend.

'Dat hoor je langzamerhand wel te weten en anders zul je er gauw genoeg achter komen,' beloofde ik. Ik was er zelf verbaasd over hoe verleidelijk dat eruit kwam. Hij lachte en zette grote ogen op. Ik draaide me snel om, bang dat ik vuurrood zou worden en iedereen aan tafel het zou zien.'

Toen we hadden gegeten begon de muziek langzamer te spelen en werden de lichten gedimd. Ik hield nog meer van deze dansmuziek omdat ik mijn hoofd op Roberts schouder kon laten rusten en zijn armen om me heen voelen. We wiegden op het ritme, wilden geen van beiden het moment bederven met praten. Nu en dan voelde ik zijn lippen op mijn voorhoofd en mijn haar. Mijn hart bonsde zo hard dat ik zeker wist dat hij het tegen zijn borst kon voelen.

'Ik ben zo blij dat je met me mee bent gegaan, Laura,' fluisterde hij.

'Ik ook,' zei ik.

'Misschien... kunnen we een beetje vroeger weggaan en een ritje maken langs de kust. Het is zo'n mooie avond,' zei hij.

'Dat lijkt me heerlijk, Robert.'

We bewogen ons door licht en schaduw. Ik was verblind door de gloed van de ronde lantaarns, en een tijdlang was het of Robert en ik de enigen op de dansvloer waren. Alle anderen vervaagden.

Tot ik Janet Parkers scherpe, kille lach vlak achter ons hoorde. Ik draaide me om en zag haar staan met Adam Jackson, Marsha, Betty en Lorraine. Brad Laughton en Grant Simpson hadden zich bij hen aangesloten. Waarom dansten ze niet? vroeg ik me af. Kwamen ze hier alleen om te kijken en anderen voor de gek te houden? Ze bleven maar naar ons kijken en lachen.

'Wat hebben ze nu weer?' mompelde Robert.

'Kan me niet schelen,' zei ik, maar Robert kon zijn blik niet van hen afwenden en begon steeds kwader te kijken.

'Het heeft iets met ons te maken,' zei hij scherp en hield op met dansen.

'Robert, laat ze toch.'

'Ik wil weten wat er zo verrekte grappig is,' zei hij. Hij pakte me bij de hand en liep over de dansvloer naar hen toe. Ze weken uiteen, dachten dat we tussen hen door zouden lopen, maar Robert bleef staan.

'Waarom vertel je ons niet wat er zo grappig is?' zei hij op scherpe toon.

'Pardon?' zei Adam met zijn zelfingenomen grijns. 'Wil je een leuke grap horen?'

Ze lachten allemaal.

'Wat mankeert jullie?' ging Robert verder. Ik probeerde hem mee te trekken maar hij was vastbesloten te zeggen wat hij op zijn hart had. 'Proberen jullie ons plezier te bederven? Ik heb medelijden met jullie als dat alles is waar jullie je mee bezig kunnen houden.'

'Hou je me voor de gek?' zei Adam, verbaasd dat iemand het waagde zijn optreden in twijfel te trekken.

'Nou?'

'We vroegen ons alleen af waarom Laura's broer niet op het bal is. Kon hij zich geen kaartje veroorloven?' vroeg Lorraine.

'Robert had er een voor hem kunnen kopen zoals hij dat ook voor Laura heeft gekocht,' merkte Adam op.

'Dat is niet leuk,' zei Robert en liep naar hem toe. Adam deed een stap achteruit en hief zijn handen op.

'Hé, kalm een beetje. Je wilde toch een grap horen?'

'Dat is geen grap. Jíj bent een grap,' kaatste Robert terug.

'Hé, buddy,' zei Brad. Roberts woedende blik legde hem het zwijgen op. Ze leken me allemaal zo oppervlakkig en laf, ondanks hun dure kleren en juwelen.

'Kom mee, Robert,' zei ik. 'Laten we onze tijd niet aan hen verspillen.'

'De reden dat we ons afvroegen wat er met je broer aan de hand is,' zei Janet, 'is dat Grant net terugkwam na buiten een sigaret te hebben gerookt en zei dat hij hem heeft zien rondhangen op de parkeerplaats.'

34

'Wat?'

'Ja, precies. Hij staat buiten in de kou en droomt dat hij hier binnen was met zijn zus,' flapte Brad eruit.

Roberts arm schoot zo snel uit dat ik niet besefte dat hij zich had bewogen, voor ik zijn hand van Brads borst zag terugveren. Brad wankelde zo hard achteruit dat hij zijn evenwicht verloor en op de grond van de gymzaal terechtkwam. Een paar kinderen om hem heen begonnen te lachen. Hij werd vuurrood maar toen hij weer overeind gekrabbeld was, bleef hij op een afstand.

'Dat was grof,' riep Betty uit. 'Misschien is dat de gewoonte waar jij vandaan komt, maar zoiets doen wij niet op onze feesten.' Haar ogen werden groot en ze kreunde. 'O, nee! Daar komt Rosner al aan. Hij maakt een eind aan het feest zodra er wilde of stomme dingen gebeuren en ik heb zo mijn best gedaan er een succes van te maken!' riep ze met een vertrokken gezicht uit.

'Wat is hier aan de hand?' vroeg Rosner, zijn handen op zijn heupen. Hij keek van Brad naar Robert en toen naar de anderen.

'Gewoon een flauwe grap, meneer Rosner,' zei Adam vlot. 'Het is niets. We zijn allemaal cool.'

Rosner nam ons stuk voor stuk op, knikte, al was hij niet tevreden. 'Ik wil niet dat er gevochten wordt,' waarschuwde hij.

'Dat gebeurt niet,' zei Adam. 'Ik zweer het, meneer. Als klassenvertegenwoordiger neem ik de volle verantwoordelijkheid op me.'

'Daar ben ik van overtuigd, Jackson,' zei Rosner. Toen hij naar mij keek, bedaarde hij. 'Jullie zien er allemaal mooi uit,' zei hij, 'en tot nu toe is het een heel plezierig feest geweest. Ik hoop dat jullie zo doorgaan, zodat we trots op jullie kunnen zijn. '

'Dank u, meneer Rosner,' zei Lorraine liefjes. Ik zag haar mondhoek vertrekken toen ze zich omdraaide en wegliep.

'Dat was op het nippertje,' zei Adam met een nijdige blik op Robert.

'Het was niet zijn schuld,' zei ik.

'Nee, dat is zo,' zei Betty. 'Eerlijk gezegd hebben we allemaal medelijden met hem.'

'Wat wil je daarmee zeggen?' vroeg Robert.

'Robert, kom mee,' smeekte ik. Ik wilde Robert weg hebben voordat ze konden uitweiden over de afschuwelijke geruchten.

'Nee. Wat wil je daarmee zeggen?' vroeg Robert.

'Waarom ga je niet naar buiten en vraag je het haar broer,' zei Janet hatelijk en ze lachten allemaal.

'Zullen we dansen?' vroeg Adam aan Marsha terwijl hij zijn hand naar haar uitstak.

'Alles om aan deze incestueuze sfeer te kunnen ontsnappen,' zei ze. Weer lachten ze terwijl ze zich vespreidden en ons alleen lieten.

'Verwend, rijk –'

'Laat maar, Robert. Laten we geen aandacht aan ze besteden.'

Hij knikte en keek toen naar mij.

'Denk je dat Grant de waarheid zei? Denk je dat Cary daar buiten rondhangt?'

'Ik hoop het niet,' zei ik. 'Ik weet zeker dat hij het heeft verzonnen om ons te kwetsen.'

Robert forceerde een glimlach.

'Als je nu dat ritje wilt maken,' zei hij ten slotte, 'vind ik het best. De lucht wordt een beetje bedompt hier binnen.'

'Ja, graag,' antwoordde ik zo opgewekt mogelijk.

Zijn stemming werd milder.

'Mooi. Ik moet je voor twaalf uur thuisbrengen,' zei hij. 'Ik wil niet dat je vader kwaad op me wordt.'

'Meestal gromt papa harder dan hij bijt,' zei ik.

'Ik maak me geen zorgen dat ik gebeten word; ik maak me zorgen dat me iets verboden wordt,' zei Robert. Hij pakte mijn hand vast. 'Verboden om jou te zien.'

We keken elkaar diep in de ogen en ik voelde een warme gloed van mijn maag naar mijn hart stromen. Zou er iemand op de wereld bestaan met wie ik liever samen zou zijn dan met Robert? Ik dacht het niet. Dit was ongetwijfeld liefde en het was me zo snel overkomen, zo onmiddellijk nadat we elkaar ontmoet hadden, dat het ware liefde moest zijn. Zou dat betekenen dat het in de sterren geschreven stond, zoals voor Romeo en Julia? Dat was prachtig zolang het maar niet op dezelfde manier afliep, dacht ik.

We liepen de zaal uit en keken maar één keer achterom – naar Betty en Adam die ons lachend nakeken. Het maakte me bang omdat het leek alsof zij iets wisten wat ik niet wist.

Er stonden een paar leerlingen in de schaduw te roken maar Cary zag ik nergens. Ik liet de adem die ik had ingehouden ontsnappen en liep snel langs de voorkant van de school naar de parkeerplaats. We stapten in Roberts auto en keken elkaar aan. We voelden ons allebei opgewonden en zenuwachtig. Robert haalde diep adem en startte de motor. Toen keek hij naar mij.

'Vind je het goed?' vroeg hij zacht.

'Ja, Robert.' Ik schoof dichter naar hem toe en hij glimlachte.

Langzaam reden we het parkeerterrein af. Ik keek één keer achterom en meende een schaduw haastig bij een auto te zien weglopen. Een seconde later was hij in het donker verdwenen.

'Zie je iets?'

'Nee,' zei ik. Ik schudde mijn hoofd en draaide me weer om.

Een tijdje reden we kalm over de weg naar de Point.

'Ik ken de artiest die aan het eind van die weg woont,' zei ik, toen we een strandweg passeerden. 'Hij heet Kenneth Childs. Hij is de zoon van rechter Childs.'

'Ik heb over hem gehoord,' zei Robert. 'Ik geloof zelfs dat een van zijn schilderijen in het hotel hangt. Het hing er al toen we het kochten.'

'Dat kan heel goed. Hij is een van onze beroemdste schilders. Hij is een aardige man maar erg op zichzelf. Sommigen noemen hem een kluizenaar.'

'Ik zou hem toch wel eens willen ontmoeten, ik vind zijn schilderij in het hotel mooi,' zei Robert. Hij sloeg zijn arm om mijn schouder en ging langzamer rijden.

'Ik heb onlangs een paar verkenningsritjes in deze buurt gemaakt,' zei hij.

'O? En waarom?' vroeg ik plagend.

'Om het landschap te zien,' zei hij met een ondeugende glimlach.

Even later sloeg hij een smalle strandweg in, reed een paar meter door en doofde de koplampen. De duisternis sloot ons van achteren en aan beide kanten in, maar vóór ons lag de oceaan met een verblindende zee van sterren erboven en het pad van de maan dat naar het eind van de wereld voerde. Cary en ik hadden heel vaak in het donker gezeten en omhoog gekeken naar die onafzienbare ruimte met fonkelende sterren, maar het had mijn hart nooit zo snel doen kloppen als deze avond. Ik leunde met mijn hoofd tegen Roberts schouder, voelde zijn adem op mijn haar en op mijn voorhoofd voor zijn lippen zachtjes mijn oren, mijn wangen en mijn ogen beroerden. Ik

37

draaide me om en bracht mijn lippen vlak bij de zijne, we kusten elkaar lang en teder.

'Laura,' zei hij, over mijn haar strijkend. Hij legde zijn wang tegen de mijne en fluisterde in mijn oor. 'Toen ik jou voor de eerste keer op school zag, had ik het gevoel of je gezicht voorgoed in mijn geest werd geprent. Die eerste dag zocht ik je overal en als ik naar een ander leslokaal ging en je niet zag, voelde ik me ziek van teleurstelling.'

'Ik zag jou ook, maar ik had niet het idee dat je op een bijzondere manier naar me keek.'

'Dat kwam omdat ik te verlegen was om iets te zeggen. Ik dacht dat als je één keer goed naar me keek, je zou weten dat ik halsoverkop verliefd op je was geworden. Ik liep rond als in een droom, zelfs thuis. Ik herinner me dat ik recht tegen de keukendeur op liep en mijn voorhoofd stootte. Mijn vader dacht dat ik drugs had gebruikt of zoiets. Toen keek mijn moeder me aan en zei: "Hij heeft een meisje ontmoet. Er is niets anders dat een jongen van zijn leeftijd in zo'n onhandige, verstrooide kluns kan veranderen."'

'Zei ze dat?'

'Mijn moeder heeft veel gevoel voor humor,' zei Robert. 'Ik wil je zo gauw mogelijk aan haar voorstellen.'

'Stel je al je vriendinnen aan haar voor?' vroeg ik. Hij glimlachte. 'Ik heb niet veel vriendinnen gehad en nooit een zoals jij,' antwoordde hij. 'Vóór jou waren het niet meer dan schooljongensverliefdheden, maar als ik naar jou kijk, Laura, weet ik dat het echt is. Ik hoop dat jij er net zo over denkt.'

'Ja, Robert, dat doe ik,' zei ik en we kusten elkaar weer. Deze keer bleef hij me zoenen en drukte zijn lippen in mijn hals. Ik sloot mijn ogen en liet mijn hoofd tegen zijn schouder rusten. Zijn handen bewogen over mijn ribben, gleden over de stof van mijn jurk naar mijn borsten. Eerst hief ik instinctief mijn handen om hem tegen te houden, maar het was zo'n prettig en heerlijk warm gevoel dat ik hem zijn gang liet gaan.

Robert voelde mijn aarzeling en toen mijn snelle overgave. Hij zoende me sneller, harder, langer. Zijn lippen liefkoosden de mijne voor ze naar mijn hals gingen, terwijl zijn handen mijn borsten optilden. Zijn duimen betastten mijn ontluikende tepels.

Ik kreunde zachtjes en voelde dat Robert me voorzichtig omlaag drukte. Hij boog zich over mij heen, zijn vingers vonden de ritssluiting van mijn rug en trokken hem langzaam omlaag. Ik tilde mijn armen op en hij schoof het lijfje van mijn jurk omlaag naar mijn middel. Mijn ogen waren gesloten toen zijn tastende vingers ten slotte mijn beha losmaakten. Een lang, verrukkelijk moment dacht ik met bonzend hart dat ik zou sterven van verlangen en toen zijn lippen naar mijn borsten daalden, dacht ik dat ik zou sterven van genot.

De golf van opwinding botste met mijn gezonde verstand. Ik wist dat ik hem moest zeggen het langzamer aan te doen maar ik had een gevoel of ik zweefde, zacht wiegde op een golf van passie, een golf die me te ver meevoerde. 'Wacht,' hoorde ik mezelf ten slotte zeggen. 'We gaan te vlug, Robert. Ik ben bang.'

Hij richtte zich half op en ik zag zijn gesloten ogen boven me. Hij haalde diep adem en wist de wilde passie die ook hem in zijn greep had te bedwingen.

'Je hebt gelijk, Laura,' zei hij. 'Ik kon me niet beheersen.'

'Ik weet dat veel hoop meisjes je niet zouden tegenhouden, Robert. Ik begrijp het als je kwaad bent.'

'Nee,' zei hij glimlachend, 'juist het tegenovergestelde. Ik wil dat we doen wat we allebei willen en elkaar liefhebben zoals we dat allebei willen. Ik wil dat dit blijvend is, Laura. Ik hou echt van je.'

Ik knikte.

'Ik hou ook van jou, Robert,' en ik strekte mijn armen weer naar hem uit. Maar hij schudde zijn hoofd en trok mijn beha over mijn borsten.

'Als we nu niet stoppen, zal ik het niet meer kunnen, Laura,' bekende hij en leunde achterover tegen het portier van de auto. Ik ging rechtop zitten en bracht mijn kleren in orde. Hij moest me helpen met mijn ritssluiting.

We bleven rustig in elkaars armen zitten. We hoorden hoe ons hart kalmeerde, zoenden elkaar nu en dan en praatten zachtjes over de sterren, onze liefde, onze dromen. Plotseling keek Robert op zijn horloge.

'Wauw, ik had geen idee dat we hier al zo lang waren. We moeten weg, anders kom je te laat thuis.'

Hij startte de auto en schakelde. We hoorden de wielen draaien maar de auto bewoog niet.

'Wat...'

Hij trapte op het gaspedaal; de banden piepten, spoten het zand tegen de onderkant van de auto, maar we kwamen niet vooruit. Hij probeerde naar voren en naar achteren te rijden, bracht de auto aan het schommelen, maar ook dat hielp niet.

'O, nee,' kermde hij. Hij maakte het handschoenenkastje open en haalde er een zaklantaarn uit. Toen stapte hij uit en scheen op de achterbanden. 'Ik heb een gat in het zand gegraven. Ik wist niet dat het hier zo mul was!'

'Robert, wat moeten we doen?'

'Ik zal terug moeten hollen tot ik een huis heb gevonden waar nog licht brandt en een wagen bellen om ons weg te slepen. Het spijt me. Ik heb alles bedorven. We kunnen onmogelijk uitleggen...'

Plotseling werden een paar koplampen ontstoken. Robert hield zijn hand tegen zijn voorhoofd om zijn ogen te beschermen.

'Wat verdorie... Wie?'

'Wie is het, Robert?' vroeg ik doodsbang.

'Ik kan hem nog niet onderscheiden, maar... ik geloof dat het Cary is!' zei hij een ogenblik later.

Ik draaide me om en keek. Ik herkende het silhouet onmiddellijk. Het was Cary die over de strandweg liep, de koplampen van zijn truck achter hem.

'Cary!' riep ik zodra hij dicht genoeg bij was.

'Jullie hebben jezelf in de problemen gewerkt, zie ik,' zei hij, met zijn handen op zijn heupen naar de wielen starend.

'Ja, ik had geen idee...'

'Dat komt omdat je niet van hier bent,' zei hij minachtend. 'Je dacht dat deze wegen net zo waren als die onverharde achterafweggetjes waar je met je andere vriendinnen naartoe ging, hè?'

'Nee,' protesteerde Robert, maar Cary draaide zich om naar mij.

'Dat was stom, Laura,' zei hij. 'Ik dacht dat je verstandiger was.'

'Wat doe je hier, Cary? Hoe heb je ons gevonden?'

'Ik zag jullie weggaan van het bal en dacht dat jullie naar huis gingen. Toen jullie doorreden naar de Point... Nou ja, je boft dat ik besloot jullie een tijdje te volgen.'

Een tijdje? dacht ik. We waren hier al een hele tijd. Wat had hij al die tijd gedaan?

Hij keek naar Robert. 'Ik zal mijn truck achteruit hiernaartoe rijden. Er ligt een ketting in. We zullen hem aan de as vastmaken en je eruit trekken. Stap in en zet de auto in zijn vrij,' beval hij. Robert stapte snel weer in. 'En zorg dat hij niet op de handrem staat,' waarschuwde Cary voor hij terugliep naar zijn truck.

'Ik kan het niet geloven... je broer,' mompelde Robert.

We keken toe hoe Cary de truck naar ons toe reed. Hij kwam met de ketting en kroop onder Roberts auto. 'Waarom zou hij ons hebben gevolgd?' fluisterde Robert.

'We boffen dat hij het heeft gedaan,' antwoordde ik. Ik wilde op dit moment niet over zijn vraag nadenken.

'In orde,' riep Cary. 'Hou je klaar.'

Hij liep terug naar de truck en reed langzaam vooruit. We voelden Roberts auto schokken en uit de gaten die hij met zijn wielen had gegraven omhoog komen. De auto hobbelde over de strandweg tot we op meer solide grond kwamen. Cary stopte en kwam terug om de ketting los te maken.

Robert stapte uit. 'Heel erg bedankt,' zei hij schaapachtig.

'Ik heb het niet voor jou, maar voor Laura gedaan,' antwoordde Cary. Hij liep naar mijn kant van de auto. 'Je kunt maar beter met mij mee naar huis komen, Laura,' zei hij.

'Ik breng haar thuis,' zei Robert.

'Het lijkt me veiliger voor haar als ze met mij meerijdt,' zei Cary. Zelfs in het donker kon ik zien dat Robert een vuurrode kleur kreeg.

'Als ik niet met Robert thuiskom, zal papa zich afvragen waarom niet, Cary.'

'Nou, en?'

'Je gaat hem dit toch niet vertellen?' smeekte ik.

'Nee, natuurlijk niet,' zei hij snel. 'Oké, maar het is al laat,' waarschuwde hij. Hij keek naar Robert. 'En ik blijf hier niet om je nog een keer uit de rotzooi te helpen.'

Hij draafde terug naar zijn truck en reed weg. Robert stapte in en reed langzaam weg.

'Waarom is hij ons gevolgd, Laura?'

'Ik denk dat hij zich verveelde,' zei ik. Het was zwak maar ik kon niets anders bedenken.

'Heeft hij al die tijd in zijn truck achter ons gestaan? Ons gadegeslagen? Bespioneerd?'

Ik wilde iets zeggen maar schudde slechts mijn hoofd.

'Dat stel idioten op het bal had gelijk. Hij wás op het parkeerterrein. Je moet hem helpen, Laura. Je moet hem helpen beseffen dat je niet eeuwig zijn kleine zusje blijft,' zei Robert.

'Ik weet het, Robert. Alsjeblieft, laten we het er nu niet over hebben,' smeekte ik. Alleen al de gedachte aan Cary's vreemde obsessie voor Robert en mij bracht tranen in mijn ogen en een brok in mijn keel.

'Oké,' zei hij. Er hing een onbehaaglijk zwijgen tussen ons tot mijn huis in zicht kwam.

'Ik heb spijt van wat er is gebeurd,' zei Robert toen hij op onze oprit had geparkeerd. 'Cary had gelijk dat hij me uitfoeterde. Ik hoop alleen dat het je avond niet bedorven heeft.'

'O, nee! Ik heb het heerlijk gehad, Robert. Echt waar.'

'Ik ook,' zei hij. 'Ik bel je morgen, oké?'

'Ik bel jou. Dat is gemakkelijker,' zei ik.

'Oké. Als je dat liever doet.' Hij keek bezorgd.

'Ik bel je heus. Ik beloof het,' zei ik. Hij glimlachte en we gaven elkaar een snelle zoen voor ik uit de auto sprong. 'Bedankt voor de fantastische avond, Robert.'

'Welterusten, Laura.'

Ik deed de deur dicht en keek naar Cary's truck. Hij was al thuis. Toen ik binnenkwam zag ik dat papa voor me was opgebleven en in de zitkamer zat te lezen. Hij keek op van zijn boek. Ik hield mijn adem in en vroeg me af of Cary toch iets had gezegd.

'Plezier gehad?' vroeg papa.

'Ja, papa. Het was een heel fijne avond.'

'Heeft iedereen zich goed gedragen?'

'Ja, papa.'

Hij knikte en liet zijn stem dalen.

'Je broer was niet veel eerder thuis dan jij. Ik denk dat hij in het geheim een vriendinnetje heeft. Heb ik gelijk?' vroeg hij, niet in staat de hoopvolle klank uit zijn stem te weren.

Ik voelde het bloed uit mijn gezicht wegtrekken toen ik mijn hoofd schudde. Ik vond het afschuwelijk tegen papa te liegen.

'Ik weet het niet, papa. Hij heeft het met mij nooit over een vriendinnetje gehad,' zei ik.

Papa keek me even aan en trok zijn schouders op.

'Nou ja, hij zal het ons te zijner tijd wel vertellen. Ik hoop alleen niet dat het iemand is van wie hij denkt dat we ons voor haar moeten

42

schamen.' Papa bleef me vragend aankijken.

Ik beet op mijn lip en schudde mijn hoofd.

'Ik weet het niet, papa.' Was het maar waar dat Cary een vriendinnetje had gevonden, dacht ik triest.

'Goed,' zei papa. 'De jonge Royce heeft je op tijd thuisgebracht. Mooi.' Hij zuchtte diep en strekte zijn armen. 'Het is al laat, dus laten wij ook maar gaan slapen,' ging hij geeuwend verder. 'Vergeet niet dat we morgen met z'n allen naar grootma Olivia en grootpa Samuel gaan voor de brunch.'

'Oké. Welterusten, papa,' zei ik, blij dat ik aan zijn onderzoekende ogen kon ontsnappen.

Haastig liep ik de trap op. Op de overloop bleef ik even staan. Ik zag dat de deur van Cary's kamer dicht was, ging naar mijn eigen kamer en sloot de deur achter me. Ik leunde ertegen en kon toen pas een zucht van opluchting slaken.

Ik wilde mijn feestjurk niet meteen uittrekken. Ik ging op bed zitten en dacht na over de magische avond die Robert en ik samen hadden doorgebracht. Wat een avond, dacht ik. De herinneringen aan Roberts zoenen, zijn omhelzingen en aanrakingen kwamen bij me terug in tedere, warme mijmeringen. Met een zucht liet ik me achterover vallen en sloot mijn ogen. De gedachte aan zijn handen, zijn lippen op mijn borsten deed me tintelen. Terwijl ik aan hem dacht, bewoog ik mijn handen naar de plaatsen waar de zijne me hadden aangeraakt. Ik begon me uit te kleden. Enkele ogenblikken later stond ik naakt voor de spiegel en staarde dromerig naar mezelf, verbeeldde me dat Robert naast me stond. Ten slotte werd de vermoeidheid me de baas en ging ik naar de badkamer om mijn make-up eraf te halen. Met een behaaglijk gevoel kroop ik onder de deken. Ondanks alles, dacht ik, was het een fantastische avond. Ik deed het lampje naast mijn bed uit en legde mijn hoofd op het kussen. Het geluid van de krakende vloer boven me maakte dat ik mijn ogen opensperde. Het verjoeg mijn prettige gedachten. Ik hield mijn adem in en luisterde. Het was Cary, ik hoorde hem de deur van de zolderkamer openmaken, de trap neerlaten en zo zacht mogelijk naar beneden gaan.

Hij was de hele tijd daar boven geweest, had misschien door dat gat naar me gekeken. Ik voelde mijn hele lichaam heet worden van schaamte. Wat had hij gezien? We waren gestopt met samen te baden en de badkamer te delen toen we zeven of acht waren, en toen mijn borsten zich begonnen te ontwikkelen begon ik mijn privacy nog meer op te eisen. Cary's nieuwsgierige ogen hadden me van mezelf bewust gemaakt. Kort daarna hield ik op met in mijn ondergoed rond te lopen als hij in de buurt was. De manier waarop hij naar mij en mijn veranderende lichaam keek, gaf me een onbehaaglijk gevoel.

Ik stond op en liep naar de deur, opende die op een kier om te kijken toen hij de trap terugschoof. Ik wilde de deur verder opendoen maar aarzelde. Een confrontatie zou me alleen nog maar meer in verlegenheid brengen, dacht ik. Het was al laat. Het was nu niet het moment hiervoor.

Ik deed de deur heel zacht dicht en wachtte tot ik hem naar zijn kamer hoorde gaan. Ik ging weer naar bed en bleef met open ogen liggen terwijl ik wanhopig probeerde de zorgelijke gedachten van me af te zetten en alleen aan Robert en onze heerlijke avond samen te denken.

Maar toen ik me op mijn zij draaide en mijn ogen dichtdeed, zag ik alleen Cary's kwade gezicht voor me zoals hij uit het donker te voorschijn was gekomen en hoe de koplampen van zijn truck hem in een griezelig silhouet had veranderd. Eindelijk viel ik in slaap, maar toen verscheen Cary ook in een nachtmerrie, samen met de verwrongen gezichten van mijn klasgenoten die fluisterden, loerden, lachten, me naar de bulderende zee joegen. Het was allemaal zo reëel dat ik badend in het zweet wakker werd toen de eerste golf me in mijn droom overspoelde. Mijn hart bonsde. Ik ging snel rechtop zitten, legde mijn hand op mijn hart en haalde diep adem. Daarna stond ik op en liep naar de badkamer om mijn gezicht met koud water te betten.

Altijd als Cary en ik een nachtmerrie hadden gehad, vertelden we die elkaar de volgende ochtend. Het was een manier om de demonen uit ons hart te verdrijven, elkaar te troosten. Voor het eerst kon ik hem mijn droom niet vertellen. Deze keer moest ik een manier vinden om zelf de demonen te verdrijven.

3. Donkere wolken pakken samen

De volgende ochtend zat Cary met een zuur gezicht aan de ontbijtta-fel. We wisselden een paar woorden maar als hij me aankeek, zag ik vrijwel steeds de beschuldigende blik in zijn ogen. Ik meende dat hij niet het recht had me een schuldgevoel op te dringen en ik weigerde me te beschamen. Als iemand zich hoorde te schamen, dacht ik, was hij het wel – me 's avonds volgen, door gaten in het plafond loeren...

Mama wilde dolgraag alles over het bal horen en ik was blij dat althans zij mijn vreugde kon delen. Terwijl ik praatte, gebaarde ik naar May, beschreef de versieringen, het eten, de muziek. Natuurlijk liet ik het onaangename incident van het kaartje achterwege en ver-telde evenmin dat Cary Roberts auto uit het zand had getrokken.

'Ik dacht dat jij ook naar het bal was, Cary,' zei papa toen er even een stilte viel.

'Mij niet gezien,' zei Cary minachtend.

'Waar was je dan, jongen? Het was nogal laat toen ik je binnen hoorde komen.'

'Ik kwam een paar vrienden tegen bij de Bean Bag,' zei hij snel.

'Hoe kun je nu de hele avond bij een ijskraam rondhangen?' hield papa vol.

Cary keek even naar mij om te zien of ik iets zou zeggen, maar ik staarde naar mijn bord.

'We hingen gewoon wat rond,' zei Cary. 'Ik had geen idee dat het al zo laat was.'

Papa schudde zijn hoofd.

'Ik snap niet wat jullie elkaar allemaal te vertellen hebben dat je zo de tijd uit het oog verliest.'

'Je kunt een hoop tijd verdoen met babbelen, Jacob,' zei mama, 'net als jij als je met Pat O'Reilly zit te praten.'

'Dat is iets anders. Wij praten over zaken,' antwoordde papa, die een kleur kreeg bij haar kritiek. Het was voldoende om een eind te

45

maken aan het onderwerp, waarvoor Cary en ik allebei dankbaar waren.

Tot de tijd dat we zouden gaan brunchen bij grootma Olivia, ging ik met May naar het strand en maakte een paar tekeningen, terwijl zij naast me zat en vroeg naar Robert. Tekenen deed ik om me te ontspannen, net als borduren. Ik tekende portretten van ons allemaal, soms uit het hoofd, sommige naar dingen die ik toevallig zag. Iedereen die mijn tekeningen zag vond ze erg goed. Ik had ze één keer aan Kenneth Childs laten zien. Die zei dat ik eens moest overwegen om tekenles te nemen en mijn talent ontwikkelen. Ik dacht niet dat ik goed genoeg was om dat te doen, en papa overtuigde me ervan dat het zondig was tijd te verspillen met te trachten iemand te worden die ik nooit zou kunnen zijn.

'God geeft ons tijd genoeg om iets met ons leven te doen wat de moeite waard is. Uitstellen, dwaze dromen najagen, dat zou de duivel graag willen dat we deden,' zei hij.

Ik had nog geen definitieve keus gemaakt, maar de laatste tijd dacht ik erover lerares te worden, misschien zelfs lerares op een school voor gehandicapte kinderen.

Terwijl we op het strand zaten te tekenen en te praten, kwamen papa en Cary langs op weg naar de steiger.

'We gaan de kreeftenpotten nakijken,' legde papa uit. Cary stond zwijgend, nog steeds wat mokkend, naast hem. 'We blijven niet lang weg, Laura. Gaan jullie dadelijk naar huis om je netjes aan te kleden.'

We doften ons altijd op voor de brunch bij grootma Olivia. We beschouwden het eigenlijk altijd als iets speciaals als we er op bezoek gingen. Voor grootma Olivia was dat niet moeilijk, zij was altijd formeel gekleed. Zelfs als ze in de tuin werkte had ze haar haar keurig opgestoken en droeg ze kleren die de meesten zouden bewaren voor een uitstapje naar de stad of voor het afleggen van een bezoek. Grootpa Samuel droeg meestal een sportjasje en een das. Hun huis zag er onberispelijk uit, alles had zijn eigen plaats. Het was ons verboden door de kamers te dwalen, en we durfden nooit iets aan te raken.

'Oké, papa,' zei ik en sloeg mijn tekenboek dicht. Ik gebaarde naar May en zij sloot haar tekenboek. Toen we naar huis liepen, bedacht ik me dat dit waarschijnlijk het beste en misschien wel enige moment was om Robert te bellen. Ik wist zeker dat hij op spelden zat, ongerust over wat er gebeurd was nadat ik gisteravond naar binnen was gegaan.

Roberts moeder nam op.

'O, hallo,' zei ze enthousiast toen ik mijn naam genoemd had. 'Te oordelen naar de manier waarop Robert zich vanmorgen gedroeg, denk ik dat jullie een fijne avond hebben gehad. Ik moet alles twee keer tegen hem zeggen,' ging ze met een lachje verder. Ik hoorde Robert op de achtergrond klagen. 'Ik zal hem je maar geven voordat hij een scène maakt.'

'Hoi,' zei hij. 'Mijn moeder heeft een van haar uitbundige buien vandaag.'

'Ik wil haar dolgraag leren kennen,' zei ik.

'Ik zal je aan haar voorstellen... maar denk eraan, ze kan de raarste dingen kan zeggen,' voegde hij er zodanig aan toe dat ze het wel horen moest. Hij zweeg even en vroeg toen met zachtere stem hoe het ermee stond.

'Alles is in orde,' zei ik. 'Mijn vader zat op me te wachten en was opgelucht dat ik op tijd thuis was. En Cary heeft niets gezegd,' ging ik verder, want ik wist dat hij dat het liefst wilde weten.

'Je vader zat op je te wachten? Ik denk dat het een ramp was geweest als Cary ons niet te hulp was gekomen, maar ik kan er nog steeds niet over uit dat hij ons gevolgd is, Laura. Heb je het er met hem over gehad?'

'Nog niet, Robert. Ik wacht op het juiste moment.'

'Stel het niet te lang uit,' waarschuwde hij.

'Nee,' zei ik benepen, maar het was niet iets waar ik me erg op verheugde.

'Ik verlang ernaar je weer te zien,' ging hij zachtjes verder.

'Ik ook. Ik ga straks naar mijn grootmoeder voor de brunch. Ik moet me gaan verkleden en May helpen zich aan te kleden.'

'Oké. Bedankt voor je telefoontje,' zei hij op een toon die me rillingen tot in mijn tenen bezorgde.

'Ik wilde je zo gauw ik kon bellen,' bekende ik verlegen.

'Daar ben ik blij om,' zei hij en we hingen allebei op. Ik liep haastig de trap op om me te verkleden en May te helpen iets uit te zoeken waarover grootma Olivia niet afkeurend het hoofd zou schudden.

Grootma Olivia voelde zich nooit op haar gemak met May. We wisten allemaal dat de gebarentaal haar zenuwachtig maakte. Ze zei dat al die handen die door de lucht dwarrelden en draaiden, die wijzende vingers, haar maag deden omdraaien. Ze weigerde er iets van te leren en sprak dientegengevolge met haar jongste kleinkind alleen via een tolk, meestal via mij of Cary.

Hoewel mama zich leek te verheugen op de brunches en diners bij grootma Olivia, was ze op de dag van het bezoek altijd nerveus. Ze deed me denken aan iemand die zich voorbereidde op een auditie. Er werd de grootste zorg besteed aan onze kleding en gecontroleerd of ons haar goed geborsteld was en onze schoenen glommen. En altijd, zelfs nu nog, werden we herinnerd aan de gedragsregels die bij grootma Olivia thuis golden, en wat we wel en niet konden zeggen. Als een van ons grootma Olivia's inspectie niet kon doorstaan, gaf papa meestal mama de schuld, dus deden we ons best om aan de verwachtingen te voldoen.

We zagen er allemaal als totaal andere mensen uit als we opgetut waren. Vooral May en ik, omdat grootma Olivia niet hield van vrouwen met loshangend haar. Ze zei dat ze er uitzagen als heksen, dus moest ik speldjes en kammetje gebruiken om mijn haar netjes op te steken. En zelfs May droeg een Franse knot. Hoewel deze ouderwetse kapsels jaren aan onze leeftijd toevoegden, zagen we er niet al te volwassen uit, want make-up was streng verboden, ook voor mama. Ze had zelfs geen lippenstift op.

Ondanks alles verheugde ik me erop erheen te gaan. Grootma Olivia had gewoonlijk verrukkelijke dingen te eten. Ik hield vooral van de kleine cakejes met glazuur en gelei in het midden, en zelfs nu we al ouder waren, gaf grootpa Samuel ons nog altijd ieder een knisperend vijfdollarbiljet als we overgingen.

Ik had één jurk, die het meest bij grootma Olivia in de smaak scheen te vallen. Het was een marineblauwe met een witte kraag die onder mijn kin werd dichtgeknoopt. Hoewel ik andere, even truttige jurken had, bracht deze om de een of andere reden altijd een glimlach op haar harde gezicht.

Toen ik voor de spiegel stond, schoot het door me heen dat ik mijn schouders naar achteren en mijn hoofd rechtop moest houden, alsof er ik een boek op in evenwicht hield. Een van grootma Olivia's eeuwige ergernissen was de slungelige houding van jonge mensen. Ze beweerde dat een goede houding karakter verried en een goede gezondheid bevorderde.

Ik heb het nooit aan iemand anders dan Cary verteld, maar eigenlijk had ik medelijden met haar. Natuurlijk, ze had een mooi, groot huis vol kostbare meubels, schilderijen en ornamenten. Haar diners waren voortreffelijk en werden geserveerd op duur porselein met mooie kristallen glazen en zilveren bestek.

Maar ondanks al haar weelde, haar belangrijke kennissen en haar gala-avonden, leek ze me nooit gelukkig. Ze leek me eerder de gevangene van haar rijkdom en positie. Wat triest moest het zijn, dacht ik, als je je nooit eens kon laten gaan, nooit op blote voeten op het strand kon wandelen, nooit eens zo maar lui kon zijn of zo maar wat op tafel brengen; kortom nooit iets spontaan kon doen, maar altijd de regels in acht moest nemen.

Ik wist heel weinig over het verleden van mijn grootmoeder. Ze vertelde er nooit iets over, vertelde zelden of nooit verhalen, tenzij ze dienden om een of andere gedragsregel te illustreren en te staven. Altijd als ik mama iets vroeg over grootma Olivia, schudde ze haar hoofd en zei: 'Je grootmoeder heeft een moeilijke jeugd gehad door problemen die door haar zus Belinda werden veroorzaakt.' Wat die problemen waren en hoe ze grootma Olivia's leven hadden bemoeilijkt, bleef een mysterie. Belinda had problemen met alcohol toen ze jong was en was ten slotte geëindigd in een verpleeginrichting in de buurt. Altijd als ik haar bezocht vertelde ze me verhalen en zinspeelde op grootma Olivia's en haar jeugd, maar die verhalen waren bijna niet te begrijpen, omdat tante Belinda heden en verleden door elkaar haalde en mensen en plaatsen verwarde. Soms noemde ze me Sara, zag me aan voor mijn moeder, en kort geleden noemde ze me een keer Haille.

Ik weet dat grootma Olivia het niet goedkeurde dat ik tante Belinda bezocht. Ze behandelde haar zus alsof ze giftig was en ons kon besmetten met een van haar bizarre verhalen en uitspraken. Ik sprak zelden haar naam uit waar grootma Olivia bij was, omdat ik wist wat voor reactie ik dan zou krijgen.

Door al die nee-nee's en strenge gedragsregels liepen Cary, May en ik op onze tenen door het grote huis en de tuin. We fluisterden en lieten ons zo min mogelijk zien of horen.

Toen we allemaal aangekleed waren, bekeek papa ons alsof hij een militaire inspectie hield. Hij trok Cary's das recht en streek May's rokje glad, toen hij een klein kreukje ontdekte.

'Ik kan hem haar laten uittrekken en strijken, Jacob,' bood mama aan.

'Het is in orde,' zei hij. 'Anders komen we te laat. We gaan.'

Gedrieën gingen we achterin zitten, Cary aan de ene kant en ik aan de andere, May tussen ons in. Hij staarde uit het raam en keek tijdens de hele rit niet één keer naar me.

'Wat een mooie voorjaarsdag,' zei mama toen we over Route 6 reden. Grootma Olivia's huis lag halverwege tussen Princetown en North Truro. Van de buitenkant zag het huis van mijn grootouders er allesbehalve koud en onpersoonlijk uit. Het was een groot, met hout betimmerd huis van twee verdiepingen, met een withouten voordeur. Boven de deur was een waaiervormig raam van gekleurd glas en hoewel ik zeker wist dat het decoratief bedoeld was, maakten Cary en ik altijd grapjes dat het eruitzag als een groot, somber fronsend voorhoofd dat bezoekers waarschuwde weg te blijven.

Grootma Olivia was erg trots op haar huis en zei dat het aanzien had vanwege zijn historische verleden.

'Het oorspronkelijke deel van dit huis is rond 1780 gebouwd,' vertelde ze aan iedere nieuwe bezoeker. Gewoonlijk voegde ze eraan toe: 'Dat was toen welvarende families deftige huizen begonnen te bouwen in het koloniale Amerika. Tegenwoordig,' vervolgde ze dan met die altijd scherpe, kritische stem van haar, 'offeren rijke mensen de klassieke mode op aan ostentatieve pracht en praal.'

De tuin rond het huis was eveneens schitterend en goed verzorgd. Het fluwelige groene gazon was altijd onberispelijk gemaaid, en de bloemperken waren een kleurenpracht met hortensia's, margrieten, rozen en geraniums. Er was zelfs een kleine vijver met een stuk of twaalf eenden erin. Voor het huis stonden twee grote, stralend rode esdoorns. Daartussenin, aan de rechterkant, stond een schommelbank met een luifel, al geloof ik niet dat iemand behalve Cary, May of ik die ooit gebruikte.

We zagen de auto van rechter Childs op de ronde oprijlaan staan toen we voor het huis stopten. Rechter Childs was een geregelde gast, vooral op de zondagse brunch. Hij was de beste vriend van mijn grootouders. De rechter was met pensioen maar grootma Olivia legde er altijd de nadruk op dat hij nog vrienden had in hoge kringen en veel invloed had.

Toen we uitstapten onderwierp mama ons aan een laatste inspectie, trok May's kleren recht en probeerde nog eens de kreuken glad te strijken.

50

Papa belde aan en grootma Olivia's huishoudster, Loretta, deed open. Zolang ik me kon herinneren werkte Loretta voor grootma Olivia en grootpa Samuel, maar ze leek me nooit erg gelukkig.

'Iedereen is in de zitkamer,' zei ze toonloos en deed een stap achteruit om ons binnen te laten.

We liepen de kamer in als een van de eendenfamilies in de vijver, eerst papa, mama vlak achter hem, en daarna wij drieën, achter elkaar.

Er was een kleine hal met een marmeren vloer en schilderijen aan beide kanten, landschappen van de Cape, boten, en portretten van zeelieden. Het huis geurde altijd naar bloemen, zelfs in de winter.

De zitkamer was de eerste kamer rechts. Hij leek op een showroom van een meubelzaak. De eikenhouten vloer was zo glimmend gewreven dat Cary en ik vroeger altijd deden of we erop konden schaatsen. Er lag een groot kleed tussen de twee beige banken en onder de grote koffietafel van donker esdoornhout. Naast beide banken stonden esdoornhouten bijzettafels. Op elke tafel en op elke plank stonden kostbaar uitziende kristallen ornamenten en vazen met hier en daar foto's in zilveren en gouden lijsten van grootpa Samuel en grootma Olivia toen ze een stuk jonger waren, een paar foto's van papa en mama en een groepsfoto van Cary, May en mij, die vier jaar geleden gemaakt was. Er waren geen foto's van de verbannen oom Chester en tante Haille. Hun namen noemen in dit huis stond gelijk aan vloeken.

Alles leek me altijd splinternieuw. Elk stukje metaal glansde, evenals elk stukje glas. De ramen waren zo schoon dat je niet kon zien of ze open of dicht waren tenzij je er vlak voor stond.

Toen we in de zitkamer kwamen, zat grootma Olivia in haar hooggerugde stoel als een koningin die audiëntie verleent. Ze droeg een elegante roze zijden jurk met een grote camee boven haar linkerborst. We wisten dat het een erfstuk was dat van haar grootmoeder van vaders kant afkomstig was. Haar haar was in een strenge knot naar achteren getrokken met een parelmoeren kam die versierd was met kleine diamanten.

Grootpa Samuel zat er vrij nonchalant bij vergeleken met grootma Olivia. Hij had zijn benen over elkaar geslagen en had een glas whisky-soda in de hand. Hij droeg een lichtbruin pak en zag er zoals gewoonlijk gezellig uit. Hij begroette ons met een brede, warme lach toen we binnenkwamen.

'Ha, daar zijn jullie,' zei hij. 'Een aantrekkelijke, mooie groep

51

kleinkinderen, hè, Nelson?'

Rechter Childs knikte. Hij zat tegenover grootpa Samuel aan de rechterkant van grootma Olivia. De rechter was een gedistingeerde, oudere man met grijs haar waarin nog iets van de oorspronkelijke lichtbruine kleur te zien was. Het was keurig geknipt, met een scheiding rechts. Hij droeg een donkerblauw pak en een strikje. Ondanks zijn leeftijd vond ik hem nog steeds een knappe man. Hij had een rond gezicht en een robuust voorkomen met alleen rimpels op zijn voorhoofd. Hij had lichtbruine ogen die straalden als van een man die half zo oud was.

'Absoluut, Samuel. Olivia en jij boffen. Hallo, Jacob, Sara,' zei de rechter.

Mama knikte glimlachend.

'We hebben Bloody Mary's, als je wilt,' zei grootpa.

'Nee, dank u,' zei papa snel.

'Ik weet dat jij van Bloody Mary's houdt, Sara,' ging grootpa verder met een fonkeling in zijn ogen. Mama keek even snel naar papa, die bijna fronsend naar haar keek.

'Eh, op het ogenblik niet, pa,' antwoordde ze.

'Wanneer maak je die halsband om de hals van je vrouw eens wat losser, Jacob?' zei grootpa, waarop de rechter glimlachte.

'Dat is een onbehoorlijke opmerking,' verklaarde grootma Olivia. 'Vooral waar de kinderen bij zijn,' ging ze streng verder. 'Loretta,' snauwde ze, neem de kinderen alsjeblieft mee naar de keuken en geef ze wat limonade terwijl we wachten tot de brunch wordt opgediend.'

'Ja, mevrouw,' zei Loretta.

Grootma Olivia vond het niet correct als jonge mensen aanwezig waren als oudere mensen met elkaar spraken. Toen we in de deuropening stonden naast en achter mama en papa, had ze ons gecontroleerd. Ze knikte naar papa.

'De kinderen zien er heel leuk uit,' zei ze tegen mama, die onmiddellijk begon te stralen. 'Ga nu niet buiten rondhollen, maak je niet vuil,' riep ze ons na. 'We roepen jullie straks in de eetkamer. Ga zitten, Jacob. Het maakt me zenuwachtig als je daar blijft staan. Sara.'

Ze gehoorzaamden snel en Loretta bracht ons weg. Ze gaf ons limonade en zoals zo vaak gingen we naar het prieel in de achtertuin. Cary stond naar de zee te staren terwijl ik May bezighield. Ten slotte draaide hij zich naar me om, zijn ogen samengeknepen alsof hij pijn had.

'Tijdens je eerste afspraakje met Robert gaan jullie een zandweg op. Dat maakt een slechte indruk. Het maakt dat je... dat je... gemakkelijk te krijgen lijkt. Ik wist dat het zo zou gaan; ik wist het gewoon,' zei hij en draaide zich weer om naar de zee.

'Ten eerste ben ik niet gemakkelijk te krijgen, Cary Logan. Ik doe niets wat ik niet wil en, ter informatie, we hebben niets verkeerds gedaan. Robert is op en top een heer.'

'Ha,' zei hij.

'Je kent hem niet, Cary.'

'Je zult het zien,' voorspelde Cary. 'Morgen roddelen ze over je in de kleedkamer en Royce zal opscheppen over hoe gemakkelijk je over te halen was.'

'Dat doet hij niet! En het is afschuwelijk van je om te zeggen dat hij dat wel zal doen. Je bent gewoon... gewoon jaloers,' zei ik beschuldigend. Zijn schouders verstijfden en hij draaide zich met een rood gezicht om.

'Wat bedoel je daarmee?'

'Je hebt geen vriendin en je maakt nooit een afspraakje, dus…'

'Dus?'

'Dus ben je jaloers dat ik dat wél doe.'

'Afspraakjes,' zei hij, zijn rechtermondhoek optrekkend. 'Mooie afspraakjes.'

Ik realiseerde me dat May mijn lippen had gelezen en naar me keek. Ze keek verward. Ik probeerde naar haar te lachen maar ze draaide zich om en keek naar Cary. Ze trok haar wenkbrauwen op toen ze haar blik weer op mij richtte. Ze zag ons niet vaak ruzie maken.

'We praten er later wel over,' zei ik.

'Er valt niets te praten,' antwoordde Cary.

'Waarom ben je ons gevolgd?'

'Waarom?' Hij schudde zijn hoofd. 'Ik ging naar het bal om te zien hoe het er was. Toen zag ik jullie vroeg weggaan. Ik wist gewoon dat ik je maar beter in de gaten kon houden; gelukkig voor jou. Ik kan gewoon niet geloven dat je het lef hebt mij te ondervragen. Zonder mij was je nooit op tijd thuis geweest.'

'Je moet me wat…'

'Je wát, Laura? Toe dan. Wat?'

'Wat poberen los te laten,' zei ik.

Hij staarde me aan, knipperde met zijn ogen en keek toen weer naar de zee.

'Ik waardeer je bezorgdheid maar ik heb ruimte nodig, Cary.'

'Uitstekend,' zei hij met opeengeklemde kaken.

Hij draaide zich met een ruk om en keek kwaad naar het huis. Zijn woede leek over te koken als een pan soep. 'Ik snap niet waarom wij moeten blijven rondhangen tot zij uitgekletst zijn. Ik heb honger. We hebben nauwelijks ontbeten vanmorgen.'

'Dan ga je dat tegen grootma zeggen,' daagde ik hem uit.

Stampvoetend liep hij de trap naar de deur op en rukte die zo hard open dat hij bijna uit de scharnieren vloog. May trok aan mijn hand en begon te gebaren.

'Cary heeft honger,' legde ik uit. 'Hij wil weten hoe lang het nog duurt voor we gaan eten.'

Ze staarde hem na en keek toen naar mij met een bezorgde, achterdochtige blik. Ik liet verslagen mijn schouders hangen. Waarom moest mijn fantastische, nieuwe relatie zoveel verdriet veroorzaken? Waarom kon Cary niet blij voor me zijn? Tranen prikten in mijn ogen en ik moest me omdraaien voor May zag hoe ongelukkig ik me voelde.

Wat Cary binnen ook had gedaan, het verhaastte wel alles, want een paar ogenblikken later verscheen Loretta om te zeggen dat het tijd was om te komen eten.

Het was een even verrukkelijke brunch als altijd, met stukken kreeft in Alfredo-saus, een garnalencocktail, heerlijke gefrituurde vis, salades met bijna elke denkbare groente, en zoals gewoonlijk geweldige desserts waaronder mijn lievelingsdessert, de geglazuurde petitfours.

Daarna staken rechter Childs en grootpa hun sigaren op en gingen op weg voor hun wandeling langs het strand. Ze namen Cary en papa mee. Mama, May en ik bleven achter met grootma Olivia.

Mama vertelde grootma over het bal en hoe mooi ik eruit had gezien, toen grootma plotseling opstond.

'Ik wil met Laura praten,' zei ze, mama midden in een zin in de rede vallend, 'als je er geen bezwaar tegen hebt.'

'Wat? O... Nee. Waarom zou ik,' stotterde mama en keek hulpeloos om zich heen. Grootma Olivia was al op weg naar de deur van de zitkamer.

'Kom mee, Laura,' beval ze. Ik keek naar mama, die alleen maar haar hoofd schudde met grote ogen van verbazing. In de gang haalde ik grootma in, die naar de achterdeur liep.

'Waarom mag mama niet horen wat we zeggen, grootma?' vroeg ik zenuwachtig.

'We gaan naar het prieel,' antwoordde ze, mijn vraag negerend. 'Ik heb trouwens toch wat frisse lucht en een kleine wandeling nodig na die maaltijd.'

'Het was een heerlijke brunch, grootma.'

'Ik vond de koolsla nogal bitter deze keer,' klaagde ze. We liepen naar buiten, over het pad naar het prieel en gingen op de bank zitten.

'Mama en May zouden ook moeten komen,' zei ik. 'Het is zulk prachtig weer, er is bijna geen wolkje aan de lucht.' Ik staarde naar het strand en zag de vier mannen wandelen. Kleine rookwolkjes uit de monden van grootpa en rechter Childs werden opgevangen door de zachte bries en losten op. Cary liep een paar stappen achter de volwassenen, met gebogen hoofd.

'We zullen ze straks laten komen,' zei grootma Olivia. 'Nu je duidelijk een jonge vrouw begint te worden met de... belangstelling van een vrouw, vind ik het tijd worden even met elkaar te praten, Laura. Ik wil me er niet mee bemoeien, maar ik geloof niet dat je moeder op dit soort gesprekken is voorbereid,' ging ze verder.

'Wat voor soort gesprekken, grootma?'

'Een gesprek van vrouw tot vrouw,' antwoordde ze. 'Waarbij de ene vrouw over een ruime ervaring en wijsheid beschikt die ze aan een andere, jongere vrouw kan doorgeven. Al zou je moeder dezelfde goede bedoelingen hebben, ze heeft niet mijn achtergrond, mijn opvoeding. Ze is zich minder bewust van de gevaren.'

'Gevaren?'

Ik glimlachte niet meer en ging rechtop zitten. Ik had plotseling een gevoel alsof mijn heerlijke brunch als een kleine harde bal onder in mijn maag lag.

'Ik begrijp het niet, grootma. Wat voor gevaren?'

'Ik heb begrepen dat je belangstelling hebt voor iemand en dat je zelfs officieel met hem bent uitgegaan?' begon ze. Haar ogen waren half dichtgeknepen, maar strak op me gericht met die intensiteit die je lachen doet vergaan.

'O,' zei ik enigszins opgelucht. 'Ja. Hij is een heel aardige jongen. Hij heet –'

'Ik weet hoe hij heet,' zei ze snel. 'Ik weet wie zijn ouders zijn en wat ze doen. Ik weet dat hij bij je thuis geluncht heeft en dat je gisteravond met hem naar het bal bent geweest.'

Ik kreeg grote ogen van verbazing. Ik glimlachte om grootma's belangstelling voor mijn sociale leven. Ze had er nooit eerder naar gevraagd en het had haar nooit iets kunnen schelen of ik naar een schoolbal ging of niet. Ik dacht altijd dat ze die dingen niet belangrijk vond.

'Het spijt me dat ik geen kans heb gehad u over hem te vertellen, grootma,' zei ik. We zouden een plezierig gesprek tussen grootmoeder en kleindochter hebben, dacht ik, en ik ik stelde me voor dat ze me zou vertellen over haar eigen jeugdromances.

'Er gebeurt niet veel in deze stad wat ik niet weet en er is niets wat betrekking heeft op mijn familie en de reputatie van de familie wat me uiteindelijk niet ter ore komt,' zei ze. 'Ik praat er weliswaar niet over met jou, maar ik weet dat je een uitstekende leerlinge bent en je docenten je aardig vinden. Ik weet dat je een grote hulp bent voor je moeder en altijd een respectvolle, gehoorzame dochter. Daarom vind ik het zo belangrijk dat we dit gesprek hebben,' ging ze verder.

Ik glimlachte stralend naar haar en knikte.

'Je bent nog veel te jong voor een diepe betrokkenheid met een jongeman, vooral iemand die uit een nogal twijfelachtige familie komt.'

'Wat?' Mijn schitterende ballon plofte plotseling uit elkaar.

'Val me niet in de rede, Laura. Luister en leer. Zoals je weet stammen de Logans en mijn familie, de Gordons, af van de Pilgrims. We zijn een sterk, zeer gerespecteerd geslacht. Er wordt naar ons opgekeken in deze gemeenschap; we zijn mensen met waardigheid, status, en dat brengt een grote verantwoordelijkheid met zich mee. We zijn altijd toonbeelden geweest van fatsoenlijk gedrag, van respectabiliteit, en zijn dat nog steeds. Mijn vader heeft me jaren en jaren geleden geleerd dat het allerbelangrijkste dat je bezit je reputatie is.

'Cary en jij zijn geboren met een gift. Die gift is je familienaam. Jullie hebben letterlijk honderden jaren van een hooggewaardeerde reputatie. Die zal deuren voor je openen, je respect opleveren en je hoog op de maatschappelijke ladder plaatsen, maar je hebt een grote verantwoordelijkheid, Laura, en die verantwoordelijkheid is het respect, de waarde van onze familienaam hoog te houden.

Daarom,' ging ze verder, 'worden jij en je daden door een vergrootglas bekeken.' Ze keek me met een kil lachje aan. 'Tot nu toe heb je niets gedaan wat onze familienaam ook maar in het minst kan besmeuren en zo wil ik het houden. Ik wil dat je onmiddellijk een eind maakt aan de omgang met deze jongen. Die mensen voldoen niet aan je normen,' eindigde ze. 'Ik ben van plan dit ook met je vader te bespreken voordat de dag om is.' Ze leunde achterover, kennelijk wachtend op mijn reactie.

Even dacht ik dat de woorden in mijn keel zouden blijven steken. Mijn stem weigerde dienst. Ondanks de zachte bries die van zee woei, had ik het gevoel of ik in een hete oven was gevallen. Mijn gezicht gloeide, mijn hart, hoewel het hevig bonsde, leek in mijn borst omlaag te zijn gezonken, het kloppen was nauwelijks voelbaar. Ik schudde mijn hoofd.

'Ik weet niet wat ze u verteld hebben, grootma, maar het is allemaal een misverstand. Robert Royce is een heel, heel aardige jongen, grootma. Hij –'

'Hij komt uit een familie van herbergiers,' zei ze. Ze spuwde de woorden bijna uit, alsof ze een bittere smaak hadden. 'Weet je wat een herbergier is, Laura? Hoe ze begonnen zijn? Het zijn mensen die niets hebben, geen familienaam, geen reputatie. Uit armoede stellen ze hun huis open voor vreemden, maken voor ze schoon, boenen hun wc's en gootstenen, serveren voedsel, voldoen aan de wensen van volslagen vreemden, en het ergst van alles, ze dragen bij tot en zijn verantwoordelijk voor de vervuiling en verwoesting van de Cape.

Mooie huizen, prachtige landschappen worden allemaal bedorven door die... motel- en hotelketens. Iedereen die zich de prijs van een goedkoop bed kan permitteren, kan hier komen en genieten van wat wij – die dit hebben opgebouwd, gesticht – hebben gecreëerd en elegant hebben gemaakt. Het gaat niet aan dat je verkeert met iemand van dat soort, Laura. Ik verbied je absoluut deze... deze persoon nog langer te zien. Hij zal je alleen maar omlaaghalen.'

'Alstublieft, grootma,' zei ik, mijn tranen wegslikkend, 'praat niet zo.'

Haar lippen verstrakten.

'Je moet je leren beheersen, Laura. Je moet volwassen en sterk worden, je verzetten tegen dwaze kleine lusten en bedenken wie je bent.

Helaas…' zei ze met een diepe zucht, 'hebben we al een moeilijke tijd beleefd om de reputatie van onze familie in stand te houden door mijn zus en je oom Chester, maar dat hebben we gelukkig kunnen verhelpen. We hebben niet nóg iemand nodig om ons te onteren en onze familienaam te bezoedelen.'

'Verholpen? Uw zoon heeft de familie verlaten. We mogen zijn naam niet uitspreken in uw bijzijn. Ik begrijp het allemaal niet, grootma. U praat nooit over hem. Mist u hem nooit?'

'Hij heeft een keus gemaakt en die is helaas het beste voor iedereen,' zei ze streng. 'Ik ben hier niet om over de doden te praten. Ik ben hier om over jou te praten, de levende.'

'De doden?'

'Laura,' zei ze ferm, 'begrijp je wat ik probeer je te vertellen?'

'Nee, grootma, dat begrijp ik niet. Ik heb Robert net leren kennen. Ik mag hem graag. Hij is heel aardig voor me geweest en we hebben het heerlijk gehad op het schoolbal. Ik heb niet gezegd dat ik met hem wil trouwen... nog niet,' zei ik. Ze trok haar wenkbrauwen zo snel en zo hoog op, dat ik bang was dat ze uit haar gezicht zouden verdwijnen.

'Je zult nooit met zo iemand trouwen,' zei ze. Haar angst en ongerustheid verdiepten de rimpels in haar gezicht.

'Ik beoordeel mensen niet naar hun bankrekening, grootma,' zei ik. Ik bedoelde het als een feitelijke opmerking, maar ze trok haar hoofd naar achteren alsof ik haar een klap had gegeven.

'Ik ook niet, Laura. Dat is nu precies wat ik je duidelijk wilde maken en waar je aan voorbijgaat. Veel van die zogenaamde nouveaux riches zijn zakenlieden. Ze hebben geld maar geen klasse of reputatie. Die zullen ze ook nooit krijgen, hoe groot hun bankrekening ook wordt.'

'Maar... hebt u nooit van iemand gehouden die niet uit een oude en respectabele familie kwam, grootma? Zelfs niet toen u jong was?'

'Natuurlijk niet,' zei ze. 'Ik zou mezelf nooit toestaan zo iemand aardig te vinden.'

'Dat is niet iets wat je jezelf wel of niet kunt toestaan, grootma,' zei ik glimlachend. 'Het is iets magisch. U moet toch vast wel, toen u zo oud was als ik -'

'Ik ben nooit een dwaas jong meisje geweest, Laura, nooit zoals die leeghoofdige meisjes van tegenwoordig. Mijn vader zou het trouwens nooit hebben getolereerd, vooral niet omdat mijn zus zich zo schandelijk gedroeg. Hij zou zich verpletterd hebben gevoeld als allebei zijn dochters...' Ze zweeg even en ging weer rechtop zitten. 'Dit doet allemaal niet terzake. We zijn hier niet om over mijn verleden te discussiëren maar over jouw toekomst en de toekomst van de familienaam,' hield ze vol.

'Kunt u zich niet meer herinneren hoe het was om zo oud als ik te zijn? U kunt zich toen toch niet om dit alles hebben bekommerd?'

'Natuurlijk wel.' Ze schudde haar hoofd. 'Ik wist dat ik me meer met je opvoeding had moeten bemoeien. Sara... Sara is er gewoon niet geschikt voor en ze heeft het veel te druk met je invalide zus.'

'May is niet invalide, grootma. Ze heeft een handicap maar dat heeft haar niet belet een goede leerlinge te zijn en de meeste dingen te doen die andere jonge meisjes van haar leeftijd kunnen. Ze helpt in huis, doet de haar opgedragen karweitjes, zorgt voor haar eigen spulletjes. Ze is allesbehalve een last voor mama, grootma. Als u maar goedvond dat ik u wat gebarentaal leerde, zou u rechtstreeks met haar kunnen praten en zelf zien hoe intelligent en lief ze is.'

'Belachelijk. Ik heb geen tijd voor dat soort dingen. Bovendien beschermen jullie haar te veel vanwege deze... deze onvolkomenheid. Ze moet leren geen gunsten te verwachten en ze mag zeker niet vertroeteld worden. Dan pas zal ze de kracht hebben haar mismaaktheid het hoofd te bieden.'

'Het is geen mismaaktheid,' hield ik vol. 'En May is slim en sterk genoeg om een goed leven te leiden met haar handicap.'

'Ik heb je niet hier gebracht om tijd te verspillen aan dit onderwerp, Laura. Ik wil je het voordeel gunnen van mijn wijsheid en mijn gevoel van verantwoordelijkheid jegens de familie. Helaas ben ik de enige die die kracht bezit in onze familie. Je grootvader wordt steeds vergeetachtiger. Ik vrees dat hij seniel begint te worden en vroeg of laat in een rusthuis zal eindigen.'

'Grootpa? Maar hij ziet er fantastisch uit.'

'Jij hoeft niet met hem te leven,' antwoordde ze droog. 'In ieder geval hoop ik dat iets van wat ik gezegd heb tot je is doorgedrongen en dat je je fatsoenlijk zult gedragen en doen wat juist is.'

'Ik vind Robert Royce aardig, grootma. Ik ga hem geen verdriet doen door hem te vertellen dat hij niet goed genoeg is voor de Logans,' zei ik zacht maar vastberaden.

Ze staarde me even aan en schudde toen langzaam haar hoofd.

'Ik had meer van je verwacht, Laura. Je laat me geen andere keus dan hierover met je vader te spreken.'

Ik voelde tranen in mijn ogen prikken.

'Papa vindt Robert ook aardig,' zei ik, maar ik wist hoe groot de invloed van mijn grootmoeder op mijn vader was. Gewoonlijk waren haar woorden als het evangelie. 'Zeg alstublieft niets slechts over hem.'

'Als je me je woord geeft dat je geen overhaaste of dwaze dingen uithaalt,' zei ze. 'Te veel jonge mensen zien er tegenwoordig geen been in hun familie te schande te maken.'

'Natuurlijk doe ik dat niet.'

'Goed dan. We zullen zien hoe het verder gaat. Op een dag zul je dankbaar zijn voor wat ik vandaag tegen je gezegd heb, Laura. Je zult erop terugkijken en jezelf uitlachen omdat je zo dwaas was.'

Ze keek heel zelfverzekerd maar ik dacht: nee, grootma, ik zal u nooit dankbaar zijn omdat u tegen me zegt dat magie tussen mensen niet meer is dan een onbenullige dwaasheid. Ik zal u nooit dankbaar zijn omdat je me zegt dat mensen beoordeeld moeten worden naar hun stamboom in plaats van naar hun karakter, dat status belangrijker is dan wat ook, zelfs oprechte gevoelens. Nee, grootma, ik zal niet dankbaar zijn; ik zal altijd medelijden voelen, niet voor mezelf, maar voor u.

Maar dat zei ik niet natuurlijk. Ik bleef zwijgend zitten en sloeg haar gade terwijl ze naar het strand staarde, waar de mannen op weg waren naar huis.

'Het schijnt dat de grote geesten de problemen van de wereld hebben opgelost en terugkomen,' zei ze droog. 'Ga je moeder en zus maar vragen of ze hier komen.'

Ik stond snel op.

'Toen ik zo oud was als jij, bedankte ik de ouderen altijd als ze de moeite en de tijd hadden genomen om met me te praten en hun wijsheid aan me door te geven, Laura,' zei ze toen ik weg wilde gaan. Ik bleef staan en draaide me langzaam om.

'Ik weet dat u alleen mijn geluk wilt, grootma. Daarvoor dank ik u,' zei ik.

Het voldeed haar niet. Ze keek me aan met zo'n kille, doordringende blik als ik nooit van haar gezien had, een blik die me haastig naar huis deed lopen om mama te halen.

4. Een teken van boven

In de daaropvolgende dagen heerste er een onbehaaglijke wapenstilstand tussen Cary en mij. Hij probeerde voortdurend kwaad en afkeurend te blijven kijken, probeerde me weer te bewijzen dat hij meer wist over het maken van afspraakjes dan ik. Hij praatte met me via May, gebaarde en praatte tegelijk tegen haar, ook al wisten we allebei dat ze niets kon horen. Hij zei dat May moest leren wat ze wel en niet moest doen als ze met een jongen uitging, omdat blijkbaar niemand mij die regels ooit had bijgebracht. Hij klonk net als papa, klaagde dat jonge mensen arrogant en vroegrijp waren. Soms, als hij papa's gzicht trok en sprak als papa, was ik bang dat ik zou gaan lachen, dan moest ik me omdraaien om mijn glimlach te verbergen. Cary hoefde papa's opvliegende karakter niet te imiteren. Dat van hemzelf was al erg genoeg.

'Nu je ouder wordt, May,' zei hij belerend, met een blik op mij, 'moet je oppassen dat je je tijd niet verspilt aan domme jongens of jongens die meisjes als een trofee beschouwen en niet als mens.'

'Ze heeft geen idee waar je het over hebt, Cary,' zei ik.

'Des te meer reden om nu met haar te praten. Jij hebt een grote invloed op haar,' snauwde hij. 'Een negatieve.'

'Wat bedoel je daarmee, Cary?'

'Precies wat ik zeg. Ze ziet wat jij doet en denkt dat dat het beste, het juiste is om te doen.'

'Ik heb niets in haar bijzijn gedaan wat niet mocht doen,' protesteerde ik.

'Nog niet misschien,' mompelde hij.

Hij was om dol van te worden, maar ik kon beter mijn mond houden en mijn woorden inslikken. Hij bleef gewoon doorgaan met zijn preken, praatte over jongens alsof ze gif waren. Die arme May was slim en gevoelig genoeg om te weten dat ze hem niet moest tegenspreken, maar keek voortdurend naar mij om te zien of ik hem gelijk gaf of ging protesteren. Ik zei niets en wendde mijn gezicht af. Later, toen we alleen waren, vroeg ze waarom Cary zo kwaad was op de jongens van school. Ik vertelde haar dat hij alleen maar probeerde haar te beschermen, dat hij bezorgd was om haar. Ze keek me met haar grote lichtbruine ogen strak aan en wachtte tot ik meer zou zeggen, maar dat kon ik niet.

Droefheid hing als een spinnenweb om ons heen. Cary's sombere gezicht wierp lange schaduwen in ons huis. Als hij een kamer binnenkwam waar May en ik waren, gingen haar ogen van mij naar hem en weer naar mij, alsof ze op een akelige golf wachtte die ons allemaal in een zee van neerslachtigheid zou verdrinken. Cary bracht steeds meer tijd alleen door, boven op zijn zolderkamer. Op school was hij ook alleen, zelfs in de kantine. Soms zat hij met een paar jongens uit andere vissersfamilies, maar zijn ogen waren altijd op Robert en mij gericht, wat me verlegen maakte, me een schuldgevoel gaf als ik lachte of zelfs maar glimlachte, en vooral als we elkaar aanraakten. Robert probeerde vriendelijk te zijn tegen Cary, probeerde een gesprek met hem aan te knopen, maar hij reageerde slechts met een eenlettergrepig gegrom, liep meestal haastig weg of negeerde hem. Ik zei Robert dat het tijd nodig had. Ik zei dat hij geduld moest hebben, dat als Cary eenmaal zou beseffen hoe aardig hij was, hij zou ophouden zo beschermend en bezorgd te zijn.

'Ik denk dat als ik een zus had die op jou leek, ik ook met een geweer over mijn schouder zou lopen,' zei hij. Ik moest lachen. Robert kon wolken verjagen en de zon laten schijnen op elk somber moment. Ik had nog nooit iemand gekend die zo optimistisch en zo opgewekt was. Toen ik zijn ouders had leren kennen, dacht ik dat het door hen kwam, zij leken zo gelukkig, zo vol liefde.

'Een bloem bloeit het mooist in een gelukkige pot,' had tante Belinda eens tegen me gezegd toen ik haar in het tehuis bezocht. Ik dacht dat ze zinspeelde op grootma Olivia, die geen prachtige bloei vertoonde. Ik dacht dat ze klaagde over haar familieleven, maar ik kon haar er nooit toe krijgen iets van wat ze zei uit te leggen. Meestal liet ze er een lach op volgen en zweefden de woorden als rook van ons weg.

Ik ontmoette Roberts ouders op een middag toen de school vroeg uit was omdat er leraarsvergadering was. Ik vroeg Cary of hij zin had om mee te gaan naar Roberts ouders en te zien hoe ze opschoten met het Sea Marina.

'Waarom zou ik mijn tijd verspillen met het bekijken van een verwaarloosd toeristenkot?' snauwde hij. 'En waarom zou jij dat doen?'

'Het is niet meer verwaarloosd, Cary, en het is beslist geen kot.'

'Wie haalt May af?'

'Ik, als je wilt,' zei ik.

'Als ik wil? Vroeger hield je van je zusje,' merkte hij hatelijk op.

'Je weet dat ik van haar hou, Cary. Dat is niet eerlijk. Ik zeg toch dat ik haar zal ophalen.'

'Laat maar. Je zou het waarschijnlijk maar toch vergeten, worden afgeleid door je lieve vriendje en dan staat zij in haar eentje bang te wachten,' zei hij.

'Ik laat me nooit zo afleiden, Cary, maar zelfs dan zou May gemakkelijk alleen naar huis kunnen gaan.'

'Ja, zonder een auto te horen als ze de weg oversteekt.'

'Ze weet hoe ze een weg moet oversteken.'

'Ik geloof niet dat het gaan bekijken van een vervallen huis voor toeristen belangrijker is dan May's veiligheid,' zei hij. 'Ik zal wel voor haar zorgen.'

Hij draaide zich om en liep weg voor ik kon antwoorden. Ik bleef trillend van woede staan, mijn handen tot vuisten gebald en met een maag die voelde of hij binnenstebuiten was gekeerd. De manier waarop sommige leerlingen naar me keken toen ze me in de gang voorbijliepen, gaf me het idee dat er stoomwolken uit mijn oren kwamen.

'Voel je je niet goed?' vroeg Robert toen we die middag de school uitliepen. 'Je hebt nog geen woord gezegd.'

'Er is niets,' zei ik. 'Alleen... mijn broer maakt me soms zo kwaad dat ik het zou kunnen uitschreeuwen.'

'Misschien zou je dat eens moeten doen, Laura. Misschien wordt het tijd hem te laten weten hoe je je voelt.'

'Misschien.'

Ik keek naar hem, naar zijn bezorgde gezicht, en ik wist dat hij gelijk had.

'Ik kan die boosheid maar beter van mijn gezicht halen voor ik je ouders ontmoet,' zei ik. 'Anders denken ze nog dat je een heks hebt als vriendin.'

Hij lachte. We stapten in zijn auto en reden naar het Sea Marina.

Het gebouw was dan wel verwaarloosd, het stond op een schitterend terrein aan de kust. Alleen aan de voorkant van het hotel was een gazon. De achterkant was zandstrand met een pad dat naar een aanlegsteiger voerde. Vroeger had het hotel een zeilboot, maar die was allang verdwenen. Het enige dat over was waren twee roeiboten, die geen van beide erg zeewaardig leken. Ze waren beschimmeld en vertoonden kleine lekken. Roberts ouders hadden zich beziggehouden met het gebouw zelf; ze hadden kapotte luiken en versleten, gebarsten en gebroken planken van de veranda vervangen, de muren geschilderd, de keuken gerestaureerd, nieuwe vloeren gelegd en bedden vervangen, evenals de meubels in de zitkamer, de lampen en elektrische installaties.

'Mijn vader is altijd erg handig geweest,' vertelde Robert me toen we bij het huis kwamen. Zijn vader stond op een ladder en repareerde een loszittende plank.

Ik wist dat het Sea Marina vroeger een van de interessantste huizen in de omtrek was geweest. Het was gebouwd voor een zekere kapitein Bellwood, die een succesvolle walvisvaart had opgezet toen spermacetieolie veel gevraagd werd. Zoals vaak, raakte de familie haar fortuin kwijt en werd het huis uiteindelijk een pension. Er werd een bord met de woorden THE SEA MARINA boven de deur gespijkerd, en een nieuwe geschiedenis begon voor het gebouw. Het werd niet goed onderhouden en vier of vijf jaar geleden werd het ten slotte gesloten. Robert verklaarde dat de bank het had geëxecuteerd en dat zijn ouders het zo goedkoop hadden kunnen kopen dat ze geld over hadden voor de restauratie.

Het was een huis van drie verdiepingen met tweeëntwintig kamers die verhuurd konden worden. Robert en zijn ouders woonden beneden aan de achterkant. Op het dak stond een grote koepel met een ronde dakkapel. Het huis had veel decoratieve details, kroonlijsten langs het dak, een uitkijkpost, dubbele ramen boven de voordeuren, erkers op de benedenverdieping en een veranda met een gesneden balustrade. De hele buitenkant van het gebouw moest worden afgekrabd en geschuurd voor het opnieuw kon worden geschilderd. De betonnen trap was gebarsten en afgebrokkeld en moest worden vervangen, evenals een stuk of zes gebarsten en gebroken ramen. Ik was al eens met mijn fiets langs het Sea Marina gereden en wist hoe verwaarloosd het was voordat Roberts ouders met de enorme restauratie begonnen. Geen wonder dat hij meestal druk was.

Meneer Royce zag ons aankomen en zwaaide. Ik zag meteen dat

Robert zijn lach had geërfd. En toen we dichterbij kwamen en hij van de ladder klom, zag ik ook dat Robert zijn blauwe ogen had. Zijn vader was een paar centimeter langer en had hetzelfde slanke, gespierde figuur.

'Hé, spijbelaars, wat zijn jullie van plan?'

'Ik heb u gezegd dat de school vandaag vroeg uit was, pap,' zei Robert. Zijn vader knipoogde naar me.

'Ja, dat heeft hij gezegd, maar kan ik hem ook geloven?'

'O, ja, dat kunt u, meneer Royce,' antwoordde ik snel, en hij lachte.

'Ik zie dat je een trouwe partner hebt, Robert. Stel je ons nog voor of blijf je daar staan?'

'Dit is Laura Logan, pap. Laura, mijn vader, Bob Hope.'

'Bob Hope? Als ik zo'n goeie acteur was, dacht je dan dat ik hier zou staan zwoegen en planken repareren? Hallo, Laura. Nou, wat vind je ervan tot dusver?' zei hij. Hij deed een stap achteruit en zette zijn handen op zijn heupen. We keken omhoog naar het Sea Marina.

'Het ziet er goed uit, meneer Royce. Het zal prachtig worden.'

'Dank je. Robert heeft goed meegeholpen, maar je moet eens zien wat zijn moeder binnen heeft klaargespeeld.'

'Kom mee,' zei Robert.

'Ik ben blij u te hebben leren kennen, meneer Royce.'

Hij glimlachte en keek met een goedkeurende blik naar Robert, wiens schouders nog breder leken te worden.

'Kom langs wanneer je wilt, Laura. We kunnen altijd een extra hand met een verfkwast gebruiken,' zei hij.

'Pap!' protesteerde Robert.

'O, dat wil ik best,' zei ik. 'Het lijkt me erg leuk.'

'Leuk? Noem je dit leuk?' zei hij schertsend. 'Ik mag dat meisje wel, Robert.'

'Dag, pap,' zei Robert. Hij rolde met zijn ogen en pakte mijn hand vast. 'Kom, dan zal ik je aan mijn moeder voorstellen,' ging hij met een diepe, zachte stem verder, die me even deed beven.

We liepen de trap op naar de voordeur en gingen naar binnen. In tegenstelling tot de buitenkant, leek het huis van binnen weken en weken meer werk te vereisen. De vloeren waren nog kaal, de muren in de zitkamer waren wel geschuurd maar moesten nog geschilderd worden, losse draden hingen aan het plafond, wachtten op lampen en deuren waren uit de scharnieren getild en stonden tegen de muren als ongeduldige gasten die wachtten om in te checken.

'Ma!' riep Robert in de gang. We hoorden iets wat klonk als een omvallende toren van potten en pannen en toen een verwensing. 'O-o,' zei Robert. Hij hield mijn hand vast, toen we door de gang liepen naar wat de keuken moest zijn.

Roberts moeder zat op de grond, haar handen voor haar gezicht en potten en pannen om haar heen. Ze was gekleed in jeans en een flanellen blouse, die ze aan de onderkant had samengeknoopt en de mouwen tot aan de elleboog opgerold. Haar haar, dezelfde kleur als dat van Robert, was in een paardenstaart gebonden. Toen ze haar gezicht ophief, zag ik dezelfde zachte, volmaakte trekken als bij haar zoon. Al was ze op dit moment blijkbaar van streek, ze had een teint en een jeugdige schittering in haar ogen die haar tien jaar jonger maakten.

Toen ze ons zag, grijnsde ze en leunde achterover op haar handen. 'Welkom in het Sea Marina,' zei ze. 'Het diner,' ging ze verder in een prachtige imitatie van een Engelse butler, 'zal iets later worden geserveerd in verband met een catastrofe.'

'Wat is er gebeurd?' vroeg Robert.

'De planken die ik had aangebracht besloten dat ze op de verkeerde plaats zaten en kwamen in opstand,' legde ze uit, en wees naar de steunen die uit de muur waren gekomen.

'Ik heb u gezegd dat ik dat vandaag zou doen,' zei Robert.

'Ik dacht dat het geen probleem zou zijn. Ik heb blijkbaar het gewicht van mijn kookmateriaal onderschat.' Ze keek naar mij en lachte toen. 'Ben jij de nieuwe kokkin?'

'Hoe bedoelt u?'

'Ma, u weet wie dit is,' zei Robert ongeduldig.

'O? O,' ging ze verder, sprong overeind en borstelde haar spijkerbroek af. 'Het kreeftenmeisje.'

'Hè?'

'Ma!'

'Dag, ik ben Jayne Royce,' zei ze terwijl ze me een hand gaf. 'Robert heeft me alles over je verteld, dus ik hoef je helemaal niets te vragen.'

'Ma.'

'Ma, ma. Hij lijkt wel een verward schaap. Het is bè, bè, Robert. Kom mee,' zei ze terwijl ze mijn hand pakte, 'dan zal ik je mijn juweel laten zien.'

66

Ik keek hulpeloos achterom terwijl ze me meetrok naar de eetkamer, tot dusver de enige kamer die klaar was. Er stond een lange tafel van donker esdoornhout met heel comfortabel uitziende stoelen. Er stond een zilveren kandelaar en er lagen mooie placemats, die met de hand geborduurd leken. Er hingen twee kroonluchters die fonkelden als ijspegels in de zon, en aan de verste muur hing een groot olieverfschilderij van een walvisvaarder op jacht. Aan een andere wand hing een olieverfschilderij dat ik herkende als een van de vroege werken van Kenneth Childs. Het was een strandtafereel met meeuwen die een bocht maakten en naar de ondergaande zon.

'Nou?'

'Het is mooi, mevrouw Royce.'

'Noem me alsjeblieft Jayne. Ik noem mijn schoonmoeder mevrouw Royce.'

Ik lachte toen Robert naast ons kwam staan.

'Wil je de steiger zien?' vroeg hij.

'Waarom zou ze die steiger willen zien? Die is lelijker dan een opgewonden bulldog met één oog.'

'Ma!'

'Misschien kunnen we je moeder helpen met die planken, Robert,' opperde ik.

'Dat is nou een meisje dat ik zou willen adopteren. Als je ooit van huis wilt lopen, kom je maar hier,' zei ze. 'Ze is een mooi meisje, Robert. Je hebt niet overdreven.'

'Mmm...'

'Niets zeggen. Wacht even, Robert,' zei ze terwijl ze haar wijsvinger tegen haar wang legde en deed alsof ze diep nadacht. 'Ik weet het. Waarom noem je me niet mevrouw Royce,' opperde ze, en ik lachte. 'Kom mee,' ging ze verder en pakte weer mijn hand. 'We gaan terug naar de keuken en dan kun je me alles vertellen over het leven op Cape Cod terwijl ik mijn potten en pannen bijeenraap.'

Ik keek naar Robert, die zijn schouders ophaalde.

'Ik denk dat we mevrouw Royce maar moeten gaan helpen,' zei hij, toen lachten we allemaal.

Het was een geweldige middag. Ik had nooit gedacht dat ik werken zo leuk zou vinden. Ze wilden dat ik bleef eten, maar ik vond dat dat niet juist was na zo'n eerste kennismaking. Ik legde uit dat ik mijn moeder meestal hielp met koken en dat ik naar huis moest.

Ondanks al het restauratiewerk dat ze nog voor de boeg hadden, waren de Royces gelukkig en vol vertrouwen. De sfeer van kameraadschap en de hechte band tussen hen maakten me jaloers. Roberts ouders leken zoveel jonger dan de mijne en zoveel meer ontspannen. Ik voelde hun liefde voor elkaar en hun bezorgdheid om elkaars geluk. Geen wonder dat Robert zo'n warme en hoopvolle persoonlijkheid is, dacht ik.

'Tja,' zei hij toen we wegreden, 'ik heb je gewaarschuwd dat mijn moeder een rare tante is.'

'Ik vind haar een schat, Robert. Ze is geweldig.'

'Ja, ik geloof dat ik geluk heb,' zei hij. 'En nu,' ging hij verder terwijl hij me aankeek, 'ben ik nóg gelukkiger.'

Omdat het schooljaar ten einde begon te lopen, was het heel belangrijk dat we studeerden voor onze examens en aan onze laatste projecten werkten. Hoewel Robert en ik niet in dezelfde klas zaten, leek het ons prettig samen te studeren. Met dat doel kwam hij de volgende zaterdag naar mijn huis. Ik had het mijn moeder al verteld en het papa gezegd vlak voordat Robert zou komen. Papa en May zaten te dammen in de zitkamer. Hij hield even op en keek me aan.

'Het schijnt dat er nogal wordt gepraat over jou en je vriend, Laura,' zei papa.

'Welnee, papa.' Ik begon te lachen bij het idee.

'Grootma Olivia vindt van wel,' ging hij verder. 'Je weet hoe al het nieuws bij haar terechtkomt.'

'Ik weet het.' Ik maakte een grimas in afwachting van wat grootma Olivia hem had verteld.

'Misschien worden jullie een beetje te snel serieus,' meende papa.

'Echt niet, papa.'

'Iedereen verwacht dat je naar de universiteit gaat, Laura. Niet veel Logans hebben dat gedaan. Je moeder vertelt me dat je misschien lerares wilt worden.'

'Ik wórd lerares, papa.'

'Hopen meisjes maken plannen en dan leren ze iemand kennen en laten ze zich het hoofd op hol brengen, Laura,' waarschuwde hij.

'Ik ben niet hopen meisjes, papa. Ik ben mezelf,' zei ik.

Hij knikte en zijn gelaatstrekken verzachtten. Papa vond het nooit prettig me een standje te geven en meer dan eens had Cary daaronder te lijden. Die arme Cary kreeg altijd de schuld van dingen die we samen deden, al protesteerde ik nog zo hevig en verdedigde ik hem. Papa meende dat Cary, omdat hij een jongen was, meer verantwoordelijkheidsgevoel hoorde te hebben.

Eén keer, toen we pas tien waren en 's avonds naar het strand waren gegaan en doorweekt thuiskwamen, kreeg Cary een pak slaag met de riem. Ik stond te schreeuwen en te huilen voor Cary's kamerdeur. Later ging ik naar binnen en smeerde zalf op de striemen. Hij huilde niet en klaagde niet, en toen ik het wél deed en zei dat ik minstens de helft van het pak slaag had horen te krijgen, keek hij me aan en zei: 'Waarom, Laura? Ik kan het voor ons allebei verdragen. Ik ben blij dat ik jouw helft kan overnemen.'

Omdat Cary me altijd zo toegewijd was, vond ik het moeilijk hem nu zo kwaad en van streek te zien. Ik voelde me als een stuk elastiek waar aan beide kanten aan werd getrokken, bang dat ik elk moment kon knappen. Ik wilde dat Cary ook gelukkig was, maar was niet bereid mezelf en Robert daardoor ongelukkig te maken. Ik hoopte dat Cary Robert gauw zou leren accepteren en we allemaal gelukkig konden zijn.

Papa zei niets meer over mijn relatie met Robert en verbood ons ook niet samen thuis te studeren. Cary maakte geen valse opmerking over het feit dat Robert kwam, wat ik wel had verwacht, dus vroeg ik hem of hij samen met ons wilde studeren.

'Daar ga ik mijn tijd niet aan verspillen,' antwoordde hij.

'Het is geen tijdverspilling, Cary. Ik weet dat je er in sommige vakken niet zo goed voorstaat.'

'Nou, en? Ik ga toch niet naar de universiteit zoals jij. Ik ga bij papa in de zaak werken, waar ik thuishoor,' snauwde hij.

'Je wilt graag boten bouwen, Cary. Het zou goed voor je zijn om naar de universiteit te gaan en colleges te volgen in techniek en design.'

'Ik hoef niet in een muffe collegezaal te zitten met een hoop snobistische lui om te leren wat ik al weet,' zei hij.

Hij wist inderdaad veel over boten. Hij had nooit problemen als het daarover ging, en er was geen boot, geen ontwerp of design waarvan hij niet op de hoogte was. Papa was trots op de manier waarop Cary zich kon handhaven in een discussie over onze boot of over het varen als zijn vrienden erbij waren. Sommigen vroegen Cary zelfs om advies.

'Als je van gedachten verandert...'

'Dat doe ik niet,' verklaarde hij. 'Ik heb werk te doen op de steiger.' Robert moest werken tot na de lunch, maar om half drie kwam hij. Ik stond op hem te wachten bij de voordeur. Mama en May waren naar de stad om te winkelen.

'Hallo,' zei hij, terwijl hij snel uitstapte, zijn boeken en schriften onder zijn arm. We wisselden een snelle kus. 'Ik vond het vervelend om weg te gaan; er is nog zoveel te doen, maar mijn moeder heeft me praktisch de deur uitgegooid. Waar gaan we heen?'

'Boven naar mijn kamer,' zei ik. Ik had me voorgenomen daar te studeren en had mijn boeken al klaargelegd. 'Daar worden we minder afgeleid. Het is zo'n prachtige dag, als we hier buiten blijven, voeren we geen steek uit.'

Het was een van die warme dagen waarop de wind voelde alsof er lippen zachtjes langs mijn wangen streken, de wolken hingen drukkend onder een hemelsblauwe lucht. De zee spande samen met het goudblonde zand om me te verleiden tot dagdromen, wenkte me met zijn zachte sproeiregen en verblindend witte schuimkoppen.

'Goed idee,' zei hij, met ogen waarin meer liefde en toewijding school dan een oceaan kon bevatten.

Ik had nog nooit een jongen op mijn kamer ontvangen. Alleen al bij het idee voelde ik vlinders in mijn buik. In de hal bleven we staan.

'Is je moeder niet thuis?'

'Ze is met May winkelen. Mijn vader en Cary zijn bij de boot.'

'O.' Hij leek een beetje van zijn stuk gebracht, verlegen om met mij alleen te zijn in een leeg huis.

Ik pakte hem bij de hand.

'Kom mee,' zei ik. 'We hebben een hoop te doen.'

Ik nam hem mee naar boven. Ik had mijn kamer keurig opgeruimd, de hele ochtend gepoetst en schoongemaakt. Twee keer had Cary met een somber en afkeurend gezicht naar binnen gekeken.

'Mooie kamer,' zei Robert. Hij kwam binnen en keek naar mijn posters van rock- en filmsterren. 'Van wie heb je die allemaal gekregen?' vroeg hij, wijzend naar de planken vol pluchen dieren en porseleinen poppen. Op één plank stond ook een verzameling porseleinen en tinnen katjes.

'Van papa, mama en Cary, op verjaardagen en bij speciale gelegenheden,' antwoordde ik. Hij keek glimlachend naar de kleine tafel met een miniatuur theeservies en een grote pop in een stoel.

'Daar speel je toch zeker niet meer mee?' vroeg hij plagend.

'Soms. Met May,' antwoordde ik.

Hij lachte en liep naar mijn hemelbed.

'Ziet er comfortabel uit.'

'Je mag erop zitten,' zei ik. Hij deed het, grijnzend op en neer wippend.

Het beddengoed, de sprei en de kussens pasten allemaal bij het zachtlila van de hemel, en midden tussen de twee donzige kussens zat een grote pluchen kat. Hij stak zijn hand uit om hem te aaien.

'Hij ziet er zo echt uit dat ik me ervan moest overtuigen,' zei hij.

Ik liep naar mijn bureau waar een open schrift naast een stapel schoolboeken lag.

'Ik heb mijn geschiedenisaantekeningen doorgekeken.'

Hij stond snel op en keek over mijn schouder mee.

'Ik had een tien voor dat vak,' schepte hij op, 'maar vraag me nu niets. Het is erin en eruit gegaan.'

We lachten.

'Mooi uitzicht,' zei hij, terwijl hij naar het open raam naast mijn bed liep.

'We zijn naar boven gegaan om dat allemaal te ontlopen,' bracht ik hem vriendelijk in herinnering.

'Goed, goed.'

'Jij mag die stoel nemen,' zei ik wijzend naar de stoel naast het bureau.

'Dank u, juffrouw Logan,' zei hij met een korte buiging.

Hij ging zitten en sloeg zijn wiskundeboek open.

'Ik haat die formules,' mopperde hij, maar keek niet op van zijn pagina.

We werkten allebei zwijgend door. Van tijd tot tijd keken we op, onze blikken ontmoetten elkaar, en we glimlachten en sloegen snel onze ogen weer neer.

'Wil je iets kouds drinken?' vroeg ik toen ik een deel van mijn aantekeningen bestudeerd had.

'Graag.'

'Veenbessensap, oké?'

'Perfect,' zei hij.

'Ik ben zo terug.'

Haastig liep ik de kamer uit en de trap af, deed ijsblokjes in de glazen en nam ze mee naar boven met ons eigengemaakte veenbessensap. Robert lag op mijn bed, zijn handen achter zijn hoofd, en staarde naar de beddenhemel toen ik terugkwam. Ik bleef lachend staan. 'Sorry,' zei hij en kwam met een schuldig gezicht overeind. 'Het zag er zo uitnodigend uit.'

'Het geeft niet,' zei ik en gaf hem het sap.

'Lekker,' zei hij.

Ik ging naast hem zitten en dronk mijn eigen sap.

'Waarom laten ze ons eindexamen doen juist als het buiten zo mooi is? Het is wreed,' zei hij. Ik begon te lachen.

'Het is het eind van het schooljaar, Robert. Wat verwacht je dan?'

'Een beetje meer consideratie,' zei hij schertsend.

We staarden elkaar aan. Ik voelde mijn hart bonzen toen hij steeds dichter naar me toe kwam en onze lippen elkaar raakten.

'Dat wilde ik het hele afgelopen uur al doen,' zei hij.

'Ik ook.'

Hij pakte het glas uit mijn hand en zette het met het mijne op het nachtkastje. Toen draaide hij zich naar me toe en we kusten elkaar opnieuw, deze keer omarmd. Langzaam liet ik me achterover glijden. Hij kwam naast me liggen, streek over mijn haar en zoende mijn wangen.

'Ik denk dag en nacht aan je,' zei hij. 'Jij bent het eerste waar ik aan denk als ik wakker word en het laatste voor ik ga slapen. Op dagen dat we elkaar niet zien haat ik de uren tot ik je weer zie.'

Hij kuste me weer en zijn handen bewogen zich over mijn schouders. Hij drukte zijn lippen in mijn hals, en het was of er een vuur ontsprong in mijn hart, het stroomde door elke ader en weer terug naar mijn hart. Ik nam zijn hoofd in mijn handen en kuste zijn haar, terwijl zijn lippen omlaag gleden, over mijn sleutelbeen, en hij de eerste en tweede knoop van mijn blouse losmaakte, mijn borsten kuste en nog een knoop en nog een losmaakte, tot mijn blouse openviel.

Ik liet hem mijn beha losmaken zodat hij mijn tintelende tepels kon zoenen. Ik moet hem stoppen, dacht ik, maar ik deed het niet. Hij kreunde mijn naam en zijn handen bewogen over mijn dijen. Hij tilde mijn rok op, zodat hij zijn palmen tegen mijn dijen kon leggen. Ik legde mijn handen op de zijne en hield ze daar.

'Laura, Laura,' fluisterde hij. 'Ik hou zoveel van je.'

'Ik hou ook van jou, Robert.'

Ik liet zijn handen los en ze bewogen naar mijn slipje. Mijn hart voelde als een gebalde vuist, bonkend in mijn borst, alsof het eruit wilde. Toen zijn handen over mijn heupbeen gleden en nog lager, slaakte ik een zachte kreet.

Toen ik jonger was en romans las waarin meisjes werden verleid of te ver gingen, zwoer ik dat ik nooit zo zou worden, hoe knap de jongen was of hoeveel ik ook van hem meende te houden. Hoe, dacht ik, kon je lichaam je dingen laten doen die je niet wílde doen? Hoe kon een genot zo groot zijn dat je alle waarschuwingen aan jezelf in de wind sloeg en je overgaf? Toch was dat wat er gebeurde. Ik ging steeds sneller in de richting van het punt waarop geen terugkeer meer mogelijk was, waarop ik zou zijn als een zwemmer die te ver in zee was gegaan en aan de genade van de golven was overgeleverd.

De ene golf na de andere, de ene overweldigende gewaarwording na de andere, sleurde me weg van de kust van de voorzichtigheid.

'Robert' smeekte ik, 'als we nu niet stoppen, kunnen we het niet meer.'

'Ik kan er niets aan doen dat ik zo naar je verlang, Laura.'

'Robert, we zijn er nog niet klaar voor. Laten we wachten tot we er klaar voor zijn. Alsjeblieft,' smeekte ik, wetend dat ik, als hij weigerde, als hij me nog één keer kuste of aanraakte, verloren zou zijn.

Hij hield zijn adem in en trok zich toen terug. Ademloos bleef ik liggen. Robert stapte van het bed af en maakte zijn broek dicht. Ik had niet eens gemerkt dat hij hem opengeritst had.

Plotseling hoorde ik een lang gekraak in het plafond, mijn hart stond stil.

'Wacht,' zei ik en trok hem terug onder de hemel van het bed.

'Wat is er?' Hij bestudeerde mijn gezicht. 'Wil je dat ik...'

'Nee, nee, wees alleen even stil,' beval ik.

'Wat?' Hij lachte verward. 'Waarom?'

Weer hoorde ik gekraak en toen nog eens en toen... voetstappen.

'Cary is boven,' zei ik zacht.

Robert ogen werden groot.

'Hè? Waarom heb je dat niet gezegd?'

'Omdat ik het niet wist.'

'Ik heb hem niet horen binnenkomen of naar boven gaan, Laura. En je deur staat open. We zouden hem dan toch langs hebben zien komen, niet? Of,' ging hij verder na even angstig te hebben gezwegen, 'hij is langsgekomen terwijl we... bezig waren.'

'Nee, hij moet al die tijd hier zijn geweest, Robert. We zouden hem gehoord hebben als hij de trap op was gelopen. Die treden kraken zo luid dat het soms lijkt of Cary er dwars doorheen trapt.'

Robert schudde zijn hoofd.

'Ik begrijp het niet. Ik dacht dat er niemand thuis was. Je zei…'

'Ik denk dat hij is teruggekomen toen ik buiten op je stond te wachten.'

'Nou, en?' zei Robert schouderophalend toen hij even had nagedacht. 'Hij was boven. Wat geeft dat? Niets aan de hand. We gaan gewoon weer terug naar onze boeken,' zei hij met een glimlach.

Hoe kon ik het hem uitleggen? Hoe kon ik het hem vertellen van dat kijkgat in het plafond, als ik Cary zelf er niet mee kon confronteren? Nu moet ik het wel, dacht ik. Meer dan ooit moest ik het nu doen.

'Maar eerst,' zei Robert, 'moet ik even afkoelen.' Hij ging naar de badkamer.

Ik stond op, liep naar de deur en luisterde. Cary was nu zo stil als een muis.

'Oké,' zei Robert toen hij weer tevoorschijn kwam. 'Laten we verder gaan.'

Ik keek nog één keer naar de deur van de zolder en liep toen terug naar mijn bureau.

We studeerden en praatten en studeerden. We maakten plannen voor de zomermaanden en Robert sprak over zijn plannen voor de universiteit, zijn wens om architect te worden. Zijn tekeningen hingen op alle prikborden in het tekenlokaal.

'Eigenlijk hebben Cary en jij meer met elkaar gemeen dan Cary wil toegeven,' zei ik. 'Ik durf te wedden dat jij een boot zou kunnen ontwerpen die hij mooi vindt.'

'Misschien. Ik zou het best voor de grap willen doen, als ik er zeker van was dat hij me niet te lijf zou gaan,' zei Robert.

'Dat zal hij niet doen. Ik zal eens een hartig woordje met hem praten,' beloofde ik.

De voordeur sloeg dicht en we hoorden de opgewonden stemmen van mama en May.

'Het is al laat. Ik moet terug. Ik zal je moeder nog even goedendag zeggen. Is Cary nog boven?'

'Ja,' zei ik, starend naar het plafond en het gat dat Robert goddank niet had opgemerkt.

We gingen naar beneden en Robert praatte even met mama en gebaarde met May. Ze leerde hem een paar nieuwe woorden en toen liep ik met hem mee naar zijn auto.

'Tot morgen,' zei hij. 'Ik zal zien of ik 's middags weg kan voor die wandeling langs het strand.'

'Oké.'

Hij gaf me een vlugge zoen en stapte in zijn auto. Ik keek hem na, tot ik de voordeur achter me open en dicht hoorde gaan. Cary stond ervoor en keek woedend naar me. Hij liep de trap af naar het strand en de steiger.

'Een ogenblik, Cary,' zei ik.

'Wat is er?'

'We moeten praten,' zei ik.

'Ik heb niets te zeggen. Ik moet naar de boot.'

'Maar ik heb wél wat te zeggen, Cary Logan, en je kunt maar beter naar me luisteren.'

Hij bleef staan en draaide zich met tegenzin naar me om.

'Praten waarover?'

'Over het plafond in mijn kamer,' zei ik en liep naar hem toe.

5. Maiden Trip

Cary draaide zich om en liep heel langzaam door naar de steiger. Ik liep een tijdje naast hem zonder iets te zeggen. Het was moeilijk de juiste woorden vinden.

'Je bent naar boven geslopen, hè, Cary? Je wist dat Robert zou komen, daarom ben je stiekem naar huis teruggegaan en naar je zolderkamer, om ons te bespioneren,' zei ik zo zacht en kalm als ik kon.

'Je bent gek,' zei hij. 'Ik moest iets afmaken en ben gewoon naar boven gegaan. Het is niet mijn schuld dat je niet wist dat ik daar was. Bovendien... ' hij bleef staan en draaide zich met een ruk naar me om, 'waar maak je je zo druk over? Heb je iets gedaan om je voor te schamen?'

'Héb ik dat gedaan, Cary?'

Hij keek me even met fonkelende ogen aan.

'Nou? Héb ik dat gedaan?'

'Hoe moet ik dat weten?' zei hij terwijl hij sneller over het zand liep. Ik begon te hollen om hem in te halen.

'Hoe jij dat zou moeten weten? Door dat kijkgat, Cary. Zo weet je het.'

'Wat?' Hij bleef weer staan, zijn handen op zijn heupen. 'Kijkgat?'

'Je weet waar ik het over heb, Cary Logan. Als je wilt, gaan we meteen terug naar mijn kamer en zal ik het je aanwijzen.'

Hij probeerde me zo doordringend aan te kijken dat ik mijn ogen neer zou slaan, maar deze keer wendde hij zich schuldbewust af en kreeg een rode kleur.

'O,' zei hij, 'ik weet wat je bedoelt. Er zat een knoest in het hout en die is er een tijdje geleden uitgevallen.'

'Een knoest?'

'Ja, ik heb het zelf pas kort geleden ontdekt. Denk je dat ik niets beters te doen heb dan boven naar jou en je vriendje te kijken?'

'Ik hóóp dat je wat beters te doen hebt,' zei ik, 'en als je me vertelt dat je het niet hebt gedaan en niet doet, geloof ik je.'

'Ik ben vergeten het te maken, dat is alles,' zei hij. 'Ik had het met wat houtlijm willen opvullen,' ging hij verder. Hij leek dankbaar dat hij de kans kreeg met een verklaring te komen. 'Maar ik had het te druk en ben het vergeten.'

'Oké,' zei ik.

'Het is niet geloven dat je me van zoiets beschuldigt,' ging hij verder, nu in het offensief.

'Waarom zou ik dat niet denken, Cary? Je behandelt me alsof ik een soort gevallen vrouw ben, alleen omdat ik met Robert omga. En, mag ik wel zeggen, je hebt geen enkele reden om een hekel aan hem te hebben. Hij heeft je niets misdaan.'

'Hij en zijn familie horen bij de zakenlui die die toeristen naar de badplaats lokken,' zei Cary verbitterd.

'Je weet dat we die toeristen hard nodig hebben, bovendien ben jij het niet die zo praat. Dat is grootma Olivia. Wie zou papa's kreeften kopen als er geen toeristen waren, en wie zou onze veenbessen kopen als mensen niet de producten van de Cape wilden hebben? Waarom kopen mensen ze? Omdat we een beroemde badplaats zijn in Amerika, en het wordt tijd dat iedereen zich dat eens goed realiseert. De enigen die dat niet doen zijn degenen die zoveel geld hebben geërfd dat ze aan niemand anders denken.'

'Je moet gaan werken voor de Kamer van Koophandel of de Vereniging voor Vreemdelingenverkeer,' zei hij spottend.

'Misschien doe ik dat wel.'

'Dat doe je niet.' Hij dacht even na. 'Zou je dat doen?'

'Ik ben het niet van plan maar ik wijs het niet zonder meer van de hand,' zei ik. 'Daar gaat het allemaal niet om, Cary. Je moet mensen beoordelen naar wat ze zijn en niet naar wat hun ouders of grootouders deden. Wees toch niet zo'n Cod-snob,' waarschuwde ik.

Ondanks alles moest hij even glimlachen, want het was een uitdrukking die we hadden verzonnen toen we een stuk jonger waren. Hij wendde zijn blik af.

'Ik wil alleen niet dat iemand van je profiteert, Laura. Je bent te goed van vertrouwen en zo argeloos.'

'O, en jij bent een man van de wereld, Cary Logan? Sinds wanneer?'

'Ik weet waar jongens tegenwoordig op uit zijn,' zei hij scherp.

'Zo is Robert niet.'

'Hoe weet je dat?'

'Ik denk dat ik het beter weet dan jij, Cary, tenzij je al onze gesprekken hebt afgeluisterd en ons bij al onze afspraakjes hebt bespioneerd. Is dat zo?'

'Nee,' zei hij.

'Vertel me dan eens waarom je Robert niet tenminste een kans geeft. Je zult verbaasd zijn hoeveel jullie met elkaar gemeen hebben, Cary. Jullie werken allebei voor je ouders. Jij hebt misschien minder respect voor wat zijn ouders doen dan voor wat papa doet, maar Robert is toegewijd aan het werk van zijn ouders, zoals jij dat bent aan dat van papa. Hij krijgt niets op een zilveren blaadje aangeboden, net zomin als jij. Jullie werken allebei hard voor alles wat je hebt. Jullie zijn allebei sterkere en betere mensen dan de andere jongens op school.'

Aan de glinstering in zijn ogen zag ik dat mijn opmerking hem beviel.

'Robert wil architect worden. Hij heeft ook veel belangstelling voor het werk dat jij met boten doet. Van je zogenaamde vrienden zijn er maar weinig die zich er zelfs maar om bekommeren. Niemand komt ooit op je zolderkamer.'

'Ik nodig ze niet uit.'

'Waarom niet? Omdat je niet gelooft dat ze oprecht zijn in hun belangstelling, daarom niet. Nou, Robert is dat wél.'

Hij meesmuilde.

'Je hebt je helemaal door die jongen laten inpalmen schijnt het.'

'Cary, kun je voor deze ene keer niet wat vertrouwen hebben in mijn oordeel? Vroeger had je respect voor de dingen die ik zei en geloofde,' klaagde ik.

Tranen sprongen in mijn ogen. Toen hij me aankeek, verzachtte zijn gezicht.

'Ik zeg niet dat ik niet in je geloof, Laura.'

Hij keek peinzend naar de zee en toen weer naar mij.

'Oké, ik zal hem een kans geven. Als jij dat zo graag wilt.'

'Dat wil ik graag.'

'Goed. En nu moet ik naar de steiger. Ik heb papa beloofd dat ik hem zou helpen.'

'Je moet beginnen te studeren voor je examens, Cary,' riep ik toen hij wegliep.

Hij zwaaide naar me zonder zich om te draaien en liep verder langs het roze wilde kustgras. Zijn haar wapperde in de wind. Ik bleef hem even nakijken en liep toen terug naar huis met het gevoel dat ik een soort overwinning had behaald, al wist ik niet wat het was.

De volgende maandag op school was alles anders. Cary was vriendelijk tegen Robert, zo vriendelijk zelfs dat het me verbaasde.

'Laura heeft me verteld over al het werk dat je ouders en jij verzetten in het Sea Marina. Ik zou een dezer dagen graag eens komen kijken,' zei Cary met een snelle blik op mij.

'Graag,' zei Robert. 'Ik kan best wat advies gebruiken voor de steiger. Hij moet worden versterkt, maar ik weet niet goed hoe.'

'Woensdag misschien,' zei Cary, 'na school.' Hij draaide zich om naar mij. 'Dan gaan we May halen en nemen haar mee.'

'Dat zal ze enig vinden,' zei ik. Ik was zo blij dat ik het gevoel had dat ik elk moment van geluk uit elkaar kon springen.

'We moeten het ma vertellen,' zei Cary, 'maar laten we het liever niet tegen papa zeggen.' Ik knikte.

Ondanks het feit dat hij een afzetmarkt moest hebben voor zijn kreeften en veenbessen, praatte hij grootma Olivia's klaagzangen na over de toeristenindustrie en de schade die ze de Cape had toegebracht en zou blijven toebrengen. Ik was blij dat Cary er niet over begonnen was waar Robert bij was, maar ik zat altijd op spelden als het gesprek ging over toeristen en hun effect op onze stad. Het was een onderwerp waarvan Cary en Robert zouden moeten accepteren dat ze er verschillend over dachten.

Die middag kwam Cary in de kantine bij Robert en mij zitten voor de lunch. Robert vroeg hem een paar dingen over boten en Cary praatte door de eerste bel heen. Nu en dan keek Robert even met grote verbaasde ogen naar mij. Ik zat er met ingehouden adem bij, bang dat als ik één woord zou zeggen of een spier zou verroeren, de magie verbroken zou worden.

Maar die werd niet verbroken. Na school, op weg naar huis zei Cary dat hij zich misschien vergist had in Robert.

'Misschien is het omdat hij niet hier vandaan komt,' zei hij. 'In ieder geval loopt hij niet achter Adam Jackson en zijn club aan. Hij heeft me gevraagd hem een paar zeillessen te geven. Misschien aanstaand weekend.'

Ik beet op mijn lip en knikte. Ik voelde me als iemand die op zijn tenen over een vloer van breekbaar glas loopt, bang dat als ik een beetje te hard trapte, alles zou barsten en verbrijzelen.

'Je kunt mee als je wilt,' zei hij.

'Dat lijkt me leuk, Cary.'

'We zullen afwachten wat voor weer het is. En het wordt pas leuk als hij een goede leerling is.'

'Zei Robert dat hij absoluut zeker weg kon?' vroeg ik.

'Ik heb hem beloofd dat ik hem donderdag zou helpen het terras aan de achterkant van het hotel te beitsen. Ik heb wel wat tijd,' zei Cary.

'Doe je dat echt?' Ik kon mijn oren niet geloven. 'Ik bedoel, doe je het? Ik bedoel…'

'Het is niets bijzonders, Laura. Als hij het volhoudt, zijn we in een uur klaar,' zei Cary met meer dan een zweem van uitdaging in zijn stem.

Zoals Cary had beloofd, haalden we op woensdag May van school en gingen naar de Sea Marina. Ik stelde May voor aan Roberts moeder en leerde haar een beetje gebarentaal, terwijl Cary en Robert naar buiten gingen om met Roberts vader naar de werf te kijken. Roberts vader was blij met Cary's adviezen en was erg onder de indruk. Hij prees Cary de hemel in. Op de veranda dronken we met z'n allen lekkere koude limonade, terwijl Cary en Robert hun gesprek over de restauratie van de gebouwen voortzetten.

May was dol op Roberts moeder, die haar een goedkoop horloge gaf dat ze in een la in een van de kamers had gevonden toen ze het hotel hadden overgenomen. Het was een parelmoerachtig horloge met Romeinse cijfers en een dun leren bandje. May was zo opgewonden dat ze de hele weg naar huis met haar pols omhoog liep, zodat ze het beter kon bewonderen.

'Papa zal vast vragen hoe ze eraan komt,' waarschuwde Cary. 'We kunnen niet tegen May zeggen dat ze moet liegen.'

May was voor ons beiden zo dierbaar en bijzonder, dat alleen al de gedachte haar iets verkeerds te laten doen, al was het nog zo gering, ondenkbaar was. Niemand had zo'n zuivere geest als May.

'Laat haar de waarheid maar vertellen, Cary. We hebben niets verkeerds gedaan. Het betaamt een goed christen anderen te helpen. Als papa iets zegt, zullen we hem herinneren aan 1 Corinthiërs 13: "Al ware het dat ik al wat ik heb tot spijs uitdeelde, en al ware het dat ik

80

mijn lichaam gaf om te worden verbrand, maar had de liefde niet, het baatte mij niets".'

Cary lachte. 'Zijn verdiende loon, om ons elke avond voor het eten uit de bijbel te laten voorlezen,' zei hij.

Papa informeerde inderdaad naar het horloge, maar hij begreep May's antwoord niet en vroeg het mij. Ik vertelde hem de waarheid. Even zweeg hij.

'Ik vind het niet prettig als ze dingen aanneemt van vreemden, Laura,' zei hij.

'Mevrouw Royce is geen vreemde meer, papa, tenminste niet voor mij,' voegde ik eraan toe. Hij keek niet erg gelukkig, maar hij liet het erbij en May mocht het horloge houden.

Donderdag ging Cary met Robert naar huis en hielp hem het terras beitsen. Ik ging niet mee, maar maakte me zo zenuwachtig om die twee, dat ik niets anders kon doen dan uit het raam staren en wachten tot Cary thuiskwam. Getrouw aan zijn woord bleef hij niet veel langer weg dan een uur. Ik liep haastig naar beneden om hem bij de deur te begroeten.

'Ben je nu al klaar?' vroeg ik toen hij onze veranda op kwam.

'Heeft niks om het lijf,' zei hij schouderophalend. 'De romp van een schip schilderen, dát is nog eens wat!'

'Vond Robert het even gemakkelijk als jij?' vroeg ik. In werkelijkheid vroeg ik of ze met elkaar konden opschieten.

'Hij was ertegen opgewassen,' antwoordde Cary. 'Ik denk dat ik zaterdag een paar uur uittrek om hem iets over zeilen te leren,' ging hij verder. 'Als je mee wilt -'

'O, Cary,' riep ik uit en sloeg mijn armen om hem heen. 'Dank je.' Ik gaf hem snel een zoen op zijn wang.

Hij bleef even verstard staan. Het leek haast of mijn zoen hem gebrand had. We hadden elkaar al een tijd niet meer gekust; we voelden ons allebei een beetje verlegen ermee. Maar het was als een plotselinge voorjaarsbui. Ik kon er niets aan doen.

'Het is niks bijzonders,' zei Cary bijna kwaad. 'Dat doe ik voor iedereen. Ik ga me wassen.'

Haastig liep hij langs me heen de trap op.

Ik wist dat ik gelukkig hoorde te zijn; ik hoorde blij te zijn, maar er hing een kilte in de lucht. Het was of Cary zijn schaduw had achtergelaten en die schaduw hing over me heen, sloot de zon buiten.

81

De volgende dag vertelde Robert op school dat zijn ouders erop stonden dat hij de hele zaterdag vrij zou nemen.

'Ze zeiden dat ik nog geen dag vrij had gehad sinds we hier zijn, en omdat we voor zijn op ons schema...'

'Geweldig! Zullen we op het strand gaan picknicken, Cary?'

'Goed. Ik heb een plan. We doen de zeillessen laat op de ochtend en stoppen dan om te picknicken op het strand rond Logans Cove.'

'Logans Cove? Waar is dat?' vroeg Robert. Cary en ik keken elkaar lachend aan.'

'Het is onze geheime plaats,' zei ik. 'Cary en ik hebben het Logans Cove genoemd omdat daar praktisch niemand komt.'

'Het ligt ongeveer een kilometer ten noorden van het moeras,' zei Cary. 'Daar hoeven we niet bang te zijn dat we gestoord worden door toeristen.'

'O,' zei Robert met een glinstering in zijn ogen. 'Lijkt nogal afgelegen. Ik verheug me erop.'

Na het bijbellezen tijdens het avondeten, wachtte papa even met brood snijden en keek naar mij.

'Ik hoor dat je je landrot zeewaardig hoopt te maken.' Ik keek naar Cary voor een aanwijzing wat papa bedoelde, maar zijn gezicht was een gesloten boek, ondoorgrondelijk.

'We gaan hem een les geven met de *Sunfish*,' zei ik.

'We?' vroeg Cary lachend.

'Ik kan ook goed zeilen, Cary Logan. Dat heb je zelf gezegd.'

'Ja, dat is zo, maar je doet het niet vaak genoeg om een goede lerares te zijn,' legde hij uit. Dat beviel papa en hij begon te lachen. Toen keek hij weer serieus.

'Als je May meeneemt, wil ik niet dat ze in de *Sunfish* is als je les geeft, Cary.'

'Natuurlijk niet, papa,' zei Cary.

Hoewel de *Sunfish* slechts groot genoeg was voor twee personen, was May zo klein dat we haar gewoonlijk meenamen als we gingen zeilen. Ik had haar al beloofd dat ze met ons mocht picknicken.

'May en ik blijven op het strand kijken papa. Maakt u zich maar niet ongerust.'

Hij bromde iets wat een soort goedkeuring moest betekenen.

'Het weer ziet er veelbelovend uit,' zei Cary. Papa was het met hem eens en dat was alles wat erover gezegd werd. Ik was te opgewonden om stil te zitten. May zat in mijn kamer toen ik de picknick plande. Zowel mijn handen als mijn gedachten bewogen terwijl ik op en neer liep, alles opsomde wat we mee moesten nemen en wat ik voor het eten moest doen.

'Misschien maak ik een garnalensalade. Cary houdt van garnalensalade. Maar we zouden ook kunnen barbecuen, toch? Hamburgers of een paar kreeften? We moeten salades hebben en o, ik zal mijn citroentaart maken, wat denk je? Robert zal zo verrast zijn als hij merkt hoe goed ik kan koken. Wat?' vroeg ik, toen May begon te gebaren. 'O, spelletjes. Ja, we zullen iets meenemen wat wij kunnen doen terwijl zij met de *Sunfish* op zee zijn. Nee, ik durf hem mijn tekeningen niet te laten zien. We zullen een damspel meenemen, oké? En Cary's frisbee. Ik pieker erover wat ik moet klaarmaken. Ik zal het er morgen met mama over hebben. Nee, laten we nu meteen maar met haar gaan praten,' zei ik en pakte May's hand. Ze sprong overeind en volgde me toen ik de trap af liep naar mama.

Toen mama en ik zaterdagochtend de picknickmand inpakten, mopperde Cary tegen ons vanaf de ontbijttafel.

'Ik snap niet waarom we niet gewoon wat sandwiches en veenbessensap kunnen meenemen, zoals altijd,' zei hij. 'Dit is niet bepaald de Inzegening van de Vloot,' ging hij lachend verder. Hij doelde op een jaarlijks evenement op de Cape, waarbij boten werden versierd met vlaggetjes en priesters een processie leidden uit de kerk. Iedereen kleedde zich mooi aan en er was veel te eten en te drinken.

'Net iets voor een man,' zei mama, 'klagen en spotten tot hij zijn tanden erin zet en dan wordt hij zo stil als een kerkmuis tijdens de preek.'

Ik lachte en Cary kreeg een kleur.

Ruim een uur later arriveerde Robert. Hij droeg een paar nieuwe gymschoenen, een kakibroek en een helderwit hemd. Bij zijn studentikoze zeilkleding hoorde een zwierige pet. Cary, die een gescheurde short droeg zonder hemd en op blote voeten liep, lachte.

'Waar denk je dat we in gaan zeilen, een jacht?' plaagde hij.

'Nee, maar ik wilde een beetje in de sfeer komen,' antwoordde Robert, die zich niet uit het veld liet slaan door Cary's spot.

'Je ziet er leuk uit, Robert,' zei ik. Ik droeg een roze zonnejurk over mijn badpak en vond dat Robert en ik een perfect paar vormden.

'Zeilen is hard werken,' ging Cary streng verder. 'Je zult dat mooie-jongens-pakje van je vuil maken.'

'Dat geeft niet,' zei Robert. 'Ik heb niet veel gelegenheid om deze kleren te dragen. Hé, wat is dat allemaal?' vroeg hij met een knikje naar de grote picknickmand.

'Ze heeft een feestmaal klaargemaakt,' zei Cary.

'Jee, Laura, je had niet zo hoeven uitpakken... maar bedankt!' zei Robert.

'Laten we gaan. We missen een goede wind,' zei Cary kortaf, duidelijk verlangend van onderwerp te veranderen. May droeg onze handdoeken en Robert bood aan de plaid te dragen.

Het weer was ons gunstig gezind: een zachte bries bewoog de donzige witte wolken nauwelijks voort langs de azuurblauwe lucht. Ten zuiden van ons was de zee al bezaaid met zeilboten.

'Lijkt me een perfecte dag om te zeilen,' merkte Robert op toen we over het zand naar onze steiger liepen.

'O, en jij weet wat een perfecte dag om te zeilen is?' vroeg Cary achteromkijkend.

'Ik? Ik weet evenveel over zeilen als over... kernfysica,' antwoordde Robert. 'Ik begrijp zelfs niet hoe je de boot aan de gang krijgt.'

'De wind krijgt de boot aan de gang,' zei Cary. Ik merkte dat zijn stemming begon te verbeteren en ik moest stiekem lachen. Cary was in zijn element; hij praatte over de dingen waar hij het meest van hield: zeilen en boten. 'Je hijst het zeil in een hoek van negentig graden op de longitudinale as van de boot en houdt de kracht van de wind op het achtervlak van het zeil. Dat heet zeilen voor de wind. Als je van de wind zeilt, hijs je de zeilen in een hoek van vijfenveertig graden op de as van het vaartuig. Op die manier oefent de wind een trekkende in plaats van duwende kracht uit, begrijp je?'

'Waarschijnlijk als ik het zie,' zei Robert met een glimlach naar mij.

Cary keek kwaad. 'Het heeft geen zin als je niet oplet en je niet concentreert,' zei hij stijfjes.

'Ik ben er bij,' beloofde Robert. 'Sorry.'

'De wind stroomt met grote snelheid langs het voorste oppervlak van het zeil en schept een lager drukgebied vóór het zeil. Begrepen?'

'Ja. Ik bedoel, aye, aye.'

Cary schudde zijn hoofd.

'Ik lijk wel gek.'

'Hij let heus op, Cary,' zei ik.

'We zullen zien.'

'Ik begrijp alleen niet waarom de wind de boot niet doet omslaan met het zeil in een hoek van vijfenveertig graden,' zei Robert. Cary bleef staan en draaide zich om.

'Dat zou het geval zijn als de romp volkomen plat was. Elke zeilboot heeft een vaste kiel die werkt als een longitudinaal vlak om te voorkomen dat de boot opzij beweegt,' legde Cary uit, gebarend met zijn handen om het duidelijk te maken.

'O. Maar als we met een hoek van vijfenveertig graden vooruitgaan, hoe krijg je de boot dan in de gewenste richting?' vroeg Robert. In Cary's ogen verscheen die glinstering van pret die er altijd was als hij het over boten had. Ik was blij dat Robert vragen stelde.

'Door tegen de wind in te zeilen vaar je ongeveer vijfenveertig graden van de windrichting af. Eerst ga je naar links en dan ga je naar rechts, zigzaggend. Dat noemen ze loeven. Je moet de uitdrukkingen kennen, zodat je weet wat ik bedoel als ik je iets laat zien en vertel. Overstag gaan betekent van de ene koers op de andere overgaan. Dat doen we met het roer, we richten de boeg in de richting van de wind en dan van de wind af op de andere koers, of sturen van de windrichting af tot de zeilen aan de andere kant gaan bollen.'

Robert knikte, maar ik zag dat hem niet helemaal duidelijk was wat Cary uitlegde.

'Met gaffelzeilen opgetuigde schepen…'

'Gaffelzeilen?'

'Weet je zelfs niet wat dat betekent? Zeilen voor en achter.'

'O.' Robert glimlachte.

'Met gaffelzeilen heet die manoeuvre gijpen, en vierkant getuigd heet het halzen. En als we de controle verliezen, vallen we dwarszees. Begrijp je?'

'De controle verliezen?'

'Dat kan gebeuren,' zei Cary droogjes.

'Wat gebeurt er dan?'

'Dan kapseizen we en val jij in zee en maak je mooie pakje vuil,' zei Cary. Hij draaide zich om en liep weg. Robert keek naar mij.

'Wees maar niet bang, hij zal onze boot niet laten kapseizen,' zei ik. 'Dat heeft hij nog nooit gedaan.'

'Dat klinkt geruststellend,' merkte Robert op en we liepen met May achter Cary aan.

May en ik spreidden de deken uit op een mooie effen plek in Logans Cove, terwijl Robert en Cary de *Sunfish* te water lieten. Ik had papa's verrekijker meegenomen, zodat we hen vanaf de kust konden bekijken. Ik wist dat als Cary eenmaal aan boord was en de zeilen had gehesen, hij een en al zakelijkheid zou zijn. Hij was een heel goede instructeur en een expert in het voorspellen van de wind.

Ze gingen heen en weer. De *Sunfish* sprong over de golven en leek heel soepel te varen. Ik keek door de verrekijker en zag Cary lesgeven, wijzen, Robert orders geven en uitleggen. Toch zag het er een paar keer naar uit dat ze zouden omslaan toen Robert aan het roer zat en het zeil hanteerde.

May en ik damden een tijdje, zochten mooie schelpen op het strand en waadden over de glibberige pier om te zien of we kleine krabben konden vinden. Meeuwen vlogen om ons heen en volgden ons overal, vooral toen we teruggingen naar de plaid. Ze wisten van picknicks, wachtten op de kruimels en hielden ons zorgvuldig in de gaten.

Bijna tweeënhalf uur later keerde Cary de *Sunfish* en koerste naar Logans Cove. Ze voeren het strand op waar wij de plaid hadden neergelegd. Roberts kleren waren doorweekt maar hij keek opgetogen.

'Hoe ging het?' vroeg ik toen ze naar ons toe kwamen.

'Matig tot redelijk,' zei Cary zonder veel enthousiasme.

'Er is een hoop oefening voor nodig,' zei ik. Ik bekeek Roberts gezicht wat nauwkeuriger. Zijn wangen en voorhoofd waren verbrand, maar zijn nek was het ergst, vuurrood. 'O, Robert, je had zonnebrandcrème op moeten doen. Dat zal pijn doen morgen.'

'Ja, ik zal er spijt van krijgen dat ik er niets op heb gesmeerd. Ik voel me net een stuk verbrande toast,' zei hij. Hij keek naar Cary. 'Hoe komt het dat jij niet verbrand bent?'

'Ik ben zo vaak en zo lang op het water, dat mijn huid gewend is aan de zon,' zei hij. 'Maar ik sterf van de honger. Laten we gaan eten.'

May en ik pakten de picknickmand uit en terwijl we aten beschreef Robert zijn zeilles en vertelde dat Cary meer dan de helft van de tijd had geschreeuwd: 'Je valt dwarszees.' 'Maar tegen het eind geloof ik dat ik het door begon te krijgen, hè, Cary?'

'Het lukt je wel,' zei Cary wat onwillig. 'Eigenlijk deed je het niet eens zo slecht voor een landrot.'

'Dank je,' zei Robert. Hij straalde. 'Je doet het zelf ook niet slecht voor een ouwe zeerob.'

'Ouwe zeerob, hè?'

'Je hébt een beetje O-benen,' plaagde Robert. Ik lachte.

'Die heb ik niet.' Cary stond op. 'Nee toch, Laura?'

'Een heel klein beetje, Cary,' zei ik aarzelend.

'Is het heus? Nou, ik heb een perfect evenwicht óp het land en erbuiten,' schepte Cary op.

Robert lachte.

'Wil je het zien, bink?' daagde Cary hem uit. Robert keek even naar mij.

'Cary, nee,' zei ik.

'Híj beweert dat hij zo perfect is,' zei Cary.

'Wat is je uitdaging?' vroeg Robert.

'Wel eens gehoord van handjedrukken?'

'Natuurlijk. Ik ben kampioen van het oosten van Amerika,' schepte Robert op.

'Hou alsjeblieft op, jullie. We hebben nog een dessert. Ga zitten, Cary,' beval ik terwijl ik naar zijn plaats op de plaid wees.

'We moeten het eerst verdienen,' tartte Cary. 'Meneer de kampioen?'

Cary ging in de houding staan, met uitgestoken hand. Het doel was de tegenstander zo ver uit zijn evenwicht te brengen dat hij viel. Ik wist dat Cary er goed in was, waarschijnlijk omdat hij zich zo vaak in evenwicht moest houden op de boot als de zee ruw was.

Robert sprong overeind. May lachte en klapte vol verwachting in haar handen.

'Dat zeilkostuumpje van je wordt nog vuiler,' waarschuwde Cary.

'We zullen zien.'

'Willen jullie alsjeblieft ophouden?' Mijn hart begon te bonzen. Zodra het ego in het geding kwam, vooral het mannelijke ego, kon je rekenen op moeilijkheden.

Robert greep Cary's hand, nam de houding aan, en de worsteling begon. Ze waren allebei sterk. Hun onderarmen zwollen op en hun schouders spanden zich. Ik was verrast over Roberts evenwicht en zag dat dat Cary ook verbaasde. Hij had gedacht dat hij korte metten kon maken met Robert. Beiden gooiden de ander bijna om en toen veinsde Robert een uitval naar voren en trok zo hard aan Cary, dat Cary zijn evenwicht verloor en naar voren viel, niet in staat zich staande te houden. Hij viel met zijn gezicht in het zand. Toen hij overeind kwam, zaten zijn wangen onder het zand, evenals zijn borst en benen.

'En nog steeds kampioen van de oostkust, Robert Royce,' riep Robert uit en stak zijn handen in de lucht. May lachte. Cary en ik keken elkaar in de ogen en ik wist dat dit niet goed zou aflopen.

'Een revanche,' verlangde hij.

'Je zult met mijn manager moeten praten,' zei Robert met een knikje naar mij.

'Cary, alsjeblieft, hou op. Laten we ons dessert eten.'

'Ik hoef geen dessert. Kom op, je had alleen maar geluk, Royce,' zei Cary. Hij ging weer in de houding staan en stak zijn hand uit. Robert keek naar mij. Ik schudde mijn hoofd, maar hij haalde zijn schouders op.

'Een uitdaging kan ik niet weigeren,' zei hij. 'Ik moet aan mijn fans denken.'

'Leuk, hoor.' Ik sloeg het deksel van de mand dicht en bleef mokkend zitten toen ze hun worsteling begonnen.

Het ging net als de eerste keer. Allebei brachten ze de ander bijna uit zijn evenwicht. Maar Cary was deze keer veel meer gespannen. Zijn vastberadenheid deed zijn mond vertrekken en bracht een felle blik in zijn ogen. Weer deed Robert een goede schijnuitval, maar toen hij deze keer naar achteren leunde, kwam Cary naar voren en rolden ze beiden in het zand.

'Onbeslist,' riep ik, blij dat het voorbij was. Maar ze lieten elkaar niet los. De krachtproef ging op de grond verder. Robert lachte en Cary rukte aan zijn arm, duwde hem achterover op het zand. Daarop greep Robert Cary's enkel en trok hem op het zand. Toen worstelden ze samen, draaiend en kronkelend, de een boven op de ander.

'HOU OP!' gilde ik. Ik stond op. May ook. 'Als jullie niet meteen ophouden, ga ik weg.'

Ze gromden, maar lieten nog steeds niet los. De worsteling ging door. Ik pakte May bij de hand en ze keek achterom toen ik haar meetrok. Ik liep met grote passen over het strand terug naar huis, en liet de twee spierbundels grommend en kreunend in het zand achter.

Door hun stomme mannelijke ego's hadden ze een heerlijke middag bedorven. Mama en papa waren naar de stad, dus hoefde ik geen vragen te beantwoorden. Ik ging naar boven naar mijn kamer, gevolgd door May, die zich afvroeg wat er mis was gegaan.

'Jongens!' gebaarde ik nijdig. 'Het kunnen zulke idioten zijn. Ze konden zo goed met elkaar opschieten en nu dit. Ik heb er genoeg van.

Jij boft. Jij behandelt jongens nog alsof ze luizen hebben.'

'Niet meer, Laura. Ik vind een jongen in mijn klas erg aardig,' bekende ze.

'Vertel het hem maar niet,' adviseerde ik haar. Ik voelde me verbitterd en kwaad. Ik pakte mijn borduurwerk en ging bij het raam zitten. Nijdig prikte ik de naald in de stof.

Een tijdje later zag ik Robert en Cary. Ze gingen pas naast elkaar lopen toen ze vlak bij huis waren. Toen bleven ze staan en praatten kalm met elkaar.

'Bedankt voor het bederven van de picknick,' brulde ik uit het raam. Ze keken op.

'We dolden maar een beetje, Laura,' beweerde Cary. 'Waarom liep je weg?'

'Jullie dolden niet maar zo'n beetje. Jullie zijn gewoon een stel idioten. Ik doe nooit meer iets met een van jullie beiden.'

'Laura,' pleitte Robert. 'Het was alleen maar...'

Ik sloeg mijn armen over elkaar en leunde achterover zodat ze me geen van beiden konden zien. Ik hoorde ze niet binnenkomen en ik hoorde Robert ook niet wegrijden, maar ik bedwong mijn nieuwsgierigheid en keek niet uit het raam. Ze zijn iets van plan, dacht ik, en plotseling hoorde ik hen onder mijn raam zingen. Op de muziek van 'My Darlin' Clementine' zongen ze: 'We are sorry, we are sorry, we are sorry for what we did. We feel lost and gone forever, oh our darlin' Laura Logan.' (Het spijt ons, we hebben spijt van wat we hebben gedaan. We voelen ons voor eeuwig verloren, o, onze lieve Laura Logan.) Ze herhaalden het net zo lang tot ik mijn hoofd uit het raam stak en ze zag staan, nu met hun armen om elkaars schouders geslagen terwijl ze naar me omhoog staarden.

Ik kon er niets aan doen, ik móest wel lachen.

'Zijn we vergeven?' vroeg Robert.

'Jullie verdienen het niet, maar ik schenk jullie vergiffenis,' zei ik lachend.

'Krijgen we dan nu ons dessert?' vroeg Cary. 'We hebben weer honger gekregen,'

'O, dus nu wil je wél wat lekkers, hè? Kom maar binnen,' zei ik, dolblij dat ze vrede hadden gesloten.

Ik gebaarde naar May wat er gebeurd was. Ze schudde verward haar hoofd.

'Volwassen zijn zal moeilijker worden dan ik had gedacht,' antwoordde ze, en ik lachte.

Na het dessert ging Cary terug naar het strand om de *Sunfish* vast te leggen en ik liep met Robert mee naar zijn auto om afscheid te nemen.

'Ik heb een heerlijke dag gehad. Het spijt me echt dat ik het voor je bedorven heb, Laura.'

'Ik ben alleen blij dat Cary en jij met elkaar kunnen opschieten, Robert. Ik hoop maar dat het zo zal blijven.'

'Dat zal het,' beloofde hij. 'Je kunt goed koken. Het was een heerlijke picknick.'

'Dank je.'

Hij zweeg en ik zag dat hij aan iets dacht waar veel moed voor nodig was om het te zeggen. Dus hielp ik hem.

'Wat is er, Robert?'

'Ik vroeg me alleen iets af. Mijn ouders gaan zaterdag naar Boston om een paar dingen te kopen voor het hotel. Ik ga niet mee,' legde hij uit. 'Hoe zou je het vinden om naar het hotel te komen? Misschien kunnen we dan samen wat koken? We zouden kunnen doen of we de eigenaars waren en een hotel vol gasten hadden en...'

'Ik weet het niet,' zei ik, achteromkijkend naar ons huis en me afvragend wat ik tegen papa zou moeten zeggen. Robert keek erg teleurgesteld.

'Het was maar een idee,' zei hij terwijl hij het portier openmaakte.

'Ik denk niet dat het verkeerd is om bij jou thuis te gaan eten,' zei ik. 'Ik zal de waarheid zeggen: je hebt me uitgenodigd.'

'Dat ís de waarheid,' zei hij opgemonterd.

'Het is geen leugen als ik er niet bij vertel dat je ouders weg zijn.'

'Nee, dat is geen leugen.'

'Ik verzin wel wat,' beloofde ik.

'Geweldig. Wat moet ik koken?'

'Ik zal erover denken en het je van de week laten weten,' zei ik.

'Het zal net zijn of we getrouwd zijn,' zei hij en leunde uit het raam om me een zoen te geven. 'Ik hou van je, Laura,' fluisterde hij.

'Ik hou ook van jou,' zei ik. Hij startte de motor, reed achteruit, zwaaide en reed weg over een weg vol zon en schaduw.

Misschien zouden we op een dag getrouwd zijn, droomde ik, en dacht toen aan grootma Olivia. Zij zou waarschijnlijk niet op de bruiloft komen. Misschien zou ze me zelfs uit de familie bannen, zoals ze met haar eigen zoon, Chester, had gedaan. Maar net als oom Chester was dat een risico dat ik bereid was te nemen, en een prijs die ik graag wilde betalen voor de man van wie ik hield.

Maar ik had geen idee hoe machtig grootma Olivia was en hoe hoog ze de kosten kon opdrijven.

6. Hopeloos toegewijd

Ondanks hun worstelwedstrijd op het strand bleven Cary en Robert vrienden. Cary ging zelfs midden in die week naar het Sea Marina en hielp Robert en zijn vader met het opknappen van de steiger. Donderdag kwam er een hevige storm. Het regende zo hard dat de druppels op de straten dansten, tegen de ramen sloegen, op de daken kletterden en de muren van ons huis bewerkten als een drum. Papa kon niet weg met zijn boot, dus bracht hij ons met de auto naar school en haalde ons weer af, gewoon om iets te doen te hebben. Het was donker en somber en ongewoon koud voor de tijd van het jaar. Het begon vrijdag tegen het eind van de middag pas op te klaren.

'In ieder geval weten we nu dat we de steiger goed gerepareerd hebben,' zei Robert me in de kantine. 'Dankzij Cary. De storm had er geen enkel effect op.'

Cary bloosde bij het compliment. Wij drieën waren de afgelopen week onafscheidelijk geweest. Ik merkte dat er over ons gepraat werd. Enkele jaloerse meisjes putten uit hun duistere bronnen van insinuaties en valsheid om nieuwe gemene geruchten in omloop te brengen. Iemand liet een briefje achter tussen de deur van mijn gang-kast. Er stond op: *Kijkt opa toe als Robert en jij elkaar zoenen?*

Ik scheurde het in duizend stukken, bang voor wat Cary zou doen als hij het zag. Hij zei niets, maar ik vermoedde dat hij ook smerige briefjes kreeg. En als iemand Robert al lastigviel, liet ook hij me dat niet weten. Maar vrijdagochtend, vlak voor de lunch, raakte Cary in gevecht met Peter Thomas in de jongenskleedkamer. Peter zei iets wat Cary woest maakte. Hij bezorgde Peter een bloedneus en een buil op zijn voorhoofd.

Ik vroeg Cary wat er gebeurd was, maar hij wilde er niet over praten. Hij wilde niets zeggen in de kamer van de directeur en weer werd hij geschorst omdat hij gevochten had. De school belde mama en papa, en toen ze ons kwamen afhalen, huilde mama in bijzijn van

Cary, wat al straf genoeg was. Tijdens de rit naar huis zat hij met gebogen hoofd en luisterde terwijl papa zachtjes praatte, bijna als een man die een doodvonnis uitspreekt tegen een verdachte.

'Je bent geen kind meer, Cary. Je doet het werk van een man. Dat doe je al een tijdje. Als je een kind bent, zijn je ouders rechter en jury. Ze zijn je regering, je rechters en spreken hun vonnis uit over slechte daden. Maar nu moet je met jezelf leven en met wat je doet. Je bent verantwoordelijk voor je daden en moet verantwoording afleggen aan een hoger iemand dan ik. Je doet ons allemaal verdriet en daar moet je mee leven. Als ze besluiten je van school te sturen, dan zij het zo.'

'Het was mijn schuld niet, papa,' protesteerde Cary.

'Waarom niet? Je hebt die jongen een flink pak slaag gegeven.'

'Hij verdiende het.'

'Waarom?' drong papa aan. Cary schudde slechts zijn hoofd.

'Hij verdiende het.'

'Wel, als ze je benoemen tot rechter en jury, kun je dat beslissen, maar voorlopig zit je thuis in plaats van op school waar je aanwezigheid het dringendst gewenst is.'

Papa keek naar mij om te zien of ik het mysterie kon oplossen. Ik schudde slechts mijn hoofd.

'Ik ben moe,' zei papa toen we thuis waren. 'Ik ga vanavond vroeg naar bed.'

'Ik zal wat eten voor je boven brengen, Jacob,' riep mama hem na.

Er hing een sombere sfeer, het leek haast wel of we een weg door het verdriet moesten snijden. May, opgesloten in haar stille wereld, voelde de spanning en zat aan Cary's voeten, keek van tijd tot tijd met grote, bedroefde ogen naar hem op, wat hem alleen nog maar verdrietiger maakte. Hij sloeg het avondeten ook over en liep de trap op naar zijn schuilplaats op zolder.

Ik hoorde hem schuiven met meubels en toen ik omhoogkeek naar mijn plafond, zag ik dat hij iets op het gat had gezet. Toen werd het stil.

Ik ging vaak naar Cary's zolderkamer om hem aan zijn modellen te zien werken. Het was een kleine ruimte, door het schuine dak, maar hij had een mooie grote tafel waaraan hij aan zijn modelschepen kon werken. De schepen die hij af had stonden op zes planken uitgestald. Het meest trots was hij op zijn zeilschepen, die op elk van de planken in het midden stonden.

Toen het langer dan een halfuur stil was gebleven, ging ik naar boven. Hij zat met zijn rug naar me toe en bleef doorwerken.

'Wat is dat?' vroeg ik.

'Een replica van de *HMS Victory*, het vlaggenschip van de Britse admiraal Horatio Nelson,' zei hij. 'Ik vind het nu leuk om oorlogsschepen te bouwen.'

'Cary, wat is er gebeurd tussen Peter en jou? Vertel het me alsjeblieft.'

'Wat doet het er toe. Het is over en voorbij,' zei hij.

'Ís het voorbij, Cary?'

Hij draaide zich om ik zag dat zijn ogen bloeddoorlopen waren.

'Het zal pas voorbij zijn als we hier allebei weg zijn, Laura,' antwoordde hij.

'Waarom?' hield ik vol. Hij draaide zich weer om naar zijn scheepsmodel. 'Cary, ik wil het weten. Waarom kan het niet voorbij zijn?'

'Omdat ze niet zullen ophouden,' mompelde hij. 'Ze doen het te graag.'

'Wat?'

'Mij kleineren, jou kleineren, afschuwelijke dingen over ons zeggen.'

'Wat voor dingen?' vroeg ik, het antwoord vermoedend. Ik voelde vlinders van paniek in mijn buik toen hij me weer aankeek.

'Dingen als: "Doen Robert en jij het om de beurt? Trekken jullie een kaart om te zien wie het eerst mag? Of doen jullie het tegelijk?" Ben je nu gelukkig, nu je het weet?' Hij keek zo vreemd, ik kon niet zien of het woede of verdriet was die in zijn ogen glinsterde.

'Nee,' zei ik, 'maar je moet ze negeren, Cary. Het zijn gemene pestkoppen.'

'Ik wil ze niet negeren. Ik zal hun smerige woorden door hun smerige strot duwen,' zwoer hij.

'Maar je zult het uiteindelijk niet winnen, Cary,' zei ik zachtjes. 'Jij bent degene die geschorst is.'

'Dat is niet belangrijk. Het geeft me een klein beetje voldoening en in ieder geval weten ze dat ze zullen moeten boeten, en flink boeten, voor elke opmerking die ze maken.' Hij keek mij indringend aan. 'Heeft niemand iets tegen jou gezegd? Je lastiggevallen?' Mijn zwijgen was voldoende antwoord. 'Je zou het me toch niet vertellen,' zei hij.

94

'Nee, want je ziet wat er dan gebeurt,' zei ik. 'Wil je wat eten? Ik breng iets voor je boven.'

'Ik heb geen honger.'

Ik begon de trap af te dalen.

'Laura,' riep hij.

'Wat?'

'Laat je door niemand bespotten als ik niet op school ben.'

'Dat zullen ze niet doen,' zei ik, en hij ging verder met zijn schip.

Robert belde om te vragen wat er gebeurd was en om te zeggen hoe afschuwelijk hij het vond. Ik was bang dat hij, als hij de waarheid zou weten, ook zou gaan vechten. Dan was het mijn verantwoordelijk als ze het allebei slecht deden op school.

'Je komt morgenavond toch, hè, Laura?' vroeg Robert.

'Ja,' zei ik, al wist ik dat ik het niet prettig zou vinden Cary achter te laten, opgesloten in zijn donkere, ongelukkige wereld.

'Ik ben er tegen vijven, oké?'

'Oké.'

Die nacht lag ik lang wakker, mijn ogen wijdopen, en dacht na. Wat hadden we voor verschrikkelijks gedaan om al die afschuwelijke roddels uit te lokken? We waren een tweeling, minuten na elkaar geboren. In de schoot van onze moeder waren we met elkaar verbonden geweest en de geboorte was een even grote scheiding van elkaar als van haar. Toen we jonger waren, hingen we meer aan elkaar dan de meeste broers en zusjes van dezelfde leeftijd. Ik kon me geen dag of nacht herinneren dat we gescheiden waren. Ik weet zeker dat de meesten van onze vrienden geloofden dat als een van hen iets tegen een van ons zei, de ander het al gauw zou weten. Ze voelden allemaal dat ik voor Cary geen geheimen had en hij niet voor mij. Hij was als vanzelfsprekend om me heen, beschermde me toen we opgroeiden. Omdat we een tweeling waren, hadden we maar één blik nodig om angst of een gelukkige inval over te brengen.

Misschien namen anderen aanstoot aan die magische band tussen ons; wellicht waren ze jaloers en wilden ze ons daarom kwetsen. Het was zo gemakkelijk Cary's toewijding voor mij voor te stellen als iets smerigs en ziekelijks.

En toen liet een angstaanjagend, klein stemmetje achter in mijn hoofd zich horen: 'Misschien was Cary zo kwaad omdat hij besefte dat iets van wat ze zeiden waar was... Zijn toewijding was te groot.

Misschien besefte hij zijn eigen probleem en misschien was zijn gewelddadigheid zijn manier om te proberen het te ontkennen.'

Ik draaide me om en verborg mijn gezicht in het kussen om dat stemmetje en de herinneringen dat het opriep buiten te sluiten. Herinneringen aan vreemde blikken, langdurige aanrakingen, intieme woorden die hoorden bij geliefden en niet bij een broer en zus. Ik was bang voor Cary, bang dat, als ik ook maar enig geloof hechtte aan dat stemmetje, ik zijn ogen zou vermijden, zijn aanraking zou voelen branden, zou vluchten om niet alleen met hem te zijn. De scheiding die begonnen was op de dag waarop we werden geboren, zou het laatste stadium bereiken en spoedig zou Cary, mijn arme, geliefde broer, alleen zijn.

Ik huilde om hem, voelde woede en verwarring, maar ook schaamte. Hij was nog steeds boven, opgesloten op zijn zolderkamer. Het was heel stil, maar ik meende hem te horen huilen. Ik spitste mijn oren, maar het was weer stil. De wind was wat gaan liggen, maar het waaide nog hard genoeg om de muren te doen kraken. Buiten speelde de maan verstoppertje met de uiteendrijvende wolken. De branding sloeg op het donkere zand als een reusachtige natte hand die zich uitstrekte uit de oceaan en op het zand kroop. De nacht was ons respijt, de tijd om de problemen en beproevingen van de dag van ons af te zetten, ons vermoeide lichaam te laten rusten, onze zorgen weg te stoppen in donkere hoeken, en dan de slaap te verwelkomen als een oude, dierbare vriend.

Ik deed mijn ogen dicht en bad en wachtte op de verrassing van morgen.

De volgende dag gingen papa en Cary meteen na het ontbijt naar het werk en bleven bijna de hele dag weg. Ze kwamen net thuis toen Robert stopte om me af te halen voor onze afspraak. Papa en Cary wisten allebei dat ik bij Robert ging eten, maar zelfs Cary wist niet dat Roberts ouders naar Boston waren en pas de volgende dag pas laat thuis zouden komen.

Met al die problemen die we de laatste tijd hadden, wilde ik graag weg uit het sombere huis. Ik voelde me schuldig dat ik papa en mama niet had verteld dat Roberts ouders er niet waren, maar ik wist dat papa, als ik het zou zeggen, zijn wenkbrauwen zou fronsen en zou zeggen dat het hem niet behoorlijk leek.

In plaats daarvan zwaaide ik naar beiden en stapte in Roberts auto.
'Gaat het?' vroeg hij.
Ik forceerde een glimlachje, haalde diep adem en knikte.
'Ja, prima,' zei ik.
Robert kneep zachtjes in mijn hand en reed achteruit de oprit af.
Een ogenblik later waren we op weg naar het hotel en onze romantische avond. De Royces hadden veel werk verzet sinds mijn laatste bezoek en toen we voor de deur stopten zag ik dat het bijna af was. Robert gaf me een rondleiding, bracht me van de zitkamer naar het kantoor en liet me een paar van de suites voor de gasten zien . Ze waren allemaal prachtig ingericht, licht en luchtig, vooral de kamers die uitkeken op het strand en de zee. Met zijn nieuwe verf, vloeren, behang, sanitair en meubels kon het Sea Marina concurreren met enkele van onze mooiste hotels.

'We adverteren in de grote kranten en tijdschriften,' legde Robert uit. 'Mama en papa zijn heel hoopvol gestemd.'

'Dat mogen ze ook wel,' zei ik. 'Je ouders en jij hebben fantastisch werk gedaan, Robert.'

'Dank je.'

Het feit dat we alleen waren in het gloednieuwe hotel maakte ons allebei een beetje nerveus. Zonder het te beseffen gedroegen we ons formeel en overbeleefd. Robert hield deuren voor me open en legde zijn hand op mijn rug als we een trap op liepen. We vermeden elkaar in de ogen te kijken en praatten alleen over het hotel, de tuin en het komende toeristenseizoen. Het was bijna of we elkaar net pas ontmoet hadden.

'We zullen ons om het eten moeten gaan bekommeren. Ik heb alles gekocht wat je zei dat we nodig hadden,' zei hij, en we gingen op weg naar de keuken, waar we samen de voorbereidingen troffen. Ik liet hem aardappelen schillen en pannen water koken voor de groenten, terwijl ik botfilets paneerde en bakte.

Robert had de tafel in de eetkamer al gedekt. Hij had het mooiste porselein en bestek gebruikt, linnen servetten en kristallen glazen. In de twee kandelaars midden op tafel stonden lange, witte kaarsen. Het nieuwe geluidssysteem, dat in de meeste kamers was doorgevoerd, liet zachte romantische muziek horen.

'Weten je ouders hiervan, Robert?' vroeg ik.

'Zeker,' zei hij. 'Mam stelde voor dat ik de mooiste spulletjes zou gebruiken. Hoewel ik ze hierover niets gezegd heb,' vervolgde hij en haalde een gekoelde fles Portugese wijn tevoorschijn. 'Ik dacht dat het wel in orde zou zijn. Dit is een speciale gelegenheid.'

Ik knikte en ging verder met koken. Toen alles klaar was, vroeg ik hem de kaarsen aan te steken en aan tafel te gaan zitten, dan zou ik het eten binnenbrengen.

'Ik zal je helpen,' zei hij, maar ik sloeg zijn aanbod af en hij ging terug naar de eetkamer.

Even later bracht ik het eten binnen en Robert schonk de wijn in. Verlegen proostten we op het Sea Marina.

'Op een succesvolle maiden trip,' zei Robert.

We begonnen te eten. Robert was over alles even enthousiast. We lachten, dronken nog meer wijn, deden eerst of we de eigenaars waren en toen de gasten.

'Dit is onze huwelijksreis,' opperde hij. 'Waar komen we vandaan?'

'New York. Nee, de Midwest. Dan hebben we nog nooit de zee gezien,' ging ik erop door.

'En nu we die hebben gezien, zijn we er verrukt van.'

'We willen niet meer weg. Nooit meer.'

Hij veranderde van houding, probeerde te lijken op een oudere, stijve zakenman.

'Ik denk er zelfs over hier werk te zoeken. Heb ik je dat al verteld, lieve?'

'Nee.'

'Ik heb vandaag een klein strandhuis bekeken. Niet indrukwekkend, maar het heeft een prachtig uitzicht. Ideaal voor kinderen. Ze zouden de grootste zandbak ter wereld hebben.'

'Zandbak? Mijn kinderen mogen hun handjes en voetjes niet vuil maken in een ouwe zandbak.'

We lachten en dronken nog meer wijn.

Plotseling stak Robert zijn hand uit en legde die op de mijne. Hij keek me aan met zijn warme ogen en die ongelooflijk charmante lach.

'Heb ik je al verteld hoe gelukkig ik ben, hoe compleet ik me voel als ik met jou samen ben, Laura? Het is alsof de wereld alleen voor jou en mij is geschapen. Er is niemand anders en alle schoonheid is er alleen voor ons.'

Of het de wijn of zijn woorden waren die een opwindende, warme

98

tinteling in mijn buik brachten, weet ik niet, maar ik voelde me vol liefde voor Robert. Ik wilde zijn hand, dit moment, nooit meer loslaten. Hij boog zich naar me toe om me een zoen te geven, een korte, zachte zoen, zo teder en luchtig dat het een kus in een droom leek. 'Laura,' zei hij. 'Ik ben zo gelukkig dat ik jou heb gevonden.'

'Ik ook,' zei ik bijna fluisterend.

Hij hield mijn hand vast en langzaam, heel langzaam stond hij op en trok me mee. Weer kuste hij me. Het was het soort kus dat elk moment intenser werd, veeleisender, en pas eindigde toen we allebei buiten adem waren. Hij bracht zijn gezicht vlak bij het mijne en liet zijn lippen over mijn wang glijden naar mijn oor, waaraan hij zachtjes knabbelde en toen fluisterde: 'Zullen we naar onze kamer gaan, schat?'

Onze kamer! De gedachte was opwindend en beangstigend tegelijk. Mijn hart begon wild te bonzen toen Robert me meenam de eetkamer uit en de trap op, naar een suite die uitkeek over het strand en de zee.

Toen we de kamer binnenkwamen waren we allebei zo zenuwachtig dat we niets konden zeggen. Toen hij voor me stond, knoopte Robert zijn hemd los, trok het uit en liet het op de stoel vallen. Alsof mijn vingers een eigen wil hadden, gingen ze naar mijn blouse en maakten bevend elke knoop los. Langzaam trok ik mijn blouse uit en liet hem naast Roberts hemd op de stoel vallen. Glimlachend kwam hij naar voren om me te kussen, terwijl zijn handen zich naar mijn rug bewogen en mijn beha losmaakten.

Mijn hart bonsde.

Robert maakte zijn broek los en ging op het bed zitten om zijn schoenen en sokken uit te trekken. Ik keek naar hem met grote ogen toen hij zijn broek uittrok en over de rugleuning van de stoel hing.

De wind deed de gordijnen dansen en de oceaan rolde buiten bulderend op het strand, maar alles wat ik hoorde was het bonzen van mijn hart.

Ik ritste mijn rok open, liet hem langs mijn benen omlaagglijden en hing hem over Roberts broek. Toen trok ik mijn sandalen uit en hij stond op om me te omhelzen. We kusten elkaar weer en weer was het een lange, veeleisende, adembenemende zoen.

'Laura,' fluisterde hij.

Ik keek niet omlaag, maar voelde zijn handen om mijn middel. Ik hield mijn ogen dicht toen hij zijn onderbroek uittrok en toen zachtjes mijn slipje omlaagschoof. Ik stapte er zo voorzichtig uit alsof ik aarzelend in een warm bad stapte.

Even raakten we elkaar niet aan, bewogen ons niet. Het was of we elkaar naar de rand hadden gebracht, naar de klif vanwaar we nooit meer terug konden als we eenmaal die stap naar voren deden.

'Je bent de mooiste vrouw ter wereld, Laura. Ik hou zoveel van je dat mijn hart pijn doet.'

De ene waarschuwing na de andere tolde door mijn hoofd, maar mijn lichaam tintelde en de vermanende stemmen verloren het van het verlangen. Ik gooide alle voorzichtigheid overboord en nam de grote stap. Plotseling lagen Roberts handen op mijn heupen en zijn lippen drukten zich op de mijne. Onze lichamen raakten elkaar, overal. En toch konden we nog geen genoeg van elkaar krijgen. Onze benen, borst en buik schuurden langs elkaar. Onze handen streelden elk plekje tot we ons als twee drenkelingen aan elkaar vastklampten.

Voor we wisten wat er gebeurde lagen we in bed, met ons hoofd op de donzige kussens, onze lijven ineengestrengeld onder de koele lakens.

'Wees maar niet bang,' fluisterde Robert. 'Ik ben voorbereid.'

Ik sloot mijn ogen en liet me gaan; mijn hoofd tolde terwijl ik wachtte. Even later voelde ik zijn lippen op mijn buik en toen omhoog tussen mijn borsten en naar mijn mond, terwijl hij tussen mijn benen ging liggen.

'Robert,' zei ik zwakjes, zo zwak dat hij het nauwelijks kon horen.

'Dit is echt onze huwelijksreis,' zei hij voordat we één werden.

Ik kreunde, ik schreeuwde, ik pakte zijn haar zo stevig beet dat ik zeker wist dat het hem pijn moest doen, maar hij verzette zich niet en protesteerde niet. Ik voelde de tranen over mijn wangen stromen en toen hij ze voelde, kuste hij ze weg. Toen het voorbij was, bleven we liggen, nog steeds ineengestrengeld, terwijl we allebei diep ademhaalden.

Toen keek ik omlaag en zag bloed op het laken.

'O, nee, kijk,' zei ik.

'Maak je niet ongerust, daar zorg ik wel voor.' Hij begon te glimlachen.

Ik trok me van hem terug, draaide me om en drukte mijn gezicht in het kussen.

'Laura,' zei hij terwijl hij zijn handpalm op mijn rug drukte. 'Ik hou van je, Laura.'

Ik had het gevoel of ik op de aarde was teruggevallen, alsof ik op een wolk had gereisd. Plotseling werd het donker en somber en het begon te regenen op het Sea Marina. Mijn hart bonsde nog, maar mijn geest verhelderde. Gedachten stroomden binnen als water dat een opening had gevonden.

We hadden het gedaan; ik was te ver gegaan; ik had mijn zelfbeheersing verloren. Of had ik er net zo hevig naar verlangd als Robert? Was het zonde het te willen? Was alles wat papa onderwees en preekte waar en zou hij met één blik op mij de zonde in mijn ogen zien? Zou zijn hart breken?

Ik dacht ook aan Cary, aan zijn wantrouwen jegens alle jongens die naar me keken of met me spraken. Niets zou hem ervan overtuigen dat dit goed en zuiver en mooi was. Hij zou zeggen dat ik domweg iemands trofee was geworden.

'Laura, wat is er?' vroeg Robert zacht.

'Ik weet niet wat me bezielde. Waarom... hoe...'

'Laura, we hebben niets verkeerds gedaan. We houden van elkaar. Voel je niet schuldig.'

'Waarom zou ik me niet schuldig voelen, Robert?' snauwde ik en stond op om mijn kleren te pakken. 'Dit is precies wat iedereen gedacht zou hebben dat er zou gebeuren als ik hier de avond met je alleen zou doorbrengen. Elke beschuldigende blik, elk woord, elke spot —'

'Maar we hebben niets verkeerds gedaan. We houden van elkaar, verlangen naar elkaar.'

'Ik had te veel wijn gedronken,' zei ik, wanhopig zoekend naar een excuus.

'Dat meen je niet, Laura. Je kunt niet menen dat de enige reden waarom het is gebeurd, was dat je dronken was.' Robert lag op bed en keek naar me met intens verdrietige ogen.

'Ik weet niet wat ik meen,' kermde ik. 'Ik heb alleen het gevoel dat we te ver zijn gegaan, dat we iets zuivers en moois hebben bedorven.'

'Dat is absurd.'

'Voor mij is dat niet absurd, Robert!' riep ik uit.

'Oké, oké,' zei hij, zijn handen opstekend. 'Het spijt me. Ik bedoelde niet dat jij mal was, maar in je hart weet je dat jij dit ook wilde.'

'Dat is het nou juist. Misschien wel, maar misschien was het verkeerd van me het te willen.'

'Het was niet verkeerd,' hield hij vol.

'Dat zeggen jongens altijd,' kaatste ik terug.

'Niet deze jongen. Ik zeg wat echt en goed voor ons is. Ik lig niet in bed met elk meisje dat ik ontmoet, en ik word niet verliefd op elk meisje dat ik ontmoet, maar ik ben wél van jou gaan houden.'

Ik trok mijn sandalen aan en keek naar hem.

'Ik moet naar huis,' zei ik.

'Laura –'

'Alsjeblieft, Robert, ik wil naar huis.'

'Je straft jezelf ten onrechte,' zei hij terwijl hij opstond. Hij begon zich aan te kleden.

'Ik ga naar beneden en ruim op terwijl jij je aankleedt,' zei ik. 'En je moet ook wat aan dat laken doen.'

'Dat hoeft niet. Dat doe ik allemaal straks wel.'

Ik liep haastig de trap af. Ik was al bezig de tafel af te ruimen toen hij naast me kwam staan. Hij pakte mijn pols vast.

'Ik heb gezegd dat ik dat zou doen, Laura. Hou op. Hou op jezelf te straffen.'

Ik probeerde te slikken, maar kon het niet. Ik bleef staan en knikte. Hij omhelsde me en hield me dicht tegen zich aan, streek over mijn haar.

'Laura, Laura, Laura,' zong hij. 'Als ik eraan denk dat ik je ongelukkig heb gemaakt...'

'Het is goed,' zei ik. 'Breng me alleen maar naar huis. Het zal wel beter gaan als ik wat geslapen heb.'

'Dat is zo. De dingen zien er 's ochtends altijd anders uit, niet?'

'Niet altijd,' zei ik profetisch. Ik keek achterom naar de eettafel. Ons diner was zo mooi geweest, als een droom. Waarom was ik dan zo in de war, had ik zulke gemengde gevoelens?

De hele weg naar huis vleide Robert, pleitte, smeekte me niet slecht te denken over hem of mezelf. Hij herhaalde dat hij van me hield en bezwoer dat hij me tot aan het eind van de wereld zou volgen als dat nodig was. Hij liep liever over vuur dan me hoe dan ook verdriet te doen.

Ik probeerde te praten, maar de woorden tolden door elkaar en bleven in mijn keel steken. Het enige dat ik deed was uit het raam kijken naar de donkere zee en de kapotslaande golven. Ik begreep zelf mijn gevoelens niet eens. Hoe kon ik ze hem dan uitleggen?

'Geef me wat tijd,' zei ik tegen hem toen we bij mijn huis kwamen. Hij knikte triest.

'Ik had gehoopt dat dit een bijzondere avond zou zijn...'

'Dat was het,' zei ik. Ik gaf hem snel een zoen op zijn wang en holde naar de voordeur. Ik draaide me niet om en zwaaide niet. Ik ging naar binnen, naar mijn kamer voordat iemand mijn gezicht kon zien. Toen ging ik naar de badkamer en bette mijn gezicht met koud water.

'Laura? Ben jij dat, lieverd?' hoorde ik mama bij de deur van mijn kamer roepen.

'Ja, mama.'

'Is alles goed met je?'

'Ja, mama. Ik moest alleen naar de wc,' zei ik. 'Het gaat prima.'

'Wil je wat warme chocola?'

'Nee, mama. Ik heb genoeg gegeten en gedronken.'

'O. Kan mevrouw Royce goed koken?'

Ik slikte even en deed mijn ogen dicht. Robert had me verteld dat ze goed kon koken.

'Ja, mama,' zei ik. Ik had het gevoel of ik spelden in mijn keel had gestoken. Niemand geloofde meer in me dan mama en niemand zou hardnekkiger weigeren te geloven dat ik had gelogen of bedrogen.

'Dat is fijn, lieverd. Vertel het me morgen maar, als je wilt. Welterusten, Laura.'

'Welterusten, mama.'

Ik hoorde haar naar haar kamer gaan. Ik haalde diep adem en maakte me klaar om naar bed te gaan. Ik lag de hele nacht te woelen, zag mezelf in een roeiboot die van de ene golf naar de andere werd geworpen terwijl de lucht zwart en vol koude regen was. Tussen de onweerswolken verscheen het woedende gezicht van papa. Een lange beschuldigende vinger wees naar me uit de hemel.

'Je hebt gezondigd,' bulderde hij. Het werd opgevangen door de wind. 'Je hebt gezondigd.'

Ik werd badend in het zweet wakker.

'Ik heb niet gezondigd. Het is niet waar. Ik hou van Robert en hij houdt van mij. Dat is geen zonde. Dat is –'

Ik legde mijn hand voor mijn mond, schrok omdat ik hardop praatte. Langzaam liet ik mijn hoofd op mijn kussen zakken en staarde in de duisternis tot mijn oogleden weer zo zwaar werden dat ik ze niet open kon houden.

Het zonlicht scheen mijn kamer in als een vogel die tegen het raam vliegt. Met een schok opende ik mijn ogen en ging snel rechtop zitten. Ik had zo getranspireerd, dat mijn nachthemd koud en nat was. Ik trok het snel uit en nam een warme douche. Ik hief mijn gezicht op naar het water en liet het over mijn gesloten ogen en wangen stromen.

Niemand behalve Cary scheen te merken hoe stil ik was aan het ontbijt. Papa was zo enthousiast over een nieuwe visplek die hij had ontdekt voor de kreeftenvisserij dat het gesprek alleen daarover ging. Nu en dan keek Cary even naar mij en aan de manier waarop hij me opnam zag ik dat hij voelde dat er iets mis was. Telkens als zijn vragende blik de mijne kruiste, wendde ik snel mijn ogen af. Ik verlangde naar het moment dat iedereen klaar was met eten, zodat ik naar de keuken kon ontsnappen om mama te helpen met afwassen en opruimen.

Cary stak zijn hoofd om de keukendeur toen we bijna klaar waren.

'Ik ga naar het veenbessenveld,' zei hij. 'Hebben jij en May zin om mee te gaan?'

'Ga maar, lieverd,' zei mama. 'Er is praktisch niets meer te doen.'

'Ik –'

'Ik weet dat het niet zo opwindend meer is als vroeger,' snauwde Cary. 'Laat maar.'

'Nee!' riep ik. Hij keek verbaasd achterom.

'Ik wil wel mee. Ik ga May halen.'

Gedrieën liepen we net als vroeger over het strand naar ons veenbessenveld. Alles stond in bloei, het leek wel een lichtroze oceaan.

'Papa zegt dat het een redelijk goede oogst zal worden dit jaar, maar geen topper,' merkte Cary op. Hij boog zich voorover en inspecteerde een paar bloesems.

We oogstten pas in de herfst en zelfs als iedereen meehielp, was het nog een heel karwei. Het was Cary's taak een van de oogstmachines te bedienen. Dat deed hij al sinds zijn tiende.

'Ziet er gezond uit,' merkte hij op. Hij gaf May een bloesem. Toen ging hij zitten en stopte een takje in zijn mond en staarde naar de zee. 'En hoe was je diner? Ben je al lid van de familie?'

'Nee, Cary. En je hoeft niet zo sarcastisch te doen. We hebben een heel gezellig diner gehad,' zei ik snel.

'Hm.' Hij keek me aan. 'Alles in orde?'

'Ja.'

'Je kijkt niet bijzonder gelukkig vanochtend.'

'Ik heb over een hoop dingen nagedacht,' zei ik.

'O?'

'Dingen die ik voor mezelf op een rijtje moet zetten.'

Hij maakte een grimas. 'Er is een tijd geweest waaarin jij en ik elkaar onze problemen toevertrouwden, Laura.'

'Het gaat er niet om dat ik je niet vertrouw, Cary. Soms moeten meisjes meisjes-dingen oplossen, dingen die jongens gewoon niet kunnen begrijpen.'

'Natuurlijk,' zei hij sceptisch.

'Ik vertel je de waarheid, Cary Logan. Je hoeft niet zo spottend te reageren op alles wat ik zeg.'

'Je bedoelt dat je dit niet gaat bespreken met je dierbare vriendje?'

'Cary!'

'Wat?'

'Niets,' zei ik hoofdschuddend. De tranen rolden uit mijn ooghoeken.

'Wat is er, Laura?' vroeg hij bezorgd.

'Jongens zijn... nou ja, jongens!' riep ik en stond op. Ik probeerde het duin af te hollen, maar zand rolt mee en ik weet dat ik een stuntelige en malle indruk maaktc; ik verloor bijna mijn evenwicht toen ik naar huis holde.

Die hele dag barstte ik zonder duidelijke reden of waarschuwing in tranen uit. Ik probeerde mijn gezicht te verbergen en bracht het grootste deel van de dag alleen op mijn kamer door onder het mom van studeren voor mijn examens. De waarheid was dat mijn ogen wel over de pagina's aantekeningen gleden maar er niets tot me doordrong. Robert belde; ik hield het gesprek kort en hoorde het verdriet in zijn stem toen ik het afbrak.

Ik ging terug naar mijn kamer en dacht weer aan de vorige avond.

Waarom? vroeg ik mijn irritante geweten, waarom moet ik me schuldig voelen? Ik hou van Robert en ik geloof dat hij van mij houdt. Wat wij deden doen alle mensen die van elkaar houden.

Maar andere mensen wachten tot de juiste tijd, tot ze gezegend zijn en ze elkaar liefde en trouw hebben gezworen voor God in de kerk, antwoordde mijn geweten met papa's stem.

Nee. Ik schudde mijn hoofd. Liefde is heilig, geen woorden die door een priester of dominee worden uitgesproken. Liefde is puur en eenvoudig.

Is het liefde? Ben je daar zo zeker van? Zul je volgend jaar nog net zoveel van hem houden? En Robert?

Ja, ja, ja, schreeuwde ik in gedachten.

Plotseling werd er op de deur geklopt. Snel veegde ik met de rug van mijn hand mijn tranen weg.

Cary deed de deur open en keek naar binnen.

'Laura, als ik vandaag iets heb gedaan of gezegd waarmee ik je heb gekwetst, spijt me dat,' zei hij. 'Ik wilde dat je dat wist voor je gaat slapen.'

'Dat heb je niet gedaan, maar bedankt.'

'Goed. Welterusten, Laura.'

'Welterusten, Cary.'

Hij deed de deur dicht en liep zachtjes weg.

In de week daarop liet Robert aan het eind van elke dag een brief in mijn kluisje achter. In elke brief verklaarde hij mij zijn liefde vuriger dan in de voorgaande.

Ik wil me bij je verontschuldigen, Laura, maar ik houd mezelf voor dat het niet verkeerd was wat we hebben gedaan. Jij noch ik mag daarover een schuldgevoel hebben. Ik hou van je, alleen van jou, en vrijen is gewoon een andere manier om dat te zeggen. Er hoeft niemand iets te worden vergeven, voegde hij eraan toe.

Ik bond zijn brieven bij elkaar en verborg ze in mijn bureau thuis. Ik las en herlas ze zo vaak dat ik dacht dat de woorden begonnen te vervagen. Ik wilde elk woord dat hij schreef en alles wat hij tegen me zei geloven. Ik wilde dat zo graag en ik deed mijn uiterste best de stem van mijn geweten, die me berispte en dreigde met verdoemenis, het zwijgen op te leggen.

Die week leek papa elke avond die bijbelteksten te kiezen alsof hij vermoedde wat er in mijn hoofd omging. Eén avond Jesaja 1: 'Wee het zondige volk, de natie, beladen met ongerechtigheid, het gebroed van boosdoeners, de verdorven kinderen...'

Ik sloeg mijn ogen neer en toen ik weer opkeek, voelde ik mijn gezicht gloeien en Cary's doordringende blik op me gericht, zijn

106

gezicht vol vragen en bezorgdheid.

De volgende avond was het mijn beurt en papa vroeg me voor te lezen uit Romeinen 8. Ik begon, maar mijn stem haperde toen ik las: '...Want de gezindheid van het vlees is de dood, maar de gezindheid van de Geest is leven en vrede...'

Ik had het gevoel dat mijn keel werd dichtgeknepen, ik moest ophouden. Ik deed of ik me verslikte in iets waarop ik had zitten kauwen voor we aan tafel gingen. Ik dronk wat water en Cary pakte de bijbel op en las verder. Papa keek me bezorgd aan.

'Gaat het wel goed met je, Laura?' vroeg mama.

'Ja, mama.'

'Misschien werk je te hard voor school,' zei ze. 'Je moet eens een dag vrij nemen en gaan zeilen of naar het strand gaan.'

'Ik zie wel, mama,' zei ik. 'Ik voel me best.'

Roberts brieven bleven komen en hij pleitte steeds vuriger en wanhopiger toen ik op school afstandelijk bleef. Donderdag was hij er niet, en omdat Cary al zat te eten met vrienden, liep ik naar Theresa Patterson.

'Je ziet er verloren uit zonder Robert,' zei ze. 'Waar is hij?'

'Hij is... Ik weet het niet. Ik denk dat hij zich niet goed voelde vanmorgen.'

Theresa's donkere ogen keken me onderzoekend aan en ze kwam wat dichterbij.

'Er zijn een hoop meisjes jaloers op je, Laura. De meesten zouden hem wel van je willen afpakken als ze konden. Kunnen ze dat?' vroeg ze met een flauw glimlachje.

'Hij is mijn bezit niet, Theresa. Niemand bezit een ander,' antwoordde ik.

Ze schudde haar hoofd.

'Dat is niet het goede antwoord, Laura. Je hoort een tijgerin te zijn als het om je man gaat. Kijk maar naar Maggie Williams. Ze zou op je af springen en je haren uitrukken als je zelfs maar met je wimpers knipperde naar Artrus. Is alles in orde tussen jou en Robert?'

'Ja,' zei ik.

'Ik weet dat hij gek op je is, Laura. Daarom maakten de andere meisjes al die giftige opmerkingen over jou en hem en Cary. Ze zijn jaloers. Mooi. Ik zie graag dat ze zich opvreten van nijd,' ging ze verder met een boze blik op de meisjes aan de andere kant van het lokaal,

107

die nooit naast een Brava zouden gaan zitten.

Ze draaide zich weer naar mij.

'Als jij die jongen gelukkig maakt, Laura, dan maakt hij jou gelukkig. Snap je wat ik bedoel?' zei ze met een knipoog.

Ik schudde mijn hoofd.

'Als jij een goede minnares bent, is je minnaar goed voor jou,' zei ze lachend. 'Laat maar. Ik wil me er niet mee bemoeien, maar ik waarschuw je,' zong ze, 'keer hem één keer je rug toe en Robert Royce wordt gekaapt.'

Had ze gelijk? vroeg ik me af. Zou Robert zijn geduld met me verliezen? Zou hij zich van me afkeren? En zou mij dat eeuwig berouwen?

Als deze antwoorden net zo gemakkelijk waren als de antwoorden die in me opkwamen op mijn examen, dacht ik, zou het leven eenvoudig zijn.

7. Het hart van een vrouw

Toen ik nog veel jonger was, en we samen op de veranda zaten te borduren, zag ik dat mama naar me keek.

'Wat is er, mama?' vroeg ik, omdat er een vreemde, zachte glimlach op haar gezicht lag. Ze leek net een jong meisje, verbaasd over een of ander wonder van de natuur.

'O, niets, lieverd. Ik bedacht alleen dat je me soms zo aan Belinda doet denken.'

Ze beet op haar lip en schudde heftig haar hoofd, alsof ze besefte dat ze zoiets als een godslastering had uitgesproken.

'Zeg tegen niemand dat ik dat gezegd heb, vooral niet tegen grootma Olivia, Laura. Dat had ik niet mogen zeggen. Je lijkt niet echt op Belinda. Helemaal niet,' zei ze nadrukkelijk en ging verder met haar borduurwerk.

Hoewel ik het nooit tegen iemand heb gezegd, zelfs niet tegen Cary, vergat ik nooit wat ze zei, en altijd als ik de kans kreeg een foto te bekijken van tante Belinda, zocht ik naar gelijkenissen.

Op een dag vroeg ik Cary in een opwelling me naar het rusthuis te brengen. Eerst weigerde hij. Dat was voor ons net zulk verboden terrein als een kroeg. De algemene opvatting was dat tante een schande was voor onze familie en geestelijk zo in de war dat het tijdverspilling zou zijn met haar te praten. Als ik naar haar informeerde, zei papa: 'Dat zijn jouw zaken niet. Vergeet haar.' Maar mijn nieuwsgierigheid was gewekt, waarschijnlijk vanwege de opmerking die mama zich had laten ontvallen. Ik wilde tante Belinda leren kennen.

Ten slotte stemde Cary erin toe me erheen te rijden, maar hij weigerde met me mee naar binnen te gaan.

'Ik wacht hier buiten op je,' zei hij. 'Blijf niet langer dan een halfuur weg.'

Dat was mijn eerste bezoek. Lange tijd bleef het ons geheim. Hij reed me er later nog één keer naartoe, maar ook dat was al weer maanden weer geleden. Geen van beiden spraken we veel over tante Belinda. Cary stelde geen vragen over mijn bezoeken. Het leek alsof hij dacht dat het zo'n verboden onderwerp was, dat zelfs het tonen van nieuwsgierigheid al zonde was. Hij deed liever of het nooit gebeurd was.

Soms, omdat het al zo vaak was gezegd in gesprekken, maakte hij een opmerking als: 'Dat is iets wat alleen die gekke tante Belinda zou doen of zeggen.' Ze was echt een onplezierig familiegeheim.

Op de dag van mijn gesprek met Theresa in de kantine, vroeg ik Cary me naar het rusthuis te rijden.

'Wat? Waarom? Je bent er in maanden niet geweest,' zei hij.

'Dat weet ik. Ik heb medelijden met haar, Cary, maar ik wil over andere dingen met haar praten.'

'Wat voor andere dingen?'

'Allerlei dingen,' zei ik. 'Als jij me niet brengt, zal ik het Robert moeten vragen.' Dat was voldoende om hem snel tot een besluit te brengen.

'Ik doe het, maar ik ga niet met je mee naar binnen.'

'Dat weet ik. Ik heb trouwens liever dat je dat niet doet.'

Hij keek me nieuwsgierig aan, maar schudde slechts zijn hoofd.

'Je gedraagt je heel vreemd de afgelopen dagen, Laura. Soms kan een geheim dat je zo lang voor je houdt, gaan etteren als een zweer,' waarschuwde hij.

'Het komt heus wel goed, Cary. Doe me dit plezier nu maar. Alsjeblieft.'

Cary kon me bijna nooit iets weigeren als ik het dringend genoeg vroeg.

'Zodra we May thuisgebracht hebben, gaan we erheen, maar je kunt er niet lang blijven, Laura. Je weet dat papa er niets van mag merken.'

'Ik weet het. Ik vind dat verkeerd. Ze is echt een heel eenzame, lieve oude dame, die voor niemand een bedreiging is.'

Hij gaf geen antwoord. We haalden May van school en liepen snel naar huis. We stapten in de truck en reden naar het rusthuis.

We reden bijna een halfuur voordat Cary een zijweg insloeg vol pijnbomen, wilde appelbomen en dwergeiken. Het leek gepast dat tante, die geheim werd gehouden en wier verleden vergeten moest worden, op zo'n geïsoleerde plaats was ondergebracht.

Het rusthuis lag in een mooie omgeving. De zee lag er vlak achter en de tuin voor het gebouw bestond uit een lang, glooiend gazon met banken, een rotstuin en een paar fonteinen.

Het Wedgwood-blauwe huis had drie verdiepingen en een veranda langs de hele voorkant. Achter het gebouw was een mooi aangelegde tuin met nog meer banken en fonteinen, en een prieel dat twee keer zo groot was als dat van grootma Olivia. Er stonden een paar rode esdoorns, nog meer dwergeiken en pijnbomen, en de paden waren omzoomd met gesnoeide struiken. Mijn tweede bezoek aan tante Belinda had ik met haar in de tuin doorgebracht.

Toen hij de motor had afgezet, draaide Cary zich naar me om.

'Denk eraan, niet langer dan dertig minuten,' beval hij op zijn horloge tikkend. 'We moeten terug zijn voordat papa thuiskomt en vragen begint te stellen.'

'Oké, oké.'

Ik stapte uit en liep over het tegelpad naar de korte trap. Ik keek even achterom naar Cary, die me bezorgd nakeek. Hij keek alsof hij bang was hier te worden betrapt, alsof hij de chauffeur van een bende bankrovers was.

Ik liep naar binnen. De hal had lichtblauwe gordijnen een een lichte eikenhouten vloer met donkerblauwe ovalen kleden. Er hingen grote schilderijen met landschappen en zeegezichten, sommige met vissers, sommige alleen met zeilboten. De beklede stoelen en banken hadden allemaal een lichtblauw bloemenpatroon. Er stonden kleine houten tafels, rekken met boeken en tijdschriften, en een aantal schommelstoelen in een rij voor de grote open haard.

Er zaten maar een paar bewoners, een paar oude heren schaakten, de rest las of praatte zachtjes. Tante Belinda zag ik niet.

De receptioniste wendde zich af van een verpleegster met wie ze stond te praten en kwam haastig naar me toe.

'Ja?'

'Ik zou mijn tante graag bezoeken, Belinda Gordon. Ik ben hier al eerder geweest,' zei ik. 'Mijn naam is Laura Logan.'

'O, ja.' Ze keek naar de verpleegster. 'Weet jij waar Belinda Gordon is, Jenny?'

'Ze is in haar kamer. Ik heb haar er ongeveer tien minuten geleden naartoe gebracht.'

'Gaat het goed met haar?' vroeg ik snel.

'Ze was moe. Ze is bijna de hele dag buiten geweest,' zei de verpleegster. 'Kom maar mee. Ik zal je bij haar brengen,' zei ze glimlachend.

Ik volgde haar de gang door naar de deur van tante Belinda's kamer.

Ze zat met gesloten ogen in haar stoel. Zodra we in de deuropening verschenen, opende ze haar ogen en knipperde snel.

'Er is bezoek voor je, Belinda,' zei de verpleegster. Ik liep naar binnen.

'Hallo, tante Belinda. Ik ben het, Laura. De dochter van Jacob en Sara,' ging ik verder toen ze geen blijk gaf van herkenning.

Ze lachte.

'O, ja, Laura.'

Ik trok de stoel bij het raam dichter naar haar toe en ging zitten. 'Hoe voelt u zich?'

Tante Belinda was niet groter dan grootma Olivia. Ze was eerder wat kleiner. Ze hadden allebei een smal gezicht, maar ik vond tante Belinda mooier. Ze had saffierblauwe ogen, die zelfs hier stralender, blijer waren. Haar glimlach was zachter. Ze had een kinderlijke argeloosheid, ondanks de verhalen over haar vrije levenswandel en haar beruchte jeugd.

'Ik ben een beetje moe vandaag. Hoe gaat het met je familie?'

'Iedereen maakt het goed, tante Belinda.'

'Jij bent Jacobs dochter?'

'Ja,' zei ik glimlachend. Net als de vorige keer kostte het haar moeite zich de details te herinneren.

'Hoeveel kinderen heeft Jacob?'

'Drie, tante Belinda. Ik heb een tweelingbroer, Cary, en een jonger zusje, May, weet u nog wel? Herinnert u zich niet meer dat ik u al eerder bezocht heb?'

'O, ja.' Ze keek me even aan en boog zich toen naar voren. 'Heb je Haille gezien?' ze fluisterde, haar ogen op de deur gericht.

'Nee, tante Belinda. Ik heb Haille nooit ontmoet.'

'O. Nou ja... Wat een prachtige dag, hè?' zei ze uit het raam starend.

'Ik kom u opzoeken, tante Belinda, omdat u me de vorige keer verteld hebt over de eerste keer dat u verliefd werd, echt verliefd. Herinnert u zich dat nog?'

'O? O, ja,' zei ze glimlachend. 'Dat herinner ik me.' Haar gezicht

112

versomberde. 'Het was een verboden liefde, een liefde die in de scha-duw moest blijven, vol gefluister en ontstolen kussen. Als we elkaar in het openbaar zagen, konden we onze gevoelens niet tonen. Toen verloor ik hem,' ging ze triest verder. 'Ik verloor hem voor eeuwig en altijd.'

'Maar hoe wist u dat het liefde was, tante Belinda?'

'O, het was liefde. Waarom? Heeft Olivia weer iets gezegd? Ze verklikt me altijd, loopt meteen naar papa en jammert van Belinda doet dit en Belinda doet dat. Nou, zij is zelf ook niet zuiver op de graat.'

Ze pruilde.

'Nee, grootma Olivia heeft niets gezegd, tante Belinda. Ik wilde gewoon iets horen over liefde. Op de een of andere manier, om de een of andere reden, geloof ik dat u er meer over weet dan iemand anders in de familie,' ging ik verder, meer tegen mijzelf dan tegen haar, maar ze monterde ogenblikkelijk op.

'Dat is zo.' Ze boog zich naar voren en pakte mijn hand. 'Ik ben vaak verliefd geweest.'

'Vaak? Maar ik dacht dat er maar één grote liefde in uw leven was. Dat hebt u me de vorige keer verteld.' Ik kon mijn teleurstelling niet verbergen.

'Dat was ook zo, maar ik verloor hem en daarna bleef ik voortdu-rend naar hem zoeken,' legde ze uit.

'Naar hem zoeken? Ik begrijp het niet, tante Belinda. Waar zocht u?'

Ze lachte.

'Dat zou je wel willen weten, hè?' Haar ogen werden klein en ach-terdochtig. 'Heeft Olivia je hierheen gestuurd om er achter te komen?'

'Nee, tante Belinda. Ze heeft geen idee dat ik hier ben.'

Ze keek me sceptisch aan en knikte toen.

'Altijd als ik op iemand verliefd word, wordt Olivia ook verliefd op hem. Ze zegt altijd dat zij de eerste was, dat hij haar het eerst aardig vond en dat ik hem van haar heb afgenomen. Nou, niemand vindt haar aardig, want ze is een koude vis. Ze wil niet eens hand in hand zitten in het openbaar! Je kunt naar haar teruggaan en vertellen dat ik dat gezegd heb.'

'Ik vertel haar niets van wat u mij vertelt, tante Belinda,' verzeker-de ik haar.

'Als je van iemand houdt,' ging ze verder, 'ben je niet bang om hem aan te raken of je door hem te laten aanraken. Olivia zegt dat dat belachelijk is. Ze zegt dat het niet nodig is elkaar voortdurend aan te raken, en ze haat zoenen. Ze zal dat natuurlijk ontkennen; ze zal zeggen dat ze zoent als ze alleen zijn, maar dat doet ze niet. Ik weet dat. Jongemannen hebben het me verteld. Ze draait altijd haar hoofd af.' Ze lachte en boog zich weer naar voren. 'Weet je wat ik Samuel eens heb horen vertellen? Hij zei dat ze niet wil vrijen met het licht aan, en alleen onder de dekens. Alsof zij iets heeft dat iemand graag zou willen zien.'

Ze zweeg even en keek me weer oplettend aan.

'Hoe was je naam ook weer, lieverd?'

'Ik ben Laura, tante Belinda. Sara en Jacobs dochter Laura. Hoe kun je zo vaak verliefd zijn, tante Belinda? Is liefde niet iets bijzonders?'

'Dat was het, elke keer weer,' antwoordde ze. Ze zoog haar mondhoeken in en knikte. 'Maar je moet ervoor zorgen dat ze je respecteren en behandelen als een dame. Laat hem niet meteen merken dat je van hem houdt. Laat hem maar kronkelen en zichzelf kwellen en dan,' zei ze met een brede lach, 'als je dan eindelijk ja zegt, zal hij denken dat je hem de hele wereld cadeau hebt gedaan.'

'Ik heb eens van iemand gehouden,' ging ze weemoedig verder. 'Lang geleden, een lieve jongen, knap. Hij dacht dat de zon op- en onderging met mijn stemmingen. "Als je bedroefd bent," zei hij, "breng je regenwolken. Maar als je lacht, schijnt de zon helder en sterk."

Was dat niet lief? Zo dichterlijk. Hij schreef gedichten. Olivia vond de gedichten en verscheurde ze. Ze zei dat als ik me beklaagde, zij ze aan papa zou laten zien en hij zou weten wat ik in mijn schild voerde.

'Maar ik deed helemaal niets. Ik wilde alleen... dat iemand van me hield en ik wilde van hem houden.'

Ze zweeg, haalde diep adem en keek me toen weer aan.

'Je doet me aan iemand denken,' zei ze, en knipperde even snel met haar ogen. De uitdrukking op haar gezicht veranderde. Het was of ze me nu pas voor het eerst zag. 'Ken je mijn zus Olivia Logan? Haar meisjesnaam was Gordon, net als de mijne,' zei ze met een kort, ijl lachje.

114

'Ik ben uw nichtje, tante Belinda. Ik ben Jacobs dochter, grootma Olivia's Jacob.'

'Ja,' zei ze. 'Je bent knap. Ben je een schoolmeisje?'

'Ja. Ik ga naar high school.'

'En heb je één vriendje of heb je veel vriendjes?'

'Eentje maar,' zei ik.

Ze keek uit het raam.

'Ik wacht op hem. Ik zit hier elke dag bij het raam en wacht. Hij heeft beloofd dat hij zou terugkomen. En dan zou hij bloemen en chocolaatjes voor me meebrengen. Ze willen niet dat ik snoep,' fluisterde ze op de deur lettend.' Maar hij verstopt ze in de bloemen.'

Ze legde haar hand voor haar mond en giechelde als een klein meisje.

Toen begon ze plotseling te neuriën.

'Tante Belinda?'

Ze bleef neuriën en uit het raam staren.

'Ik ga weg, tante Belinda,' zei ik en stond op. Ze zweeg en keek naar me.

'Zeg tegen Olivia dat ik geen spijt heb. Zij hoort spijt te hebben. Zonder haar zou hij nog steeds mijn vriend zijn. Dan zouden we daarbuiten hand in hand wandelen en hij zou lieve dingen tegen me zeggen.'

Ze begon weer te neuriën en naar buiten te staren.

Ik boog me naar haar toe en kuste haar op haar wang, maar ze scheen het niet te voelen. In de deuropening bleef ik staan en keek naar haar. Ze zag er zo klein en eenzaam uit, alleen gelaten met haar herinneringen en gekweld door spijt en verlies.

Dat zal mij niet gebeuren zwoer ik mezelf. Niemand zal me bij mijn geliefde vandaan houden.

'En?' vroeg Cary, toen ik in de truck stapte en we wegreden. 'Heb je gekregen wat je wilde?'

'Ja,' zei ik.

'Wat dan?'

'Antwoord op een vraag.'

'Wat voor vraag, Laura?'

'Iets wat alleen een vrouw kan begrijpen.'

'O, hemel. Krijgen we dát weer.'

115

'Ja, Cary, krijgen we dát weer,' zei ik en drukte mijn voorhoofd tegen het raam toen we hotsend naar de snelweg reden. Cary gaf gas, blies zijn adem door zijn samengeknepen lippen en schudde zijn hoofd. 'Het komt allemaal door hem,' mompelde hij.

'Wat?'

'Niks,' bromde hij en rechtte zijn schouders.

Toen we thuiskwamen, bedankte ik hem en liep haastig naar binnen, op de hielen gevolgd door Cary.

'Robert heeft gebeld,' zei mama toen we binnenkwamen. Cary keek even naar mij en stampte zo hard naar boven, dat de hele trap trilde.

'Dank je, mama. Ik kom zó helpen met het eten,' zei ik, en liep naar de telefoon.

'Waar was je vandaag?' vroeg ik zodra Robert hallo had gezegd.

'Ik had zo'n hoofdpijn vanmorgen dat mam dacht dat ik griep kreeg of zo. Ze zei dat ik een beetje koorts had. Ze gaf me een paar aspirientjes en zei dat ik vandaag maar vrij moest nemen. Normaal gesproken zou ik aan bed gekluisterd zijn, maar het is allemaal niet zo normaal geweest. Heb je me gemist?'

'Natuurlijk. Anders zou ik het niet gevraagd hebben.'

'Hoe gaat het met je? Je leek gisteren na school nogal verward. Ik kreeg nauwelijks de kans een woord te wisselen en ik geloof trouwens niet dat je ook maar iets hoorde van wat ik zei.'

'Het is goed, Robert. Ik had alleen zoveel aan mijn hoofd met het examen en zo.'

'"En zo" wil zeggen met mij, hè?'

'Ja.'

'Ik hou nog steeds van je, Laura. Je kunt weigeren mijn brieven te beantwoorden, afwijzend reageren na alles wat ik op school tegen je zeg, maar ik zal van je blijven houden.'

'Ik weet het. Dat wil ik ook.'

'Echt waar?'

'Natuurlijk. Hoe voel je je nu?'

'Ik word heel snel beter,' zei hij. 'Morgen ben ik weer op school. Laura, kunnen we gauw iets afspreken?'

'Ja.'

'Dit weekend?' vroeg hij hoopvol.

'Ja, Robert. Dat zou ik leuk vinden.'

116

'Geweldig,' zei hij opgelucht. 'Ik zal – morgen maken we plannen, oké?'

'Oké, Robert. Ik moet mama helpen met het eten.'

'Morgen sta ik bij je kluisje, waarschijnlijk nog eerder dan jij,' zei hij lachend. 'Ik hou van je, Laura.'

Toen ik de hoorn had neergelegd kwam papa binnen. Hij keek even naar me en werd toen nieuwsgierig.

'Wat is er aan de hand, Laura?'

'Niets, papa. Ik ga mama helpen met het eten. Hebt u een goede dag gehad?'

'Redelijk. Waar is Cary?'

'Boven.'

'Weer op zolder, neem ik aan. Die jongen had als vleermuis geboren moeten worden, dan had hij in een klokkentoren kunnen wonen,' mompelde papa, en ging zich wassen.

Na het eten stond mama erop dat ik naar mijn kamer ging om te studeren en geen tijd verspilde met afwassen.

'Bovendien,' ging ze verder, gebarend naar May, 'is May nu groot genoeg om in haar eentje te helpen.'

Boven op mijn kamer begon ik me zorgen te maken dat ik mijn concentratievermogen kwijt was en het er slechter zou afbrengen dan ik verwacht had. Als ik zou blijven werken als tot dusver, zou ik volgend jaar bij het eindexamen de afscheidsrede mogen houden. Ik wist hoe belangrijk dat was voor mama, maar vooral voor grootma Olivia.

Ik zat nog niet lang achter mijn bureau toen ik de telefoon hoorde. Ik luisterde en vroeg me af of Robert weer belde. Niemand riep me, dus ging ik verder met mijn werk. Toen hoorde ik papa's zware voetstappen op de trap. Ik keek op omdat ik voelde dat hij voor mijn deur was blijven staan. Hij klopte.

'Ja?'

Hij deed de deur open en bleef met zijn handen op zijn heupen staan.

Papa leek nooit op zijn gemak in mijn kamer. Mijn spulletjes waren te teer, te delicaat voor hem om aan te raken. Ook al gaf hij mama geld en keurde hij de cadeaus goed, hij leek zich onbehaaglijk te voelen te midden van de pluchen dieren, de poppen en het porselein. Toen ik jonger was, niet veel ouder dan May nu, kwam papa zelden op mijn kamer. Hij wenste me altijd welterusten in de deuropening.

Een of twee keer kwam hij aan mijn bed, toen ik koorts had en toen ik de mazelen had.

'Laura, waar ben je vandaag geweest?' vroeg hij.

'Bedoelt u na school?' vroeg ik.

'Je weet wat ik bedoel, Laura,' zei hij teleurgesteld. Ik had nog nooit tegen papa gelogen en zou het ook nu niet doen.

'Ik ben naar tante Belinda geweest,' bekende ik.

'Wie heeft je daar gebracht, Cary of Robert Royce?'

'Papa…'

'Wie heeft je daar gebracht, Laura?"

'Ik,' zei Cary bij zijn deur op zolder.

Papa draaide zich met een ruk om en keek hem kwaad aan.

'Je weet dat ik je uitdrukkelijk heb verboden daar ooit heen te gaan, Cary.'

Ik wist niet dat papa het hem streng verboden had. Ik voelde me nu nog ellendiger dat ik het hem gevraagd had.

'Hij is niet binnen geweest, papa. Ik ben naar haar toe gegaan. Cary wachtte in de truck en hij wilde me er niet heen brengen. Ik heb hem overgehaald.'

'Je kunt een jongeman van Cary's leeftijd niet overhalen iets te doen wat hij niet wíl,' zei papa.

'Ze heeft me niet overgehaald.'

'Je geeft mij de sleutels van de truck, Cary. Ik wil niet dat je hem nog gebruikt voor ik het je weer zeg, hoor je?'

'Oké,' zei Cary. 'Hier.' Hij gooide ze omlaag en papa ving ze op in zijn rechterhand. Het maakte hem nog woedender. Toen keek hij naar mij.

'Ik dacht dat we een duidelijke afspraak hadden, Laura. Ik dacht dat je wist dat ik niet wilde dat je daarnaartoe ging, dat het je groot-moeder stoorde.'

'Maar waarom, papa? Ik begrijp niet hoe het iemand kan storen dat ik op bezoek ga bij een eenzame oude dame.'

'Dat is een familiekwestie,' zei hij.

'En? Ik hoor bij de familie. Waarom kan ik dan niet bij haar op bezoek gaan?'

'Belinda is het zwarte schaap van de familie. Het is een kwestie van reputatie, de eer van de familie.'

'Waarom is ze het zwarte schaap?'

118

'Ik hoef niet in details te treden, Laura. Ze was geen fatsoenlijk meisje. Ze heeft grootma Olivia's vader en moeder veel verdriet gedaan en dat gedrag hield ze vol toen ze allang gestorven waren. Alleen kwam het toen op grootma Olivia's schouders terecht. Ze heeft ten opzichte van haar juist gehandeld en dat is dat. Het is pijnlijk te moeten vernemen dat mijn kinderen ongehoorzaam zijn. In de bijbel staat, eert uw vader en uw moeder, Laura. Het is zonde als je dat niet doet. Denk daaraan,' waarschuwde hij.

'Maar…'

'Er is geen maar. Ik verbied je absoluut daar nog eens naartoe te gaan, begrepen? Goed begrepen?'

De tranen in mijn ogen vertroebelden mijn zicht. Ik zag papa door een floers, maar hij was zo kwaad en zijn gezicht zag zo rood dat ik mijn blik niet van hem kon afwenden.

'Ja, papa.'

'Ik hoop dat het hiermee afgelopen is en dat ik nooit meer een telefoontje van je grootmoeder hierover hoef te krijgen. Ze is erg van streek.'

Ik schudde mijn hoofd.

'Er staat ook in de bijbel: Vergeef degenen die tegen uw zondigen en uw zonden zullen vergeven worden…'

'Citeer de bijbel niet tegen mij, Laura. Ik ken de Heilige Schrift en ik weet dat je je vader dient te gehoorzamen.' Papa's gezicht zag nu zo rood dat ik vreesde dat zijn bloeddruk veel te hoog moest zijn.

'Oké, papa.'

'Laten we het daarop houden,' zei hij.

Ik knikte en sloeg mijn ogen neer. Ik hoorde Cary de zolderdeur dichtslaan. Het klonk als een geweerschot door het huis. Papa draaide zich om en liep de trap af. Elke stap klonk als de hamerslag van een rechter die steeds strengere vonnissen over ons uitsprak.

Het was moeilijk me weer te concentreren. Ik moest me ertoe dwingen, en kon ten slotte een paar hoofdstukken en enkele tests doornemen voor ik zo moe was dat de letters voor mijn ogen begonnen te dansen. Toen ik in bed kroop en het licht uitdeed, hoorde ik Cary. Hij ging naar zijn kamer.

'Cary…'

'Wat is er?' snauwde hij.

'Het spijt me wat er gebeurd is.'

119

'Ik had het je gezegd. Ik weet niet waarom je daarheen moest, waarom het juist nu zo belangrijk was,' zei hij. 'Meisjesgedoe!' Hij draaide zich om en liep naar zijn kamer.

'Cary!' riep ik, maar hij liep door en sloeg de deur hard achter zich dicht.

Ik wilde alleen nog maar wegkruipen onder mijn deken en verdwijnen.

Toen we de volgende ochtend naar school liepen, bood ik Cary weer mijn excuses aan.

'Vergeet het, Laura. Je kent papa. Hij kalmeert wel en dan is alles weer in orde.'

'Ik begrijp het alleen niet, Cary. Als je tante Belinda een keer zou ontmoeten, zou je zien wat een lieve oude dame ze is. Ze kan voor niemand een bedreiging vormen en ik weet zeker dat ze zich nog niet de helft van de dingen herinnert waarvan ze wordt beschuldigd.'

'Het zijn onze zaken niet,' zei Cary.

'Maar waarom niet, Cary? We zijn toch lid van deze familie. Waarom kunnen wij niet ook vragen stellen en onze mening te kennen geven? We zijn nu oud genoeg.'

'Zo is het nu eenmaal,' antwoordde hij. Toen bleef hij staan en draaide zich met een ruk naar me om. 'Op de een of andere manier houdt dit allemaal verband met jou en Robert, hè? Het heeft te maken met die grote liefde van je. Ja toch?'

Ik bloosde voor ik antwoord kon geven.

'Je hoeft geen antwoord te geven. Ik weet het antwoord,' zei hij en liep voor me uit. We hadden May bij school afgeleverd. Hij versnelde zijn pas en bleef de rest van de weg naar school vóór me lopen. Zodra Cary Robert bij mijn kleedkast zag staan, keek hij me kwaad aan en liep toen haastig naar zijn vrienden.

'Is er iets mis?' vroeg Robert onmiddellijk. Hij keek Cary na, die zich duwend en stotend een weg baande door de andere leerlingen.

'Ik vertel het je later wel,' zei ik en pakte mijn boeken en schriften voor een nieuwe schooldag.

Cary hield zich op een afstand, keek nauwelijks naar me in de klas of in de gang. Hij zat bij zijn vrienden in de kantine en ik zat bij Robert. Ik vertelde hem dat Cary en ik problemen hadden gehad omdat ik mijn verboden tante had opgezocht.

'Wat gek,' zei Robert. 'Niemand wil je vertellen waarom ze "verboden terrein" is?'

'Niemand schijnt te vinden dat we oud genoeg zijn,' mompelde ik.

'Ik heb ook familie die ik nog nooit heb gezien, maar dat komt omdat ze het zo druk hebben met hun eigen leven. Mijn moeder noemt ze de begrafenisfamilie.'

'Begrafenisfamilie?'

'We zien ze alleen bij begrafenissen van andere familieleden. Ze zegt dat voorzover zij weet, die mensen alleen maar zwarte kleren hebben.'

Hij lachte en ik lachte met hem mee.

'Dat is beter,' zei hij. 'Dat lijkt meer op mijn eigen Laura. Wil je dit weekend naar de film? Ik trakteer. Mijn vader heeft me achteraf loon betaald. Ik kan ook met je gaan eten. Ik kan zelfs de Captain's Table betalen!'

'We zien wel,' zei ik en voegde er snel aan toe: 'Horen wat mijn vader zegt. Ik wil graag.'

'Mooi,' zei Robert. Hij stak zijn hand onder de tafel om de mijne vast te houden. Hij kneep er zachtjes in. 'Fijn.'

Ik wilde nog even wachten met papa's toestemming te vragen om met Robert te gaan eten en naar de bioscoop te gaan. Gelukkig verbeterde zijn stemming in de loop van de dagen omdat hij een goede kreeftenvangst had en er gezegd werd dat de prijzen voor de veenbessen dit jaar bijtijds zouden stijgen voor onze oogst. Op een avond na het eten en nadat ik mama had geholpen met afwassen, ging ik naar de zitkamer en vroeg of hij het goed vond als ik met Robert naar een film ging.

'En hij wil eerst gaan eten,' ging ik verder.

'Eten?' Papa trok zijn wenkbrauwen op. 'Het toeristenseizoen is nog niet eens echt begonnen en hij heeft al geld te verspillen?'

Ik glimlachte. 'Hij vindt het geen geldverspilling mij mee uit eten te nemen, papa,' zei ik.

Papa schudde zijn hoofd. 'Toen ik zo oud was als jij ging ik alleen met mijn ouders naar een restaurant.'

'De tijden zijn veranderd, papa.'

'Ja, dat is zo, en niet ten goede.'

'Het is maar een afspraak, papa. Ik ben oud genoeg om afspraken te maken,' zei ik, met mijn liefste glimlach.

121

'Vraag het maar aan je moeder,' zei hij ten slotte. Dat was hetzelfde als toestemming geven. Natuurlijk wist ik dat mama het goed zou vinden.

Ik vertelde het Robert de volgende dag op school. Het maakte hem erg blij. Het was weer net als vroeger: we liepen hand in hand, lachten, hadden plezier samen. Ik voelde me energieker dan ooit en verlangde nu zelfs naar mijn examen, om het jaar hoog te eindigen.

Maar toen Cary, Robert en ik aan het eind van de dag uit school kwamen, zagen we tot onze verbazing grootma Olivia's Rolls-Royce voor de deur staan. Raymond stond ernaast en zwaaide zodra hij ons zag.

'Wat is er?' vroeg ik.

'Uw grootmoeder wenst u te spreken, miss Laura,' zei Raymond.

'Mij spreken?'

'Ze vroeg u meteen na school naar haar huis te brengen.'

Ik keek naar Cary, die zijn ogen neersloeg.

'Ik haal May wel af,' zei hij en liep weg.

'Is er iets mis?' vroeg Robert.

'Ik weet het niet. Ik bel je vanavond,' beloofde ik en stapte in de luxueuze auto. Ik had er niet zo vaak in gezeten en nooit eerder alleen. Ik voelde me verlegen omdat ik in een Rolls met chauffeur wegreed terwijl de andere leerlingen naar me keken.

Toen we aankwamen, ging ik meteen naar binnen en vond grootma Olivia alleen in de zitkamer, in haar lievelingsstoel. Haar metalen bril aan de parelketting hing op haar borst. Ze had de society-pagina's gelezen in de Bostonse krant en legde die opzij.

'Dag, grootma. U wilde me spreken?'

'Je kunt daar gaan zitten, Laura,' zei ze met een knikje naar de bank tegenover haar. Ik ging zitten en wachtte terwijl ze haar schouders rechtte.

'Gaat het over mijn bezoek aan tante Belinda?' vroeg ik snel.

'Nee, niet direct.' Ze tuitte haar lippen en keek me aan. 'Je zult je herinneren dat jij en ik een naar ik dacht belangrijk gesprek hebben gehad. Ik had gehoopt dat je had geluisterd naar wat ik tegen je zei en je dienovereenkomstig zou gedragen. Dat je een bron van trots zou zijn voor de familie en een goede dochter, een goede kleindochter, zou blijven. Maar het schijnt dat je hebt verkozen al mijn wijze woorden in de wind te slaan en opstandig te zijn.'

'Het gaat over Robert,' zei ik met een knikje. 'Ik heb u al gezegd, grootma, dat hij een heel aardige jongen is en ik –'

'Aardige jongens nodigen naïeve jonge meisjes niet bij hen thuis uit als hun ouders weg zijn en verleiden ze,' snauwde ze.

Even leek het of mijn hart stilstond. Ik voelde me duizelig.

'Wat?'

'Ontken het maar niet. Ik zie aan je gezicht dat het waar is en ontkennen maakt het alleen maar erger.'

'Wie – ik begrijp het niet.' Had ze overal spionnen? Stond elke levende ziel in deze stad op haar loonlijst?

'Er valt niets te begrijpen. Wat je hebt gedaan en wat je vastbesloten schijnt te blijven doen is schandelijk. Ik wil dat er vanavond een eind aan komt. Ik zal geen woord hiervan tegen je vader en je moeder zeggen als je gehoorzaamt, maar als je dat niet doet -'

Ik schudde mijn hoofd en stond op.

'Ga zitten, ik ben nog niet uitgesproken, Laura.'

'Ik wil er niet naar luisteren. Ik wil geen woord meer horen, grootma. U begrijpt het niet en u hebt niet het recht mijn leven op deze manier te controleren.'

'Natuurlijk heb ik dat wel,' antwoordde ze, alsof ik een volkomen belachelijke opmerking had gemaakt. 'Ik ben verantwoordelijk voor het welzijn van deze familie.'

'Waarom?'

'Waarom?' Ze lachte. 'Waarom? Ik zal je vertellen waarom.' Ze keek me strak aan en kneep haar ogen tot spleetjes. 'Omdat de mannen in deze familie er niet toe in staat zijn. Dat zijn ze nooit geweest en de andere vrouwen hebben niet de vastberadenheid of de ruggengraat ervoor.

Goed, om terug te komen op wat ik zei. Je ziet deze jongen blijkbaar vaak en je bent zo openlijk intiem met hem dat de mensen erover praten. Een paar van mijn beste vrienden zijn bij me geweest en –'

'U laat me bespioneren, grootma? Word ik gevolgd?'

'Natuurlijk niet, maar ze hebben ogen in hun hoofd. Ze hebben oren en ze weten hoe belangrijk de reputatie van mijn familie voor me is.'

'Het zijn gewoon roddelaars die niets anders te doen hebben!' riep ik uit. 'Ik ben geen prinses, grootma, en u bent geen koningin. We zijn geen royalty omdat onze stamboom teruggaat tot de eerste kolonisten hier. We zijn net als alle anderen. We trekken onze schoenen een voor een aan.' Tranen stroomden over mijn wangen en drupten van mijn kin.

'Heb je geen zelfrespect?' siste ze. 'Kan het je dan helemaal niets schelen wat je mijn familienaam aandoet?'

'Uw familienaam?'

'Onze familienaam. Ik heb uitgelegd hoe belangrijk dat is, hoe een reputatie –'

Ik trok mijn schouders even recht als zij had gedaan.

'Ik doe niets waarvoor ik me schaam, grootma Olivia. Ik heb een privé-leven en ik ben oud genoeg om mijn eigen beslissingen te nemen.'

'Dat is idioterie. Leeftijd heeft er niets mee te maken. Er zijn mensen die twee keer zo oud zijn als jij en twee keer zo dom en dwaas, ook in onze familie.'

'Hoe weet u dat u altijd in alles gelijk hebt, grootma?'

'Het is mijn ongelukkige lot altijd in alles gelijk te hebben,' zei ze kalm terwijl ze haar handen op de armleuningen van de stoel liet rusten. 'Want daarmee is de ontzagwekkende verantwoordelijkheid verbonden van de zorg voor de familie.'

'U hoeft voor mij niet te zorgen,' zei ik.

'Blijkbaar moet ik dat wel, zelfs nog meer dan ik eerst dacht. Ik waarschuw je, Laura, daag me niet uit. Anders ga ik vanavond naar je vader om hem te vertellen wat je hebt gedaan. Bedenk eens wat zo'n onthulling voor je ouders zal betekenen.'

Ik schudde mijn hoofd, niet in staat iets te zeggen.

'Maak een eind aan de relatie, doe je werk op school en blijf een behulpzame, liefdevolle dochter. Mettertijd zul je mijn wijsheid beseffen. Na je eindexamen zal ik ervoor zorgen dat je tot het beste Ivy League College wordt toegelaten en tot het meest prestigieuze corps. Daar zul je een jongeman leren kennen die je naam waardig is en een fantastisch leven hebben.'

'Net zo fantastisch als dat van u, grootma?' kaatste ik terug. Ze verstarde. 'Met een zuster die is opgesloten in een rusthuis en in de steek gelaten door haar familie, en met een zoon die verloochend is. Nee, dank u wel!'

'Laura! Wees niet zo onbeschaamd! Je doet wat ik zeg of ik breng mijn dreigement ten uitvoer,' snauwde ze.

Ik voelde me verzwakken. Mama en papa zouden het verschrikkelijk vinden als ze hoorden van mijn avond met Robert. Al hun vertrouwen in me zou verdwenen zijn.

'Ga nu naar huis. Raymond wacht buiten op je. Studeer voor je examen en maak onmiddellijk een eind aan deze stommiteit. Ik duld niet dat nóg een lid van mijn familie opstandig is en van het rechte pad afdwaalt. Ik ben niet snel genoeg in actie gekomen met mijn zuster en mijn jongste zoon, maar ik ben vastbesloten dat met jou wél te doen,' zwoer ze.

Het was alsof ze vanuit de hemel had gesproken. Haar woorden regenden op me neer en landden als een zwaar gewicht op mijn schouders.

Er viel niets meer te zeggen. Ik draaide me om en liep weg, bewoog me als iemand in trance. Ik herinner me zelfs de rit naar huis niet. Toen ik thuiskwam, holde ik de trap op en sloot me op in mijn kamer voordat iemand me kon zien of iets kon vragen. Ik liet me op bed vallen en begon te huilen. Ik huilde tot mijn borst pijn deed. Toen draaide ik me om en ging rechtop zitten en veegde mijn betraande gezicht af.

Ik stond op en trok de bureaula open waarin ik Roberts prachtige brieven bewaarde. Ik keek ernaar en dacht aan hem, toen iets mijn aandacht trok. Ik pakte het stapeltje op en bekeek het aandachtig. De brieven zaten doorelkaar en waren weer bij elkaar gebonden, maar slordig. Mijn hart zonk in mijn schoenen.

Cary moest ze gevonden en gelezen hebben en grootma Olivia hebben verteld wat erin stond.

8. Een verraden hart

Ik had de hoofdrol gehad in verschillende toneelstukken op school, maar ik dacht niet dat ik als actrice goed genoeg was om voor mama en papa te verbergen hoe verdrietig ik was. Ik zag er bleek en moe uit, al deed ik nog zo mijn best te glimlachen en mijn stem opgewekt te laten klinken.

Cary vroeg niets over mijn bezoek aan grootma Olivia, en hij had mama zelfs niet verteld dat Raymond bij school op me had staan wachten. Mama had gewoon aangenomen dat ik iets te doen had na school en in mijn eentje naar huis was gelopen. Papa noch zij had gehoord of gezien dat Raymond me in de Rolls-Royce had thuisgebracht.

May was degene die vragen gebaarde, zich afvroeg waar ik na schooltijd naartoe was gegaan en waarom ik zo verdrietig was. Ik vertelde haar alleen dat ik het druk had met mijn werk voor school. Papa merkte het niet en mama was bezig met het eten op te dienen, trots op het nieuwe recept voor gehakt dat ze in een oude Provincetown krant had gevonden. Cary bleef met gebogen hoofd zitten en staarde tijdens het grootste deel van de maaltijd strak naar zijn bord. Het was papa's beurt om uit de bijbel te lezen en terwijl hij dat deed, hield ik mijn ogen op Cary gericht. Hij kon me niet aankijken, en als onze blikken elkaar toevallig kruisten, wendde hij schuldbewust zijn ogen af. Hij was de eerste die van tafel opstond en zei dat hij naar boven ging om te studeren. Papa was blij dat te horen en vroeg niet waarom hij zo haastig wegging. Terwijl ik mama hielp met afwassen, praatte zij voor twee, maakte plannen voor de zomer, inclusief een reis naar Boston. Eindelijk merkte ze dat ik stilletjes naast haar stond en herinnerde me eraan dat ik ook naar mijn kamer moest om te studeren.

Ik was blij dat ik kon ontsnappen, maar weer vond ik het moeilijk, praktisch onmogelijk, me te concentreren. Mijn ogen dwaalden voortdurend van mijn boeken en schriften af. Mijn aandacht was gevestigd op de la waarin ik Roberts brieven bewaarde en in gedachten zag ik zijn gezicht en hoorde ik zijn stem.

Tegen bedtijd kwam May binnen en bleef een tijdje bij me. Ik pauzeerde even en borduurde wat met haar, terwijl ze praatte over haar vrienden op school en me honderduit vroeg over high school. Ten slotte werd ze moe en ging slapen. Ik ook.

Even nadat ik het licht had uitgedaan, werd er zachtjes op de deur geklopt. Zo zacht dat ik eerst dacht dat het een paar rammelende leidingen in de muren waren. Ik luisterde nog eens, hoorde het en stond op. Toen ik opendeed, stond Cary in zijn kamerjas en op pantoffels voor me.

'Wat is er?' vroeg ik.

'Ik heb het geprobeerd, maar ik kon niet slapen zonder met je te hebben gepraat,' zei hij.

'Dat verbaast me niets,' antwoordde ik kortaf. Ik liep terug naar bed en ging er met gekruiste benen op zitten.

Cary kwam binnen en deed zachtjes de deur dicht. Lange tijd bleef hij staan en staarde naar de grond. Ik deed de lamp op mijn nachtkastje aan. Het heldere licht deed hem met zijn ogen knipperen.

'Wat is er, Cary?' vroeg ik ten slotte.

'Ik vroeg me af wat er bij grootma Olivia is gebeurd,' zei hij.

'Ik denk dat je dat al weet, Cary.' Ik wendde mijn blik van hem af en staarde naar mijn tenen. Ik had altijd gevonden dat ik lelijke tenen had. Ze waren te groot, maar Robert zei dat ze perfect waren. Hij beweerde dat alles aan me perfect was. Liefde maakt iemand blind, dacht ik. Ik ben allesbehalve perfect.

'Wat bedoel je, dat ik het al weet?' vroeg Cary. Hij keek me aan en ik keek onverschrokken terug.

'Iemand heeft haar verteld dat ik die avond alleen met Robert in het Sea Marina ben geweest.'

'Nou, en? Dat kan iedereen haar hebben verteld, Laura. Iedereen kan je daarnaartoe hebben zien gaan. Misschien heb je het een van je vriendinnen verteld. Misschien heb je erover opgeschept tegen Theresa Patterson. 'Misschien –'

'Misschien heb jij het haar verteld, Cary,' zei ik resoluut.

'Ik zou nooit –'

'Cary, zolang we leven heb je nooit gemakkelijk tegen me kunnen liegen. Je brengt het er nu ook niet erg goed af,' zei ik. 'Ik weet niet

127

of ik moet huilen of tegen je schreeuwen.'

Hij staarde me aan.

'Ik kan iets tegen haar gezegd hebben,' gaf hij toe. 'Ze is... nou ja, je weet niet hoe het is om door haar te worden uitgehoord. Ik moest een paar dagen geleden bij haar komen en –'

'Waarom heb je me dat niet verteld, Cary?' Hij zweeg. 'Schaamde je je? Was dat het? Schaamde je je omdat je me had verraden?'

'Ja,' bekende hij.

'Waarom? Wat is er gebeurd? Cary, je kunt me beter alles vertellen en ophouden met die stomme spelletjes. Je kúnt iets gezegd hebben? Je weet het als je iets gezegd hebt, Cary.'

'Oké. Ik zal je vertellen wat er gebeurd is. Ze begon met me uit te horen over de rit naar tante Belinda. Ze was erg kwaad dat ik je daarheen had gebracht en foeterde me uit omdat ik beter had horen te weten. Ze wilde weten waarom het zo belangrijk was dat we naar tante Belinda gingen. Ik vertelde haar dat ik haar niet gesproken had, maar alleen jij, en toen keek ze... ik weet niet... heel vals. Ze was echt angstaanjagend, Laura. Ik heb haar nog nooit zo gezien. Ze zei dat ik moest gaan zitten en zij stond op. Ze komt maar tot hier,' zei hij en hield zijn hand ter hoogte van zijn borst, 'maar plotseling leek ze gigantisch. Ze stond over me heen gebogen en wilde weten waarom je naar Belinda was gegaan. Wat jullie hadden besproken. Wat Belinda jou had verteld. Toen ik zei dat ik het niet wist, stelde ze me weer een andere vraag, de ene na de andere, zo snel dat het me begon te duizelen. Ik had het gevoel of ik in een van die politiebureaus zat die je in films ziet. Je weet wel, die verhoorkamers met dat felle licht in je gezicht.'

'En toen vertelde je haar over mijn brieven, hè, Cary?' vroeg ik rechtstreeks.

Zijn ogen gingen naar mijn la en toen weer naar mij.

'Ik weet niet wat je –'

'Cary, je kunt niet tegen me liegen,' bracht ik hem kil in herinnering. 'Ik weet dat die brieven zijn gelezen. Ik had ze op een bepaalde manier opgevouwen en bijeengebonden. May zal ze niet hebben gelezen en mama en papa evenmin. Wie blijft er over?'

'Nou, ik maakte me bezorgd over je. Ik wist dat je zijn brieven in die la bewaarde, want toen ik hier eens binnenkwam om met je te praten, legde je ze net weg. Toen je je zo vreemd begon te dragen, wist ik dat het iets te maken had met Robert Royce. Toen heb ik er een paar gelezen.'

'Je hebt mijn privé-correspondentie gelezen,' zei ik woedend. Vermoeden was iets anders dan een bekentenis uit zijn mond.

'Jij bent belangrijk voor me. Niet die brieven.' Hij zweeg en zijn gezicht kreeg een mildere uitdrukking. 'Is het waar wat erin staat, Laura? Ik bedoel, wat hij schrijft dat er tussen jou en hem in zijn huis is gebeurd?'

Ik schudde mijn hoofd en wendde mijn blik af.

'Ik had moeten weten dat je ze zou lezen,' mompelde ik.

'Wat er in die brieven staat, dat waren die meisjes-aangelegenheden die je met Belinda wilde bespreken, hè?' vroeg hij.

'Nee,' zei ik. 'Het is veel meer dan dat.'

'We hebben nooit over dat soort dingen gepraat, Laura. We hebben nooit echt over seks gepraat, maar ik dacht altijd dat jij anders was dan de andere meisjes op school, dat jij nooit –'

'Ik ben niet als die andere meisjes. Ik bén anders, Cary,' hield ik vol. Mijn stem sloeg over van emotie.

'Dat denk ik ook,' knikte hij. 'Ik denk dat het allemaal zijn schuld is,' zei hij vastberaden, mijn woorden verdraaiend.

'Het is niet allemaal zijn schuld!' riep ik uit. Ik bonkte met mijn vuisten op mijn dijen. 'Het is niemands schuld. Ik heb niets gedaan wat ik niet wilde. Ik... ik hou van Robert, Cary, en hij houdt van mij. Jij hebt het allemaal erg moeilijk gemaakt voor ons. Daar had je het recht niet toe.'

'Ik heb alleen gedaan wat ik dacht dat goed voor je was, Laura. Ik wilde je alleen maar beschermen. Ik –'

'Je had het recht niet!' hield ik vol en schudde fel met mijn hoofd. 'Wat heb je haar precies verteld? Ik wil alles weten, elk smerig detail.'

'Ik heb haar eigenlijk niets verteld. Ik heb verteld dat je je zo vreemd had gedragen en dat je plotseling naar tante Belinda wilde, dat je zei dat zij alles wist van dingen die meisjes aangaan.'

Zodra ik dat gezegd had, haakte grootma Olivia erop in. "Dingen die meisjes betreffen?" vroeg ze. "Laura gaat dus nog steeds met die jongen om? Hoe serieus is dat geworden?" vroeg ze. Ik probeerde te doen of het niets om het lijf had. Echt waar, ik heb het geprobeerd, maar ze bleef er maar op hameren. Ze vroeg of ik wist of je ooit met hem alleen was geweest. Zij was degene die over het hotel begon nu ik erover nadenk. Ja. Ze zei: "Is ze naar dat hotel gegaan?" Aan de manier waarop ze het vroeg dacht ik dat ze het wist en alleen wilde zien of ik de waarheid zou zeggen. Ik heb haar verteld dat je bij Robert thuis gegeten had. Ze vroeg of ik wist of zijn ouders erbij waren. Ik zei dat ik het niet wist, maar ik denk dat je gelijk hebt, ik kan niet zo goed liegen, want ze vroeg het me nog eens, op scherpere toon. Ik zei dat zijn ouders misschien weg waren, en toen was zij degene die me vertelde wat je had gedaan. Het was of ze de brieven zelf gelezen had, Laura. Ik zweer het je,' ging hij verder, met zijn hand omhoog alsof hij in de getuigenbank stond in een rechtszaal.

'En je hebt niets ontkend? Je liet het haar geloven,' was mijn conclusie.

'Ze wierp één blik op mijn gezicht en zei dat ik geen woord meer hoefde te zeggen. Mijn ogen spraken boekdelen. Ze is ronduit eng. Je weet hoe ze is. Ze is –'

'Ze is een heel ongelukkige oude vrouw, Cary. Dat is ze, en nu is ze erin geslaagd ook mij ongelukkig te maken. En jij hebt haar daarbij geholpen. Ben je nu tevreden?'

'Nee, natuurlijk niet. Maar, Laura, hij had niet...' Cary wendde zijn blik af. 'Als hij van je houdt zoals hij zegt, zou hij meer respect voor je hebben getoond en zou dit nooit gebeurd zijn.'

'Ik wil er niet meer over praten, Cary. Bovendien ben ik bang dat alles wat ik tegen je zeg doorverteld wordt aan grootma Olivia,' voegde ik eraan toe.

Het was of ik hem een klap in zijn gezicht had gegeven. Zijn gezicht ging met een ruk opzij en er kwam zo'n intens verdrietige uitdrukking in zijn ogen dat ik hem niet aan kon kijken.

'Het spijt me, Laura, maar ik deed wat ik deed omdat... omdat ik van je hou,' flapte hij eruit, en holde de kamer uit.

Lange tijd bleef ik zitten en staarde naar de gesloten deur. Cary's woorden galmden na in mijn oren. Hoe moest ik dit ooit allemaal aan Robert uitleggen? Wie zou ooit de waanzin van mijn familie kunnen begrijpen?

Ik probeerde te slapen maar kreeg de ene nachtmerrie na de andere, werd met een zachte kreet wakker, verborg mijn gezicht in het kussen en viel weer in slaap. Voor het ochtendgloren werd ik opnieuw wakker, om weer in een onrustige slaap te vallen. Ik sliep zo vast dat ik 's ochtends niemand in huis hoorde rondlopen. Uiteindelijk maakte May me wakker door aan mijn arm te trekken.

Ik knipperde met mijn ogen en staarde haar aan zonder te begrijpen waarom ze naast me stond. Toen keek ik op de klok en vloog mijn bed uit. Ze volgde me de kamer door en gebaarde haar vragen. Was ik ziek? Was Cary ziek? Hij wilde tegen niemand iets zeggen, beweerde ze. Er was niets, zei ik. Ik had me alleen verslapen.

Mama kwam naar me toe zodra ik beneden kwam.

'Voel je je niet goed, Laura? Je zag er gisteravond ook al niet goed uit, nu ik erover nadenk.'

'Ik voel me best, mama. Alleen een beetje moe,' zei ik. 'Sorry dat ik me heb verslapen.'

'Je broer doet ook al zo vreemd,' klaagde ze. 'Net als toen jullie zo oud waren als May nu. Als een van jullie buikpijn had, had de ander dat ook. Weet je nog dat jullie allebei waterpokken hadden, één dag na elkaar?'

'Ja, mama.'

'Misschien was het iets in dat nieuwe recept,' zei ze peinzend.

'Nee, mama, als daar iets mis mee was, zou iedereen ziek zijn.'

'Ja, dat is zo.'

'We zijn gewoon een beetje moe,' zei ik. Het was geen leugen. Ik weet zeker dat Cary net zo slecht geslapen had als ik.

Ik dronk wat sap, at een toastje met jam, pakte mijn spullen en liep naar de deur, waar May en Cary op me stonden te wachten. Papa was al naar zijn werk. Cary's ogen stonden verdrietig en berouwvol, maar ik wilde hem niet aankijken. Ik zei geen woord toen we naar school liepen. May was nieuwsgierig en gebaarde wel honderd vragen onderweg. Toen we haar hadden afgezet, draaide Cary zich naar me om.

'Het spijt me, Laura,' zei hij. 'Het was niet mijn bedoeling je in moeilijkheden te brengen.'

'Laten we het er niet meer over hebben, Cary. Ik probeer nog steeds een manier te vinden om het Robert uit te leggen.'

Hij knikte en liep de hele weg naar school een eindje voor me uit. Toen we daar aankwamen, liep hij snel naar zijn kleedkast en liet mij met Robert alleen. Robert wierp één blik op me en de lieve, blije grijns verdween van zijn gezicht.

'Wat is er? Je ziet eruit alsof je je beste vriend hebt verloren,' zei hij half schertsend.

131

'Ik ben bang dat dat zo is.'

De eerste bel ging voordat ik iets had kunnen zeggen; ik wist dat ik niet genoeg tijd had om alles uit te leggen.

'Ik vertel het je wel in de lunchpauze,' beloofde ik. 'We hebben nu geen tijd.'

Robert knikte met een somber, ernstig gezicht, een en al bezorgdheid. Tussen elke les probeerde hij bij me in de buurt te komen, om erachter te komen wat er aan de hand was.

'Gaat het wel goed met je?' vroeg hij. 'Je ziet er zo moe uit, Laura.'

'Ik bén ook moe,' gaf ik toe.

'Je broer weet me vandaag uitstekend te ontlopen. Ik betrapte hem erop dat hij naar me stond te kijken, en toen ik terugkeek, draaide hij zich gauw om. Hij bromt en mompelt weer als ik iets tegen hem zeg. Wat is er toch?'

'We praten tijdens de lunch,' zei ik en liep haastig weg.

Maar toen het eindelijk lunchpauze was en ik bij de kantine kwam en het vrolijke gepraat van de leerlingen hoorde, allemaal even opgewonden over het naderende eind van het schooljaar en de zomervakantie, bleef ik op een paar passen van de deur staan. Mijn voeten leken aan de grond genageld.

'Wat mankeert jou?' vroeg Theresa Patterson toen ze naast me kwam staan. 'Je ziet eruit of je een geest hebt gezien.'

Ik draaide me naar haar om. Een traan ontsnapte en ik schudde mijn hoofd in plaats van iets te zeggen.

'Laura?'

Ik holde terug de gang door, via een zijdeur naar buiten. Ik stond in de middagzon en nu ik alleen was, liet ik mijn tranen de vrije loop. Ik liep naar een oude eik en plofte neer in de schaduw, sloeg mijn armen om mijn knieën en wiegde zacht heen en weer. Mijn schouders schokten van het huilen.

'Laura,' hoorde ik minuten later. Robert kwam haastig over het grasveld naar me toe. 'Wat is er gebeurd? Waarom kwam je niet naar de kantine? Ik heb zitten wachten tot Theresa me vertelde dat ze je naar buiten had zien hollen.'

Hij knielde naast me. Ik veegde mijn tranen weg en probeerde te glimlachen.

'Het gaat al weer,' zei ik. 'Ik was vandaag alleen niet in de stemming voor al die ogen en die nieuwsgierige gezichten.'

'Waarom niet? Vertel me nu eens alles,' zei hij terwijl hij naast me in het gras ging zitten.

'O, Robert...' begon ik en zuchtte diep. 'Cary heeft de brieven gelezen die jij me geschreven hebt. Hij is naar mijn kamer gegan toen ik er niet was en heeft ze gelezen,' jammerde ik.

'O-o,' kreunde Robert. 'Geen wonder dat hij me vandaag behandelt als iemand met een besmettelijke ziekte. Het spijt me, Laura. Ik had het niet zwart op wit mogen zetten. Is hij gemeen tegen je geweest of –'

'Nee, het is niet alleen Cary,' zei ik. Ik zweeg even en keek om me heen naar het traag voorbijrijdende verkeer, de donzige wolken die langzaam voortgleden aan de horizon, en de zangvogels die van boom tot boom vlogen. De wereld zag er zo vredig en mooi uit dat de klomp in mijn maag en de kilte in mijn hart nog erger leken.

Ik vertelde Robert over tante Belinda en dat mijn grootmoeder Olivia Cary langdurig had ondervraagd over mijn bezoek aan Belinda in het rusthuis.

Toen beschreef ik hoe grootma Olivia hem had uitgehoord over mij en specifiek over mijn relatie met hem. Voor ik verder kon gaan, stamelde Robert: 'Bedoel je dat Cary haar heeft verteld wat ik in mijn brieven heb geschreven?'

'Niet precies, maar het had hetzelfde resultaat.'

Robert schudde verbijsterd zijn hoofd.

'Wat gebeurde er daarna?'

'Daarom stuurde ze gisteren haar chauffeur om me af te halen, Robert,' zei ik.

'O. Je bedoelt dat ze je naar haar huis ontbood om je te ondervragen over ons?'

'Ja.'

Hij floot door zijn gesloten lippen.

'Het spijt me, Laura. Ik vrees dat ik er een puinhoop van heb gemaakt, maar ik kan het niet helpen. Ik moest je zeggen wat ik voelde en je wilde niet met me praten...'

'Je moet jezelf niet de schuld geven, Robert. Cary weet dat hij fout is geweest.' Ik kneep mijn ogen samen om de tranen terug te dringen en haalde diep adem. 'Maar grootma Olivia is het hoofd van de familie en kan het iedereen erg moeilijk maken.'

'Wat wil ze? Moet ik haar opzoeken? Misschien –'

133

'O, nee, Robert. Absoluut niet. Denk daar zelfs niet aan,' zei ik. Hij zag de angst in mijn ogen en knikte.

'Wat moet ik dan doen?'

'We kunnen op het ogenblik niets doen,' zei ik. 'Behalve...'

'Behalve wat, Laura?'

'Behalve een tijdje bij elkaar uit de buurt blijven. Althans tot een en ander wat geluwd is,' ging ik snel verder. Hij keek me even aan en schudde toen zijn hoofd.

'Hoe lang is een tijdje?'

'Een tijdje,' zei ik schouderophalend. 'We moeten trouwens toch aan onze examens denken.'

'Denk je dat dat examen me nu nog iets kan schelen?'

'Je moet wel, Robert. Je wilt naar de universiteit. Als je het er slecht afbrengt door mijn schuld, zal ik me nog tien keer ellendiger voelen.'

Hij plukte een grassprietje en stak het tussen zijn tanden.

'Ik houd je van je lunch af,' zei ik in een poging een grapje te maken. 'Je moet honger hebben. Je eet gras.'

Hij hield op met kauwen en glimlachte. Toen schudde hij langzaam zijn hoofd.

'Ik geloof niet dat je begrijpt hoeveel ik van je hou, Laura. Je kunt gemakkelijk zeggen dat we elkaar een tijdje niet moeten zien, maar dat is bijna onmogelijk. Ik zal elke avond bij je huis rondhangen in de hoop een glimp van je op te vangen.'

'Robert –'

'Het zal een marteling zijn je op school te zien. Wat moet ik doen? Hier ook bij je uit de buurt blijven?'

Mijn lippen begonnen te trillen.

'Het spijt me,' zei hij. 'Nu doe ik het weer. Ik denk alleen aan mezelf en breng jou in moeilijkheden.' Hij stond op. 'Goed. Ik zal proberen me gedeisd te houden, zoals dat heet. Voor een tijdje. Maar, Laura Logan, let op mijn woorden. Op een goede dag zul je mijn vrouw zijn. Jij zult de vrouw zijn met wie ik mijn leven zal delen, en geen machtige grootmoeder, geen overbeschermende broer, niemand zal dat kunnen beletten.'

Ik knikte, kneep mijn lippen op elkaar en slikte de brok in mijn keel weg. Robert glimlachte een laatste keer voor hij zich omdraaide en terugliep naar school, zijn schouders gebogen, zijn hart even duister en gebroken als het mijne.

Elke daaropvolgende dag zonder Robert, zonder zijn lach, zonder het horen van zijn stem, zonder zijn telefoontjes, was een heel sombere dag. Wat mij betrof kon de zon zich verscholen houden achter een muur van onweerswolken. Ik deed mijn karweitjes, studeerde en hielp May met haar werk, maar ik weet dat ik me bewoog als een zombie, een robot zonder hart of ziel. Als ik tijd had om alleen te zijn, liep ik de deur uit en ging op het strand zitten, staarde naar de golven die over het zand spoelden, zachtjes over elkaar heen rolden en me wenkten. Soms liep ik naar de rand van het water en liep op blote voeten door het schuim. De meeuwen volgden me, rondcirkelend, roepend, nieuwsgierig kijkend naar mijn trieste, troosteloze persoontje, alleen op een uitgestrekte zandzee.

Vaak zag ik Cary uit de verte naar me kijken, bang om me aan te spreken of te benaderen, zelf een verre, trieste figuur, die er even troosteloos uitzag. Hij worstelde met zichzelf om een manier te vinden om me gelukkig te maken, zich te verontschuldigen, mijn vergiffenis te krijgen. Ik bleef mezelf voorhouden dat ik hem moest vergeven dat grootma Olivia hem had gedwongen te praten, maar dat kleine stemmetje binnen in me vroeg zich steeds weer af of Cary het niet aan grootma Olivia had verteld om mij voor zich alleen te hebben.

Mama bleef maar informeren naar mijn gezondheid en zelfs papa begon me aandachtiger op te nemen. Ik schoof de schuld op mijn studie.

Het volgende weekend gingen we allemaal naar grootpa Samuels verjaardagsfeest. Het was een elegante party, een buffet in de openlucht, met twee bars, een aan elke kant van de tuin. Er stond een grote blauw-met-witte tent waaronder tafels waren opgesteld die gedekt waren met linnen tafellakens. Grootma Olivia verfoeide het gebruik van plastic borden en vorken, dus werd alles geserveerd op porselein, met zilveren bestek. Een klein leger kelners, serveersters en keukenhulpen was aangenomen om die avond te helpen. Er waren meer dan honderdvijftig gasten – rijke zakenlieden, politici, hun gezinnen, en natuurlijk de meest vooraanstaande families van de Cape. Zelfs mensen uit Boston en Hartford, Connecticut, woonden het feest bij.

Een strijkkwartet speelde de hele middag in het prieel, met als hoogtepunt het gezamenlijk zingen van 'Happy Birthday' voor grootpa Samuel. Het was een van grootma Olivia's mooiste feesten, maar ik was niet in de stemming ergens blij mee te zijn. Aan het eind van de dag trok ze me terzijde.

'Blijkbaar,' zei ze, 'volg je mijn raad op. Dat is goed, Laura. Dat is goed voor iedereen.'

Voor ik kon antwoorden, riep ze een van haar gasten en liep arm in arm met hem weg, mij met een nog leger gevoel achterlatend. Toen ik me omdraaide, zag ik Cary naar me kijken. Ik liep weg in de richting van de steiger.

'Wat zei ze?' hoorde ik Cary vragen. Toen ik me omdraaide zag ik dat hij me achterna was gekomen.

'Dat ze blij was te zien dat ik haar raad had opgevolgd en dat dat goed was voor iedereen,' antwoordde ik.

Hij schudde zijn hoofd.

'Het spijt me, Laura,' zei hij voor de honderdste keer.

Ik sloeg mijn armen over elkaar en staarde naar de zee.

'Ze heeft het recht niet ons leven voor ons uit te stippelen,' ging hij verder. 'Ik zie dat je ziek wordt van verdriet.'

'Ik word niet ziek,' zei ik.

'Je ziet zo bleek als een doek,' merkte hij op. 'Maar hoor eens, ík kan toch wel bevriend zijn met Robert?'

'Wat bedoel je?' vroeg ik.

'Niets, behalve dat ik hem heb leren zeilen. Dus kan ik hem gewoon vragen morgen met me te gaan zeilen, dan kunnen jullie –'

'Kunnen we wat, Cary?' vroeg ik. Mijn hart begon wild te kloppen toen ik aan de mogelijkheden dacht.

'Samen gaan zeilen.'

'Zou je dat voor me willen doen?'

'Ja,' zei hij, en wendde zijn blik af.

'Je krijgt problemen met grootma Olivia, Cary.'

'Daar ben ik niet bang voor,' zei hij dapper.

Op dat moment stak de wind op en deed mijn haren om mijn gezicht wapperen. Iemand riep iets; we keken op en zagen een bloemstuk omvallen.

'O-o, een of andere arme sloeber zal worden uitgefoeterd omdat hij het niet goed heeft opgesteld,' zei Cary lachend. 'Misschien ontneemt grootma Olivia hem het recht om adem te halen.'

Ik moest onwillekeurig meelachen.

'Dat lijkt er meer op, Laura. Weet je nog dat ik je eens gezegd heb dat je lach de dag zonnig maakt?' zei hij en zweeg toen even verlegen. 'Maak je geen zorgen, ik zal hem bellen. En deze keer zal ze niets uit me weten los te peuteren,' beloofde hij.

Plotseling kwam de zon achter een wolk tevoorschijn, de warme stralen schenen op me, ik voelde me herboren.

Die avond waagde ik een telefoontje naar Robert. Cary had hem al gebeld en uitgenodigd.

'Ik stond op het punt jou te bellen,' zei hij. 'Cary's uitnodiging was zo'n verrassing dat ik niet wist wat ik ervan moest denken. Wat is er gebeurd? Waarom is hij plotseling van gedachten veranderd? De ene dag komt hij op me af alsof ik zijn grootste vijand ben en de volgende...'

'Hij heeft zo'n spijt van wat hij gedaan heeft dat hij probeert het goed te maken, voor ons allebei.'

'Het kan me ook niet schelen wat de reden is. Ik zal een hele dag met je samen zijn. Dat is het enige belangrijke, Laura. Je weet niet hoe ongelukkig ik me de laatste dagen heb gevoeld.'

'Dat weet ik wél, want ik heb me net zo gevoeld.'

'Mijn moeder vraagt voortdurend naar jou. Ze denkt dat ik iets heb gedaan waardoor ik je heb weggejaagd en maakt me duidelijk dat, áls ik dat gedaan heb, ik een reusachtige stommeling ben. Ze zal me wel met rust laten nu ze weet dat ik je morgen zie,' zei hij lachend.

Het was of het bloed weer door mijn aderen begon te stromen en mijn hart weer begon te kloppen. Ik betrapte me erop dat ik liep te glimlachen en ik wist dat ik met een stralend gezicht rondliep.

Ik was de volgende ochtend als eerste op en begon voor iedereen het ontbijt klaar te maken. Mama was blij met dat vertoon van energie en praatte aan één stuk door terwijl ze me hielp met tafeldekken. Zelfs papa keek meer ontspannen, geamuseerd. Het enige sombere was dat hij zei dat we goed op het weer moesten letten. De lucht voorspelde storm uit het noordwesten.

Ik vond dat de lucht er prachtig uitzag. Zelfs de wolken die zich aan de horizon samenpakten waren me welkom. Er stond een behoorlijke wind, maar Cary vond het perfect weer om te zeilen. Hij bracht een deel van de ochtend met papa op het veenbessenveld door, terwijl ik onze lunches klaarmaakte voor de picknick op het strand.

'Ik ben blij dat je er even tussenuit gaat, Laura,' merkte mama op.

137

'Je hebt te hard gewerkt. Je mag niet ziek worden zo vlak voor je examen en een ontijdig eind maken aan je schooljaar.'

'Nee, mama.'

'We zijn heel erg trots op je, Laura. Iedereen in de familie is trots op je. Op het tuinfeest kwam je grootmoeder nog speciaal naar me toe om te zeggen dat ze blij was te horen dat het zo goed gaat op school. Dat moest ik je vertellen, en ook dat ze een speciale verrassing voor je heeft.'

'En wat mag dat dan wel zijn?' vroeg ik terwijl ik de sandwiches inpakte.

'Nou, we mogen het je eigenlijk nog niet vertellen, maar ze zei dat ze een fonds heeft opgericht bij de bank om je volledige universitaire studie te betalen. Dat is veel geld, Laura. Het is prettig te weten dat je grootouders zoveel om je geven.'

'Geld is niet de enige manier om te tonen dat je om iemand geeft, mama.'

'Nee, maar het helpt wél,' zei ze met een flauw lachje. 'Denk je maar eens in wat een zorg minder dat is voor je vader.' 'Je weet hoe moeilijk hij het heeft met die ups en downs in zaken. Hij is er de man niet naar om voortdurend te klagen over slechte tijden, maar we hebben onze portie wel gehad,' verzekerde mama me. 'En papa is heel blij dat grootma zo goed over je denkt.'

Ik slikte de brok in mijn keel weg.

'Daar ben ik blij om, mama,' zei ik en haastte me om de picknickmand in te pakken.

Ik wilde hier een bijzondere dag van maken. Ik had mijn haar opgestoken, weer losgemaakt en weer opgestoken, en ik had bijna alle kleren die in mijn kast hingen gepast om de perfecte outfit te vinden. Ten slotte koos ik een groengrijze short en een wit topje, een paar gymschoenen zonder sokken, en voor een vrolijke noot bond ik mijn blauwzijden sjaal om mijn paardenstaart. Ik voelde me zo licht als lucht en zweefde de hele ochtend de trap op en af tot het tijd was om te gaan.

Robert arriveerde kort nadat Cary van het veenbessenveld terugkwam. We ontmoetten elkaar allemaal buiten. May hield de kleinere mand in haar armen geklemd.

'Heel erg bedankt dat je me hebt uitgenodigd,' zei Robert tegen Cary. 'Het lijkt een perfecte zeildag, hè?'

Cary bestudeerde het weer en knikte toen behoedzaam.

'Zolang we maar vóór het eind van de middag terug zijn. Het gaat harder waaien en het zal geen makkie worden,' zei hij. 'Maar je bent nu een expert,' voegde hij er lachend aan toe.

'Nou, ik ben niet vergeten wat ik heb geleerd als je dat bedoelt.'

'Laura weet genoeg om dat te beoordelen,' zei Cary.

'Laten we maar gaan,' zei ik, ongeduldig en bezorgd dat te veel woorden oude wonden zouden openrijten.

'Die draag ik wel,' zei Robert en nam de grote mand van me over.

We liepen over het strand, Cary voorop. Robert en ik keken elkaar verlangend aan.

'Wil je me overhoren?' vroeg Robert aan Cary, toen we bij de zeilboot kwamen. 'Ga je gang, vraag maar wat je wilt,' daagde hij Cary uit.

'De enige echte test is de test die de zee je geeft,' antwoordde Cary koel.

Robert lachte nerveus, zijn blik ging van mij naar de boot en toen weer naar Cary.

'Laura, ga jij met May naar Logans Cove, dan varen kapitein Rob en ik de boot erheen,' stelde Cary voor.

'Oké. Wees voorzichtig,' zei ik tegen Robert en pakte May's hand. We hadden de plaid al uitgespreid en waren bezig de lunch te organiseren, toen de zeilboot om de bocht verscheen. Robert deed al het werk. De boot danste wild op de golven, kwam toen recht te liggen en voer naar ons toe. Het sproeiwater schoot omhoog toen de boot naar de kust voer.

'Het is geweldig!' riep Robert uit. 'Stimulerend. Veel opwindender dan de vorige keer, Laura.'

'Dat zie ik. Hoe ging het, Cary?'

Cary trok de boot op het zand en draaide zich om.

'Goed,' zei hij. Hij keek naar de lucht. De kleine wolken begonnen snel dikker te worden en in het zuiden zagen we langere strepen wit. 'Maar je moet meteen na de lunch vertrekken en als het te ruw wordt, onmiddellijk terugkomen.'

'Jongens, zelfs van dat kleine stukje heb ik al honger gekregen,' zei Robert.

Ik was te opgewonden om honger te hebben. Cary at ook niet veel. Hij staarde peinzend naar de zee. Robert praatte over het Sea Marina.

Hun eerste paar weekends waren een succes geweest en ze waren al bijna volgeboekt voor juli. Cary zei weinig. Ik had hem nog nooit zo diep in gedachten gezien. Hij leek ook nerveus, keek nu en dan naar mij en dan weer snel naar de zee of langs het strand. Ten slotte stond hij op.

'Ik denk dat May en ik schelpen gaan zoeken terwijl jullie wat gaan zeilen,' zei hij. 'Kijk goed naar de lucht, Laura.' Hij gebaarde naar May, die snel opstond en zijn hand pakte. Samen liepen ze weg over het strand.

'Zo,' zei Robert met een zucht, 'eindelijk sinds een eeuw alleen. Tenminste, zo voel ik het. Klaar voor je maiden trip met Captain Blood?' Hij sprong overeind en pakte mijn hand vast. 'M'lady?'

Ik lachte en liet me overeind trekken. Ik trok mijn gymschoenen uit en gooide ze in de zeilboot. Ik keek over het strand naar Cary en May, die al een eindje weg waren. Cary leek naar ons te kijken, draaide zich toen weer om en hielp May naar mooie schelpen zoeken. Robert hielp me in de boot en duwde hem het water in, waarna hij er snel in sprong en het touw greep.

'Laten we naar China varen,' schreeuwde hij tegen de wind in. Het sproeiwater voelde goed op mijn gezicht en mijn armen. Vlotter en sierlijker dan ik verwacht had, voer Robert weg en liet het zeil bollen.

'Niet slecht, hè? Ik denk dat de zee me toch in het bloed zit, dankzij jou,' zei hij.

Ik zat met mijn rug tegen hem aan en gilde bij het stuiteren van de boot, tot we verder op zee waren en het water kalmer werd.

'De laatste keer dat ik met Cary ging varen, heb ik nog een andere baai gezien,' zei Robert. 'Die zag er heel eenzaam uit. Laten we hem opzoeken en Laura's Cove noemen,' fluisterde hij.

Hij kuste mijn haar, mijn voorhoofd en ik draaide me om en hief mijn lippen naar hem op. De boot draaide en we gaven allebei een gil.

'Ik kan mijn aandacht maar beter bij het zeilen houden,' zei Robert.

'Laat het touw iets vieren, Robert, dan komen we niet in zee terecht.'

'Aye, aye, kapitein.'

We voeren verder, de wind sloeg tegen het zeil, de boeg sneed door de golven. We kwamen snel vooruit en toen we weer een bocht namen, werd de wind wat minder en voeren we langzamer, soepeler. Robert kreeg meer zelfvertrouwen.

'Dit is niet zo moeilijk als iedereen het doet voorkomen,' zei hij.

'Niet te arrogant worden, Robert,' waarschuwde ik. 'Het duurt een tijd voor je zo'n goede zeiler wordt als Cary. Cary zegt dat de zee niet gemakkelijk een fout vergeeft.'

'Ik weet het, maar ik heb er aanleg voor, hè, Laura?' vroeg hij, vissend naar een complimentje. 'Nou? Ja toch?'

'Ja, ja,' lachte ik. We kusten elkaar weer en zeilden verder. Eindelijk voelde ik me ontspannen en gelukkig.

Misschien zal ons hele leven zo zijn, dacht ik. We nemen weer een bocht en vinden zon en geluk. Met de wind in mijn haren en Roberts armen om me heen terwijl onze boot over het water gleed, was het gemakkelijk in sprookjes te geloven. Cary en ik waren opgegroeid met vertrouwen in de magie van de oceaan. Wie kon me verwijten dat ik dit met Robert wilde delen?

Wie kon me ooit méér verwijten dan ik mezelf spoedig zou doen?

9. Weggesleurd

Lange tijd had ik geen enkele herinnering aan die noodlottige middag. Mijn geest had ze in een donkere kast gesloten en de sleutel weggegooid. Hoe moeilijk het ook te geloven is, ik vergat zelfs Roberts naam.

Ik lag behaaglijk in zijn armen toen hij de boot naar de kust stuurde. De baai was smal, met maar een heel klein stukje strand, maar wij hadden hem ontdekt en eisten hem op als ons speciale plekje. Toen we dichterbij kwamen, ging ik rechtop zitten. De wind was sterker geworden en de wolken die uit het zuiden binnendreven, leken donkerder en dikker. Ik had op dat moment moeten zeggen: 'Laten we teruggaan, Robert,' maar ik deed het niet. Ook ik hunkerde naar liefde en ook ik raakte opgewonden bij het vooruitzicht van onze eigen kleine privé-wereld.

Robert sprong uit de boot en trok hem aan land. Toen pakte hij mijn hand en ik stapte uit. Hij vond een stuk drijfhout vlakbij, plantte dat in het zand en bond zijn zakdoek erom zodat die als een vlag wapperde in de wind.

'Ik eis deze baai op voor Laura Logan en noem hem hierbij Laura's Cove,' zei hij. Hij stond trots en stoer rechtop, als een historische onderzoeker.

Ik lachte en klapte in mijn handen. Hij maakte een diepe buiging en ik lachte weer. Alles bracht me die middag aan het lachen. Alles, de lucht, de vrijheid, de hernieuwing van onze liefde en beloften hadden me duizelig gemaakt. Ik was dronken van dromen.

'We moeten ons stukje paradijs dopen,' verklaarde hij en kwam naar me toe.

Hij omhelsde me en kuste me. De wind woei door mijn haar en het sproeiwater van de zee was koel en verfrissend op mijn armen en hals.

'Ik heb je gemist,' zei hij. 'O, ik heb je zo gemist. Ik heb je in gedachten wel duizend keer gezoend, Laura. Ik hield je telkens weer in mijn armen.'

Hij zoende me zacht op het puntje van mijn neus en toen op mijn kin, voor onze lippen elkaar weer vonden. Daarna ging hij naar de boot, haalde de plaid eruit en spreidde hem uit. We omhelsden elkaar en gingen op het zand liggen. Ik lag tegen zijn borst.

'We kunnen niet lang blijven, Robert,' herinner ik me dat ik zei. 'Cary en May –'

'Ik weet het,' antwoordde Robert en streek over mijn haar, liefkoosde mijn wang met zijn handpalm alsof hij blind was en mijn hele gezicht voorgoed in zijn geheugen wilde prenten. Ik verlangde naar hem. God, wat verlangde ik naar hem.

Hij voelde mijn begeerte en zoende me in mijn hals. Zijn handen gingen naar mijn middel en zachtjes schoof hij mijn topje omhoog. Een paar ogenblikken later waren we bijna uitgekleed. We omhelsden elkaar, klampten ons aan elkaar vast alsof de hele wereld water was geworden en wij op de oppervlakte dreven.

'Ik laat me je door niemand afnemen,' fluisterde hij, 'zelfs niet voor korte tijd.'

Zijn woorden verdreven alle twijfel over onze liefde, over mijzelf, over wat en wie we waren. Yes, hoorde ik mezelf ergens diep in mijn ziel zeggen, yes, yes, yes.

We zoenden elkaar lang en hartstochtelijk, als twee mensen die van elkaar houden en te lang van die liefde verstoken zijn geweest. Ik herinner me zelfs niet meer hoe we plotseling volkomen naakt waren. Zonder enige aarzeling vrijden we met elkaar, gooiden alle behoedzaamheid in de wind die om ons heen woei.

Het begon met een heftige, wilde drang, die langzaam vertraagde tot een golvend ritme, dat me op en neer deed gaan, van hoogtepunt tot hoogtepunt via momenten van kalmte waarin ik weer op adem kon komen. Maar algauw voelde ik me overweldigd door een nieuwe extase en ik omhelsde hem krachtiger, hield hem vast, weigerde het te laten eindigen.

Ik herinner me zijn zachte lach van verrukking, en zijn gezicht, zijn ogen vol liefde en genot. Ik hield mezelf voor dat wat we deden alleen maar goed en mooi kon zijn. Hij smoorde me bijna met zijn kussen, zong mijn naam, legde mijn zachte kreten het zwijgen op en hield mij net zo stevig vast als ik hem. We leefden ons uit in onze hartstocht tot we uitgeput waren.

Hij liet zich van me afglijden en ging naast me liggen, zijn gezicht op de plaid, maar zijn ogen op mij gericht. Ik draaide me om en keek naar hem, naar zijn lieve, bevredigde glimlach.

'Ik hou van je, Laura,' zei hij.

'Ik hou ook van jou, Robert.'

Hij sloeg zijn arm om mijn schouder, legde zijn palm tegen mijn naakte rug en sloot de afstand tussen ons. Zo bleven we rustig liggen, met zware oogleden, en een heel loom gevoel. We besloten even te rusten, maar de slaap maakte zich op magische wijze van ons meester.

Ik was de eerste die wakker werd. De wind was enorm aangewakkerd en joeg zand en water over ons heen. Ik draaide me snel om en toen ik opkeek, zag ik lage, donkere wolken op ons af komen. Een paar seconden later voelde ik regendruppels, maar het allerergste en meest angstaanjagende was de wegdrijvende boot. In onze haast hadden we die niet goed vastgelegd. Hij was zeker al drie, vier meter van de kust vandaan.

'Robert!' gilde ik.

Hij deed zijn ogen open en kwam snel overeind.

'O, nee. De boot.'

'We moeten hem te pakken zien te krijgen voor hij te ver afdrijft!' riep ik. Hij sprong overeind, dook het water in en zwom zo hard hij kon naar de boot. De golven waren al meer dan een halve meter hoog. Worstelend bereikte hij de zeilboot, hees zich op aan de rand en eroverheen. Het zeil wapperde hard, de kleine mast zwaaide van rechts naar links. Robert deed zijn best de boot in bedwang te krijgen, maar toen hij het zeil aanhaalde tegen de wind, begon de boot te kantelen en liet hij de lijn niet snel genoeg vieren. Het leek of de boot uit het water omhoog sprong, hem over boord zette en toen kapseisde.

'ROBERT!'

Ik kon goed zwemmen, maar ik was niet sterk genoeg om lang tegen de golven te kunnen vechten. Het kostte een ongelooflijke inspanning, maar ik slaagde erin de boot snel te bereiken. Ik hield me vast aan de boot en riep Robert opnieuw. Hij kwam aan de andere kant van de boot boven en keek versuft. Pas toen hij naar me toe zwom zag ik waarom. Toen hij in zee was gevallen met de boot achter zich aan, was die tegen zijn hoofd geslagen. Een smal, maar staag straaltje bloed kwam onder zijn haar vandaan, liep langs zijn slaap, over zijn wang.

144

'Robert, je bent gewond!' riep ik. Hij knikte, maar leek nog steeds verward.

We dobberden met de boot mee toen de golven hoger, sterker werden. De wind werd ook steeds sterker en de harde regen was pijnlijk koud. Ik keek achterom naar de kust. Al onze kleren, de plaid, alles spoelde weg door de vloed en werd langzaam de zee in getrokken. De schok dat alles zo snel gebeurde, veroorzaakte paniek. Ik worstelde vergeefs om de boot rechtop te krijgen. Robert deinde slechts, hield zich vast aan de zijkant. Of hij wist niet hoe hij de boot recht moest krijgen of hij was zo verward dat hij er niet eens aan gedacht had het te proberen.

'Klim over de romp, Robert en trek de boot rechtop. Klim!' riep ik. 'Robert, nu! Met elke golf raken we verder uit de kust.'

Eindelijk leek het tot hem door te dringen. Hij trok zich op de zijkant van de boot, gebruikte zijn lichaamsgewicht om hem recht te krijgen, maar hij woog niet genoeg en was niet sterk genoeg. Ik kwam zo snel ik kon naast hem en samen trokken we wanhopig aan de boot terwijl de wind tegen onze rug sloeg als een koud, nat touw en de stortregen ons verblindde.

Wanhopig beseften we het gevaar waarin we verkeerden en trokken uit alle macht, tot de boot begon te keren. Robert was te opgewonden over het kleine succes en rukte wild aan de romp.

'Laat hem kantelen, Robert,' schreeuwde ik, maar hij bleef omhoog en omlaag springen, rukkend en grommend, waardoor alle inspanning teniet werd gedaan.

Eindelijk kwam de mast overeind, het natte zeil kwam uit het water. Het ging goed. We zouden de boot rechtop krijgen, dacht ik. Het kwam in orde. Toen kwam er weer een hevige windvlaag en kon ik hem niet langer houden. Ik gleed terug in zee. De boot begon weer om te slaan en Robert sprong er met al zijn kracht op om het te beletten. Ik zag hem over de boot heen duiken en aan de andere kant verdwijnen. We waren nu minstens zes meter verder uit de kust. Het regende zo hard dat ik het kleine strandje nauwelijks meer kon zien.

'Robert!' riep ik toen ik hem niet meer zag. 'Robert, waar ben je? Robert!'

Hij reageerde niet en zwom niet naar me terug. Ik bleef me aan de romp vasthouden en worstelde me om de boot heen. Eerst zag ik hem niet, toen zag ik zijn hoofd, dicht onder de oppervlakte, zijn hand drijvend in de richting van de mast. Ik bewoog me zo snel ik kon, pakte de mast en toen zijn hand en trok zo hard ik kon, tot zijn hoofd bovenkwam. Zijn ogen waren glazig, versuft. Het bloed langs zijn slaap en wang stroomde nu sneller en heviger. Ik dacht dat zijn lippen mijn naam vormden en glimlachten, maar het was moeilijk om duidelijk te zien met het zoute water dat in mijn ogen prikte en de regen die in mijn gezicht sloeg.

Ik hield hem vast. Hij leek niet in staat zich op eigen kracht te bewegen. Zijn rechterarm kwam niet uit het water en zijn hoofd zonk langzaam op zijn schouder, zijn ogen sloten zich.

'ROBERT!'

Ik probeerde hem dichter naar me toe te trekken, maar ik verloor mijn houvast aan de mast, die glibberig was geworden door het water. Als ik Roberts hand niet gauw losliet, zou ik de mast los moeten laten en samen met hem de zee in worden gesleurd, dacht ik. Mijn schouders deden pijn, mijn halsspieren schreeuwden het uit en mijn hand voelde alsof hij van mijn pols werd gerukt.

'O, Robert, word wakker. Help ons! Robert!'

Hij dobberde op de golven die ons omhoog gooiden en omlaag trokken. Toen ik me omdraaide en achteromkeek, kon ik de kust niet meer zien. De zee sleurde ons mee.

Ik herinner me dat ik aan Cary dacht, verwachtte hem elk moment te zien in een andere boot, vliegend over de golven om ons te hulp te komen. Hij zou kwaad zijn, maar heel erg ongerust. Hij zou ons allebei uit zee halen, in warme dekens wikkelen en naar huis brengen.

'Schiet op, Cary,' kreunde ik. 'Alsjeblieft.'

Ik klampte me vast aan de mast en aan Roberts hand, maar het gewicht van zijn lichaam trok aan mijn arm. Zijn vingers verloren hun greep om de mijne en hij begon weg te glippen.

'Robert. O, Robert, word wakker!' smeekte ik. Ik wilde aan zijn arm schudden, maar ik was bang dat ik door die beweging de mast zou moeten loslaten.

Het zeewater sloeg in mijn gezicht terwijl ik hem riep en ik kreeg te veel water binnen. Ik kokhalsde, hoestte, snakte naar adem en voelde dat ik mijn greep op zijn hand begon te verliezen. Ik vocht uit alle macht om hem vast te houden. Ik kon hem niet laten gaan.

Het weer in New England was berucht om zijn snelle veranderingen. Ik had het moeten weten. Ik had beter moeten weten. Het was mijn schuld, mijn schuld.

De oceaan was meedogenloos. Hij liet zich zijn prooi niet ontnemen. Ik deed wanhopig mijn best om Robert en de mast vast te houden. Toen voelde ik mijn vingers afglijden over zijn palm. Zijn lichaam kwam omhoog in de golven, alsof hij zich wilde oprichten voor een laatste afscheid, daarna verdween hij in de diepte.

Ik schreeuwde zijn naam zo hard en zo lang ik kon. Ik wilde de mast loslaten om hem te zoeken, maar mijn wanhopige wil om te overleven weigerde mijn vingers te laten gehoorzamen. Ik weet dat ik zijn naam gilde en schreeuwde tot mijn stem het begaf. Mijn keel deed pijn, ik sloot mijn ogen, draaide me om en legde mijn andere hand om de mast. Ik trok me ernaartoe en legde mijn wang tegen het koude metaal. De boot bleef dobberen, bleef op en neer gaan in de wind en de regen.

Een diepe duisternis viel over me heen. Zelfs als ik mijn ogen opende, zag ik niets. Het laatste dat ik dacht was belachelijk in het licht van wat er gebeurde en er gebeurd was. Ik huilde: 'Ik ben die mooie zijden sjaal verloren die ik van mama me heb gekregen. Het spijt me, mama,' riep ik.

Mijn lichaam schokte zowel door mijn gesnik als door het ijskoude water en de regen. Ik lag met mijn hoofd tegen de mast en voelde de romp onder mijn linkerzij. Dat was geruststellend. Ik herinner me dat ik dacht: ik ga gewoon even slapen en dan houdt de storm op.

De magie zal terugkomen.

De zon zal ons verwarmen.

We zullen weer lachen en elkaar beloftes doen.

Ja toch?

We? Ik herinnerde me zijn naam niet. Ik zag zijn gezicht, hoorde zijn lach, zelfs zijn stem, maar wie was hij?

Toen werd ik gegrepen door een hevige angst.

Wie ben ik?

Wat er daarna gebeurde heb ik in de loop van de tijd aan de hand van gebeurtenissen, vage herinneringen, woorden die ik had opgevangen, als een enorme, uit duizend stukjes bestaande legpuzzel in elkaar gepast. Later zijn me dingen verteld, maar ik moest wat me werd verteld altijd wegen tegen hetgeen ik me herinnerde.

De storm werd steeds heviger en belette iedereen naar ons te zoeken. De wind en de golven sleurden de omgeslagen zeilboot steeds verder de zee op. Een visser, Karl Hansen, vocht zich terug naar de kust. Hij had jarenlang voor grootpa Samuel en grootma Olivia gewerkt, maar was nu zo goed als gepensioneerd. Hij waagde zich alleen zo nu en dan nog de zee op met zijn eigen net. Hij zag de omgeslagen zeilboot en kwam dicht genoeg bij om te zien dat ik me wanhopig aan de mast vastklemde. Hij begon te schreeuwen. Ik herinner me dat ik eerst dacht dat de wind een stem had gekregen. Ik dacht dat het een deel van de magie was en luisterde met een flauw glimlachje op mijn gezicht. Ik hield mijn ogen gesloten terwijl hij bleef roepen. Toen voelde ik iets tegen mijn schouder. Ik opende mijn ogen en zag een man die een net naar me toe gooide terwijl zijn boot op de ruwe zee deinde.

'Pak vast. Wikkel het om je heen,' beval hij, schreeuwend door zijn tot een kom gevouwen handen. 'Pak vast!'

Hij gooide het net steeds opnieuw. Telkens keek ik ernaar, maar bewoog me niet. Ik kon de mast niet loslaten. Ik had mijn handen eromheen geklemd, en hoe ik ook mijn best deed, ik kon mijn handen niet dwingen ze uit te strekken naar het net.

Ten slotte bracht Hansen zijn boot zo dichtbij dat hij in zee kon springen. Hij had een dik touw om zijn middel gebonden en toen hij bij me was, maakte hij zich snel los en wond het om mij heen.

'Je moet loslaten,' zei hij. 'Wees maar niet bang. Ik krijg je op mijn boot.'

Hij was een kleine, gezette man met een volle grijze baard en grijs haar. Ik had hem moeten herkennen, maar deed dat niet. Hij herkende mij wel.

'Laura Logan?' riep hij uit. 'De kleindochter van mevrouw Logan. Heilige Maria en Jozef. Laat de mast los als ik het zeg, meisje.'

Ik herinner me dat ik gilde en gilde en probeerde me te verzetten toen hij me los wilde trekken van de mast. Eindelijk kreeg hij me los en zwom terug naar zijn boot, mij achter zich aan slepend.

Het stormde verschrikkelijk en de regen kwam meedogenloos. De strijd werd te zwaar. Zijn boot was in gevaar. Ik weet zeker dat hij twijfelde of hij moest wel doorzetten, maar hij zette door. Eindelijk waren we bij de boot en kon Hansen me optillen en aan boord zwaaien.

Ik was naakt en halfbevroren van de kou. Mijn tanden klapperden zo hard dat ik dacht dat ze tegen elkaar kapot zouden slaan. De golven wierpen Hansens boot genadeloos heen en weer. Hij moest terug de zee op om het deinen in bedwang te krijgen. Hij vond een deken, gooide die over me heen en hield zich toen bezig met de boot. We voeren verder de zee op, tot hij voldoende kalm water vond om mij te kunnen verzorgen. Hij kwam terug en hielp me naar de hut, waar hij me op een kleine, beklede bank legde.

'Wat is er met je gebeurd, meisje? Hoe ben je in dit weer terechtgekomen? Was je broer bij je?'

Broer? dacht ik. Ik heb een broer?

Ik reageerde niet. Ik bleef liggen en verloor steeds weer het bewustzijn. Ik kan me niet herinneren hoe lang het duurde voor we de kust bereikten, maar hij nam een tactisch navigatiebesluit en bracht de boot naar de steiger van grootpa Samuel en grootma Olivia. De wind was iets gaan liggen en de regen was wat bedaard.

Het volgende dat tot me doordrong was dat Hansen weghholde om hulp te halen. Hij kwam terug, tilde me uit de boot en droeg me toen letterlijk naar het huis. Een kleine, kwade vrouw begroette ons en beval hem me naar een logeerkamer beneden te brengen, waar hij me voorzichtig op bed legde. De oude dame stond achter hem te wachten. Ik wist toen niet wie ze was. Ik zag alleen haar van woede vertrokken gezicht. Het leek of het allemaal een ander overkwam. Het was of ik naar een film keek.

'Waar heb je haar gevonden?' hoorde ik haar vragen.

'Ze klampte zich vast aan een omgeslagen zeilboot, ongeveer anderhalve mijl uit de kust van Dead Man's Cove,' antwoordde hij. 'Die dingen zijn te klein voor zelfs maar half zo slecht weer als dit.'

'Was ze alleen toen je haar vond?'

'Ja, mevrouw. Ik hoop niet dat haar broer bij haar was, dit zou niemand overleven.'

'Het was niet haar broer,' zei ze. 'Was ze naakt toen je haar vond?'

'Ja, mevrouw.'

'Walgelijk,' mompelde ze.

Ik was zo koud dat ik mijn armen en benen niet kon bewegen. Ik lag opgerold als een bal en haalde zwaar adem. Mijn hele lichaam beefde. Ze kwam dichterbij.

'Wat deed je daar, meisje?' vroeg ze terwijl ze me met staalharde ogen aankeek.

Ik kon niet praten; ik kon zelfs mijn hoofd niet schudden.

'Iets zondigs, precies zoals ik voorspeld had,' zei ze knikkend.

'Ik zal een zoektocht organiseren als de storm bedaard is,' zei Karl Hansen.

'Dat doe je niet, Karl,' snauwde ze tegen hem. 'Je zegt hier geen woord over.'

'Maar... er moet toch nog iemand op die boot zijn geweest, mevrouw Logan.'

'Ik weet dat er nog iemand anders was. Ik weet zeker dat hij ook naakt was,' voegde ze er minachtend aan toe. 'Ik wil niet dat iemand anders dit weet,' ging ze verder met een knikje naar mij. 'Ze zijn beiden betrapt op een zondige daad.'

'Wat voor zondige daad?' wilde ik vragen, maar kon het niet.

Ze keek weer naar hem. Ik zag de blik van verbazing en verwarring op zijn gezicht, maar begreep niet waarom. Ik wist niet waar ik was en was vergeten hoe ik daar was gekomen. Ik wist alleen dat ik het erg koud had en dat niemand daar aandacht aan besteedde.

'Je hebt haar niet gevonden, Karl,' zei ze vastberaden. 'Laat het maar aan mij over.'

'Maar, mevrouw Logan –'

'Je zult rijkelijk beloond worden voor je trouw aan mij, Karl. Ik weet dat je vrouw ziek is en dat je een moeilijke tijd hebt gehad om de touwtjes aan elkaar te knopen. Je hoeft je geen zorgen meer te maken over haar doktersrekeningen of iets anders wat dat betreft. Zolang ik kan vertrouwen op je zwijgen,' voegde ze eraan toe.

Hij keek naar mij en toen naar de kleine, kwade vrouw die hij mevrouw Logan noemde.

'Nou ja, ik denk ook niet dat er nog veel aan te doen is. U zorgt voor haar en wie er verder bij was – God hebbe zijn ziel,' zei Karl Hansen. 'Ik ben ervan overtuigd dat hij het niet overleefd heeft. We kunnen niets anders doen dan het lichaam bergen, en daar is geen haast bij.'

'Precies. Denk eraan, Karl, je hebt haar niet gevonden. Je hebt je eigen koers naar de kust gevaren en bent hier aangekomen. Het was moeilijk genoeg voor je.'

'Ja, dat was het, mevrouw. Dat was het. Dat is een waar woord.'

'Precies,' zei ze. 'Raymond zal ervoor zorgen dat je thuiskomt en ik heb morgenochtend iets voor je. Ik zal er ook voor zorgen dat Ruth de persoonlijke verpleging krijgt die ze nodig heeft.'

150

'Eh, dank u, mevrouw Logan. Dat is erg vriendelijk van u.'

'Zolang we elkaar maar begrijpen, Karl.' Haar kleine ogen waren kil en dreigend. Hij knikte snel.

'O, absoluut, mevrouw Logan. Absoluut.'

'Goed,' zei ze, en draaide zich weer om naar mij. 'Goed.'

Ze liep met hem mee naar buiten en kwam een paar minuten later terug. Ze bleef bij het bed staan en keek op me neer.

'Hoe kon je zoiets doen?' vroeg ze. 'Hoe kon je opzettelijk liegen en bedriegen en zoiets doen?'

Mijn tanden klapperden en ik kreunde.

'Heb je dan helemaal geen respect voor deze familie? Weet je niet wat voor schandaal dit zou kunnen veroorzaken? Het zou zelfs in de krant kunnen komen. Mensen buiten Provincetown, vrienden, kennissen overal vandaan, zouden het horen. Nou? Heb je niets te zeggen?'

'Ik heb het koud,' bracht ik er eindelijk uit.

'Koud? Dat is het minste van al je problemen. Gelukkig zal Hansen zijn mond houden. Hoor je wel wat ik zeg?' snauwde ze. 'Je staart me aan of ik Grieks spreek. En haal die stomme lach van je gezicht,' beval ze. 'Dat duld ik niet.'

'Het spijt me,' zei ik. 'Ik lach niet. Ik heb het alleen maar koud. Mijn haar is kletsnat.' Ik begon de deken over mijn armen en benen te wrijven.

'Ik geloof graag dat je er spijt van hebt. Al schieten we er niets mee op,' zei ze hoofdschuddend. 'Hoe is het gebeurd?'

'Wat?' vroeg ik.

'Wat? Ben je krankzinnig? Dit!' Ze strekte haar handen naar me uit. 'Je hebt hier lang genoeg gewoond om te weten wanneer je terug moet voor een storm en wanneer je voorzichtig moet zijn. Wat deed je daar? Ging je zo op in je wellust dat je het slechte weer niet hebt zien aankomen? Nou?'

'Waar?'

'Op zee, stommerd. Wat mankeert je?'

Ik herinner me dat ik giechelde. Ik kon er niets aan doen. Ik vond haar een grappige oude dame. Haar haar was strak naar achteren getrokken en met parelmoeren kammen vastgezet. Ze droeg een bloemetjesjurk en een snoer parels om haar hals. Als ze zich opwond kroop het bloed in haar hals omhoog als kwik in een thermometer, en na elke zin leek ze op en neer te wippen op haar voeten.

'Vind je dit grappig?' vroeg ze verbijsterd.

Ik schudde mijn hoofd.

'Wat is er met hem gebeurd?' vroeg ze.

'Met wie?' antwoordde ik.

Even bedwong ze haar woede en keek me onderzoekend aan.

'Herinner je je niets meer?'

Ik schudde mijn hoofd.

'Je weet toch wel waar je bent?'

Weer schudde ik mijn hoofd.

Ze keek me aan en hield toen haar hoofd schuin, alsof ze nadacht.

'Hoe heet ik?' vroeg ze plotseling.

'Die man noemde u mevrouw Logan,' zei ik. 'Is dat niet uw naam?'

'Mijn god.' Ze legde haar hand voor haar mond en liet die toen langzaam zakken. 'Hoe heet je?'

Ik dacht na, maar ik kon niet op een naam komen.

'Ik weet het niet.'

Ze deed een stap achteruit alsof ik een besmettelijke ziekte had.

'Schande en krankzinnigheid. Het gebeurt opnieuw. Eerst mijn zus en nu jij, en ik moet de last op mijn schouders nemen, de gemeenschap trotseren. Ik moet mijn positie en prestige bewaren, en deze familienaam even gerespecteerd houden als hij altijd geweest is.'

Ze zweeg even en hief toen haar kleine vuist op naar het plafond alsof ze God wilde dreigen.

'Dat zal niet gebeuren,' verklaarde ze. Toen draaide ze zich weer om naar mij. 'Je blijft in bed,' beval ze.

Ik dacht niet dat ik me zelfs maar kon bewegen. Ik kon nauwelijks mijn benen strekken.

Minuten later kwam ze terug met een armvol grote, zachte handdoeken en ging naar de badkamer. Ik hoorde dat ze water in het bad liet lopen. Ze bewoog zich snel, ik vond haar net een kleine boskabouter. Ik kon het niet helpen, ik moest weer lachen. Ze werd woedend toen ze uit de badkamer kwam en de glimlach op mijn gezicht zag.

'Sta op,' beval ze. 'Ik zal dit zelf afhandelen. Toe, sta op!'

Ik zwaaide langzaam mijn benen uit het bed. De spieren in mijn dijen protesteerden en toen ik moeizaam overeind kwam, voelde ik mijn schouder steken. De deken viel van me af. Ik keek naar mijn arm. Langs de hele arm waren bloedvaten gesprongen, er waren zwarte en blauwe plekken aan de binnenkant van mijn pols, en hoger, over mijn elleboog tot aan mijn schouder. Zelfs zij kon een kreet niet onderdrukken.

'Alles doet pijn,' klaagde ik.

`En terecht,' zei ze met een vorstelijke houding en op strenge toon. 'Sta op en ga naar de badkamer. Vooruit. Ik heb niet de kracht om je op te tillen,' ging ze verder met haar handen op haar heupen. Ik zag dat ze een lichtblauwe housecoat over haar jurk had aangetrokken. Ik probeerde te gaan staan, maar mijn benen weigerden dienst.

'Ik kan het niet,' kreunde ik.

'Je kunt en je zult. Sta op!' beval ze. Ze strekte haar hand uit en greep me vast bij mijn haar, trok er hard aan.

Ik gilde. Ik kon bijna niet ademen, maar ik stond op. Ik strekte mijn hand uit om op haar schouder te steunen. Ze deed een stap achteruit, maar gaf me tenminste een hand.

'Ik kan je niet dragen. Loop,' beval ze weer.

Elke stap was een marteling. Mijn rug, mijn benen, zelfs mijn voeten deden pijn. Ik schuifelde in de richting van het geluid van het water, zocht steun tegen de deurpost en liep de badkamer in. Ze ging me voor en draaide de kraan dicht.

'Stap in het bad en was je. Vooruit. Doe wat ik zeg, nu,' commandeerde ze.

Ik weet niet hoe ik het deed, maar ik bereikte het bad en tilde mijn been op om in het water te stappen. Maar het was zo heet dat ik mijn voet snel terugtrok en mijn evenwicht verloor. Ik viel achterover en kwam hard op de grond terrecht.

'Je bent walgelijk,' riep ze uit.

'Het is te heet,' kreunde ik.

'Het moet heet zijn, stommerd. Sta op en stap in het water. Vooruit. Nu.' Ze stond over me heen gebogen. 'Als je het niet doet, krijg je longontsteking.'

Ik hees me op mijn knieën en sleepte me naar het bad. Ik haalde diep adem en stond op om mijn voet erin te steken. Het benam me de adem en ik voelde me zo duizelig dat ik dacht dat ik flauw zou vallen. Ze legde haar handen om mijn heupen en hield me vast, stond me toe even tegen haar aan te leunen.

'Goed, laat je nu in het water zakken. Maar snel,' beval ze.

Ik haalde diep adem en deed het. Ik gilde toen ik in het gloeiendhete water zakte. Mijn lichaam begon te jeuken en toen te tintelen. Ik bleef diep ademhalen. Eindelijk voelde ik me wat meer op mijn gemak en toen ging het plotseling een stuk beter. Ik deed mijn ogen dicht.

Plotseling voelde ik dat er iets over mijn hoofd werd gegoten.

'Je moet het zout eruit wassen,' zei ze. Ze schepte water op mijn haar, waste het stevig en dwong me toen me te laten zakken tot ik onder water was, zodat ik mijn haar kon uitspoelen. Ze hield me zo lang onder dat ik dacht dat ze me in het bad wilde verdrinken. Snakkend naar adem kwam ik boven.

'Blijf liggen,' zei ze, en liep de badkamer uit.

Ik weet zeker dat ik een paar minuten in slaap viel. Toen voelde ik dat ze weer naast me stond. Ze was teruggekomen en torende boven me uit. Ze keek vol intense afkeer op me neer.

'Nou?' vroeg ze. 'Weet je nu wie je bent?'

Ik dacht en dacht. Toen schudde ik mijn hoofd.

'Ik weet het niet,' jammerde ik. 'Wie ben ik?'

'Je bent krankzinnig en ik duld geen krankzinnigen meer in mijn familie,' verklaarde ze. Ze zuchtte diep. 'Wie ben ik?'

Ik probeerde het me te herinneren. Ik was zelfs vergeten hoe die man haar had genoemd.

'Ik weet niet meer hoe die man u noemde.'

'Wat, zijn je hersens in veenbessengelei veranderd?' vroeg ze.

'Veenbessen? Ik herinner me veenbessen.'

'Nou, dat doet me genoegen. Wat herinner je je nog meer? Heb je familie, vrienden?'

Ik dacht na en vond alleen een lege, donkere ruimte in mijn geest, zonder gezichten, zonder woorden of stemmen. Ik schudde mijn hoofd.

'Ik weet het niet,' zei ik.

Ze staarde me aan.

'Misschien weet je het echt niet. Misschien... is dit een geluk bij een ongeluk. Ja,' zei ze en haar gezicht klaarde op en haar ogen werden groot, 'dat is het.'

Ze ging weer weg, deze keer langer. Toen ze weer terugkwam hield ze een witte badjas in haar handen.

'Kom eruit. Droog je af en trek dit aan,' zei ze. 'Straks komt iemand je halen.'

'Iemand?'

Mooi, dacht ik. Er kwam iemand. Ik zou me vast gauw alles weer herinneren. Ik stapte met grote moeite uit het bad. Mijn lichaam was totaal uitgeput, de spieren werkten op hun eigen geheugen en niet op mijn bevelen. Het leek een eeuwigheid te duren voor ik me had afgedroogd. Ze werd ongeduldig.

'In godsnaam,' zei ze en pakte een van de handdoeken. Ze begon me stevig droog te wrijven. Ik had het gevoel dat mijn huid eraf gewreven werd. Elke beweging deed pijn. Mijn hele lichaam deed pijn.

'Zo,' zei ze. 'Trek nu die badjas aan en ga weer naar bed.'

Ik deed wat ze zei. Zodra mijn hoofd het kussen raakte, sloot ik mijn ogen en viel in slaap. Ik werd wakker toen ik stemmen naast en boven me hoorde. Aanvankelijk weigerden mijn ogen open te blijven, maar na veel inspanning deden ze wat ik wilde.

Een lange vrouw in een gesteven wit uniform kwam in beeld. De vrouw in het wit nam me een ogenblik op en glimlachte toen flauwtjes.

'Dag. Mijn naam is Clara. Hoe heet jij?' vroeg ze en pakte mijn pols tussen haar vingers om hem op te nemen.

'Ik heet...Ik heet... Ik kan het me niet herinneren!' riep ik uit.

De vrouw keek naar de oude vrouw en toen weer naar mij.

'Weet je waar je bent?'

Ik schudde mijn hoofd.

'Hoe oud ben je?'

'Dat weet ik niet.'

'Hoe ben je hier gekomen?'

'Dat kan ik me niet herinneren. Waar ben ik?'

'Ben je thuis?'

'Ben ik dat?'

'Ziet u?' zei de oude dame.

'Ja, het is een klassiek geval, denk ik,' zei de vrouw in het wit. 'Haar pols is krachtig.'

'Het is niet haar pols waar ik me zorgen over maak,' zei de oude dame.

Clara knikte.

'U begrijpt wat ik wil en hoe het moet gebeuren,' zei de oude dame.

'Precies. U hebt de gebruikelijke telefoontjes gepleegd, neem ik aan?'

'Natuurlijk,' zei de oude dame. 'Alles is geregeld. Ik reken op uw discretie. U zult beloond worden,' ging ze verder.

Clara glimlachte. 'U zult niet teleurgesteld worden.'

'Mooi.'

Clara draaide zich weer om naar mij.

'Ik ga je helpen,' zei ze, 'maar je moet ook jezelf helpen. Goed?'

'Ja,' zei ik.

'Goed, ik wil dat je opstaat en met me meeloopt. We gaan naar een auto die voor de deur staat. Ik breng je naar een prettig verblijf, ja?'

'Ja,' zei ik. Ik kwam op mijn ellebogen overeind en Clara pakte me onder mijn linkerarm om me uit bed te helpen. Toen ik opstond, voelde ik me vreselijk stijf, en dat zei ik haar.

'Dat kan,' zei Clara. 'Die stijfheid zal niet lang duren. Ik zal je helpen.' Ze glimlachte. Ze had een aardige, vriendelijke glimlach, veel aardiger dan die oude dame, dacht ik. Ik was blij dat ik wegging.

De oude dame volgde ons toen we de kamer uit liepen, door een lange gang naar de voordeur van het huis. Ik herinner me dat ik het een groot huis vond en er waren een paar dingen die me bekend voorkwamen, maar ik kon me niet herinneren dat ik hier ooit geweest was. De oude dame liep voor ons uit en hield de deur open.

Het motregende nog, en de koude lucht was als een klap in mijn gezicht. Ik rilde en Clara legde haar arm om mijn schouders.

'Rustig maar,' zei ze. 'Dadelijk is het weer warm.'

Ze bracht me naar buiten, naar de donkere auto. Ik zag geen chauffeur. Clara deed het portier voor me open en ik werd voorzichtig achterin geholpen. Toen deed ze een stap achteruit.

'Wilt u nog iets tegen haar zeggen?' vroeg Clara aan de oude dame.

'Nee, zeg maar dat ik morgen kom om alles te regelen en ze een cheque te geven,' zei ze.

'Goed, mevrouw Logan.'

Ik draaide mijn hoofd met een ruk om. Mevrouw Logan? Die naam herinnerde ik me, maar wie was ze? Ze keek me nijdig aan, haar kraalogen ijskoud, haar mond dichtgeknepen. Ik was blij toen de deur dichtviel en ik haar niet meer zag.

Clara stapte aan de andere kant in en kwam naast me zitten.

'Gaat het?' vroeg ze. Ik knikte. 'Je zult het goed hebben,' zei ze. 'Straks heb je het goed.'

Ik glimlachte terug. Ze knikte naar de chauffeur en de auto reed weg, de regen en de duisternis in.

Ik keek even voor me uit en toen achterom, maar de lichten van het huis waren al verdwenen, de duisternis sloot me in. Ik wilde terug; ik wilde die deur weer opendoen, maar ik wist niet hoe.

'Waar gaan we heen?' vroeg ik aan Clara.

'Naar een ander huis,' antwoordde ze. 'Goed?'

Ik dacht even na.

'Ja,' zei ik. 'Goed.'

Ik wist niet waarom, maar ik realiseerde me vaag dat het, ja, dat het beter was om ergens anders te zijn.

10. Mijn naam is...

In de auto viel ik weer in slaap. Ik werd pas wakker toen de auto over een hobbel reed en me uit een trance-achtige slaap wekte. Het was pikdonker buiten, een bewolkte lucht hield de maan en de sterren verborgen. Toen ik uit het raam keek, zag ik mijn gezicht weerspiegeld in het glas, het gezicht van iemand zo hulpeloos en verward, met ogen vol vragen en lippen verstard in een vergeefse strijd een woord te vinden, een gedachte te uiten.

Ik draaide me om en keek naar de vrouw in het verpleegstersuniform die naast me zat te soezen. Haar oogleden trilden toen de auto hotste en draaide, maar ze deed ze niet open. Ik keek naar het achterhoofd van de chauffeur en vroeg me af wie deze mensen waren en waar ik naartoe ging. Hoorde ik het te weten? Was het me verteld?

Ik worstelde met de vragen, het was alsof ik in een echoput was gevallen, het enige dat ik hoorde waren de vragen die bij me terugkwamen. De antwoorden waren als scholen vis die in de tegenovergestelde richting zwommen, ver buiten mijn bereik en zonder enige belangstelling terug te keren. Ik zag ze alleen maar verdwijnen. Hun schubben glinsterden even en waren dan verdwenen, misschien voorgoed.

Mijn lichaam deed pijn, maar ik kon me niet herinneren hoe dat kwam. Het deed pijn als ik mijn armen en benen uitstrekte, en mijn nek voelde alsof iemand die met krachtige hand had beetgepakt en er uren in had geknepen. Mijn ogen deden pijn, zelfs als ik ze gesloten hield. Ik kreunde en schoof heen en weer om wat gemakkelijker te zitten. De vrouw naast me werd met een kort schouderschokken wakker. Ze keek om zich heen, schijnbaar zelf even verward, en draaide zich toen met een glimlach naar me om.

'Hoe gaat het, lieverd?' vroeg ze. De chauffeur draaide zich iets om, maar keek niet naar ons.

'Alles doet pijn,' zei ik. 'Hoe komt dat?'

'Herinner je je niets meer van wat er met je gebeurd is, waarom je pijn hebt?'

Ik dacht ingespannen na, maar het was of ik een boek opensloeg en alleen maar blanco pagina's zag.

Ik schudde mijn hoofd; mijn lippen trilden, mijn tranen voelden als smeulende as onder mijn oogleden.

'Wees maar niet bang,' zei ze. 'Op een dag komt alles weer bij je terug.'

'Het zou beter voor haar zijn als het dat niet deed,' mompelde de chauffeur.

'We hebben jouw commentaar niet nodig,' snauwde ze tegen zijn achterhoofd. 'Je bent hier om te rijden en verder niets,' ging ze streng verder. Hij kromp ineen alsof haar woorden hem als klappen troffen, toen bromde hij iets en reed zwijgend verder.

Plotseling zag ik lichten voor ons, gehuld in mistbanken. Toen we dichterbij kwamen, spande ik me in om de vorm te zien van wat de ingang leek van een landgoed. Het was een heel hoog ijzeren hek met aan elke kant een brede, rode bakstenen pilaar. Het licht kwam van twee grote ronde lampen op de pilaren. De chauffeur stopte bij het hek.

'Een ogenblik, lieverd,' zei de verpleegster. Ze gaf me een klopje op mijn knie en stapte uit.

De mist dwarrelde om ons heen als rook. Ik boog me naar voren en zag dat ze cijfers intikte op een plaatje dat in de rechterpilaar was bevestigd. Het ijzeren hek ging luid krakend open toen de verpleegster terugkwam naar de auto.

'Waar zijn we?' vroeg ik.

'Ontspan je maar, lieverd,' was haar enige antwoord.

Toen het hek volledig open was, reden we naar binnen, over een slingerende weg een heuvel op, tot we uit de mist kwamen.

Na de tweede bocht doemde een vijf verdiepingen hoog gebouw van grijze steen en hout, uit de duisternis voor ons op als de boeg van een groot schip. Het leek op een middeleeuws kasteel, het had een grote koepel in het midden van het dak. Aan beide kanten waren dakkapellen met ramen waarin het licht weerkaatste van de hoge lantaarns die de parkeerplaats verlichtten. De meeste ramen waren donker, alleen op de benedenverdieping waren een paar schemerig verlichte kamers.

Toen we de parkeerplaats opreden, zag ik een betonnen trap naar de voordeur. Het was te donker om veel van het terrein eromheen te kunnen zien, maar rechts kon ik een paar grote treurwilgen onderscheiden. Ze zagen eruit als reuzen met gebogen hoofden. 'Wat is dit voor gebouw?' vroeg ik. Het wekte geen enkele herinnering bij me op.

'Het is een soort ziekenhuis,' antwoordde de verpleegster met een kort, flauw lachje. De chauffeur snoof minachtend. Ze keek hem even kwaad aan en richtte zich toen weer tot mij. 'Je zult hier goed verzorgd worden,' zei ze.

'Woon ik hier?' vroeg ik.

'Voorlopig.'

Ze stapte uit en liep om de auto heen om het portier voor me open te maken en me te helpen uitstappen. De chauffeur bleef onderuitgezakt zitten, zijn kin op zijn borst. De verpleegster klopte op het raam, waarna hij het omlaag draaide.

'Ik blijf niet lang weg,' zei ze, maar het werd niet duidelijk of hij haar had gehoord of dat het hem ook maar iets kon schelen. Tegen mij zei ze: 'Kom mee, kindlief.'

Ze bracht me naar de trap. Rechts was een ijzeren leuning. Ik hield me eraan vast toen we de trap op liepen, ik voelde me ene beetje duizelig. Toen we bij de dubbele voordeur waren, drukte ze op de bel en keek naar mij met weer een kort glimlachje.

De deuren waren zwaar en dik, hoog en breed, zonder ramen. Ik boog me achterover en keek omhoog naar het dak. Ik meende een vleermuis van het ene eind naar het andere te zien vliegen. Het was doodstil en de lucht was vochtig en zwaar. Ik kon de druppels vocht bijna als kleine elfjes om ons heen zien dansen. Rechts sneed een lichtstraal door de duisternis, om onmiddellijk weer te verdwijnen. Mijn maag voelde alsof hij vol gebroken glas zat. Ik voelde me zo verloren, zo ontheemd, zwevend in de ruimte, verlangend naar de zwaartekracht om me weer terug te brengen op aarde, terug naar huis, terug naar mijn naam.

We wachtten en wachtten. Eindelijk ging de deur open en een lange, magere man verscheen, met haar dat eruitzag of het niet kon beslissen of het rood of blond wilde zijn. Ook hij droeg een wit uniform. Hij zag er slaperig uit, zijn ogen leken halfdicht te vallen. Hij leek in de twintig en had sproeten op zijn wangen en voorhoofd, zelfs op zijn lippen.

160

'Verwachtte je ons niet, Billy?' vroeg de verpleegster bits.

'Wat? Jawel. Sorry, Clara,' zei hij. 'Ik ben in slaap gevallen tijdens het wachten.'

'Goed, nu we er zijn, zouden we graag binnen willen komen,' zei ze scherp. Hij deed snel een stap achteruit en we liepen de hal in.

Ook hier kwam niets me bekend voor. Het was een grote ruimte met banken en stoelen die met grijs-met-blauwe katoen waren overtrokken. Er stonden een stuk of zes esdoornhouten tafels. Slechts drie van de kleine lampen brandden, maar ik kon zien dat er niet veel aan de muren hing, slechts een paar schilderijen met kleuren in rechthoekige vormen. De vloer was van donker hout met hier en daar ovalen kleden. Aan de andere kant van de hal was een grote open haard van veldsteen.

De sproetige man die ze Billy noemde, keek voor het eerst naar mij. Zijn blik ging van mijn voeten naar mijn gezicht, alsof hij de maat nam voor een kledingstuk. Hij bekeek me met iets meer belangstelling en alertheid toen ik vriendelijk naar hem lachte.

'Is ze dat?' vroeg hij op verbaasde toon.

'Natuurlijk. Wie denk je anders dat ze is, de nieuwe Miss America?' vroeg Clara spottend. Hij grijnsde.

'Ze ziet er goed uit. Ik dacht alleen... Mevrouw Miller heeft gezegd dat we haar haar kamer moeten wijzen en haar in bed stoppen,' ging hij verder, toen hij de ongeduldige uitdrukking op Clara's gezicht zag.

'Laten we dat dan ook doen,' zei ze. 'Ik heb niet de hele avond tijd om met jou te lanterfanten.'

Hij draaide zich om en liep naar de trap. Bij de onderste tree bleef hij staan.

'Ze komt op de eerste verdieping. Ze kan voor haar eigen primaire behoeften zorgen? Ja, het lijkt me dat ze dat kan,' ging hij verder met een onderzoekende blik op mij.

'Laat de diagnose en de behandeling maar over aan de artsen en breng ons naar haar kamer. Het is al laat en ik ben ook moe, Billy,' antwoordde Clara, deze keer met meer vermoeidheid dan boosheid in haar stem.

'Het was maar een vraag,' zei hij verongelijkt en liep de trap op. De verpleegster hielp me naar boven. Boven aangekomen gingen we een hoek om en liepen een lange gang door. De lichten boven ons waren fel en gaven een gloed op de grijze tegelvloer. Hier en daar waren de

161

schone witte muren besmeurd. Nu en dan zag ik iets wat leek op kronkelige lijnen, gemaakt met donker krijt. Plotseling hoorde ik iemand kermen. Een paar ogenblikken later zag ik een vrouw en een man in het wit haastig door de gang lopen.

'Dat is Sara Richards, ze heeft weer een nachtmerrie, denk ik,' zei de jongeman. 'Bij de laatste keer heeft ze zich zo erg in haar gezicht gekrabd, dat ze haar nagels moesten afknippen tot haar knokkels. Die gaat beslist naar boven,' voorspelde hij.

'Bedankt voor het opgewekte nieuws,' zei Clara.

Wat was er boven? vroeg ik me af.

Billy bleef bij de deur staan en pakte een ring met sleutels die aan zijn riem hing. Hij koos er een uit en maakte de deur open. Hij knipte het licht aan en we gingen naar binnen.

Het eerste dat ik zag waren de tralies voor de ramen. Wat mal, dacht ik, voor een ziekenhuis. Verder zag de kamer er heel prettig uit. Er hingen vrolijke blauw-met-witte gordijnen voor de ramen en de muren hadden een mooi gebloemd behang. Er stond een comfortabel uitziend tweepersoonsbed met een hoofdeinde van donker mahoniehout, een lichtblauwe sprei en twee donzen kussens. Aan weerskanten stonden twee identieke nachtkastjes. Op het rechterkastje stond een lamp in de vorm van een scheepslantaarn. Tegenover het bed stond een kleine ladenkast en rechts daarvan een bureautje met een stoel. Tussen de twee ramen stond een blauw-met-witte fauteuil. Aan de muur tegenover het bed hing een schilderij van een tuin met tuinmeubelen. Het woord impressionisten kwam bij me op. Het leek tevoorschijn te komen uit een donkere kast, gevolgd door het gezicht van iemand die ik me moest kunnen herinneren. Een leraar? Een vriend? Familie? Het was te snel weer verdwenen om tot een conclusie te kunnen komen.

'Gezellig, hè?' zei Clara.

'Ja, de faciliteiten hier zijn eigenlijk erg goed als je bedenkt –' zei Billy voor ik kon reageren.

'Als je wat bedenkt?' vroeg Clara. Hij haalde zijn schouders op.

'Dat de meesten toch geen idee hebben waar ze zijn.'

'Een voortreffelijke houding, Billy. Meneer Tact in eigen persoon.' Hij lachte. 'Ik noem de dingen gewoon bij hun naam.'

'Spaar me,' zei Clara, en hij lachte weer.

Clara liep de kamer door en maakte de kast open. Daarin hing op

162

een hangertje iets wat eruitzag als het blauwe ziekenhuisuniform en onderin stond een paar witte badstof slippers. Verder was de kast leeg.

'Goed,' zei ze tegen Billy. 'Ik zal haar wel installeren.'

'Hoe zit het met het administratieve werk?' vroeg hij.

'Ik kom zo beneden om dat af te handelen. Leg alles maar voor me klaar.'

'Aye, aye, kapitein,' zei hij met een spottend saluut. Hij keek even naar mij en knikte toen naar haar. 'Prima,' zei hij, alsof ik iets moeilijks had gedaan door enkel binnen te komen en de trap op te lopen. Voor hij wegging keek hij weer even naar mij. 'Hoe heet ze?'

Ze aarzelde even alsof ze het vergeten was en zei toen: 'Lauren.'

Lauren? dacht ik. Dat klonk niet juist.

'Nee, zo heet ik niet,' zei ik.

Haar ogen werden groot en ze trok haar wenkbrauwen op.

'O? Herinner je je naam?'

Ik dacht na en schudde toen mijn hoofd.

'Hoe weet je dan dat het niet Lauren is?'

Ik keek van haar naar hem. Hij keek terug met een brede, mallotige grijns.

'Ik... weet het... gewoon,' stotterde ik.

'Tot je je naam weer weet, is dat je naam,' antwoordde ze droog. 'Zo, Lauren,' zei ze heel nadrukkelijk, opdat ik haar niet weer zou tegenspreken, 'kom maar hier en trek dit aan.' Ze haalde het hemd en de broek van het hangertje en gaf ze aan mij. 'Trek dit aan en ga slapen. Morgen wordt het een drukke dag voor je.'

'Ja, de eerste dag is altijd de moeilijkste,' merkte Billy op.

Clara draaide zich met een woedende blik om. Hij lachte weer naar mij en verdween toen snel.

Ik trok het hemd en de broek aan terwijl zij mijn bed opensloeg. De lakens roken fris en de deken leek splinternieuw.

'Lig je goed?' vroeg ze terwijl ze me instopte en het kussen onder mijn hoofd schikte.

'Ja, maar mijn hele lichaam doet nog pijn. Waarom kan ik me niet herinneren wat er met me gebeurd is? Heb ik een ongeluk gehad? Een auto-ongeluk? Ben ik gevallen?'

'Morgen komt de dokter en dan zullen we zien wat we kunnen doen om het je gemakkelijker te maken,' zei ze in plaats van mijn vraag te beantwoorden. 'Morgenochtend zal een andere zuster, mevrouw Kleckner, je rondleiden en je naar de ontbijtzaal brengen. Het komt allemaal best in orde.'

'Hoe lang moet ik hier blijven?' vroeg ik.

Ze keek me even aan.

'Ik denk niet dat je hier zo lang zult blijven als je grootmoeder denkt,' zei ze.

'Mijn grootmoeder?' Ik dacht aan de kleine oude dame. 'Die vrouw was mijn grootmoeder? Waarom deed ze zo kwaad en gemeen tegen me?'

'Dat doet er nu niet toe,' zei ze snel alsof ze me al te veel verteld had. 'Er is tijd genoeg om te werken aan je terugkeer.'

'Terugkeer? Waar vandaan?'

Ze dacht even na.

'Van... de vergetelheid, denk ik.' Ze zweeg even en keek me met een flauw glimlachje aan. 'Kun je je helemaal niets van jezelf herinneren? Hoe oud je bent? Een familielid? Iets, wat dan ook?'

Ik deed mijn ogen dicht, probeerde het me te herinneren en schudde toen mijn hoofd.

'Alles is zo verward. Ik hoor stemmen en zie snelle flitsende beelden, maar het is of mijn hoofd vol zeepbellen zit die uit elkaar spatten als ik probeer er een te pakken,' antwoordde ik.

Ze lachte.

'Het komt best in orde,' zei ze en gaf een klopje op mijn hand. 'Probeer wat te slapen.'

'Zie ik u nog terug?' vroeg ik haastig toen ze zich omdraaide en naar de deur liep.

'Nee, ik werk hier niet. Ik werk voor een dokter die hier patiënten heeft,' antwoordde ze in de deuropening.

'Mijn dokter?' vroeg ik.

'Nee, niet precies,' zei ze. 'Maar maak je geen zorgen over al die details. Doe gewoon wat ze zeggen, dan word je sneller beter dan je denkt. Voorlopig heb je het meest van alles rust nodig.'

'Ik weet dat ik naar huis wil,' zei ik, 'alleen kan ik me niet herinneren waar dat is.'

Ze lachte vriendelijk.

'Dat komt wel.' Toen keek ze verdrietig. 'Dag, Lauren.' Ze deed het licht uit en toen ze de deur achter zich dichtdeed, hoorde ik duidelijk de klik van een slot.

164

Ik probeerde te vergeten dat ik opgesloten was en bleef in het donker liggen luisteren. Door de muren heen hoorde ik iemand zachtjes huilen. Boven me klonken snelle voetstappen en toen een diepe, lange stilte die daarna gevuld werd met de geluiden van krakende muren en vloeren, het dichtslaan van een deur en weer voetstappen.

Waarom was ik hier? Waarom noemde Clara die oude dame mijn grootmoeder? Ze gedroeg zich niet als mijn grootmoeder, dacht ik. Waarom wilde Clara me niet meer vertellen? Wie had gezegd dat ze me Lauren moest noemen? Misschien wás dat wel mijn naam.

Ik sloot mijn ogen. Al die vragen en gedachten bezorgden me hoofdpijn. Ontelbare gezichten flitsten aan mij voorbij, sommige glimlachend, sommige lachend, een jongeman die ernstig keek, en toen begon iemand te fluisteren. Ik deed mijn best om te horen wat hij zei, maar zijn stem vervaagde, tot alles stil en zwart was.

Ik was zo moe. Clara had gelijk. Ik had rust nodig. Misschien zou ik me morgenochtend herinneren wie ik was. Al mijn vragen zouden beantwoord worden en dan zou dit alles voorbij zijn.

Voorlopig was dat mijn enige bede.

Ik werd wakker toen de deur van mijn kamer zo krachtig en abrupt werd opengegooid dat het een luchtstroom veroorzaakte. Een verpleegster die veel ouder was dan Clara kwam binnen met een pak onder haar arm. Haar haar had de vuilgrijze kleur van oude zilveren munten, en de pieken die tot net onder haar oorlelletjes reikten, waren zo dun en stug als staaldraad. In haar voorhoofd waren rijen diepe rimpels die bij haar slapen uiteenspatten in spinnenwebben van rimpeltjes, die zich uitstrekten tot haar wangen. Haar wangen waren een beetje pafferig, waardoor haar kleine, brede neus in haar gezicht leek te verzinken en spoedig door die wangen zou worden opgeslokt. Ze had een smalle, ongelijkmatige mond; de rechterhoek van haar onderlip viel net genoeg omlaag om een paar tanden te laten zien. Haar ronde gezicht paste bij haar korte, dikke lichaam, maar ze had lange armen met grote handen en dikke vingers.

Ze bleef staan, ademde diep in en hief haar zware boezem op terwijl ze me een ogenblik lang aankeek. Ze liep naar het bed en legde het pak aan het voeteneind.

Haar uiterlijk schokte me zo dat mijn hart begon te bonzen. Zodra ik tot bezinning was gekomen, ging ik rechtop zitten en keek verward

165

om me heen, in een poging me te herinneren hoe en wanneer ik hier terechtgekomen was. De pijn was diep in mijn spieren gedrongen. Mijn armen voelden zwaar en alleen al de gedachte aan staan putte me uit.

'Goed, je bent wakker,' zei de nieuwe verpleegster.

Ze liep naar de ramen en toen ze met haar rug naar me toe stond, zag ik een grote moedervlek onder aan haar schedel. Er groeiden kleine haartjes omheen, zodat het leek of er een grote zwarte tor op geland was. Ze schoof de gordijnen verder open om meer zon binnen te laten. Ik zag de helderblauwe lucht.

Ze draaide zich met een ruk naar me om, haar handen op haar heupen.

'Ik ben mevrouw Kleckner,' zei ze. 'Ik ben de hoofdzuster hier. In je badkamer is alles wat je nodig hebt. Je kunt een tandenborstel, tandpasta, een nieuwe haarborstel, zeep en shampoo in het kastje vinden. Kun je opstaan en douchen of moet ik je naar de badkamer voor gehandicapten brengen?'

'Ik denk dat ik het zelf wel kan,' zei ik.

Ze kwam naar het bed.

'Steek je handen uit,' beval ze. 'Schiet op.'

Ik deed wat ze vroeg en ze zag ze beven. Ze draaide ze om en bekeek ze opnieuw.

'Raak de punt van je neus aan,' commandeerde ze. 'Toe dan,' zei ze toen ik het niet vlug genoeg deed.

Toen ik dat had gedaan voelde ze mijn pols, keek in mijn ogen en deed een stap achteruit.

'Herinner je je waarom je hierheen gebracht bent? Herinner je je hoe je hier gekomen bent?' vroeg ze voor ik de eerste vraag kon beantwoorden.

'Ik ben in een auto gekomen. Er was een andere verpleegster, die Clara heette. Ze zei dat ik bij mijn grootmoeder was geweest.' Ik keek op. 'De verpleegster bleef me Lauren noemen, maar ik geloof niet dat ik zo heet.'

'O? Hoe heet je dan?'

Ik dacht even na, maar kon niets bedenken dat juist klonk.

'Ik weet dat het niet Lauren is,' zei ik.

'Dat is leuk. Je weet dat het niet Lauren is. Je weet dat het ook niet Susan is. En je weet dat het niet Joyce is en niet Matilda, denk ik,' zei

166

ze zelfgenoegzaam. 'Waarschijnlijk weet je vijftig, zestig, zeventig namen die het niet zijn, maar weet je hoe oud je bent?'

'Hoe oud? Dat kan ik me niet herinneren. Waarom kan ik me mijn leeftijd en mijn naam niet herinneren?'

Mijn lippen begonnen te trillen.

Ze knikte als om te bevestigen dat het juist was wat ze dacht.

'We beginnen de dag met een douche. In dit pak zitten je kleren,' zei ze, wijzend op het pak dat ze had meegebracht. 'Ondergoed, sokken, een paar schoenen, een rok en een blouse. Andere dingen worden vandaag gebracht. Dan zal ik je de eetzaal wijzen en kun je ontbijten. Daarna ga je naar dokter Southerby voor je eerste afspraak. Ik heb begrepen dat je wonden hebt op je armen en benen,' zei ze en kwam weer dichterbij.

Ze trok de dekens van me af.

'Doe je broek omlaag,' beval ze.

Ik gehoorzaamde, maar deed het weer niet vlug genoeg naar haar zin. Ze deed het verder zelf en bekeek de bloeduitstortingen op mijn dijen en kuiten, mijn heupen en ribben.

'Je hebt een paar harde klappen gehad,' merkte ze op.

Ze trok het hemd zo ruw over mijn hoofd, dat ik het uitschreeuwde.

'Mijn armen, mijn schouders!'

Ze hield mijn armen omhoog en bekeek de blauwe plekken. Toen ze ze weer losliet, keek ik naar mijn handen en onderarmen. Mijn vingers waren bedekt met korstjes waar de huid was afgeschuurd. Wat had ik gedaan?

'Wat is er met me gebeurd?' vroeg ik bijna in tranen.

'Je overleeft het wel,' antwoordde ze droog. Ze hief haar rechtermondhoek op, wat een bobbel veroorzaakte in haar wang. 'Dat verdwijnt allemaal in de loop van de tijd.'

'Maar ik begrijp het niet. Hoe is dit gebeurd?' vroeg ik.

Ze meesmuilde niet echt. Ze perste haar lippen op elkaar, blies haar wangen nog wat meer op en kneep haar ogen samen.

'Het is aan jou om ons dat te vertellen,' zei ze. 'Als je dat kunt, ben je op de goede weg.'

'Wat mankeert me?' vroeg ik met schrille stem. 'Waarom kan ik me niets herinneren? Niemand wil me iets vertellen. Alstublieft!'

'De dokter zal je er alles over vertellen. Mijn taak is je er klaar voor

167

te maken en te voorzien in je essentiële behoeften,' zei ze kalm, duidelijk onbewogen onder mijn emotionele uitbarsting. Toen keek ze me strak aan. 'Ik zal je nu maar vast waarschuwen.' Ze deed een stap achteruit en sloeg haar dikke armen over elkaar. Haar ellebogen waren droog, de huid schilferig als van een vis. 'Dit is geen vijfsterrenhotel. Ik wil geen klachten horen over het eten of de bediening of de afmetingen van je kamer. Ik wil niet horen dat we niet genoeg doen om je bezig te houden. Ik ben verpleegster, geen leidster van een zomerkamp voor rijke, verwende kinderen.'

'Ben ik een rijk, verwend kind?' kaatste ik terug. Ze leek bijna te glimlachen.

'Dat is iets wat je zelf zult moeten ontdekken. De bedoeling is dat je er zelf achter komt, met onze hulp natuurlijk. Zo word je beter. Het helpt je niets als ik je vertel wat ik over je weet.'

'Ik begrijp het niet. Waar ben ik?' vroeg ik.

'Waar je bent? In een psychiatrische kliniek.'

'Een psychiatrische kliniek?'

'Een van de beste in de staat, zo niet dé beste, en heel exclusief. Ga nu douchen. Ik ben over twintig minuten terug, dan verwacht ik dat je bent aangekleed en klaar voor het ontbijt. Er is geen reden waarom je dat niet zelf zou kunnen. Ik heb een paar patiënten op deze verdieping die mijn hulp echt nodig hebben. Ik moet nu naar ze toe.'

Mijn lippen begonnen te trillen. Ik dacht dat mijn hele lichaam onbeheersbaar zou gaan schokken. Ze zag dat er iets ging gebeuren en kwam dichterbij.

'Beheers je,' beval ze. Ze legde haar handen op mijn bovenarmen en schudde me door elkaar. 'Ik duld van geen van mijn patiënten dat ze in hun kamer blijven zitten en medelijden hebben met zichzelf. Hoe eerder je beter wordt, des te eerder je hier weg bent en ruimte maakt voor iemand die ons echt nodig heeft. Ga douchen.' Ze draaide zich om en liep op haar zachte schoenen de kamer uit, de deur achter zich sluitend.

Ik haalde diep adem.

Herinner je, zong ik monotoon. *Probeer het, probeer je te herinneren. Alsjeblieft. Als je je alles weer herinnert, kun je naar huis.*

Ik kneep mijn ogen dicht en pijnigde mijn hersens, maar het was of mijn kreten om hulp in een klein deel van mijn geest waren opgesloten. Ik keek naar mijn handen en voeten, zocht naar een kenmerk, naar iets wat een herinnering zou opwekken. Er gebeurde niets.

Ik zuchtte gefrustreerd, stond op, kleedde me verder uit en ging naar de badkamer. Boven de kleine wasbak hing een spiegel. Ik staarde naar mijn gezicht, bracht mijn vingers naar mijn lippen, mijn neus, raakte zelfs mijn ogen aan. Ik was als een blinde die met behulp van zijn vingers probeert iemand te identificeren. Maar wat ik ook voelde, wat ik ook vond, niets riep mijn geheugen wakker. Ik boog me voorover en keek aandachtig naar mijn spiegelbeeld. Het was alsof ik in het lichaam van een ander was terechtgekomen.

'Wie ben je?' vroeg ik aan het beeld in de spiegel en wachtte.

Plotseling hoorde ik een gebulder in mijn oren. Een herinnering flitste aan me voorbij, de herinnering aan een schelp die ik aan mijn oor hield.

De oceaan is daarin, zei iemand. Ik besefte dat ik nog maar een klein meisje was.

Kijk erin. Zie je hem?

Ik sloot mijn ogen. Ik zag glimlachende gezichten om me heen, hoorde gelach en de zee in de schelp. Iedereen die naar me keek lachte.

'Wie ben ik?' schreeuwde ik tegen hen, maar ze lachten alleen maar. 'WIE BEN IK?'

Ik richtte mijn schreeuw tegen het beeld in de spiegel en het beeld schreeuwde terug. Ik weet niet hoe lang dat doorging voor mevrouw Kleckner terugkwam. Ze draaide me met haar sterke handen om en gaf me een harde klap in mijn gezicht. Ik hield op.

'Waar ben jij mee bezig? Je hebt een paar andere patiënten bang gemaakt.'

'Ik herinner me mijn naam niet,' jammerde ik. 'Ik weet niet wie dat is in die spiegel. Ik ben bang. Ik heb het gevoel dat ik in de ruimte zweef. Het is zo angstaanjagend!' riep ik uit.

'Doe niet zo belachelijk. Je bent hier veilig. Je zweeft niet. Heb ik je niet gezegd een douche te nemen en je aan te kleden? Straks spreek je de dokter en begint je therapie. Ga nu douchen.' Ze stak haar hand uit en draaide de kraan open. 'Vooruit, ga eronder staan en hou op met die onzin. Niemand zal je hier vertroetelen. Je moet je zelf genezen en je zelf helpen.'

Ze keek me kwaad aan.

'En dat gaat beter als je meewerkt,' zei ze met een onomwonden dreigement.

Ik bedwong mijn tranen en ging onder de douche staan. Ik stelde de temperatuur bij, zodat het water niet zo kokendheet meer was. Ze wachtte even en liet me toen alleen.

Ondanks de douche voelde ik me volledig uitgeput toen ik me had afgedroogd. Het kostte me veel moeite om me aan te kleden en mijn sokken en schoenen aan te trekken. Waar kwamen die kleren vandaan? vroeg ik me af. Waren ze van mij? Alles paste uitstekend.

De deur ging weer open en mevrouw Kleckner stond op de drempel. Ze bekeek me van onder tot boven.

'Goed,' zei ze. 'Ik zal je nu laten zien waar je kunt eten en morgenochtend sta je zelf op en ga je zelf ontbijten, begrepen? Begrepen?' herhaalde ze toen ik niet snel genoeg antwoordde.

'Ja,' zei ik.

'Hierheen.' Ze draaide zich om en ik volgde haar de gang door naar de trap. Een lang, donkerharig meisje liep voor ons. Ze keek niet naar ons, maar huppelde vrolijk de trap af, zwaaiend met haar handen alsof ze spinnenwebben rond haar hoofd verwijderde.

Mevrouw Kleckner zuchtte diep en schudde haar hoofd, maar zei niets. We liepen de trap af. Het donkerharige meisje was al beneden en verdwenen. Ik bewoog me te langzaam naar de zin van mevrouw Kleckner, en toen we onder aan de trap waren pakte ze mijn hand en trok me mee.

'Tijd om wakker te worden,' verklaarde ze en dwong me met haar in de pas te lopen tot we bij een grote deur kwamen, waarachter ik gerinkel van borden en bestek hoorde, en stemmen in een zacht maar aanhoudend geroezemoes, onderbroken door een enkele lach. Toen we de eetzaal binnenkwamen hield iedereen op met praten en keek naar ons.

Er waren ongeveer twaalf mensen die allemaal min of meer van mijn leeftijd leken, wat die leeftijd ook precies mocht zijn. Het donkerharige meisje, dat door de lucht had lopen zwaaien toen ze de trap af ging, begon lang en schril te lachen. Ze stond bij het buffet en nam haar eten in ontvangst van een aardig uitziende oude dame in een wit uniform.

'Stil,' riep mevrouw Kleckner. Het donkerharige meisje stopte zo plotseling dat ik onwillekeurig onder de indruk kwam van mevrouw

170

Kleckners gezag. Alle ogen waren nu op ons gericht. Dichtbij zat een jongen die niet veel ouder leek dan tien of elf en met een flauw glimlachje om zijn mond naar me staarde. Aan zijn tafel zat een lang, heel mager meisje met haar dat de kleur had van rijpe abrikozen. Ze had grote, donkere ogen en een mond met zachte, perfecte lippen. Haar jukbeenderen waren duidelijk zichtbaar onder haar zachte huid, die zo bleek en dun was dat hij bijna transparant leek. Ik zag dat haar armen ook zo mager waren. Ondanks haar broze uiterlijk, zat ze fier rechtop en keek me met een vriendelijk gezicht aan.

Tegenover haar, met neergeslagen ogen, zat een knappe jongeman met haar zo donker en glanzend als een zwarte parel. Het was keurig in een scheiding geborsteld, en het hing tot in zijn nek. Even dacht ik aan iemand anders. Er kwam bijna een naam bij me op, maar toen deze jongen me verlegen aankeek, vergat ik het gezicht in mijn herinnering en glimlachte naar hem.

'We hebben een nieuwe bewoonster,' zei mevrouw Kleckner.

'Hoera voor haar!' riep een mollige jongen met blond haar. De twee jongens aan zijn tafel lachten, maar stopten plotseling weer, alsof ze hun lach aan en uit konden zetten als een televisietoestel. Hun gezichten veranderden in een oogwenk van komedie naar tragedie.

'Zo is het genoeg, Carlton,' berispte mevrouw Kleckner hem. Hij lachte stilletjes, zijn wangen schudden, en keek toen plotseling alsof hij in huilen zou uitbarsten. Ik keek even naar mevrouw Kleckner, die het niet scheen te merken of zich er niets van trok.

'Haar naam,' ging ze verder, 'is Laura.'

Ik draaide me naar haar om en zag een flauw lachje om haar mond. Ze had al die tijd geweten dat ik gelijk had. De andere verpleegster had me per ongeluk Lauren genoemd en niet Laura, maar ik had het me niet kunnen herinneren. En ook al voelde ik dat Laura mijn echte naam was, toch kon ik hem met niets anders in verband brengen, vooral niet met een achternaam.

'Ik wil dat jullie allemaal zorgen dat ze zich thuis voelt,' ging mevrouw Kleckner verder.

'Zoals het klokje thuis tikt...' mompelde iemand op de achtergrond.

Het donkerharige meisje draaide plotseling rond en nog eens, alsof ze in een ballet danste. Een van de begeleiders liep snel naar haar toe en pakte haar hand. Hij sprak haar kalm toe en ze staarde naar de grond.

171

Toen ik naar rechts keek, zag ik een begeleidster die een jongen van minstens twaalf of dertien jaar voerde. Ze moedigde hem aan zelf te eten, maar hij staarde slechts voor zich uit, deed zijn mond open en kauwde automatisch als ze er voedsel in schoof en zijn lippen afveegde.

'Ga naar het buffet en haal wat je wilt,' zei mevrouw Kleckner. 'Je kunt sap, cornflakes en eieren krijgen als je wilt. Mevrouw Anderson is onze kokkin. Ze kan ook wat anders voor je maken als je verzoek redelijk is en ze het lang genoeg van tevoren weet. Je kunt gaan zitten waar je wilt,' besloot ze.

Ik liep de eetzaal door, en voelde alle ogen op me gericht. Het donkerharige meisje was naar een tafel gebracht en zat met de begeleider naast zich. Ze dronk een glas sinaasappelsap en staarde voor zich uit.

'Hallo, Laura,' zei mevrouw Anderson. Ze had een stralende, lieve glimlach en haar ogen stonden helder en opgewekt. 'Wil je roereieren vanmorgen?'

'Ja,' zei ik. 'Graag.'

Ik besefte plotseling dat ik een enorme trek had. Ik koos grapefruitsap en pakte een broodje uit de mand. Mevrouw Anderson schepte de eieren op een bord en legde er een stuk meloen naast.

'Eet smakelijk,' zei ze.

'Dank u.'

Ik pakte het bord, zette het op mijn blad en draaide me om. Veel bewoners zaten nog steeds naar me te staren, maar een aantal ging weer verder met zijn ontbijt en conversatie. Sommigen leken doodsbang dat ik bij hen aan tafel zou gaan zitten toen ik door het vertrek liep.

'Kom hier zitten. Hier ben je veilig,' zei een knap roodharig meisje. Een ander, kleiner en jonger meisje zat naast haar. Het jongste meisje droeg een spijkerrok en een witte blouse met ruches, haar blonde haar in twee lange, dikke vlechten.

'Dank je,' zei ik en ging op de lege plaats zitten.

'Ik heet Megan Paxton,' zei het roodharige meisje. Ze had een mopsneus en een kleine mond. Haar ogen vlogen heen en weer alsof ze moeilijkheden verwachtte.

'Ik ben Laura,' zei ik. Dát wist ik tenminste.

'Laura wie?' vroeg het jongste meisje. Ze zag eruit als een pop met haar smalle gezichtje.

172

'Ik kan me mijn volledige naam niet herinneren. Ik kan me niets meer herinneren,' bekende ik alsof het een misdaad was en dit een gevangenis in plaats van een kliniek.

'Hier is dat een voordeel,' zei Meg. 'Je boft. Ik kan niets vergeten. Wanneer ben je aangekomen?'

'Gisteravond. Geloof ik. Het is allemaal nog zo warrig in mijn hoofd.' Ik dronk mijn sap.

Megans ogen gingen heen en weer. Ik keek in de richting waarin zij keek, om te zien of ik ook iets zou moeten opmerken.

'Is er iets mis?' vroeg ik.

'Ik wacht alleen om te zien of hij nog hier is. Ze beweren,' zei ze terwijl haar ogen groot werden en ze haar wenkbrauwen optrok, 'dat ze hem gisteren ontslagen hebben.'

'Wie?'

'Garson Taylor, een van de begeleiders. Hij probeerde me te verkrachten,' zei Megan.

'Echt waar?'

'Natuurlijk echt waar,' snauwde ze. 'Wat denk je, dat ik het verzin? Nou, dénk je dat?' Ze sperde haar ogen nog verder open en haar gezicht werd vuurrood.

'Nee, ik... het spijt me. Ik was alleen zo verbaasd.'

'Nou, wees maar niet verbaasd. Wees op je hoede. Alle mannen hier hebben maar één ding in gedachten en je kunt wel raden wat dat is. Als ze naar je kijken, kijken ze door je kleren heen.'

'Dat is afschuwelijk.'

'Vertel mij wat.' Ze dacht even na. 'Misschien ben jij wel verkracht,' zei ze. 'En was het zo traumatisch dat je alles bent vergeten. Dat komt vaker voor.' Ze knikte, overtuigd van de juistheid van haar diagnose.

Ik hield op met eten en keek haar aan. Ik schudde mijn hoofd.

'Waarom schud je je hoofd? Je zegt net dat je je niets herinnert. Ik wed dat het dát geweest is. Nietwaar, Lulu?' vroeg ze aan het jonge meisje. Het meisje knikte.

'Ja, Megan,' zei ze gehoorzaam. Megan keek tevreden.

'Ze heet niet echt Lulu. Zo noem ik haar,' legde Megan glimlachend uit. 'Dat komt omdat ze een echte lulu is, een schatje. Hè, Lulu?'

Het meisje lachte.

173

'Mijn papa komt me vandaag bezoeken,' zei ze.

'O, hou toch op. Dat zegt ze al twee jaar. Haar vader schrijft haar niet eens,' zei Megan. 'Je zou toch denken dat ze het nu wel begreep, de werkelijkheid onder ogen zag.'

'Hij schrijft wél.'

'Oké, Lulu. Geloof maar wat je wilt. Vaders zijn toch allemaal grote leugenaars,' zei Megan. 'Kun jij je je vader herinneren?' vroeg ze aan mij.

'Nee,' antwoorddde ik.

'Dan is hij degene die je verkracht heeft.'

Ik verslikte me bijna in mijn roerei.

'Ik heb nooit gezegd dat ik verkracht ben.'

'Natuurlijk niet maar het is een heel logische reden waarom je je niets kunt herinneren.' Ze boog zich naar me toe en fluisterde: 'Pas goed op als je in bed ligt. Ze hebben allemaal een sleutel van onze deur.' Ze leunde weer achterover. 'Zo is Garson Taylor mijn kamer binnengekomen. Gelukkig kon ik zo hard schreeuwen dat er anderen kwamen. Hij zei dat hij zelfs niet in mijn kamer geweest was. Kun je je zoiets voorstellen?'

Ze keek weer nerveus om zich heen en ging toen met grote angstige ogen verder: 'Als hij er nog is, zijn we allemaal in gevaar, vooral een nieuw meisje zoals jij. Pas ook op voor de dokters.'

'De dokters? Waarom?'

'Ze willen je voortdurend hier aanraken,' zei ze wijzend naar haar kleine borsten, 'en doen net of het noodzakelijk is.'

Ze keek me aan en beet toen zo hard op haar lip dat ik bang was dat hij zou gaan bloeden.

'Het komt weer goed met je,' zei ze. 'Het komt met ons allemaal weer goed. Eens op een dag. Nietwaar, Lulu?'

'Wat? Ja. Mijn papa komt vandaag,' zei ze tegen mij. 'Hij neemt me mee naar huis.'

'Ik ben blij voor je,' zei ik.

'O, jullie,' zei Megan. 'Laten we naar de recreatiezaal gaan. Dan kunnen we naar muziek luisteren en praten.'

'Kunnen we gewoon opstaan en daarheen gaan?' vroeg ik.

'We kunnen doen wat we willen,' zei ze. 'We betalen huur. Zoveel weet je in ieder geval wel over jezelf, Laura: Je bent rijk.'

'Heus?'

'Natuurlijk, stommerd. Het kost ongeveer veertigduizend dollar per jaar om hier te wonen.'

Ik keek haar stomverbaasd aan.

'Daar had ik niet bij stilgestaan,' zei ik. 'Ik –'

'Laat dus niemand van je profiteren. Je hoeft niets van ze te pikken.' Ze keek naar de deur. 'Als hij hier nog werkt, zet ik de hele boel op stelten.' Toen keek ze naar mijn bord. 'Schiet op met je ontbijt. We hebben dingen te bepraten,' beval ze. 'Ik moet je op alle gevaren wijzen.'

11. Terugkeer naar het land der levenden

Ik kreeg niet de kans na het ontbijt met Megan te praten, want zodra ik klaar was en van tafel opstond, kwam mevrouw Kleckner naar me toe om me te vertellen dat dokter Southerby op me wachtte.

Megan pakte mijn pols toen ik me omdraaide en mevrouw Kleckner wilde volgen.

'Hij is de ergste,' fluisterde ze, 'want hij is jong en ongetrouwd. Pas goed op jezelf.'

Ik knikte, als om haar te bedanken voor haar waarschuwing, waarop ze mijn pols losliet, zodat ik mevrouw Kleckner achterna kon. We gingen rechtsaf de gang door naar een kantoor aan de linkerkant. Een vriendelijke, donkerharige vrouw, niet ouder dan veertig, keek op van haar bureau en glimlachte toen we binnenkwamen. Ze droeg een donkergroene jurk en had mooie pareloorbellen die pasten bij een gouden ketting met parels. Ze zag er perfect uit, geen haartje was van zijn plaats, maar haar glimlach was zo stralend dat ze me het gevoel gaf welkom te zijn.

'Mevrouw Broadhaven, dit is onze nieuwe patiënte,' zei mevrouw Kleckner.

'Ja. Dokter Southerby verwacht je, Laura,' zei ze tegen me terwijl ze opstond.

Ondanks Megans waarschuwing verlangde ik ernaar de dokter te ontmoeten. Ik wilde weten wat er mis was en ik wilde beter worden.

'Als je hier klaar bent, wil mevrouw Broadhaven je misschien de kliniek wel laten zien,' zei mevrouw Kleckner met een knikje naar dokter Southerby's secretaresse. De toon waarop ze het zei maakte duidelijk dat het geen verzoek was, maar meer een bevel.

'Dat zal ik graag doen,' zei mevrouw Broadhaven, blijkbaar niet onder de indruk van mevrouw Kleckners scherpe stem. Ze liep naar de deur van de spreekkamer en glimlachte naar me voor ze zich omdraaide.

Ik haalde diep adem en volgde haar. Ik hoopte dat de antwoorden op al mijn vragen en het licht om de duisternis te verdrijven achter die deur lagen.

'Dit is onze nieuwe patiënte, dokter Southerby,' kondigde ze aan toen ze naar binnen liep.

Hoewel Megan me had gewaarschuwd, was ik toch verbaasd over het jeugdige uiterlijk van de arts. Hij kwam onmiddellijk achter zijn donkere kersenhouten bureau vandaan, dat zo groot was dat het leek of het om hem heen gewikkeld was. Alles erop was keurig gerangschikt: de dossiers in nette stapels en een open plek voor hem. Aan de muur achter hem hingen zijn ingelijste diploma's en bekroningen. Achter zijn bureau waren twee grote ramen die uitkeken op de tuin. Ik zag de treurwilgen waarvan ik het silhouet de vorige avond had gezien. Alles zag er vandaag fris en groen uit.

'Goedemorgen,' zei dokter Southerby. 'Kom binnen alsjeblieft.' Zijn stem was dieper dan ik verwacht had en hij had een zuidelijk accent. Zijn lichtbruine haar was aan de zijkanten kort geknipt en van voren iets opgekamd.

'Alsjeblieft,' zei hij snel, met een knikje naar de stoel voor zijn bureau, 'maak het je gemakkelijk. Dank u, mevrouw Broadhaven,' ging hij verder tegen zijn secretaresse.

Ze lachte me geruststellend toe, ging weg en sloot de deur achter zich. Dokter Southeby wendde zich tot mij.

Hij had groenblauwe ogen die een warmte en vriendelijkheid uitstraalden die me onmiddellijk op mijn gemak stelden. Zijn glimlach maakte ze nog stralender.

Hij was niet erg lang, waarschijnlijk niet langer dan een meter vijfenzeventig, maar hij had een krachtige, vastberaden houding met naar achteren getrokken, rechte schouders en een stevige, zelfbewuste handdruk. Hij had een sterke, rechte mond en een strakke kaak. In zijn donkergrijze pak, lichtblauwe hemd en bijpassende das met dasspeld zag hij er heel gedistingeerd en zelfverzekerd uit, ondanks dat hij zo jong was.

Hij ging terug naar zijn stoel achter het bureau.

'Heb je vannacht wat kunnen rusten?' vroeg hij. 'Ik heb zelf altijd moeite met slapen in een nieuwe omgeving.'

'Ik was zo uitgeput dat ik geen tijd had om erover na te denken,' antwoordde ik. Hij lachte.

177

'Dat klinkt logisch,' zei hij. 'Goed, ik zal me even behoorlijk voorstellen.' Hij leunde achterover en drukte de toppen van zijn vingers tegen elkaar. 'Ik ben dokter Henry Soutberby en ben belast met je behandeling.'

Hij sprak kalm, ontspannen, terwijl vlinders met brandende vleugels rondfladderden in mijn buik. Ik kon nauwelijks stilzitten. 'Wat mankeert me? Waarom ben ik hier? Wat is er met me gebeurd? Waarom kan ik me helemaal niets herinneren?' flapte ik er in één adem uit. 'Ik kon me niet eens mijn echte naam herinneren! Ik kan me nog steeds mijn achternaam niet herinneren.'

De hysterische klank in mijn stem scheen hem niet te deren. Hij knikte slechts vriendelijk.

'Ik begrijp je ongerustheid,' zei hij, 'en ik wil je zo gauw mogelijk op je gemak stellen. Op die manier zul je je alles sneller herinneren. Het beste is, dat je je de dingen zelf herinnert. Het is niet voldoende als ik domweg alle lege plekken invul. Je zou de informatie weer kunnen verwerpen en dan zouden we er erger aan toe zijn dan nu.'

'De informatie verwerpen? Ik begrijp het niet,' zei ik hoofdschuddend. Hoe kalmer hij was, des te banger ik me voelde. 'Waarom zou ik belangrijke informatie over mijzelf, mijn naam, mijn familie, waar ik woon verwerpen? Het is angstaanjagend. Ben ik krankzinnig? Ben ik daarom hier? Wat mankeert me?' vervolgde ik met zo'n schelle stem dat het pijn deed aan mijn oren.

'Ik verzeker je dat wat je nu mankeert niet eeuwig zal duren. En als je eenmaal genezen bent, is er heel weinig kans dat het terug zal komen,' antwoordde hij op zachte, sympathieke toon. Maar het bevredigde me niet.

'Wát zal niet terugkomen? Wat heb ik – een ziekte? Wat is het?' Hij kon niet vlug genoeg praten wat mij betrof.

'Door wat ik heb begrepen van je situatie, meen ik veilig de voorlopige diagnose psychogene amnesie te kunnen stellen,' zei hij, al vond hij het blijkbaar niet prettig zich zo snel vast te leggen.

'Ik weet wat amnesie is,' zei ik hoofdschuddend, 'maar dat andere woord –'

'Psychogeen betekent dat je amnesie waarschijnlijk niet het gevolg is van een organische stoornis. Er is geen fysieke reden waarom je je dingen niet zou kunnen herinneren. Je hebt geen hersenletsel, geen fysiek letsel, bedoel ik. Er zijn geen drugs of alcohol in het spel. Je bent geen epileptica, en,' ging hij glimlachend verder, 'je wendt geen geheugenstoornis voor.'

'Wat is er dan gebeurd? Wat is de oorzaak?'

'Je hebt een heel traumatische gebeurtenis beleefd, een gebeurtenis van zo'n emotionele en psychologische omvang dat je hersens de geheugenkamers hebben afgesloten om lijden te voorkomen,' zei hij zacht, terwijl hij zich over zijn bureau naar me toe boog. 'Het is in feite een zelfverdedigingsmechanisme dat de geest toepast. Dat is geen zeldzaamheid in situaties als de jouwe.

Je trauma is ontstaan door een gebeurtenis die je weerstandsmechanisme heeft overmeesterd. Een andere uitdrukking daarvoor is tegenwoordig dissociatieve amnesie, het onvermogen zich belangrijke persoonlijke informatie te herinneren.'

'Wat was het?' vroeg ik met bonzend hart. 'Wat was die traumatische gebeurtenis?'

'Het is belangrijk dat je je dat zelf herinnert, Laura,' zei hij.

'Laura, maar Laura wat? Wat is mijn volledige naam?' vroeg ik. 'Vertel het me.'

Hij knikte.

'Je volledige naam is Laura Logan,' zei hij. Hij keek me even aan. 'Zegt het je iets, je volledige naam te horen? Herinner je je nu iets meer over jezelf? Doe je ogen dicht en herhaal je naam. Toe dan,' drong hij aan.

Ik deed het en schudde toen mijn hoofd.

'Ik herinner me niets,' kermde ik. 'Ik kan het niet,' riep ik nog wanhopiger.

'Dat komt wel,' beloofde hij. 'Ik zal je geleidelijk terugvoeren tot het allemaal terugkomt in je bewustzijn. Als je maar geduld hebt en –'

Ik schudde mijn hoofd.

'Ik kan er niet tegen!' riep ik uit. 'Ik kijk in de spiegel en heb het gevoel dat ik naar iemand anders kijk. Het is afschuwelijk. Ik loop op spelden. De vragen dwarrelen steeds maar door mijn hoofd, steeds weer –'

'Kalm, Laura. Je moet jezelf niet van streek maken,' zei hij, maar de tranen stroomden al langs mijn wangen, heet en gloeiend, tot ze van mijn kin omlaag drupten. Ik schudde heftig mijn hoofd, zo hard dat de pijn in mijn nek terugkwam.

'Nee, nee, nee. Ik wil nú genezen worden! Ik wil het me nú herinneren! Vertel me alles. Vertel me waarom ik zo ben!' schreeuwde ik.

Hij stond op.

'Rustig, Laura. Alsjeblieft. Je maakt jezelf alleen maar van streek en je maakt het voor ons veel moeilijker om je te helpen.'

'Ik wil hier niet zijn. Ik wil... wáár wil ik zijn? Zelfs dat weet ik niet!' schreeuwde ik. Ik keek naar mijn armen. De blauwe plekken waren nog duidelijk zichtbaar. 'Kijk naar me. Wat is er gebeurd? Vertel me alles! Alstublieft, vertel het me,' smeekte ik. Toen stond ik op en keek om me heen, zoekend naar een uitweg. Ik wilde vluchten, weghollen, rennen tot ik niet meer kon.

Hij liep ogenblikkelijk om zijn bureau heen en kwam naast me staan.

'Laura, kalm, ontspan je. Ga rustig zitten. Kom,' zei hij. Hij legde zacht maar ferm zijn hand op mijn arm. Megans angstige gezicht kwam me voor ogen.

'Hij is de ergste,' fluisterde ze.

Wie waren deze mensen die meer over me wisten dan ik over mezelf wist, maar het geheim hielden? Wat was er aan de hand?

'NEE!' schreeuwde ik weer. Ik duwde hem weg en voelde toen een afschuwelijk lawaai in mijn hoofd. Ik drukte mijn palmen tegen mijn oren. Iemand schreeuwde, *Laura*. Overal was water, het water stroomde over me heen tot ik mijn naam niet meer kon horen.

'NEEEE!' schreeuwde ik, en toen werd alles zwart.

Ik werd wakker op een brancard in een behandelkamer ergens in het gebouw. De muren en het plafond waren spierwit. Mevrouw Kleckner stond naast me en dokter Southerby praatte zachtjes met iemand aan de telefoon toen ik mijn ogen opende.

'Ze komt bij, dokter,' zei mevrouw Kleckner. Ik ging rechtop zitten, maar ze legde haar hand op mijn schouder. 'Ontspan je even,' beval ze. 'Dokter?'

Hij legde de telefoon neer en kwam dichterbij.

'Hoe voel je je nu, Laura?'

'Mijn hoofd doet pijn,' zei ik met een grimas. De pijn leek op een metalen band die van mijn ene slaap naar de andere strak werd aangetrokken.

'Daar zullen we je iets voor geven,' zei hij.

'Wat is er gebeurd?'

'Je wond je te veel op.' Hij glimlachte. 'Weet je hoe een stroom-onderbreker werkt?'

Ik dacht even na. Ja, ik wist het, maar ik had geen idee waarom.

'Ja.'

'Nou, je brein werkt op dezelfde manier. Als het overbelast wordt, sluit het af. Zie je nu waarom ik eerst moet zorgen dat je je ontspant voor ik je kan helpen?' vroeg hij. 'Ik wil dat je leert me te vertrouwen, Laura. Alleen dan kan ik je helpen, en ik wíl je helpen,' zei hij vast-beraden. Hij hield mijn hand vast en keek op me neer. Zijn blik gleed over mijn gezicht en toen keek hij me recht in de ogen. 'Geloof je me?'

Ik knikte, maar niet met voldoende overtuiging naar zijn zin. Hij glimlachte niettemin.

'Mettertijd zul je dat doen en dan zul je jezelf genezen, Laura. Deze ongelukkige situatie zal niet lang duren. Ik beloof het je, Laura. Heus.' Hij gaf me een klopje op mijn hand.

Ik wilde hem geloven. Hij zei de dingen die ik wilde horen.

'Ga nu rechtop zitten en neem deze pil,' zei hij, wijzend naar de pil die mevrouw Kleckner in haar hand hield. Ze stopte hem in mijn mond en gaf me wat water. Ik dronk en slikte.

'Voorlopig,' ging dokter Southerby verder, 'wil ik dat je teruggaat naar je kamer, nog wat rust, en dan praten we verder.'

'Ik wil nu praten,' drong ik aan.

'Dat weet ik, maar ik wil niet het risico lopen van een herhaling van wat er zojuist gebeurd is. Je bent nu erg zwak, Laura, zwakker dan je je kunt voorstellen. Je moet wat rusten, zodat je met volle kracht aan je genezing kunt gaan werken. Vertrouw me maar. Ik beloof je dat je hier geen minuut langer hoeft te blijven dan nodig is.' Hij knikte naar mevrouw Kleckner.

'Probeer op te staan, Laura,' zei ze.

Ik ging zitten en mijn hoofd begon zo snel te tollen dat ik even bui-ten adem was en dacht dat ik weer mijn bewustzijn zou verliezen.

'Rustig, rustig,' zei dokter Southerby. 'U kunt haar beter naar haar kamer rijden,' zei hij tegen mevrouw Kleckner. Een paar ogenblikken later hielpen ze me in een rolstoel. Ik leunde met mijn hoofd achter-over en voelde dat ik de behandelkamer uit werd gereden. De hele weg naar mijn kamer hield ik mijn ogen gesloten.

Daar aangekomen, hielp mevrouw Kleckner me naar bed.

'Rust nu maar,' zei ze. 'Ik kom straks even naar je kijken.'

'Ik wil terug naar dokter Southerby's kamer en behandeld worden,' kreunde ik. 'Ik wil dat dit voorbij is.'

'Je gaat terug,' zei ze streng, 'maar je hebt de dokter gehoord. Hij wil dat je uitgerust, sterker bent, anders verspilt hij zijn tijd en zijn tijd is belangrijk. Hij werkt niet alleen hier met de geprivilegieerde patiënten. Hij werkt ook in een andere kliniek.'

'De geprivilegieerden?'

Was het een privilege hier te zijn, ongerust en ziek? Ik probeerde mijn ogen open te houden, maar wat het ook was dat ze me gegeven hadden, het maakte mijn oogleden heel zwaar. Een paar ogenblikken later sliep ik.

Ik werd wakker en voelde mijn hele lichaam schokken. Megan Paxton zat naast me en rukte aan mijn hand. Ze keek naar de deur en toen weer naar mij.

'Wat is er gebeurd?' mompelde ik. Mijn oogleden voelden alsof er spinnenwebben overheen geweven waren. Ze leken dichtgelijmd.

'Ze hebben je iets gegeven,' fluisterde ze. 'Je moet voorzichtig zijn. Er kan iemand binnenkomen en je verkrachten terwijl je slaapt. Dat hebben ze met mij ook gedaan. Blijf wakker,' waarschuwde ze. 'Of slaap met één oog open.'

'Ik ben zo moe,' mompelde ik. Ze schudde me weer heen en weer.

'Wakker blijven,' beval ze.

'Wat doe jij hier?' hoorde ik. Ik kon mijn ogen ver genoeg open krijgen om mevrouw Kleckner in de deuropening te zien staan. 'Kom onmiddellijk naar buiten, Megan,' beval ze, met haar handen op haar heupen.

'Ik kom alleen even kijken hoe het met haar gaat. Wat is daar voor bijzonders aan?'

'Je weet dat je bij niemand in de kamer mag komen zonder mijn toestemming. Kom nu naar buiten en laat haar rusten, Megan. Nu!' drong ze aan.

'Blijf wakker,' fluisterde ze toen ze wegging.

Mijn ogen vielen weer dicht en toen ik weer wakker werd, leek het of ik Megans aanwezigheid had gedroomd. Ik voelde me versuft, maar wilde opstaan en rondlopen. Ik kwam mijn bed uit en liep naar de badkamer. Ik waste mijn gezicht met koud water, en dat hielp wat.

Toen ik uit de badkamer kwam, stond mevrouw Kleckner op me te wachten.

'Ik zie dat je bent opgestaan. Mooi. Hoe voel je je?' vroeg ze.

'Slap, maar ik wil niet meer slapen,' zei ik snel, bang dat ze weer met een pil klaarstond.

'Heel goed. Als je denkt dat je ertegen opgewassen bent, zal ik je zelf rondleiden,' zei ze.

'Wanneer zie ik dokter Southerby weer?'

'Morgen. Hij moest weg voor andere afspraken. Als je je sterk genoeg voelt, kun je naar de recreatiezaal en een paar andere patiënten leren kennen. Het is goed voor je om met andere mensen te gaan. Dokter Southerby heeft in dat opzicht strenge instructies achtergelaten. Hij wil niet dat je in deze kamer overwintert.'

'Ik wil hier niet overwinteren. Ik wil wat frisse lucht,' zei ik.

'Ik zal zorgen dat een van de begeleiders voor het diner met je naar buiten gaat.'

'Diner? En de lunch dan?' vroeg ik. Ze lachte, een kort lachje dat meer op een kuch leek.

'Je hebt door de lunch heen geslapen. Als je wilt, kun je in de recreatiezaal thee en crackers en koekjes krijgen, en er zijn frisdranken in de koelkast. Kom mee,' zei ze. Ik liep achter haar aan, minder stevig op mijn benen dan ik wilde. Ze merkte het en gaf me in de gang een arm.

'Als je eenmaal op de been bent en je bloedsomloop weer op gang komt, zul je je sterker voelen,' zei ze.

'Wat hebt u me gegeven? Wat zat er in die pil?'

'Een licht kalmeringsmiddel. Dokter Southerby heeft je die pil voor de nacht voorgeschreven, zodat je goed slaapt.'

'Ik hou niet van pillen slikken,' zei ik. Ze bleef staan en keek me aan.

'Herinner je je dat, of heb je dat net besloten?'

'Ik... ik hou er gewoon niet van,' zei ik.

'Tja, we moeten allemaal wel eens dingen doen in ons leven die we niet prettig vinden. Jij bent geen uitzondering omdat je je niet kunt herinneren wie je bent,' merkte ze op en bracht me naar de recreatiezaal.

Er waren maar zeven patiënten, twee jongens van een jaar of twaalf, dertien, die zaten te schaken, terwijl de anderen lazen of uit het raam staarden naar de paden en de tuin achter het gebouw. Megan, Lulu, het heel magere meisje en de knappe jongeman die ik in de eet-zaal had gezien, zaten op twee banken tegenover elkaar met een tafel ertussen. Er lagen tijdschriften en boeken op tafel. Lulu zat koorts-achtig te schrijven in een langwerpige, gele blocnote en keek niet zoals de anderen op toen ik binnenkwam.

Rechts zag ik een klein fornuis, een koelkast, een aanrecht en een paar kasten.

'Daar staat het water voor de thee,' wees mevrouw Kleckner, 'en wat koekjes als je wilt. Theezakjes zijn in de kast en melk en fris-dranken staan in de koelkast.'

'Dank u,' zei ik.

Ze liep verder met me de kamer in.

'Dit zijn Mark en Arthur,' zei ze wijzend naar de twee schakende jongens. 'Jullie herinneren je Laura toch nog wel?' vroeg ze. Ze keken naar me op en toen weer naar hun schaakbord zonder glimlach of begroeting. Het was of er een windzucht aan hen voorbij was gegaan.

'Je kent Megan Paxton en Edith Sanders al,' zei ze met een blik op Lulu. 'Dit zijn Mary Beth Lewis en Lawrence Taylor,' ging ze verder.

Mary Beth keek naar me met een hartelijke glimlach. Lawrence keek me even aan en sloeg toen snel zijn ogen neer.

'Ik zal Laura bij jullie achterlaten zodat jullie elkaar beter kunnen leren kennen,' zei ze met een automatische glimlach. 'Als je iets nodig hebt, kun je het aan juffrouw Cranshaw vragen.' Ze knikte naar de begeleidster die in een hoek zat en in een tijdschrift bladerde.

Juffrouw Cranshaw keek even naar ons, sloeg toen haar tijdschrift dicht en ging zo zitten dat ze ons in de gaten kon houden. Ik dacht dat het kwam door de blik die mevrouw Kleckner haar had toegeworpen. Ze zag er niet veel jonger uit dan mevrouw Kleckner, ze zou zelfs ouder kunnen zijn, dacht ik.

Mevrouw Kleckner liet ons alleen.

'Kom hier zitten,' zei Mary Beth. Ze schoof wat op om plaats voor me te maken. Lawrence keek op, maar wendde zijn blik weer snel af.

'Weet je je volledige naam alweer?' vroeg Mary Beth.

'Laura Logan,' zei ik.

'Hoe komt het dat je je eigen naam niet wist?' vroeg Lulu, die wat opfleurde.

184

'Ze heeft amnesie, stommerd,' zei Megan. 'Waarom denk je dat ze hier is? Voor het eten? Of voor het stimulerende gezelschap?'

'O,' zei Lulu tam. 'Het spijt me,' ging ze verder tegen mij. 'Doet het pijn?'

'Niet zoals jij denkt. Maar het is wél pijnlijk om je niets te kunnen herinneren,' zei ik. Lawrence keek me even aan en glimlachte zacht voor hij weer uit het raam keek.

'Weet je waarom je amnesie hebt?' vroeg Mary Beth.

'Als ze wist waarom, zou ze niet hier zijn,' antwoordde Megan voor mij.

'Ze heeft gelijk. Ik weet het niet,' zei ik. 'Het enige dat ik weet is dat er iets verschrikkelijks met me is gebeurd.'

'Als dat zo was, zou iedereen hier amnesie hebben,' zei Megan spottend.

'Wat kun je je over jezelf herinneren?' vroeg Lawrence en perste toen zijn lippen op elkaar alsof de woorden hem ontsnapt waren. Hij had zware wenkbrauwen en donkere ogen die even belangstellend fonkelden voor hij ze weer afwendde.

'Niet veel. Feitelijk,' zei ik naar hen allen kijkend, 'helemaal niets.'

'Niets?' riep Mary Beth uit. Ze begon te glimlachen.

'Ik herinnerde me niet eens mijn volledige naam. Dokter Southerby heeft hem me verteld,' zei ik.

Mary Beths glimlach verdween. Ze vormde een grote O met haar lippen. Het leek of ze een bel had geblazen.

'Hij wilde me niet vertellen wat er met me gebeurd is. Hij wil dat ik het me zelf herinner.'

'Het is klassiek,' zei Megan, alsof ze arts was. 'Toen ik haar verhaal gehoord had, wist ik dat ze iets verschrikkelijks beleefd had, en als gevolg daarvan is ze volslagen gek geworden. Weten jullie nog dat meisje dat ze naar de Tower hebben verhuisd? Die haar polsen had doorgesneden met een gebroken bord? Ze kon zich nooit herinneren wat ze de dag ervoor had gezegd of gedaan. Het was of haar geheugen zich elke ochtend uitwiste en opnieuw begon. Weten jullie dat nog? Hoe heette ze ook weer?' vroeg ze aan Lawrence. 'Jij probeerde voortdurend met haar te praten.'

Hij werd vuurrood.

'Ik probeerde niet voortdurend met haar te praten,' zei hij met een blik op mij.

185

'Goed, dan niet. Dan heb ik het me allemaal maar verbeeld. Hoe heette ze?' vroeg Megan.

'Lydia,' zei hij snel. 'Lydia Becker.'

'Precies. Lydia Becker. Elke dag moesten we ons opnieuw aan haar voorstellen. Net of ze pas was aangekomen. Weet je nog, Mary Beth?'

'Ja.'

Megan lachte.

'Ten slotte stelde ik me elke dag met een andere naam voor om te zien of het er iets toe deed. Dat deed het dus niet.'

'Wat bedoelde je toen je zei dat ze haar naar de Tower hebben verhuisd?' vroeg ik.

'Ze is nog steeds hier, maar op de bovenste verdieping. Die noemen we de Tower omdat Megan denkt dat je, als je daarheen wordt gebracht, je de rest van je leven opgesloten blijft, net als in de Tower in Londen,' legde Mary Beth uit en haalde haar schouders op.

'Dat ben je ook! Niemand die daarheen is gebracht komt ooit terug op deze verdieping, wel?' vroeg Megan fel. Ze keek kwaad en richtte zich toen tot mij. 'Je kunt je voorstellen wat daar gebeurt. Ze kan worden verkracht zonder het zich de volgende dag zelfs maar te herinneren. Jullie moeten me beloven dat jullie me zullen doden als ze me ooit daarheen willen brengen.'

Lulu lachte.

'Ik meen het,' zei Megan. 'Ik ben liever dood.' Ze keek woedend naar Lawrence, die onmiddellijk zijn ogen neersloeg.

'Waarom ben jij hier?' vroeg ik aan Mary Beth.

Megan lachte luid.

'Moet je dat nog vragen? Waarom zij hier is? Kijk dan. Ze denkt dat ze dik is.'

'Ik ben te dik voor mijn lengte,' zei Mary Beth.

Ik begon te lachen, maar zag de uitdrukking op het gezicht van Lawrence die me zei dat ik dat niet moest doen.

'Ze eet en dan geeft ze over,' zei Megan. 'Op een dag zullen ze haar op haar bed vastbinden en een buis door haar keel duwen.'

'O. Het spijt me,' zei ik. Ik wist niet wat ik anders moest zeggen. Ik had het gevoel dat mijn woorden voetstappen op dun ijs waren.

'Toe dan, vraag Lawrence waarom hij hier is,' daagde Megan me uit. Ik keek naar hem. Hij bleef me even aankijken, toen bloosde hij en staarde naar zijn handen. Die waren lang en elegant. Hij had ze gevouwen en draaide met zijn duimen. 'Kun je raden waarom hij hier is?' ging Megan verder.

'Ik heb geen idee,' zei ik. 'Hij ziet er gezond uit.'

Hij sloeg zijn ogen naar me op en ik meende dat hij glimlachte, maar besefte toen dat hij het soort gezicht had dat je gemakkelijk om de tuin kon leiden. Was het een glimlach of verdriet? Als in antwoord, bewoog hij zijn lippen enigszins en hief zijn mondhoeken bijna onmerkbaar op. Zijn ogen verhelderden en hij hield ze een seconde lang op me gericht. Maar zodra hij merkte dat ik zijn belangstelling voelde, wendde hij ze weer af. Was hij alleen maar overdreven verlegen? Dat kon toch niet genoeg zijn om iemand hier te houden? dacht ik.

'Kom, Lawrence, vertel eens wat je mankeert,' daagde Megan uit. 'Toe dan. Laat haar niet in het ongewisse.'

Hij schudde zijn hoofd.

'O, kom, vertel het nou maar,' tartte Megan hem. 'Het is een teken van vooruitgang als je over je probleem kunt praten,' legde Megan uit.

Hij keek weer naar mij en toen weer opzij. Ik dacht dat zijn ogen een beetje vochtig werden.

'Lawrence is nog niet erg vooruitgegaan. De jonge Mr. Taylor,' ging ze verder, 'heeft wat de dokters beschrijven als een panische angststoornis. Nietwaar, Lawrence?'

'Kun je hem niet met rust laten?' zei Mary Beth.

'Ik doe hem toch niets. Lawrence, kun je niet voor jezelf opkomen?'

'Ik...'

'Ja, Lawrence? Stil iedereen,' zei Megan. Ze hief haar handen op, draaide zich om en keek naar de twee schakende jongens. 'Rustig daar. Lawrence Taylor de Derde staat op het punt iets te zeggen. Toe dan, Lawrence.'

Hij keek even naar mij en liep toen haastig de recreatiezaal uit.

Megan lachte.

'Lawrence,' zei ze, 'is vandaag niet in staat op te treden. Iedereen krijgt zijn geld terug.'

'Dat was niet erg aardig,' zei ik.

Ze meesmuilde.

'Zoals mevrouw Kleckner zegt, als we elkaar als kleine kinderen

behandelen, worden we geen van allen ooit beter.'
'En wat mankeert jou dan?' vroeg ik. Ik had nog steeds medelijden met Lawrence.
'Ik? Ik ben... niet in staat tot betekenisvolle relaties. Ik vertrouw niemand. Kan ik jou vertrouwen?' vroeg ze terwijl haar ogen vochtig werden. 'Kan ik jou vertrouwen?' vroeg ze aan Mary Beth. 'En jou, Lulu?'

'Ik schrijf een brief aan mijn vader,' zei Lulu glimlachend. 'Ik zal hem vertellen over onze nieuwe vriendin.'

'O, geweldig. Weer een brief aan de doden. Ik moet naar de wc,' zei Megan terwijl ze opstond. 'Willen jullie me alsjeblieft excuseren?'

Ze sloeg haar armen over elkaar en liep weg.

'Megan is geen gelukkig meisje,' zei Mary Beth. 'Daarom is ze pas tevreden als iedereen om haar heen ook ongelukkig is.'

'Dat merk ik.' Mijn maag rammelde. 'Ik denk dat ik wat thee ga halen. Wil jij ook?'

'Nee,' zei Mary Beth snel. 'Ik eet nooit tussen de maaltijden door.'

'Thee is niet echt eten,' zei ik.

'Ik moet naar mijn kamer om iets te halen,' zei ze paniekerig. 'Ik zie je aan het diner.' Ze stond op en liep snel weg, terwijl ik naar het fornuis liep en heet water in een kop met een theezakje schonk. Ik pakte een koekje en keek naar Lulu. Ze was zo lief, zo snoezig. Hoe konden haar ouders haar hier achterlaten? vroeg ik me af. Toen ik terugliep naar de bank, keek ze op van haar blocnote.

'Hoe schrijf je contact?' vroeg ze. Ik vertelde het haar. 'Ik schrijf dat jij een nieuwe kennis bent met wie we goed contact hebben,' legde ze uit, en schreef verder. 'Is dat goed?'

'Natuurlijk,' zei ik.

'Ik vind het prettig nieuwe vrienden te maken en mijn papa wil graag over ze horen. Hij zei dat ik hem elke dag een brief moest schrijven. Soms schrijf ik er twee per dag. En ik heb stapels brieven van hem.' Toen zweeg ze even, legde haar blocnote neer en keek me aan. 'Ik denk dat ik ook een koekje neem.'

Toen ze opstond keek ik naar haar blocnote. Ik viel van verbazing in verwarring.

Er stond geen woord, ik zag alleen strepen in allerlei richtingen.

Op aanwijzing van mevrouw Kleckner nam juffrouw Cranshaw me mee naar de tuin om wat frisse lucht te happen.

'We willen graag dat je op de wandelpaden blijft,' zei ze. 'Je kunt op de banken gaan zitten, zelfs in het gras of onder een boom, zolang je maar in dit gebied blijft,' voegde ze eraan toe met een gebaar naar de afbakeningen.

De tuin was prachtig, met bloemperken, vogelbadjes, een paar stenen en marmeren beelden en hoge, dikke eiken en esdoorns. De heggen, het gras en de bloemperken waren allemaal goed onderhouden. Een tuinman was bezig een van de bloemperken te wieden. Geen van de andere patiënten was buiten, voorzover ik kon zien.

'Ik wil hier graag even blijven zitten,' zei ik en liep naar een houten bank halverwege het lange middenpad. Het zien van de donzige wolken, de geur van het gras en de bloemen en de zachte bries op mijn gezicht waren heerlijk bekend. Ik vond het prettig buiten te zijn, ik hield van de natuur. Waar hield ik nog meer van? Het was vreemd zulke essentiële, eenvoudige dingen over jezelf te ontdekken.

'Je hebt nog ongeveer een uur tot het diner,' zei juffrouw Cranshaw. 'Ik moet voor een paar andere patiënten zorgen, ik kom je halen als het tijd is om naar binnen te gaan.'

Ik bedankte haar en leunde achterover, keek naar twee zangvogels die van het vogelbad naar het beeld van een cherubijn fladderden. Ze paradeerden op de smalle schouder van de kleine engel en keken naar me voor ze wegvlogen naar de eikenbomen.

Het is zo stil, zo mooi en fris hier, dacht ik. Het was een perfecte plaats om er weer bovenop te komen. Het enige probleem was dat ik niet wist waarvan, en een deel van me was bang om het te weten, bang om terug te gaan. Als het iets zo verschrikkelijks was dat ik daardoor de meest essentiële dingen over mezelf was vergeten, moest het iets afgrijselijks zijn, iets zo afgrijselijks dat de dokters of verpleegsters het me niet wilden vertellen.

Een beweging bij een van de verspreid staande eikenbomen trok mijn aandacht. Ik draaide me om en zag Lawrence Taylor uit de schaduw tevoorschijn komen en het pad op lopen. Hij liep langzaam, met gebogen hoofd. Toen hij dichterbij kwam, keek hij op, zag mij en bleef abrupt staan.

'Hoi,' zei ik. 'Het is zo heerlijk hier, het verbaast me dat er niet meer mensen buiten zijn.'

Even leek het of hij weg wilde lopen. Toen haalde hij diep adem en antwoordde.

'Niemand komt hier om deze tijd,' zei hij. 'Het is te kort voor etenstijd. Iedereen volgt meestal een vaste routine.' Hij keek naar rechts en toen even naar mij, alsof hij elke blik moest stelen.

'Waarom ben jíj dan buiten?'

'Ik vind het prettig om alleen te zijn,' zei hij. 'Hier buiten.'

'Waarom vind je het prettig om alleen te zijn?'

Hij haalde zijn schouders op.

'Dat heb ik altijd gevonden. Nou ja, niet altijd. Vroeger was ik bang om alleen te zijn,' bekende hij. 'Daarom denken ze dat ik vooruit ga.'

'Heb je broers of zussen?' vroeg ik.

'Nee.' Hij glimlachte en wendde zijn blik af.

'Wat is zo grappig?' vroeg ik. Hij gaf geen antwoord. 'Nou?'

'Ik wilde juist vragen of jij ze had en toen herinnerde ik me dat jij je niets herinnert.'

'Is dat grappig?'

Hij sloeg zijn ogen neer. Ik was eerst kwaad, maar begon toen plotseling te lachen. Hij keek verbaasd op.

'Misschien ís het grappig,' zei ik. 'Ik voel me een beetje belachelijk.' Hij hield zijn blik langer op me gericht dan hij tot dusver gedaan had, en kwam toen dichterbij.

'Dokter Thomas zei me dat het soms beter is om te lachen dan te huilen,' zei hij. 'Als je over meer zelfspot beschikt, neem je de dingen niet zo serieus en pieker je niet zoveel,' legde hij uit. 'Ik probeer zijn raad op te volgen, maar ik lach nog steeds niet veel.'

'Maar het lijkt me een goed advies,' zei ik. 'Hoe lang ben je hier al?'

'Twee jaar,' antwoordde hij. 'Het lijkt een eeuwigheid.'

'Twee jaar! Je bent niet naar huis geweest en weer teruggekomen?' Hij schudde zijn hoofd. 'Waarom kun je niet naar huis? Je lijkt mij helemaal in orde,' zei ik. Ik had eraan toe willen voegen: 'Tenzij verlegenheid tegenwoordig als een ziekte wordt beschouwd.

'Ik krijg aanvallen. Ik krijg pijn in mijn borst, word duizelig en begin onbeheersbaar te beven.'

'Waarom?'

'Het is wat Megan je vertelde. Ik heb een panische angststoornis.

Ik heb een heel lage dunk van mezelf, maar zoals ik je al zei, ik ga vooruit,' zei hij snel alsof hij bang was dat hij me af zou schrikken. 'Ik kan nu tenminste in mijn eentje gaan wandelen. Vroeger ging ik nooit het gebouw uit. Maar steeds als ik eraan denk de kliniek te verlaten, breekt het koude zweet me uit en voel ik me duizelig.'

'Maar je wílt toch wel weg?'

'Ja. Ik doe mijn best. Ik doe nu echt mijn best. In het begin deed ik dat niet, toen kon het me niet zoveel schelen.'

'Heb je die... panische angst altijd gehad?'

'Nee,' zei hij.

Al de tijd dat hij tegen me sprak, kneep hij met zijn rechterhand in zijn linker en beet hij op zijn wang.

'Kom even zitten,' stelde ik voor. 'Ontspan je. Vertel me eens hoe het hier is. Ik ben hier pas één nacht geweest.'

Hij keek naar de plaats naast me op de bank alsof het een hoge hindernis was waar hij nooit overheen zou kunnen.

'Ik bijt niet,' zei ik. 'Tenminste, ik geloof van niet. Ik kan me niet herinneren dat ik mensen heb gebeten, maar misschien heb ik het wel gedaan.' Ik hield mijn hoofd schuin en deed alsof ik erover nadacht. 'Omdat ik me niets herinner, kan ik niet zweren dat ik het nooit gedaan heb. Misschien ben ik wel een moordenares.' Hij glimlachte. 'Zie je, ik beschik over zelfspot,' zei ik.

Zijn glimlach werd breder en toen, met een plotselinge en definitieve beweging, als iemand die zich in een brand stort, kwam hij naast mc zittcn.

'Kun je je echt niets meer herinneren? Helemaal niets?' vroeg hij. Terwijl hij sprak vermeed hij het me langer dan een fractie van een seconde rechtstreeks aan te kijken.

Als hij naar me keek, zag ik gevoeligheid in zijn donkere ogen. Zijn pupillen leken twee glanzende zwarte parels. Ze deden me denken aan een ander gezicht, maar ik zag alleen de ogen in mijn geheugen, en als ik de mond zag, vervaagden de ogen.

'Ik zie flitsen, beelden, geluiden, maar zodra ik probeer ze te begrijpen, ze naar iets terug te brengen, verdwijnen ze,' klaagde ik.

'Geef eens een voorbeeld. Wat zie je, hoor je?' vroeg hij belangstellend.

'Water, het strand, boten, maar kleine boten, speelgoedboten.'

'Je bedoelt modelboten?'

191

'Ja, ja, modelboten, maar ik ril steeds als ik aan boten denk, zelfs nu, zelfs in de zon,' zei ik. Ik sloeg mijn armen om me heen. Mijn tanden klapperden zelfs.

Heel aarzelend, centimeter voor centimeter, stak hij zijn hand uit naar de mijne.

'Je hebt het koud,' zei hij diep onder de indruk.

Ik knikte en hij legde zijn hand op de mijne.

'Dat is een prettig gevoel,' zei ik glimlachend. Hij lachte terug en bleef mijn hand vasthouden. Hoe langer hij hem vasthield, des te meer zelfvertrouwen hij kreeg.

'Hé, wat krijgen we nou?' hoorden we, en Lawrence liet mijn hand los alsof hij een elektrische schok had gekregen.

We draaiden ons om en zagen Megan naar ons toe komen. Ze liep stijf, haar handen ineengeklemd en haar armen stram omlaag.

'Hoi, Megan,' zei ik.

'Ik vroeg me af waar jullie waren toen ik terugkwam. Knus, hè?' ging ze verder. Ze keek van Lawrence naar mij en weer naar Lawrence. 'Jullie kennen elkaar nog geen vijf minuten en hebben al een afspraakje in de tuin, vind ik jullie hand in hand.'

Lawrence schoof snel bij me vandaan.

'We kwamen elkaar hier toevallig tegen,' zei ik. 'Ik wist niet dat Lawrence buiten was.'

'Is dat zo?' zei ze met achterdochtig samengeknepen ogen. 'Hoe heeft hij je zover gekregen dat je hem je hand liet vasthouden?'

'Hij heeft me daar niet toe gekregen, Megan. Ik zei dat ik het koud had en hij probeerde me te verwarmen,' zei ik.

'Ja. Zo begint het altijd,' zei ze. 'Ik sta verbaasd over je, Lawrence Taylor. Je hebt niemand hier aangeraakt sinds ik je ken. Je moet wel heel bijzonder zijn,' ging ze verder tegen mij.

Lawrence zag vuurrood, maar zijn lippen waren wit van angst. Hij schudde zijn hoofd.

'Ik wilde alleen –'

'De man in je is ontwaakt,' verklaarde Megan als een dokter die een terminale ziekte diagnostiseert. 'Ik zal de meisjes en de begeleidsters en de rest van de wereld waarschuwen. Iedereen moet op zijn hoede zijn. Lawrence Taylors wellust is op wonderbaarlijke wijze weer opgewekt. Zijn hormonen razen. Pas op!'

'Nee... ik –'

'O, hou op,' snauwde ze en keek om zich heen. Toen ze weer naar ons keek, lag er een heel andere uitdrukking op haar gezicht. 'Ik heb een geheim privé-plekje dat ik je later zal laten zien,' zei ze tegen mij. 'Als je aardig bent. Maar ik hoop dat je niet zo bent als Lydia en elke dag alles vergeet. Ik wil mijn tijd niet verspillen.'

'Ik geloof niet dat dat mijn probleem is, dingen vergeten die ik leer,' zei ik.

'Je weet niet wat je probleem is. Dát is je probleem,' antwoordde ze. 'Moet je hem zien,' ging ze verder met een knikje naar Lawrence. 'Zielig.'

Ik draaide me om en zag dat hij beefde, dat het zweet op zijn voorhoofd stond.

'Lawrence,' zei ik en stak mijn hand naar hem uit.

'Ik ben oké. Ik ben oké. Ik denk dat het tijd is om te gaan eten.' Hij stond op. 'Ik bedoelde er niets mee. Ik wilde alleen...'

'Het is goed, Lawrence. Heus,' zei ik. 'Blijf alsjeblieft bij ons.'

Hij keek naar Megan.

'Ja, Lawrence. We hunkeren naar je verrukkelijke gezelschap,' zei ze.

'Ik zie jullie binnen.' Hij keek even naar mij en draaide zich om. 'Ik moet nog iets doen voor we gaan eten,' en met die woorden liep hij in de richting van het gebouw.

'Ik vraag me af wat dat kan zijn, Lawrence,' riep Megan hem na. 'Wat kun je in je eentje in je kamer doen? Ik hoop dat het niet is wat ik denk dat het is. Ik hoop dat het niet is wat andere jongens van jouw leeftijd doen.'

Haar woorden en haar gelach deden hem sneller doorlopen.

'Waarom treiter je hem zo?' vroeg ik. 'Het ging zo goed met hem.'

Ze keek me aan of ik een andere taal sprak.

'Ik treiter hem niet. Ik treiter niemand.' Ze zweeg even en kneep haar ogen samen. 'Kies je nu al zijn partij? Je bent hier pas en je kiest nu al zijn partij?' zei ze beschuldigend.

'Wiens partij?'

'Wiens partij?' zei ze me spottend na. 'Pas maar op, jij. Eerst winnen ze je vertrouwen en dan... dan...' Haar lippen trilden en haar kin beefde. Ze had haar handen tot vuisten gebald en hield haar armen weer stijf langs haar zij. Ze zag eruit als een soldaat die ter plekke verstard was.

193

'Megan? Voel je je niet goed?'

Haar oogleden trilden. Toen keek ze me aan en ontspande zich. 'Natuurlijk voel ik me goed. Het móet goed zijn. Ik moet scherp en alert zijn. Ik... ga weer naar binnen. Ik moet naar Lulu. Ze is niet slim genoeg om in haar eentje te gaan eten. Ze blijft maar wachten op haar papa. Haar papa. Papa's,' zei ze fel, alsof het een vloek was. 'Ze hoort blij te zijn dat hij nooit komt.'

Ze draaide zich om en liep Lawrence achterna.

Waarom haatte ze papa's?

12. Schaduwen van mijn geest

Iedereen leek ingetogener aan het diner. De stemmen klonken zacht en er werd weinig gelachen. Degenen die niet zelfstandig konden eten zaten bij elkaar en werden geholpen door de begeleiders. De rest liep in een rij langs het buffet. Er was keuze uit twee gerechten: kalkoen en heilbot. Alles rook heerlijk en zag er goed uit. Mevrouw Anderson overzag het eten vol trots. Als ik mijn ogen dichtdeed en luisterde, zou ik niet zeggen dat ik in een kliniek was.

'Doet deze eetzaal je aan je school denken?' fluisterde Lawrence achter me.

'Het komt me bekend voor, maar ik kan me niets specifieks herinneren.'

'Ik zat op een particuliere school,' zei hij. 'Altijd gezeten. Het eten was daar ook goed en er waren niet veel meer leerlingen dan patiënten hier,' ging hij verder, maar het klonk niet alsof het zo'n gelukkige ervaring was geweest.

'Sommigen achter jullie hebben honger,' zei Megan, om ons aan te sporen ons bord aan te nemen.

Haastig liep ik door. Ik zag dat Mary Beth geen brood of dessert nam en haar eten uiteen schoof alsof alles besmet zou worden als iets elkaar raakte.

Deze keer zaten Megan, Mary Beth, Lulu, Lawrence en ik allemaal aan dezelfde tafel. Niemand anders scheen bij ons te willen zitten.

'Waar wacht je op?' vroeg Megan me. 'Eet voordat het koud wordt.'

Ik had me niet gerealiseerd dat ik was blijven zitten zonder mijn bestek aan te raken terwijl alle anderen, zelfs Mary Beth, al begonnen waren.

'Ik weet het niet,' zei ik. Ik voelde een leegte die opgevuld moest worden. 'Je hebt gelijk, maar ik heb het gevoel dat ik op iets wacht voor we gaan eten, iets wat eerst moet gebeuren...'

'Mijn papa vertelde ons aan tafel altijd alles over zijn dag op het werk,' zei Lulu. 'En dan vertelde hij ons verhalen uit de tijd dat mijn moeder en hij jong waren.'

'Hij was waarschijnlijk nooit thuis met eten. Zijn je ouders niet gescheiden toen je nog een baby was?' bracht Megan haar in herinnering.

'Ik herinner het me nog,' zei Lulu met een blik op mij om te zien of ik haar geloofde. Ik lachte naar haar en ze lachte terug.

'Misschien bad je eerst,' opperde Lawrence. 'Op die particuliere school ging de rector ons altijd voor in gebed voordat we gingen eten.'

'Ja,' zei ik. 'Misschien...' Ik knikte. 'Ik denk dat het dat is,' voegde ik er opgewonden aan toe.

'Goed. Dan ik zal bidden. Iedereen moet wachten. Houd je vork stil, Lulu.' Megan keek voor zich uit en hief haar armen langzaam naar het plafond. 'Dank,' zei ze en klapte in haar handen. Toen prikte ze lachend in haar aardappels.

'Ja,' zei ik. 'Ja, dat is het. Je hebt gelijk, Lawrence. Ik geloof dat ik het me kan herinneren... de bijbel. We lazen uit de bijbel.' Lawrence glimlachte, hij was blij voor me.

'Dat gaat goed,' zei hij. 'Als alles zo snel bij je terugkomt, ben je hier weg voor je het weet.'

'Fijn voor haar,' zei Megan. Ze begon weer te eten, maar stopte toen en keek me peinzend aan. 'Herinner je je echt iets?'

'Heel vaag, dat iemand leest... het is of ik me herinner dat ik zelf lees.' Ik schudde mijn hoofd. 'Het is allemaal zo verward. Ik hoor een andere stem, maar ik zie een gezicht dat zo op dat van mij lijkt, dat het is of ik... of ik naar mezelf kijk.'

'Dat slaat nergens op,' zei Megan na even te hebben nagedacht.

'O, jawel,' zei Lawrence plotseling zelfverzekerd. Megans ogen werden groot en Lawrence keek weer naar mij en zei zacht: 'Je moet wat eten. Je zult verbaasd zijn hoeveel kracht er nodig is voor al dat denkwerk.'

'Ja,' zei ik en begon te eten. Zelfs dat heel kleine beetje geheugen dat terugkwam werkte bemoedigend en stimuleerde mijn eetlust. Ik word echt beter, dacht ik.

Halverwege de maaltijd keek ik naar Mary Beth en zag dat ze wel at, maar na elke hap haar mond afveegde en het servet weer op haar schoot legde. Het viel me op nadat ze weer een hap vis had genomen. Toen zag ik dat ze het voedsel in het servet spuugde. In feite at ze nauwelijks iets.

De begeleider, die Billy heette en Clara en mij bij de deur had begroet toen ik aankwam, hield samen met een andere begeleider onze tafel in het oog. Plotseling kwam hij haastig op Mary Beth af.

'Mary Beth, je spuugt je eten uit,' zei hij beschuldigend, zijn handen op zijn heupen. Hij knikte naar haar bord.

'Dat is niet waar.'

'Laat je servet zien,' zei hij. 'Vooruit. We hebben strikte instructries van dokter Thomas voor jou.'

'Ik eet wel!' riep ze, bijna in tranen.

'Laat haar met rust,' zei Megan. Hij keek haar streng aan.

'Bemoei je met je eigen zaken, Megan. Dan heb je meer dan genoeg te doen,' zei hij. Hij richtte zich weer tot Mary Beth.

Mary Beths gezicht en hals zagen rood; ze raakte in paniek. Ze leek te beven op haar stoel. Ik had medelijden met haar. Haar ogen schoten heen en weer, zoekend naar een uitweg.

'Je jaagt haar de stuipen of het lijf!' riep Megan. Billy negeerde haar en bleef over Mary Beth gebogen staan.

'De dokter heeft gezegd dat we het hem moeten vertellen als we zien dat je je eten uitspuwt, en dan brengen ze je naar boven en dwingen je te eten,' zei Billy.

'De Tower!' verklaarde Megan. 'Waag het niet het zelfs maar te proberen,' zei ze tegen Billy. Ze prikte hem met haar vork in zijn achterste. Hij draaide zich met een ruk naar haar om.

'Hoor eens,' zei hij, 'als je ons in ons werk met de andere patiënten hindert, zul je daar zelf ook eindigen. En prik me nooit meer met iets. Dat is een uiting van geweld,' berispte hij haar met een glimlach die zijn rij blinkend witte tanden liet zien. 'En je weet wat dat betekent,' dreigde hij.

Terwijl hij woedend naar Megan keek, pakte ik onder de tafel Mary Beths volle servet en legde het mijne ervoor in de plaats. Ze keek me dankbaar aan. Billy richtte zich weer tot haar.

'Nou? Geef op dat servet. Kom,' zei hij, met beide handen gebarend.

Ze liet haar handen op haar schoot zakken en overhandigde het hem langzaam. De teleurstelling stond duidelijk op zijn gezicht te lezen toen hij het openvouwde en er niets uitviel. Megan bulderde van het lachen. 'Billy de Klungel verklungelt het weer!' riep ze, terwijl ze boven haar hoofd in haar handen klapte. De gesprekken in de eetzaal verstomden en iedereen keek naar ons.

'Hou op daarmee,' zei hij.

Megan bleef klappen en een van de jongens die ik eerder had zien schaken begon ook te klappen. Zijn vriend volgde zijn voorbeeld en toen deed de hele tafel mee. Even later klapte iedereen die kon in zijn handen.

Billy's gezicht vertrok van woede en hij smeet het servet terug naar Mary Beth. Toen liep hij terug naar zijn plaats in de eetzaal en schreeuwde tegen de patiënten dat ze rustig moesten zijn. Megan hield eindelijk op met klappen en de anderen volgden. Eén jongen bleef nu en dan tijdens de hele maaltijd zonder enige reden klappen en lachen.

'Dank je,' fluisterde Mary Beth tegen me.

'Dat was heel slim,' zei Megan tegen mij. 'Je hebt haar huid gered door snel te denken.'

Lawrence glimlachte ook naar me. Zijn blik was rustiger nu en vol trots en bewondering.

'Je kunt beter wat eten, Mary Beth, anders voel ik me verantwoordelijk en schuldig als je ziek wordt,' zei ik.

Ze prikte een stukje vis aan haar vork en stopte het in haar mond, demonstratief kauwend terwijl ze zich naar Billy omdraaide. Hij wendde vol afkeer zijn hoofd af.

'Billy is een engerd,' zei Megan. Ze keek hem kwaad aan, tot hij haar zijn rug toekeerde. 'Mij maakt hij niet bang met zijn dreigementen. Hij weet dat als hij me maar met een vinger aanraakt...'

Ze keek weer naar mij en hield op met praten en eten.

'Wat is er met jou?' vroeg ze.

'Dat meisje,' zei ik, met een knikje naar een meisje dat aan de andere kant van de eetzaal zat. 'Wat doet ze?'

Megan keek.

'O, dat is Tamatha Stuart. Ze is stom. Ze wil niet praten, dus communiceert ze met die gebarentaal. Het is zo dom. Ze is niet doof. Ik begrijp niet waarom ze haar zo vertroetelen. Ze hoort een shockbehandeling te krijgen. Ik — wat?' vroeg ze toen ze zag dat de uitdrukking op mijn gezicht veranderde.

'Ik weet wat ze zegt met haar handen. Ik begrijp het!' zei ik, zelf verbaasd.

'Heus?'

'Dat is fantastisch,' zei Lawrence. 'Je moet iemand kennen die doof is.'

Ik keek hem aan. Het was of een dikke, zware deur een centimeter was geopend; en er stroomde licht doorheen. Ik meende een gezicht te zien dat door de duisternis naar me keek. Maar wie was het?

Ik begon snel en onbeheerst met mijn ogen te knipperen. Ik wilde zien wie er achter die deur stond. Ik had het gevoel dat ik worstelde om die deur een beetje verder open te trekken, ik rukte en trok... ik had de kracht niet.

'Laura?' zei hij. 'Gaat het goed met je?'

'Je maakt haar van streek,' zei Megan.

'Wat doe ik dan? Ik doe helemaal niets,' kermde hij. 'Laura?' zei hij terwijl hij weer naar mij keek.

Plotseling overkwam het me. Ik hoorde een kreet, de kreet die me had achtervolgd sinds ik hier was, iemand riep wanhopig om mijn hulp.

Ik draaide me met een ruk om en keek achter me en opzij.

'Wat is er?' vroeg Lawrence. 'Laura?'

'Iemand... roept...'

Het geroezemoes in de eetzaal veranderde in het gebulder van de zee. Overal was water. De wind riep mijn naam: *Laura! Laura!*

Mijn hart begon te bonzen. Ik voelde de zaal om me heen draaien. Het was of ik op een boot zat in plaats van op een stoel, de boot schommelde hevig heen en weer. Ik greep me vast aan de tafel.

'Nee!' riep ik. Ik sloot mijn ogen en voelde dat ik mijn evenwicht verloor.

'Wat scheelt haar?' hoorde ik Lulu vragen.

Lawrence pakte aarzelend mijn hand vast.

'Gaat het wel?' vroeg hij. 'Laura?' Zijn stem vermengde zich met de stem in mijn geest, vooral toen hij herhaalde: 'Laura?'

Ik voelde me misselijk. Mijn hoofd schudde en toen begon mijn hele lichaam te trillen. Ik hield de tafel zo stevig vast dat de borden begonnen te kletteren. Een glas viel om.

Megan schreeuwde naar Lawrence omdat ik achterover viel. Hij pakte mijn stoel vast, maar ik gleed eraf. Het voelde alsof mijn lichaam vloeibaar was geworden, al mijn beenderen smolten. Ik stroomde op de grond. Lawrence hield me vast, maar ik gleed weg uit zijn armen en viel omlaag, omlaag, omlaag, zwaaiend met mijn armen. Billy en een begeleidster kwamen naar me toe gehold.

'Wat mankeert haar? Heeft ze epilepsie of zoiets?' vroeg iemand. Het klonk als Megan.

Mijn tong zwol op en ik kreeg geen lucht. Ik voelde dat ik kwijlde en begon toen te gillen, of tenminste, ik dacht dat ik gilde. Toen werd alles zwart om me heen.

Toen ik deze keer wakker werd, lag ik in mijn kamer. Een man in een witte jas voelde mijn pols en een van de nachtverpleegsters stond naast hem.

'Ze stabiliseert,' zei hij. 'Laura? Hoe gaat het?'

Ik knipperde met mijn ogen.

Zijn stem weergalmde door de kamer.

'Laura, hoe gaat het?'

'Laura... Laura...'

'NEE!' schreeuwde ik, of dacht ik dat ik deed. Mijn hele lichaam begon verschrikkelijk te beven. Het was of het bed onder me wegzonk. 'Ik zink!'

'Houd haar vast!' zei de man. 'Rustig maar...'

Er prikte iets in mijn arm en na een paar ogenblikken spoelde de duisternis over me heen. Mijn lichaam zonk dieper en dieper in het bed. Het was alsof ik onder water zonk. Ik probeerde wanhopig bij bewustzijn te blijven, maar de ene zwarte golf na de andere kwam op me af en duwde me steeds dieper omlaag. Het geluid van mijn naam stierf weg en toen viel ik in slaap.

Toen ik weer wakker werd, stroomde het zonlicht door de gordijnen naar binnen. Ik hoorde water in een wasbak stromen en een verpleegster kwam uit de badkamer met een washandje en een kom. Ze legde het washandje op mijn gezicht toen ik knipperend mijn ogen opende en probeerde op iets te focussen wat me bekend voorkwam.

'Zo, eindelijk ben je wakker. Mooi,' zei ze, terwijl haar mond vertrok. 'Je hebt iedereen een hoop last bezorgd, heb ik gehoord.'

Ze haalde het washandje van mijn gezicht en keek me aan. Ik deed mijn mond open, maar mijn stem werkte niet mee.

'Nou, vertel eens. Hoe voel je je nu? Heb je pijn? Ben je misselijk?

200

Nou?' vroeg ze toen ik bleef zwijgen. Ik schudde mijn hoofd. 'Heb je honger?'

Ik dacht even na. Ik had een beetje honger, maar toen ik ja wilde zeggen, gebeurde er niets.

'Kun je niet praten vanmorgen?'

Praten? dacht ik. Kon ik ooit praten? Ik probeerde te spreken, maar er kwam slechts een diep keelgeluid uit. De verpleegster keek verbaasd.

'Wat is er?' vroeg ze.

Ik hief mijn handen op en even natuurlijk als mensen spreken, begon ik te gebaren.

'Wat...' Ze deed een stap achteruit en keek toe terwijl ik met mijn handen sprak.

'Ja, ik heb honger,' zei ik. 'Maar waar ben ik?'

Ze schudde haar hoofd.

'Dit is een heel merkwaardige ommekeer.' Ze leek diep onder de indruk. 'De dokter komt over een uur. Als je wilt ontbijten, moet je nu opstaan,' zei ze.

Ik gebaarde oké, en stond op. Ik voelde me duizelig maar het ging.

'Gisterenavond zijn er meer kleren voor je gebracht,' vertelde ze. 'Ze lijken gloednieuw. Aan alle kledingstukken zit nog een kaartje. Ze liggen in de kast en in het dressoir. Beslis wat je aan wil, kleed je aan en kom naar het ontbijt,' zei ze. 'Nou?'

Ik gebaarde oké.

'Dus je kunt niet praten? Is dat het? Mooi, ik kan wel wat rust hier gebruiken. Ik zie je wel in de eetzaal. Kleed je aan,' beval ze, en verliet de kamer voor ik haar kon vragen waar de eetzaal was.

Het leek alsof er een grote rookwolk om me heen draaide. Ik bewoog me langzaam, onzeker, en deed ontdekkingen in de kamer en de badkamer of ik er nooit eerder geweest was. Hoe lang was ik hier al? En waar was hier?

Ik bleef in de badkamer staan en bekeek mezelf in de spiegel. Het gezicht dat ik zag leek voor mijn ogen te veranderen en even dacht ik dat ik naar een jongen keek. Het duurde maar een of twee seconden, maar het deed mijn hart bonzen en benam me de adem.

Toen ik me had aangekleed, liep ik naar de deur en keek de gang in. De vloer glom in de zon die door de ramen naar binnen scheen. Plotseling ging de deur tegenover me open en een meisje van ongeveer mijn leeftijd kwam naar buiten. Ze zag er griezelig mager uit.

'Hoe gaat het?' vroeg ze zacht. 'We waren allemaal verschrikkelijk ongerust over je gisteravond.'

'Ik weet het niet,' zei ik met mijn handen. Ze begon te glimlachen en stopte toen abrupt.

'Waarom doe je dat?' vroeg ze.

'Doe wat?' gebaarde ik. Ze leek het te begrijpen.

'Wat doe je met je handen? Is dat gebarentaal?' vroeg ze. 'Is er iets met je stem gebeurd? Kun je niet praten?'

Ik schudde mijn hoofd. Ze staarde me aan. Haar gezicht was zo mager dat haar ogen leken in hun kassen te zweven. Ik kon zelfs de beenderen in haar kaak en wangen door haar dunne huid heen zien. Een gedachte bracht een vreemde, zachte glimlach om haar dunne lippen.

'Je kijkt of je je mij niet herinnert,' zei ze en vroeg toen: 'Is dat zo?' Ik schudde weer mijn hoofd. 'Ik ben Mary Beth.'

'Wie ben ik?' vroeg ik haar. Ik wees op mijzelf en stak mijn handen omhoog om mijn vraag duidelijk te maken.

'Weet je niet wie je bent?' Toen ik nadrukkelijk mijn hoofd schudde, zei ze: 'Je bent Laura Logan. Verder weet ik niets over je. Je herinnerde je niets toen je hier kwam,' zei ze. Ze keek de gang in en zocht iemand, alsof ik gewond was en bloedde.

Ik wreef over mijn maag en wees op mijn mond.

'Heb je honger?'

Ik knikte en ze ontspande zich.

'Kom maar mee,' zei ze. 'Toe dan,' drong ze aan en stak me haar hand toe. Ik pakte haar hand vast en samen liepen we naar de eetzaal.

'Hoe gaat het met haar?' vroeg een donkerharig meisje aan de tafel waar Mary Beth me heen had gebracht. De knappe jongen naast haar keek vol belangstelling op, evenals het jonge meisje naast haar.

'Ze kan niet praten. Ze gebruikt gebarentaal en ze is alles vergeten, Megan. Ik bedoel niet alleen alles van haarzelf. Ze weet niet wie wij zijn, waar ze is, ze weet niets meer,' jammerde Mary Beth.

'O nee, hè?' zei Megan. Ze keek naar de begeleiders die met elkaar stonden te praten. 'Ze zullen haar vast naar de Tower brengen, net als Lydia Becker. Luister, Laura, ik ben Megan, Megan Paxton. Dit is Lawrence en dit is Lulu. Je bent in de kliniek. Ga eten halen en kom dan terug. Doe net of je je alles herinnert, oké?'

Ik keek naar Lawrence, wiens bezorgde blik indruk op me maakte. Toen knikte ik.

'Als je ze vertelt dat je alles van deze kliniek vergeten bent, zullen ze je een andere behandeling willen geven, een elektrische shock misschien. Dat zou kunnen betekenen dat je naar de Tower moet!'

Ik gebaarde vraag na vraag, maar niemand begreep me. Ik wilde weten hoe lang ik hier al was. Waarom was ik hier? Waar kwam ik vandaan? En wat was die Tower?'

'Weet je zeker dat je niet kunt praten?' vroeg Megan met een grimas. Ik schudde mijn hoofd. 'Geweldig. Je zit in de penarie vrees ik,' zei ze. 'Het is al moeilijk genoeg om jezelf hier te beschermen als je kunt praten.'

'Ik ga met haar mee eten halen,' bood Mary Beth aan.

'Dat lijkt op de blinde die de lamme leidt,' spotte Megan. 'Als jij haar helpt eten uit te zoeken, verhongert ze.'

'Wees maar niet bang. Ik zal ervoor zorgen dat ze krijgt wat ze wil eten,' hield Mary Beth vol.

'Ik ga wel met haar mee,' zei Lawrence en stond op.

'Ik ook,' zei Lulu.

Waarom was iedereen zo bezorgd voor me?

'Denk eraan, als je de indruk wekt dat ze hulpeloos is, zullen ze het merken en dan is het voorbij,' waarschuwde Megan. 'Ga zitten, Lulu.'

'Volg mij maar,' zei Lawrence zacht. 'Ik praat wel voor ons allebei, jij knikt alleen maar, oké?'

'Plotseling kan hij iemand helpen. Hiervoor kon hij niet eens zijn schoenveters vastmaken als iemand keek,' zei Megan met een scheef lachje.

Lawrence negeerde haar en wenkte me hem te volgen.

'Ik begrijp een beetje gebarentaal,' zei hij. 'En de rest kan ik snel leren. Wees maar niet bang. Ik bescherm je wel,' beloofde hij.

Toen ik mijn eten had en terugkwam aan tafel, voelde ik me iets minder onzeker. Ik luisterde naar hun gesprekken terwijl ik at. Nu en dan wendde Lawrence zich tot mij en vroeg me hoe ik iets zou zeggen of vragen in gebarentaal. Ik deed het hem voor, en hij prentte het snel in zijn geheugen.

Iemand anders, iemand in mijn verleden, leerde de gebarentaal ook zo snel, herinnerde ik me. Ik zag hoe ik mijn handen naar hem uitstrekte. Wie was hij? Alles wat ik deed wierp een nieuwe vraag op over wie ik was en waar ik thuishoorde, en elke vraag voelde als een naald in mijn zij die om aandacht vroeg.

'Je moet haar niet aanmoedigen,' waarschuwde Megan. 'Dan komt ze er minder snel overheen.'

'Ze doet het prima,' zei Lawrence en glimlachte naar me.

'Moet je hem horen, dokter Lawrence Taylor. Hang een bordje op de deur van je kamer.' Ze keek naar de ingang van de cafetaria en boog zich toen naar mij. 'Daar komt mevrouw Kleckner. Gedraag je niet al te dom,' adviseerde ze.

'Hoe gaat het nu?' vroeg mevrouw Kleckner toen ze bij onze tafel stond.

'O, uitstekend, mevrouw Kleckner. We zijn een heel gelukkig stelletje idioten en klungels,' merkte Megan op met een vette glimlach.

'Je bent niet echt grappig, Megan. Ik hoop dat je dat gauw zult beseffen. Ter wille van jezelf en van alle anderen,' voegde ze eraan toe.

'Ik zal mijn best doen, mevrouw Kleckner,' beloofde Megan met een schijnheilig lachje.

Mevrouw Kleckner keek naar mij.

'Ik heb begrepen dat je je stem kwijt bent.'

Ik keek naar Megan en Lawrence en toen naar haar voor ik knikte.

'Goed,' vervolgde mevrouw Kleckner. 'Je moet nu naar dokter Southerby. Kom mee, Laura.'

Ik keek naar de anderen. Hun ogen stonden bezorgd.

'Veel succes met *je dokter*,' zei Megan toen ik opstond. 'Ik hoop dat het déze keer beter gaat,' voegde ze eraan toe, me duidelijk makend dat ik hem al eerder had ontmoet. Ik glimlachte, gebaarde mijn dank en vertrok met mevrouw Kleckner.

Dokter Soutberby was niet in zijn spreekkamer toen ik kwam. Mevrouw Kleckner zette me voor het grote bureau en ging toen weg. Ik bleef rustig wachten, keek om me heen en vroeg me af hoe het mogelijk was dat ik hier al eerder was geweest. Niets kwam me zelfs maar enigszins bekend voor. Een zijdeur werd geopend en dokter Southerby kwam binnen. Hij glimlachte vriendelijk en liep naar zijn bureau.

'Zo,' zei hij zodra hij zat, 'ik heb begrepen dat je een kleine terugval hebt gehad. Je bent je stem kwijt?'

Ik wist niet wat ik anders moest doen, dus knikte ik.

'Je kunt gebarentaal gebruiken,' zei hij. 'Die ken ik goed.'

204

Ik had het gevoel of ik in een vreemd land was en eindelijk iemand gevonden had die mijn taal sprak. De vragen kwamen zo snel dat mijn handen ze nauwelijks konden bijhouden. Dokter Southerby's ogen volgden ze en zijn glimlach werd steeds breder.

'Ho,' riep hij uit. 'Een voor een alsjeblieft. Je bent in een kliniek voor mensen die geestelijke en psychische problemen hebben. Het is een kliniek voor hoofdzakelijk jonge mensen. Het is een stichting die is opgericht en wordt gefinancierd door rijke mensen en is een van de meest prestigieuze en succesvolle instituten op dit gebied in het noordoosten, mag ik wel zeggen,' ging hij trots verder. 'Ik ben een van de hoofdtherapeuten, en jij bent aan mijn zorg toevertrouwd.

Zoals we gisteren hebben besproken, heb je een ernstige traumatische ervaring gehad en dat heeft je geheugen beïnvloed. Je hebt een vorm van algemene amnesie, maar het is het soort amnesie dat niet lang zal duren. Daar ben ik van overtuigd.'

'Ja,' zei hij toen ik mijn vraag met gebaren had gesteld, 'toen je hier pas kwam, kon je praten, maar je kon je niets van jezelf herinneren.'

Ik gebaarde: 'Waarom kan ik nu niet praten?'

'Dat weet ik nog niet,' zei hij. Hij keek nadenkend. 'Ik ben nu pas enigszins op de hoogte gebracht van je achtergrond en de informatie die ik nodig heb komt helaas maar mondjesmaat door,' zei hij met een grimas. 'Maar dat je de gebarentaal zo goed kent, heeft duidelijk met je achtergrond te maken. Iemand in je omgeving is doof. Frist dat je geheugen wat op?'

Ik dacht na.

'Ja,' zei ik, 'maar ik kan me niet veel van haar herinneren.'

'Dat komt wel. Plotseling zul je iemand anders het zien doen en beseffen wie het is,' beloofde hij. 'Tot die tijd wil ik, omdat je niet kunt praten...' – hij zocht in zijn la en haalde er een notitieboekje uit – ' dat je alles opschrijft wat je je herinnert; alles wat je denkt en wat er over jezelf of over de mensen hier bij je opkomt, alles,' zei hij, en overhandigde me het notitieboekje.

Ik pakte het aarzelend aan.

'Ik weet dat je veel angsten hebt. Krijg je wel eens flitsen uit het verleden, hoor je stemmen die je niet herkent?'

Ik knikte.

'Mooi. Ik zal je vertellen wat je van me kunt verwachten... ik ga proberen, heel langzaam natuurlijk, het trauma dat je hebt ervaren weg te nemen. We moeten alle onnodige schaamte en alle schuldbesef wegnemen. Je hebt het recht kwaad te worden en uiteindelijk te treuren, Laura. Als je dat kunt, zul je volledig tot jezelf terugkeren. Misschien zal ik hypnose gebruiken. We zullen wel zien, goed?' Zijn stem klonk zacht en troostend.

Ik knikte.

'Goed, Laura,' zei hij. 'Dan beginnen we nu. We ontspannen allebei en jij vertelt me alles wat bij je opkomt... woorden, beelden, alles. Toe maar, doe je ogen dicht en laat je gedachten dwalen.'

Ik deed het. Beelden flitsten voor mijn ogen, maar slechts een onderdeel van een seconde. Ik zag zand en water, gezichten waaraan ik geen naam kon verbinden, kleine boten en veenbessen in een moeras. Ik beschreef hem alles.

'Prima, Laura. Dat is vooruitgang. Binnen korte tijd zullen al deze schijnbaar niets met elkaar te maken hebbende beelden verband met elkaar gaan vertonen en zinvol worden. Je bent op weg naar huis. Ik beloof het je.

Het beste dat je hier kunt doen is ontspannen. Profiteer van de faciliteiten, schrijf in je notitieboek en rust. Je zult jezelf genezen,' zei hij. Hij klonk zo overtuigd en oprecht dat ik me beter voelde.

Hij praatte over andere patiënten met soortgelijke problemen en hoe zij ze overwonnen hadden en waren teruggekeerd tot een actief, gezond leven. Hij verzekerde me dat er een eind zou komen aan alles wat er mis was en dat ik nooit meer in de kliniek terug zou keren als ik eenmaal weg was.

'Probeer iets tegen me te zeggen voor je dadelijk weggaat, Laura,' eindigde hij. Hij stond op en liep naar me toe, pakte mijn hand vast en keek me zo diep in de ogen dat ik mijn blik niet kon afwenden. 'Toe dan, zeg je naam. Probeer het,' drong hij aan.

Ik deed mijn mond open en bewoog mijn lippen.

'Goed zo,' spoorde hij me aan. 'Toe maar.'

Mijn tong ging omhoog en viel weer omlaag. Ik voelde de spieren in mijn hals en keel spannen.

'Lawwww,' begon ik kreunend. De tranen brandden onder mijn oogleden, ik voelde mijn wangen rood en gloeiend worden.

'Oké,' zei hij en gaf een klopje op mijn hand. 'Oké, het komt wel terug.'

Hij klopte weer op mijn hand en ging terug naar zijn stoel.

'Ik moet wat onderzoek naar je doen, Laura. Ik heb telefonisch om de inlichtingen gevraagd die ik nodig heb. Morgen zien we elkaar weer. En over hooguit een week zul je een paar dramatische veranderingen beleven.'

Ik knikte glimlachend. Ik vond hem een heel aardige, jonge dokter, iemand die ik mogelijk kon vertrouwen, alleen had ik op dit moment niets anders dan mijn gevoelens van het ogenblik om hem toe te vertrouwen. Hij nam me mee naar zijn secretaresse.

'Mevrouw Broadhaven is er gisteren niet toe gekomen je een paar van onze faciliteiten te laten zien, Laura. Dat wil ze nu doen.'

Ik knikte en de aantrekkelijke vrouw stond op en nam me mee.

'We hebben een heel aardig atelier waar geschilderd en aan handenarbeid kan worden gedaan,' legde ze uit, 'iets verderop in de gang.'

Ik keek door een deur en zag een paar patiënten die televisie keken, schaakten en lazen. Achterin speelde een jongeman tafeltennis met een begeleider.

'Hier is het atelier,' zei ze, en bleef bij een andere deur staan. Ik keek naar binnen en zag Megan in een schilderskiel ruw aan het werk met een zachte kleifiguur. Lulu en Mary Beth zaten in een hoek aan een tafel te schilderen met waterverf. Een lange vrouw met mooi rood haar en een roomwitte teint kwam naar ons toe.

'Dit is Laura,' zei mevrouw Broadhaven. 'Ik leid haar rond, maar misschien komt ze hier weer terug,' ging ze verder, toen ze mijn belangstellende blik zag. 'Laura, dit is juffrouw Dungan, onze kunsttherapeute.'

'Hallo, Laura,' zei ze en gaf me een hand. 'Je kunt kiezen waarmee je wilt werken: klei, olieverf, waterverf, hout. We kunnen ook keramiek maken.'

Ik bespeurde iets bekends. Ik ken een schilder, dacht ik, maar kon me zijn naam niet herinneren. Juffrouw Dungan zag dat ik naar Megans sculptuur staarde.

'Wil je dat straks proberen?' vroeg ze.

'Het kan je helpen je dingen te herinneren,' suggereerde mevrouw Broadhaven.

Ik knikte.

'Ik breng haar zo terug,' zei mevrouw Broadhaven tegen juffrouw Dungan.

Toen bracht ze me naar de bibliotheek, waar ik Lawrence gebogen over een boek aan een tafel zag zitten. Er lag een klein stapeltje andere boeken naast hem. Toen hij ons zag, bloosde hij.

'We zijn erg trots op onze bibliotheek, Laura,' zei mevrouw Broadhaven. 'Hij is net zo goed als de bibliotheek van veel kleine universiteiten. Nietwaar, Lawrence?'

'Wat? O... ja,' zei hij. Hij keek bang, vond ik en vroeg me af waarom. Hij wendde zijn ogen snel af en ik zag dat zijn hand beefde.

'En, Laura? Wat wil je? Terug naar het atelier?' vroeg mevrouw Broadhaven. Of ze zag niet wat ik aan Lawrence opmerkte, of ze verkoos het te negeren.

Ik knikte, keek nog eens naar Lawrence, die nu zijn handen voor zijn ogen had gelegd. We gingen terug naar het atelier. Na me te hebben voorgedaan hoe ik bepaalde dingen moest gebruiken, ging ze weg om voor andere patiënten te zorgen. Megan, die ingespannen aan haar kleifiguur had gewerkt, hield op en kwam naast me zitten. Ze keek naar mijn vormeloze hoop klei en toen naar mij.

'Ze hopen dat je iets onthullends zult doen. Je weet wel, iets wat ze kunnen analyseren. Ze willen in je hoofd kruipen, je ontleden als een kikker.' Ze lachte. 'Ik weet wat dokter Thomas verwacht dat ik zal zeggen als ik weer iets gemaakt heb. Hij leunt achterover en knikt en knikt en vraagt me dan wat ik denk dat ik gemaakt heb. Zonder aarzelen zeg ik: "Een fallisch symbool." Je weet wel,' ging ze verder toen ik niet reageerde, 'een penis.' Ze lachte. 'Dat is niet zo. Ik probeer iets anders te maken, maar alleen omdat alles wat ik maak vaaglijk dezelfde vorm heeft...'

Ze zweeg even en schudde toen haar hoofd.

'Hoe lang blijf je nog stom? Ik praat al genoeg tegen mezelf. Kun je niet tegen mij praten en tegen de anderen net doen of je stom bent? Laat maar,' ging ze haastig verder. 'Doe wat je wilt. Dat doet iedereen.'

Ze wendde haar blik af, en toen ze me weer aankeek, werd ik verrast door de waanzinnige glans in haar ogen.

'Vandaag is het bezoekdag. Ze komen kijken hoe hun dierbare kinderen werken en spelen in de therapie. Mijn moeder komt waarschijnlijk niet. Je wéét dat mijn vader niet komt. Nee, dat weet je niet, maar ik zeg je dat hij niet komt. Misschien komt mijn moeder.' Ze keek naar mij. 'Ik ben benieuwd of er iemand voor jou komt,' zei ze.

En plotseling werd dat het meest intrigerende van alles.

De rest van de dag bleven er bezoekers komen. Sommigen brachten de tijd met hun kinderen door in de lobby of de recreatiezaal, maar de meesten gingen naar buiten en wandelden in de tuin. Ik zag dat de vader en moeder van Lawrence hem kwamen bezoeken. Ze zagen er elegant uit. Zijn vader was lang, meer dan één meter vijfentachtig, met grijzend haar. Toen hij zich naar mij omdraaide, zag ik dat hij een krachtig, knap gezicht had met dezelfde uitgesproken trekken als Lawrence. Zijn moeder was een aantrekkelijke vrouw met lichtbruin, modern kortgeknipt haar. Ze droeg een leuke gebloemde jurk en glanzend zwarte schoenen met hoge hakken. Vanaf de plaats waar ik stond leek het me of Lawrence's ouders voortdurend aan het woord waren. Nu en dan knikte Lawrence en toen draaide hij zich om en zag dat ik door het raam van het atelier naar hen keek. Hij keek verlegen, maar glimlachte toch en bewoog zijn handen om naar me te zwaaien. Ik zwaaide terug en lachte. Zijn ouders keken mijn richting uit en Lawrence draaide zich snel om en liep door. Zijn moeder liet haar blik nog even op mij rusten voor ze zich weer bij hen voegde.

Daarna ving ik een glimp op van Mary Beth, die met haar moeder wandelde. Mary Beth liep met gebogen hoofd en haar moeder praatte zo snel dat het leek alsof ze haar de les las. Haar moeder was een heel knappe vrouw, lang en slank met halflang, blond krullend haar. Ze zag eruit als een model of een actrice. Ze verdwenen om de hoek. Mary Beth hief haar hoofd niet op en haar moeder stopte geen moment met praten.

Megan, Lulu en ik bleven de hele middag in het atelier. Niemand kwam Lulu opzoeken, en Megan vertelde me dat haar moeder had laten weten dat ze niet kon komen.

'Het is eenvoudig te raden waarom ze het vreselijk vindt me te zien,' mompelde Megan, die weer naast me was komen zitten terwijl ik bezig was met mijn klei. 'Ze geeft mij de schuld van wat mijn vader me heeft aangedaan. Kun je je zoiets voorstellen? Zij gaat scheiden en geeft mij nu de schuld van alles. Ik weet dat het zo is. Je hoeft me niet zo aan te kijken. De dokter is het me me eens. Hij zegt het niet met zoveel woorden, maar hij heeft mijn moeder ontmoet en hij is het met me eens.

Nou, en? Laat ze mij de schuld maar geven. Wie heeft háár nodig?' zei ze.

'Wat heeft je vader je gedaan?' gebaarde ik.

'Wat?' zei ze, alsof ze plotseling besefte dat ze tegen mij had zitten praten. 'Wat zeg je? Ik begrijp al die stomme handbewegingen niet. Ik begrijp niet waarom je plotseling niet kunt praten. Ik dacht, eindelijk, eindelijk heb ik eens iemand met hersens om mee te praten en dan moet jij zo nodig je stem kwijtraken en hiermee beginnen. Wat zeg je?'

'Ze vraagt naar je vader,' zei juffrouw Dungan, die met een arm vol gekleurd papier langs ons liep.

'Mijn vader?' Ze draaide zich naar me om. 'Vanwaar plotseling die belangstelling? Denk je dat ik dingen verzin? Denk je dat?'

Ik schudde heftig mijn hoofd.

'Bemoei je met je eigen zaken,' snauwde ze en liep terug naar haar klei. Plotseling begon ze er hard op te slaan.

Juffrouw Dungan kwam haastig aangelopen.

'Megan, wat doe je! Lieverd, hou daar alsjeblieft mee op,' zei ze kalm. Megan bleef op de klei timmeren tot alle vorm verdwenen was. Toen plofte ze hard op haar stoel neer en begon te lachen.

'Sorry,' zei ze. 'Ik denk dat er deze week niets te analyseren valt.'

Ze lachte weer en begon toen te huilen, maar vreemd genoeg was er geen enkele mimiek, zelfs haar lippen bewogen niet, er stroomden alleen tranen uit haar ogen.

'Ga wat rusten, lieverd,' zei juffrouw Dungan en sloeg haar arm om Megans schouders. 'Kom,' drong ze aan. Megan stond op en liet zich het atelier uit leiden.

Ik keerde terug naar mijn werk en keek toen uit het raam. Ik zag dat Lawrence's ouders weg waren. Hij zat alleen op een bank en keek naar me.

Toen juffrouw Dungan terugkwam, vroeg ik of ik naar buiten kon gaan.

'Ik denk het wel, natuurlijk,' zei ze. 'We laten je werkstuk zo staan, dan kun je er morgen mee verder gaan, goed?'

Ik knikte en verliet het atelier. Lawrence keek met een hartelijke glimlach op toen hij me aan zag komen.

'Hoi,' zei hij. 'Hoe gaat het met je kunstwerk?'

Ik schudde mijn hoofd.

'Ik zou het niet direct een kunstwerk willen noemen,' gebaarde ik. Hij scheen het te begrijpen en knikte. Ik vond het prettig dat hij niet probeerde me van het tegendeel te overtuigen en me aanpraatte dat ik talent had.

'Wil je een eindje wandelen? Als we dat pad daar nemen, kun je de zee zien.'

Ik draaide me om en keek in de richting waarin hij wees.

'Het is nog prettig buiten,' vervolgde hij. 'Mijn ouders moesten vroeg weg. Ze moesten naar een of ander society-gebeuren. Dat moeten ze meestal.'

Ik keek hem weer aan, hoorde zijn toon van ongenoegen.

'Ze zijn er toch al niet dol op hier te komen. Ze vinden het pijnlijk. Ik ben het enige lid van de familie dat in een gekkenhuis terecht is gekomen. O, sorry, zo bedoel ik het niet,' zei hij snel. 'Ik bedoel, ik beschouw jou niet als gek. Ik ben gek, Megan is volslagen gek, maar jij niet.'

'Er is iets mis met me,' gebaarde ik. Ik wees naar mijn hoofd.

'Wat er mis is met jou is gemakkelijk te genezen. Jij zult hier lang niet zoveel tijd zijn als ik er al ben, dat weet ik zeker. Zullen we gaan?'

Ik voelde er niet veel voor, maar gaf ten slotte toe; we volgden het pad.

'Mijn vader is effectenmakelaar,' zei hij. 'Een heel succesvolle. Hij heeft een paar belangrijke cliënten, grote portefeuilles. Ik weet niet precies hoe rijk we zijn, maar ik weet dat we rijk zijn. Mijn moeder koopt meestal wat ze wil. Je moet haar klerenkast eens zien. Die is zo groot als de slaapkamer van sommige mensen. Er staat zelfs een toilettafel in.'

Ik glimlachte.

'Ik overdrijf niet,' zei hij. 'Toen ik klein was, verstopte ik me in die kast. Ze schreeuwde altijd tegen me als ik dat deed. Er hangen kleren waar de labels nog aan hangen. Ik geloof niet dat ze zich de helft van de dingen die ze koopt herinnert.

'En je moet haar juwelen eens zien. Ze heeft genoeg om een kleine winkel te bevoorraden. En jouw moeder? Heb je geprobeerd je haar te herinneren? Wonen jullie in een groot huis?'

Ik dacht na en schudde mijn hoofd.

'Nee? Dat is vreemd. Ik wed dat je moeder waarschijnlijk de eerste is die je je zult herinneren. Daar is hij dan,' zei hij en bleef staan. Ik keek op.

Door de hoge esdoorns heen zag ik de zee, het blauw glinsterde in de late middagzon.

Ik deed een stap achteruit.

'Wat is er?' vroeg hij.

Ik schudde mijn hoofd.

'Ben je bang voor de zee?' Hij dacht even na. 'Dat moet iets te maken hebben met wat er met je is gebeurd. Ik heb over je probleem gelezen. Ik heb het opgezocht in onze bibliotheek. Daar was ik mee bezig toen jij binnenkwam met mevrouw Broadhaven. De enige manier om beter te worden is onder ogen zien wat er is gebeurd,' zei hij. 'Het is dokter Southerby's taak daarvoor te zorgen.'

Hij keek naar de zee en toen weer naar mij.

'Wil je proberen dichterbij te gaan? Misschien roept het iets op en _'

Ik schudde nadrukkelijk mijn hoofd.

'Oké. Zullen we teruggaan?'

Ik knikte, maar waagde nog een tweede blik op het water. Beelden dwarrelden door mijn hoofd: gezichten, kreeftenfuiken, boten, het strand, een veenbessenveld, iemand die zong en toen iemand die mijn naam riep, eerst fluisterend en toen luider, luider. Het leek alsof... ik mezelf riep.

Ik had het gevoel dat mijn keel werd dichtgeknepen door de inspanning om iemands naam uit te spreken.

Lawrence's ogen werden groot toen ik mijn handen aan mijn keel bracht en mijn hoofd schudde.

'Is er iets? Is alles in orde? Laura?'

Impulsief wierp ik me in zijn armen en verborg mijn gezicht tegen zijn schouder. Ik snikte het uit, huilde om dingen die ik niet kon verklaren. Het enige dat ik wilde was huilen en blijven huilen tot mijn tranen waren opgedroogd.

Eerst bleef Lawrence doodstil staan met zijn armen langs zijn lichaam, niet wetend wat te doen. Toen omhelsde hij me langzaam en hield me dicht tegen zich aan, kuste mijn haar, mijn slapen, streelde mijn rug en bleef mijn naam herhalen.

'Laura... Laura...'

Eindelijk was ik uitgehuild en trok me langzaam terug. Hij keek gelukkig, maar heel bezorgd.

'Gaat het weer?'

212

Ik knikte en hij veegde met zijn zakdoek de tranen van mijn wangen.

'We kunnen maar beter teruggaan voordat ze ons komen zoeken,' zei hij.

Hij draaide me om en pakte mijn hand. We liepen weer over het pad. Deze keer keek ik niet achterom naar de zee, geen seconde. Ik was blij toen hij achter ons verdween, maar wist dat ik gauw, heel gauw, terug zou moeten, misschien alleen, en naar het water kijken tot de waarheid en mijn geheugen de ketenen verbraken die ik eromheen had gewikkeld.

Alleen dan zou ik ze van me af kunnen gooien.

13. Op het nippertje

In de daaropvolgende week had ik drie sessies met dokter Southerby. Hij was blij dat ik zijn raad opvolgde en mijn dagboek vulde met gedachten en gevoelens. De eerste tien minuten besteedde hij aan het lezen ervan en stelde me dan vragen over de dingen die ik had geschreven. Hij drong nooit op een antwoord aan als ik ook maar enige tegenzin liet blijken. Ik bracht mijn gebarentaal zo spontaan en elegant, dat hij er een grapje over maakte en zei dat ik vroeger doof moest zijn geweest. Toen werd hij weer serieus en kwam terug op het idee dat ik dagelijks gepraat moet hebben met iemand die doof was.

'Dat lijkt me logisch, vind je niet, Laura?' vroeg hij.

Ik knikte, al wilde ik eigenlijk liever niet antwoorden. Hij kon zijn vriendelijke ogen op een bepaalde manier strak op me gericht houden zonder intimiderend te zijn. Ik voelde me zo gevangen door die blik, een blik vol oprechtheid en medeleven, dat ik mijn ogen nauwelijks kon afwenden. Ze waren biologiserend. Tijdens de derde zitting besloot hij hypnose toe te passen. Ik had geen idee of hij iets te weten kwam. Het ene ogenblik staarde ik voor me uit en het volgende knipperde ik met mijn ogen en vroeg me af hoe lang ik in zijn spreekkamer was geweest. Had hij me onder hypnose aan het praten gekregen? Als dat al zo was, zei hij er niets over.

'Het is heel goed dat je je steeds minder angstig gaat voelen, Laura, vooral over je verblijf hier,' legde hij uit nadat ik erin had toegestemd te worden gehypnotiseerd. 'Dat is essentieel als we vooruitgang willen boeken.'

Ik knikte glimlachend. Ik begon hem steeds meer te vertrouwen en me zelfs te verheugen op onze sessies. Sommigen, vooral Megan, vonden dat vreemd.

'Het is net of je het leuk vindt dat iemand zijn vingers door je schedel boort en rondtast in je hersens,' zei ze, toen ze me iets had gevraagd over onze sessies en zag dat ik het fijn vond met dokter

214

Southerby te praten en naar hem te luisteren.

Toen ze hoorde dat ik erin had toegestemd me door hem te laten hypnotiseren, had ze het niet meer. 'Ben je helemaal gek geworden? Je hebt geen idee wat hij met je doet. Misschien heeft hij je kleren wel uitgetrokken,' opperde ze. Ik begon te lachen; haar gezicht vertrok, niet van woede, maar van droefheid.

Ik probeerde een verklaring te gebaren, probeerde haar te vertellen hoe goed dokter Southerby was en dat hij zoiets nooit zou doen, maar de tranen sprongen algauw in haar ogen.

'Ik dacht dat jij anders was. Ik dacht dat jij me geloofde en begreep. Alle anderen lachen me uit.'

'Ik lach je niet uit,' gebaarde ik.

Maar de tranen stroomden over haar wangen. Ze had haar handen tot vuisten gebald en even was ik bang dat ze me zou slaan.

'Let op mijn woorden,' stoof ze op. 'Op een dag zal het je berouwen dat je niet naar me geluisterd hebt. Reken maar,' eindigde ze kwaad en nadrukkelijk, alsof ze mijn doodvonnis uitsprak. Toen liep ze weg, haar rug kaarsrecht, de armen gestrekt en stijf zwaaiend als een speelgoedsoldaatje. De laatste tijd deed ze dat steeds vaker, liet ons alleen en ging in haar eentje weg, deed de deur van haar kamer achter zich dicht of liep buiten rond, iedereen mijdend.

Mijn eigen depressieve periodes, het nerveuze gevoel, waren verminderd, maar niet de innerlijke stemmen en flashbacks. Dokter Southerby liet me zoveel mogelijk nadenken over de dingen die ik in mijn dagboek had opgeschreven. Hij onderzocht mijn geest; zijn suggesties en vragen leken een scalpel in de hand van een deskundige chirurg. Hij wist precies wanneer hij door moest gaan en wanneer hij zich moest terugtrekken. Als iets te gevoelig werd, begon mijn hele lichaam te trillen en bonsde mijn hart zo luid en snel dat ik amper kon ademhalen.

Dan stopte hij, raakte mijn schouder aan, vroeg me mijn ogen te sluiten en dieper adem te halen. Vervolgens veranderde hij van onderwerp, en was ik even later weer rustig. Tijdens onze eerste sessie liet hij juffrouw Dungan het borduurwerk binnenbrengen dat ik had gemaakt. We praatten over de afbeelding, waarom ik me daartoe aangetrokken voelde en waaraan ik dacht als ik ernaar keek.

Het grootste deel van mijn vrije tijd bracht ik nu in het atelier door.

De tweede keer dat ik daar was, ging ik over op borduurwerk. Die dag zag ik een andere patiënte rustig in een hoekje zitten borduren. Ik liep op haar af en keek een tijdje toe. Mijn vingers voelden of ik samen met haar werkte. Miss Dungan zag mijn belangstelling en stelde voor het ook eens te proberen. Na enkele minuten borduurde ik of ik nooit anders had gedaan.

'Als ik dat zo zie,' zei juffrouw Dungan met een vriendelijk knikje, 'kan ik veilig stellen dat je dat heel vaak gedaan moet hebben. Ik denk dat je vingers geen amnesie hebben,' besloot ze glimlachend.

Ze liet me een afbeelding uitzoeken en ik koos die van een klein meisje dat op het strand speelde. Toen ik haar benen borduurde, haar jurk en haar gezicht, stond ze me steeds duidelijker voor ogen. Flitsen van haar glimlach, haar ogen en zelfs het geluid van haar stem gingen mijn geheugen in en uit. Het was iemand die ik kende en van wie ik veel hield. Maar wie? Haar naam lag op het puntje van mijn tong en haar stem tinkelde in mijn hoofd. Het enige dat ik moest doen was ingespannen nadenken.

Maar elke keer als ik een van de geheime deuren begon te openen waarachter de waarheid over mijn verleden verscholen lag, vond ik hem stevig gesloten. Iets binnenin me zei dat als ik me één ding duidelijk zou herinneren, alles uit de duistere plekken in mijn geest zou komen tuimelen en daarmee een afschuwelijke, afschuwelijke herinnering. Soms benam de inspanning me letterlijk de adem en moest ik ophouden, mijn ogen sluiten en wachten tot het trillen en de pijn in mijn hart voorbij waren.

'Dit is niet ongebruikelijk,' vertelde dokter Southerby toen hij hierover in mijn dagboek had gelezen en zag hoezeer ik van streek was. 'Er is een touwtrekkerij in je aan de gang, Laura, en op een dag, over niet al te lange tijd, zal die kant het winnen die wil dat je terugkeert in de wereld en zal het voorbij zijn. Ik beloof het je,' zei hij.

Hij gaf me hoop en ik voelde me weer wat beter.

Ik besprak het meeste met Lawrence, die na elke sessie op me wachtte. Hij deed of hij heel toevallig net naar de bibliotheek of de recreatiezaal liep. Ik wist dat hij deed alsof, maar dat kon me niet schelen. Ik vond het leuk hem meer van de gebarentaal te leren en dan met behulp van wat ik hem geleerd had dingen uit te leggen en met hem te bespreken.

'Misschien zou de hele wereld in gebarentaal moeten spreken,

Laura,' zei hij op een middag. 'Als je je gedachten visueel moet uitbeelden, denk je er meer over na en zeg je niet zoveel domme of wrede dingen tegen mensen van wie je houdt.'

Te oordelen naar de manier waarop hij zijn ogen neersloeg en afwendde, zodat ik zijn verdriet niet kon zien, vermoedde ik dat hij het feitelijk over zijn ouders had. Alleen zijn moeder had hem de laatste keer bezocht en toen ik ernaar informeerde, zei hij dat zijn vader op zakenreis was.

'Het is moeilijk via de gebarentaal tegen mensen te liegen,' ging hij verder. 'Er is een grotere betrokkenheid. En later is het moeilijker om tegen mensen te zeggen: "Dat heb ik niet gezegd" of "Zo bedoelde ik het niet".'

Hij draaide zich naar me om en zuchtte diep, glimlachte toen door zijn depressie heen.

'Misschien bof je dat niemand je komt opzoeken,' zei hij. 'Dan kan niemand die je na staat tegen je liegen.'

Ik schudde mijn hoofd.

'We hebben altijd tegen elkaar gelogen in mijn familie,' ging hij verbitterd verder. 'Mijn moeder zegt dat het beter is een leugentje om bestwil te vertellen en onaangenaamheden te vermijden. Waar het om gaat is dat iedereen weet dat de ander niet de waarheid vertelt, maar we doen allemaal of we dat niet weten. Het is of... of we op onze tenen op dun ijs lopen en er maar een klein duwtje van de waarheid voor nodig is om de wereld onder onze voeten te doen breken en ons in de vergetelheid te doen verdwijnen.

Het enige dat ik deze laatste keer hoefde te doen was te zeggen: "Ik weet dat je liegt, mam. Pa is niet op reis. Hij wilde gewoon niet komen." Hij vindt het vreselijk hier te komen. Altijd als hij komt trekt hij een zuur gezicht en kijkt vol afkeer om zich heen. Ik weet wat hij denkt. Hij denkt: wat doet hij hier? Wat doet een zoon van mij hier?

Ik wil hier ook niet zijn,' protesteerde Lawrence. 'Ik wil het niet. Ik... ik wil niet dat er op deze manier aan me gedacht wordt. Ik ben al mijn vrienden in de buitenwereld kwijtgeraakt. Hoe moet ik daar ooit weer in terug? Wat moet ik zeggen als mensen me vragen waar ik geweest ben en wat ik al die tijd heb gedaan? De meesten van hen weten het trouwens en zullen me als een soort lepralijder behandelen.'

Hij boog zijn hoofd en hief het pas weer op toen ik mijn hand uitstak en zijn wang aanraakte. Toen glimlachte hij weer.

'Nu jij hier bent, vind ik het minder erg,' zei hij. 'Jij luistert tenminste naar me en ik ben niet bang om met jou te praten.'

'Dat komt omdat ik niet praat; ik gebaar alleen maar, dus kun jij sneller tussenbeide komen,' gebaarde ik. Hij begon te lachen. Toen stopte hij abrupt.

'Ik lach met niemand anders,' zei hij. 'Echt niet, zelfs niet met mijn ouders. Jij bent heel bijzonder, Laura. Ik weet dat je dat bent. Daarom heb ik mezelf gedwongen me te concentreren en zoveel mogelijk van de gebarentaal te leren. Als dat de manier is waarop je de rest van je leven moet communiceren, zal ik er zijn om je te begrijpen en met je te praten voor de rest van míjn leven,' bezwoer hij me.

De zachte blik in zijn ogen deed me denken aan de ogen van iemand anders. Zelfs de klank van zijn stem kwam me meer dan vaag bekend voor. Als ik mijn ogen sloot en naar hem luisterde, viel ik bijna... bijna door de duisternis terug in het licht.

Ik vertelde dokter Southerby over Lawrence en over onze gesprekken toen hij me vroeg of ik vrienden had gemaakt. Ik vroeg hem naar Megan, Mary Beth en Lulu. Hij trad niet in details, maar zei wel dat ze ernstige problemen hadden. Hij verzekerde me dat ze op den duur beter zouden worden als ze werkelijk hun best deden.

'Je moet jezelf willen helpen. Dat is de sleutel,' zei hij docerend. Ik wist dat hij dat evenzeer voor mij bedoelde als voor de anderen.

Ik vertelde dat aan Lawrence en hij knikte.

'Ik geef toe dat ik mezelf niet zoveel wil helpen als ik zou moeten,' zei hij. 'Nog niet. Maar,' ging hij snel verder, 'de dag waarop jij hier vertrekt, zal ik erg mijn best doen om je te volgen.'

'Is dat een belofte?' informeerde ik.

Hij knikte en ik was zo blij voor hem dat ik me naar hem toe boog en hem een zoen op zijn wang gaf. Zijn ogen rolden bijna uit zijn hoofd. Langzaam hief hij zijn handen op en raakte de plek aan waar mijn lippen hem hadden geraakt, alsof hij zich ervan wilde overtuigen dat ze daar werkelijk geweest waren.

Vanaf die dag bekeek Lawrence me anders. Zijn ogen bleven langer op mijn gezicht rusten. Hij was niet bang erop betrapt te worden dat hij naar me keek, en áls ik hem erop betrapte, lachte hij alleen maar. En het belangrijkste was dat hij niet meer met beefde als hij bij me was. Ik zag aan kleine dingen dat hij sterker werd; hij at beter, deed meer mee aan recreatieve activiteiten, praatte meer met de anderen.

Op een bezoekdag verscheen hij plotseling in het atelier. Megan, Lulu en ik waren de enigen daar. Weer was Megans moeder niet gekomen en Lulu's moeder had geschreven dat ze een belangrijke juridische afspraak had. Megan zei dat het waarschijnlijk een nieuwe minnaar was.

'Ze is liever bij hem dan hier bij jou in het gekkenhuis,' zei Megan.

Ik wou dat ze dat niet gezegd had. Altijd als Lulu problemen had met haar familie, gedroeg ze zich als een baby, huilend en pruilend tot ze naar haar kamer moest worden gebracht.

Toen ik Lawrence in de deuropening zag, wist ik dat er iets dramatisch was gebeurd. Zijn gezicht zag rood, maar hij stond kaarsrecht, zijn ogen vol opwinding. Hij liep haastig door het atelier heen naar mij. Ik keek met een vragende glimlach op van mijn borduurwerk.

'Ik heb het gedaan,' zei hij en liep met grote passen naar het raam. Hij keek naar de tuin, naar de andere patiënten en hun familie, en draaide zich toen weer om naar mij. 'Ik heb vandaag de zeepbel doorgeprikt. Ik heb het risico genomen dat ik door het ijs zou zakken.'

Ik onderdrukte een glimlach.

'Ze kwam weer zonder hem. Deze keer was het zogenaamd een belangrijk probleem met de firma. Het is zondag!' riep hij met stemverheffing. Hij hief zijn armen omhoog. 'Hoe kan er dan in vredesnaam een belangrijk probleem met de zaak zijn? Ik heb haar gezegd dat ze voor hem loog en ze kon het niet ontkennen!'

De opschudding trok Megans aandacht. Ze liet haar klei in de steek en kwam dichterbij, haar gereedschap in de hand.

'Wat is er?' vroeg ze.

Lawrence draaide zich om en keek van haar naar mij.

'Niets,' zei hij snel.

Ze keek eerst naar hem en toen naar mij en toen weer naar hem.

'Ooooo, ik begrijp het, geheimpjes. Jullie hebben geheimen,' zei ze grijnzend. Toen kwam er een woedende uitdrukking op haar gezicht, haar ogen schoten vuur, haar lippen werden dunne strepen. 'Hou je stomme geheimen maar voor je. Kan mij wat schelen. Wie kan het überhaupt wat schelen.'

'Precies,' zei Lawrence plotseling, die tot mijn verbazing niet zoals gewoonlijk terugkrabbelde. 'We hebben geheimen. Dus bemoei je met je eigen zaken, ja?'

Megans mond viel open en ze draaide zich naar mij om. Ik wilde naar haar lachen, maar ze kneep haar ogen samen en schudde haar hoofd. Een vreemd glimlachje speelde om haar lippen.

'Jullie hebben het gedaan, hè?' zei ze naar Lawrence toe lopend.

'Wat?' Hij deed een stap achteruit toen ze naar voren kwam.

'Je hebt het gedaan, hè, Lawrence?' zei ze minachtend, en lachte sluw. 'Jij en juffrouw Laura Perfect zijn vanaf het middel samengekomen...'

'Wat? Nee,' zei Lawrence heftig zijn hoofd schuddend.

'O, jawel,' hield ze vol. 'Waar heb je het gedaan? In jouw kamer? In de hare? In het gras? Waar?' schreeuwde ze.

'Wat gebeurt daar?' zei juffrouw Dungan vanuit de andere ruimte. Ze had een een andere patiënt zo intensief geholpen met vingerverven, dat ze niet had gemerkt wat er zich in mijn hoek afspeelde. Ze had Lawrence zelfs niet zien binnenkomen. Hij keek met panische ogen haar kant uit.

'Nou, toe dan, Lawrence. Vertel het juffrouw Dungan maar. Vertel haar maar waar jullie tweeën het hebben gedaan,' daagde Megan hem uit.

Lawrence werd doodsbang. Hij leek niet in staat zich te bewegen. Het was of zijn voeten aan de grond genageld waren.

Ik begon naar hem te gebaren, maar hij beefde steeds heviger. Megan lachte. Juffrouw Dungan stond op en kwam naar ons toe. Lawrence keek me hulpeloos aan.

'Dan zal ik het haar wel vertellen,' zei Megan. 'Ik zal haar vertellen wat jullie hebben gedaan. Ik zal het iedereen vertellen,' zei ze spottend en liep naar juffrouw Dungan.

Lawrence rende op Megan af. Ik hief mijn armen op en wist een keelgeluid uit te brengen, maar het was te laat. Hij greep Megan bij haar nek. Juffrouw Dungan gilde toen hij Megan achteruit trok. Megans gezicht werd vuurrood en ze stak haar boetseermes in Lawrence's pols, maar hij liet pas los toen juffrouw Dungan zijn arm vastgreep en ik opstond om hem bij Megan vandaan te halen. Toen holde hij het atelier uit.

'Hij bloedt,' gebaarde ik naar juffrouw Dungan.

'Ik weet het. Megan, gaat het?'

220

Ze leunde tegen de tafel, snakkend naar adem, hoestend en over haar nek wrijvend.

'Ja, het is in orde,' bracht ze er met moeite uit. Ze knipperde hevig met haar ogen voor ze zich tot juffrouw Dungan wendde. 'U hebt het gezien,' zei ze. 'Hij probeerde me te verkrachten.'

'Wat?'

Ik schudde mijn hoofd toen juffrouw Dungan naar me keek.

'Hij probeerde me te verkrachten. Plotseling was hij bij me en als ik me niet verweerd had –' Ze keek naar mij. 'Hij heeft jou ook verkracht, hè? Vertel het haar! Hij kwam op een avond je kamer binnen,' vervolgde ze terwijl ze haar ogen wijdopen sperde, 'en legde zijn hand op je mond en –'

Ik schudde nog krachtiger met mijn hoofd.

'Nee, nee,' gebaarde ik.

Megan zweeg, de tranen rolden over haar wangen. Ze haalde diep en pijnlijk adem.

'Waarom geloven jullie me niet?' jammerde ze.

'Misschien kun je beter naar de ziekenzaal gaan, Megan,' zei juffrouw Dungan zacht. Ze liep naar haar toe en sloeg haar arm om Megans middel. 'Kom mee. Laat mevrouw Cohen even naar je kijken.'

'Ik mankeer niets,' hield Megan vol en trok zich abrupt los. 'Ik heb hem van me af weten te krijgen. Hij heeft niets gedaan. Maar hij had het kúnnen doen,' voegde ze er snel aan toe. Ze richtte haar verwilderde, woedende ogen op mij. 'Jij hebt ook niet erg geholpen,' zei ze. Toen draaide ze zich met een ruk om en wierp zich verwoed op haar boetseerwerk.

'Ik moet naar Lawrence gaan kijken,' zei juffrouw Dungan. 'Met jou alles in orde?'

'Ja,' gebaarde ik. 'Maar ik maak me ongerust over Lawrence.'

'Ik zorg wel voor hem,' zei ze en liep naar haar intercom.

Lawrence maakte zichzelf banger dan iemand anders zou kunnen. De begeleiders vonden hem bij de zee, waar hij op een rots zat. Hij had door het water gelopen, zijn schoenen, sokken en broek waren kletsnat. Toen ze hem vonden, zat hij met zijn armen om zijn knieën geslagen en met gebogen hoofd. Hij beefde zo hevig van paniek en de kou van het zeewater, dat hij naar de ziekenzaal gebracht moest worden.

Later ontdekte ik dat zijn handen zo stevig tot vuisten gebald waren geweest, dat hij de bloedcirculatie naar zijn vingers bijna had gestopt. Hij had zijn vingernagels in zijn palmen gedrukt tot ze bloedden. Hij kreeg kalmerende pillen voorgeschreven. Ze belden zijn moeder, maar noch zijn moeder, noch zijn vader kwam op bezoek. Ik maakte me zo ongerust over hem dat ik dagenlang nauwelijks aan mezelf dacht, en mijn sessies met dokter Southerby gingen minder goed dan gewoonlijk.

Een week later werd Lawrence ontslagen uit de ziekenzaal. Intussen gedroeg Megan zich of er niets gebeurd was. Ze had niemand iets over het incident verteld en begon er met mij ook nooit over. Vaak was ze net als ik met stomheid geslagen, en dan weer praatte ze aan één stuk door over alles en iedereen, voornamelijk aan de eettafel. Lulu en Mary Beth informeerden naar Lawrence en kregen slechts te horen dat hij zich niet goed voelde. Iedereen accepteerde dat als voldoende en stelde geen verdere vragen.

Alsof ze voelde dat ze haar pijlen op iemand anders moest richten, concentreerde Megan zich op verschillende patiënten in de eetzaal en klaagde over de manier waarop ze aten, praatten of mokten. Ze scheen de problemen van iedereen te kennen en gaf altijd de schuld aan zijn of haar vader. Ze was soms zo wreed tegen Lulu als het om haar vader ging, dat ik tussenbeide moest komen. Ik leidde Lulu's aandacht af en leerde haar gebarentaal.

'Waarom hou je daar niet eens mee op,' viel Megan tegen mij uit. 'Je praatte toen je hier kwam. Je speelt toneel, alleen maar om ieders medelijden te wekken. O,' zei ze plotseling, haar ogen van mij afwendend, 'kijk eens wie weer beter is.'

Iedereen draaide zich om toen Lawrence de eetzaal binnenkwam. Hij leek weer helemaal de oude; helaas wilde dat zeggen dat hij weer onzeker en verlegen was en zijn ogen neersloeg. Hij vermeed onze blikken en liep rechtstreeks naar de rij wachtenden bij het buffet. Hij deed een stap achteruit toen een andere patiënt een tweede dessert wilde pakken. Hij kwam ook niet aan onze tafel zitten, maar ging naar de eerste de beste tafel waar een plaats vrij was, een tafel waaraan twee jongens zaten, die geen van beiden enige belangstelling voor hem toonden –voor niemand trouwens.

'Waarom komt Lawrence niet bij ons zitten?' vroeg Mary Beth.

'Waarschijnlijk schaamt hij zich,' zei Megan. 'Hij heeft in zijn broek geplast,' fluisterde ze tegen Lulu. 'Net als jij soms doet. Wisten jullie dat Lulu soms luiers moet dragen?'

'Hou op!' schreeuwde ik nadrukkelijk met mijn handen terwijl ik opstond.

'Wat mankeert je, Laura Perfect?' plaagde Megan. 'Heb jij nooit luiers gedragen?'

Ik liep weg van de tafel en ging naast Lawrence zitten. Hij keek verbaasd op. Ik glimlachte naar hem en vroeg hoe het met hem ging.

'Goed,' zei hij zacht en sloeg zijn ogen neer. 'Het spijt me als ik je in een beschamende positie heb gebracht.'

Ik dwong hem naar me te kijken en zei dat ik me helemaal niet schaamde. Megan was degene die zich hoorde te schamen. Nu deed ze net of er nooit was gebeurd was. Hij keek snel in haar richting. Ze staarde ons kwaad aan.

'Je hoeft je over haar geen zorgen te maken,' ging ik verder. 'Ze wil niet dat iemand erover praat. Het is bijna alsof zíj plotseling amnesie heeft.'

Hij keek een beetje opgelucht, maar ik zag hoe ziek en moe hij eruitzag. Later hoorde ik dat het waarschijnlijk het gevolg was van de medicatie die hij had gekregen. Het duurde nog het grootste deel van de volgende dag voor hij weer iets van zijn nieuw gevonden moed en openhartigheid terugkreeg. Hij kwam na de lunch bij ons in de recreatiezaal en keek naar me toen ik zat te dammen met Mary Beth.

Megan had een van haar zwijgzame buien. Ze zei amper een woord, en toen Lawrence naast me ging zitten, wendde ze haar blik af en begon zachtjes te zingen. Na een tijdje draaiden we ons allemaal naar haar om. Ze staarde uit het raam en we hoorden: 'Twinkle, twinkle, little star, how I wonder what you are. Up above the world so high, like a diamond in the sky...' (Fonkel, fonkel, kleine ster, ik wil graag weten wat je bent. Hoog boven de wereld, als een diamant in de lucht).

Ze draaide zich om toen ze zich realiseerde dat we naar haar keken.

'Mijn papa... kwam vroeger in mijn kamer en zong dat liedje voor me. Hij zei dan dat ik naar het plafond moest kijken, dat de sterren dan tevoorschijn zouden komen. Dus keek ik terwijl hij...'

Tranen rolden uit haar ogen.

'Ik haat geheimen,' zei ze, kijkend naar Lawrence. 'Ik haat het om geheimen te moeten bewaren!'

Ze stond op en liep snel de zaal uit.

'Wat is er met haar?' vroeg Mary Beth.

Ik schudde mijn hoofd en keek naar Lawrence, die haar nakeek en toen weer vol droefheid en medelijden naar mij keek. Ik glimlachte naar hem. Hij haatte haar niet om wat ze hem had aangedaan. Hij had echt medelijden met haar.

De rest van de middag liet Megan zich niet meer zien. Evenmin kwam ze 's avonds naar de eetzaal. Billy, de begeleider, kwam achterdochtig naar ons toe.

'Waar is koningin Megan?' vroeg hij. 'Ze weet wat het betekent als ze niet komt eten,' zei hij nadrukkelijk. Hij richtte zich tot Mary Beth, die haastig haar ogen neersloeg.

'Ze zei dat ze zo zou komen,' zei Lawrence resoluut. Billy trok zijn wenkbrauwen op.

'Wie ben jij, haar advocaat?'

Lawrence werd vuurrood. Billy lachte en liep terug naar zijn plaats, maar bleef van onze tafel naar de deur kijken.

'Ik ga haar halen,' gebaarde ik naar Lawrence en stond zo onopvallend mogelijk op. Ik liep de eetzaal uit en haaste me de gang door naar de kamers.

Megans deur was gesloten. Ik klopte en wachtte en klopte toen nog eens. We konden onze deuren niet aan de binnenkant op slot doen, dus wist ik dat ik naar binnen kon. Ze was echter niet bepaald het type dat het je zou vergeven als je ongevraagd binnenkwam. Maar ik wilde haar waarschuwen voor Billy en wat hij zou doen als ze niet gauw kwam. Ik deed de deur open en keek naar binnen.

Eerst dacht ik dat ze er niet was. Ze zat niet in een stoel en lag niet op bed, maar ik hoorde water in de wasbak stromen. Ik ging naar binnen en klopte weer om haar aandacht te trekken. Ze kwam niet. Langzaam liep ik naar de badkamer en keek naar binnen. Daar zat ze op een dicht toilet met haar handen in een wasbak vol donkerrood water, zo donker dat het leek of ze haar handen had afgehakt. Ze keek naar me op met ogen vol tranen die in strepen over haar wangen rolden, en glimlachte.

'Dag, papa,' zei ze. En toen begon ze te zingen: 'Twinkle, twinkle, little star...'

Ik had het gevoel dat mijn keel werd dichtgeknepen door de schok van wat ik zag. Ik holde naar de deur, snakkend naar adem, terwijl ik mijn verloren stem probeerde terug te vinden.

'He... hel... help!' schreeuwde ik. En plotseling had ik mijn stem terug. 'HELP, HELP! HELP!'

Twee begeleiders en mevrouw Kleckner kwamen aangehold.

'Wat is er? Waarom gil je zo?'

'Megan!' riep ik, wijzend naar de badkamer. 'Ze probeert zichzelf te doden!'

Ze renden langs me heen en ik viel tegen de muur, gleed langzaam omlaag tot ik tegen de plint gehurkt zat. Door de opschudding kwamen een paar stafleden uit de eetzaal en ook Lawrence en Mary Beth kwamen naar buiten. Lawrence zag me op de grond zitten en liep haastig naar me toe.

'Wat is er gebeurd?' vroeg hij.

'Megan heeft geprobeerd zelfmoord te plegen,' zei ik ernstig. Hij keek de gang door naar de staf die zich bij haar kamer had verzameld en toen weer naar mij.

'Je hebt je stem terug,' zei hij.

Ik knikte. Soms gebeuren wonderen op de vreemdste momenten.

Gelukkig had ik Megan op tijd gevonden. Ze hoefde maar één dag op de ziekenzaal te blijven. Maar daarna brachten ze haar naar boven in plaats van naar haar kamer. We vonden het allemaal verschrikkelijk voor haar.

'Waarschijnlijk is ze zwaar verdoofd,' zei Lawrence die avond aan het diner.

'Als ze daaruit bijkomt en zich realiseert dat ze in de Tower zit, wordt ze nog depressiever,' zei Mary Beth. 'Je weet hoe ze over de Tower denkt,' bracht ze Lawrence en Lulu in herinnering. Ze knikten.

'Misschien blijft ze daar niet lang,' zei Lulu hoopvol. Ondanks de manier waarop Megan haar vaak had behandeld, was Lulu op haar gesteld en had haar nodig.

'Als iemand naar boven gaat, komt hij meestal niet meer naar beneden,' zei Mary Beth. Lulu begon te huilen en te schommelen in haar stoel.

Ik pakte haar hand.

'Misschien gaat het met Megan anders,' zei ik, haar hand strelend. 'Ze is taai en ze weet hoe ze zich erdoorheen moet slaan. Ja toch?'

225

Lulu knikte en glimlachte weer.

'Waarom geef je haar valse hoop?' vroeg Mary Beth.

'Wat bedoel je?' vroeg ik. 'Ze kunnen haar niet eeuwig boven houden.'

'Als ze boven geen vooruitgang met je boeken, verhuizen ze je soms naar een andere inrichting,' zei Lawrence. 'Ergens waar ze alleen ernstige gevallen behandelen, niet zo'n vrijheid-blijheid-kliniek voor rijke mensen als deze.'

'O.'

'Ik ben blij dat je je stem terug hebt,' zei hij glimlachend. 'Het is fijn je weer te horen praten.'

'Ja,' zei Mary Beth. Ik merkte dat ze er een stuk gezonder uitzag – alsof ze een kilo was aangekomen. Lawrence vertelde me dat ze goed vooruit was gegaan. Ze gaf eindelijk toe dat ze niet te dik was. Het eind van haar beproeving was in zicht.

Ik had medelijden met Megan. Ondanks haar valsheid nu en dan, miste ik haar. Ik vertelde Lawrence hoe ik me voelde toen we een eindje wandelden na mijn werk in het atelier. Lulu slenterde achter ons aan. Ze leek verloren zonder Megan, die op haar eigen vreemde manier Lulu had verdedigd en voor haar had gezorgd, ook al dreef ze de spot met haar.

'Arme Lulu. Misschien moeten we haar niet meer zo noemen, Lawrence.'

Hij lachte.

'Ik denk dat ze niet meer zal reageren als iemand haar Edith noemt,' zei hij.

'Ik ga dat doen. Ze zal nooit beter worden als we haar niet helpen de werkelijkheid onder ogen te zien.'

'Je hebt gelijk,' zei Lawrence. 'Maar je maakt je meer zorgen over de problemen van anderen dan over die van jezelf.'

'Jij hebt me eens gezegd dat je door anderen te helpen ook jezelf helpt.'

'Ja,' zei hij lachend. 'Dat is zo, maar dat was meer een excuus om met jou op intiemere voet te raken.'

'Daar had je geen excuus voor nodig, Lawrence,' zei ik, en hij glimlachte nog stralender.

We zaten op onze favoriete stenen bank, de bank die voor mij een symbool van de begrenzing was geworden omdat daarachter de heuvel lag die naar het uitzicht op zee leidde, een uitzicht dat mijn bloed deed bevriezen.

Lulu liep om ons heen en hield zich bezig met de wilde bloemen. 'Ik zoek een klavertjevier,' zei ze. 'Mijn papa heeft me verteld dat dat geluk brengt. Als ik er een vind, geef ik het hem als hij op bezoek komt.'

'Waarom bezoekt haar vader haar nooit?' vroeg ik.

Lawrence keek me aan met een vreemde uitdrukking op zijn gezicht.

'Ik dacht dat je dat wist,' zei hij. Ik schudde mijn hoofd.

'Ik weet dat haar ouders gescheiden zijn. Tenminste, dat heeft Megan me verteld.'

'Ja, maar niet lang daarna is haar vader om het leven gekomen bij een auto-ongeluk. Lulu wil het niet geloven. Ze is niet naar de begrafenis geweest.'

'Megan heeft nooit gezegd –'

'Megan kan wreed zijn, maar niet zó wreed. Tenminste niet tegen Lulu,' zei Lawrence. 'Misschien... misschien wilde ze niet dat het waar was. Ze schijnt alle mannen te haten, vooral alle vaders, maar ik denk dat ze eigenlijk van een vader wil houden, een echte vader wil hebben. We weten allemaal wat haar vader met haar gedaan heeft. Het is zijn schuld dat ze hier zit. Zoals het de schuld van mijn vader is dat ík hier ben,' voegde hij er kwaad aan toe.

'Wiens schuld is het dat ík hier ben?' vroeg ik me hardop af. 'Je weet zoveel van alle anderen, Lawrence. Wat weet je over mij?'

'Niet meer dan wat je me verteld hebt en dat is niet veel. Iedereen heeft naar je geïnformeerd, maar je lijkt topgeheim te zijn. Een verpleegster heeft je hier op een avond gebracht, dat is alles.'

'Ja,' zei ik, 'dat is alles.'

Ik stond op.

'Ga je terug?'

'Nee,' zei ik vastberaden. 'Ik ga vooruit.' Ik liep naar de top van de heuvel en bleef staan.

Lawrence kwam naast me staan en pakte mijn hand.

'Ik ga de confrontatie aan met mijn demonen, Lawrence.' Vastberaden deed ik nog een stap naar voren. 'Ik doe het.'

'Ik ga met je mee, Laura. Laat me je helpen.'

Ik haalde diep adem en knikte. Toen deed ik nog een stap en nog een, tot we heuvelafwaarts gingen. Lulu bleef op de top staan en keek ons na. Langzaam liepen we door tot we bij de bocht in het pad kwamen en de zee in zicht kwam. Ik had het gevoel dat ik stikte. Ik deed mijn ogen dicht en deed mijn best langzaam en diep adem te halen. Lawrence kneep in mijn hand.

'Ik ben bij je,' fluisterde hij.

Ik deed mijn ogen weer open en we liepen verder. De golven werden sterker, het sproeiwater spatte tegen de rotsen, het ging harder waaien. Meeuwen krijsten in de lucht en doken naar voedsel. De geur van zeewier en zilte lucht deed me duizelen. Het gebulder van de zee werd luider, krachtiger.

Ik bleef staan en deed mijn ogen weer dicht. De duisternis werd opgehaald als een gordijn. Ik zag een jongeman, gebruind en sterk, zonder hemd op het dek van een boot staan. Hij had dezelfde ogen als ik en zijn neus en mond waren net zo gevormd als de mijne. Hij zwaaide, wenkte... Ik keek omlaag. Een klein handje pakte mijn hand, een meisje niet groter dan Lulu lachte naar me.

'Laura...'

Was dat Lawrence of de jongen op de boot die me riep? Ik verloor de greep op de hand van het meisje en ze begon te spreken in gebarentaal.

'Ze is doof!' riep ik.

'Wie?' vroeg Lawrence.

Ik deed mijn ogen open. We waren zo dicht bij de rotsen en de zee dat het sproeiwater in ons gezicht woei. Ik draaide me met bonzend hart naar hem om.

'Ik heb een zusje dat doof is,' zei ik, 'en ik heb een broer die...'

'Wat?'

'Mijn tweelingbroer is,' zei ik. Ik draaide me om en holde terug de heuvel op. Ik stampte zo hard met mijn voeten op de grond dat mijn benen pijn deden, maar ik stormde omhoog, bang voor de plotselinge stroom van herinneringen. Lawrence riep me, maar ik draaide me niet om. Ik bleef hollen, voorbij Lulu, die verbaasd en verward keek, en toen omlaag het pad af, terug naar de kliniek.

Ik rende naar binnen, holde de gang door en liep de conciërge, die net klaar was met het schrobben van de tegelvloer, bijna omver.

'Sorry,' riep ik terwijl ik naar dokter Southerby's spreekkamer liep. Mevrouw Kleckner kwam net terug uit het verblijf voor de stafleden.

Ze riep en ging met uitgespreide armen voor me staan om me tegen te houden.

'Wat is er? Waarom hol je zo hard door het gebouw en loop je de mensen omver? Je weet dat dat niet toegestaan is,' zei ze streng.

'Ik moet meteen dokter Southerby spreken,' zei ik hijgend.

'Je kunt niet zomaar bij dokter Southerby binnenlopen, jongedame. Er zijn nog meer patiënten. Je moet op je afspraak wachten,' zei ze.

'Nee, ik moet hem spreken. U begrijpt het niet. Ik heb een zusje dat doof is. Daarom... ken ik de gebarentaal, en ik heb een broer –'

'Dat is prachtig,' zei ze. 'Gefeliciteerd. En draai je nu om en ga je opknappen voor het diner. Je ziet er volkomen verwilderd uit. Je jaagt de andere patiënten de stuipen op het lijf.'

'Maar ik moet hem nu spreken!'

'Als je niet naar me luistert, laat ik je opsluiten in je kamer of erger,' dreigde ze. 'Ik sta hier geen wild gedrag toe, wat er ook zogenaamd mis is met de patiënt. Wie zich niet aan de regels kan houden wordt overgeplaatst naar een andere inrichting. Dit is geen beveiligde kliniek voor geesteszieken,' voegde ze eraan toe.

Ik deed een stap bij haar vandaan.

'Nee, al weet ik dat u dat graag zou willen,' zei ik uitdagend. 'Nou, we hoeven niet als criminelen te worden behandeld alleen omdat we mentale problemen hebben. We zijn mensen die moeilijkheden hebben gehad in ons leven, ernstige moeilijkheden.'

'Dat weet ik,' zei ze op droge toon. 'Te grote toegevendheid en verwennerij. Te veel kan een probleem worden. Waar laat je het allemaal? Hoe ga je om met alle voorrechten? Heel ernstige moeilijkheden,' zei ze met een sarcastische glimlach.

'Waarom werkt u hier?' vroeg ik, mijn hoofd schuddend. 'U geeft niet om de patiënten. U hebt geen respect voor ons. U zou in een gevangenisziekenhuis moeten werken. Daar hoort u thuis,' tierde ik.

'Heus? Hoe komt het dat jullie blauwbloedigen allemaal zo goed weten wat goed is voor anderen? Spaar me je adviezen voor mijn carrière en gedraag je.'

Ik richtte me op alsof er een staaf in mijn ruggengraat was geduwd en keek haar strak aan.

'Ik wil een afspraak maken met dokter Southerby,' hield ik vol. 'Dat kan toch zeker wel?'

'Ik zal het voor je regelen,' zei ze. 'Ga je nu klaarmaken voor het diner. Je ziet er niet uit.'

Ik aarzelde even en overlegde bij mezelf. Ze zag eruit alsof ze uit steen gehouwen was. Als ik probeerde haar opzij te duwen, zou ik haar alleen maar kwaad maken en zou ze mijn bezoek aan dokter Southerby uitstellen.

'Ik moet hem zo gauw mogelijk spreken,' zei ik. Toen draaide ik me om en liep naar mijn kamer. Lawrence en Lulu waren binnengekomen en zochten me.

'Gaat het?' vroeg Lawrence toen hij me bij mijn kamer inhaalde.

'Ja. Ik had een duidelijke herinnering en die wilde ik aan dokter Southerby vertellen, maar mevrouw Kleckner hield me tegen en zei dat ik me moest gaan opknappen voor het diner. Ze zei dat ze een afspraak voor me zou maken.'

'Dat is mooi,' zei Lawrence. 'Ik ben blij voor je, Laura. Misschien is dit het eind van je verblijf hier.'

'Misschien,' zei ik en liep mijn kamer in. Ik was nu te gefrustreerd en te kwaad om me bewust te zijn van mijn vorderingen.

Toen ik mezelf in de spiegel bekeek, zag ik dat mevrouw Kleckner in één opzicht gelijk had: ik zag er inderdaad verwilderd uit. Mijn haar wekte de indruk of ik er urenlang met mijn vingers doorheen had gewoeld, mijn gezicht zag rood en mijn ogen fonkelden van opwinding. Ik besloot te douchen en me te verkleden voor het diner.

Ik was net bezig mijn schoenen aan te trekken en zou mijn haar gaan borstelen, toen mevrouw Kleckner in de deuropening verscheen.

'Ik heb een afspraak voor je gemaakt,' zei ze. 'Morgenochtend tien uur.'

'Dank u,' zei ik.

'Kamer 101,' ging ze verder, en wilde weggaan.

'101? Maar dat is niet de spreekkamer van dokter Southerby,' riep ik uit. 'Waarom moet ik daarnaartoe?'

Ze draaide zich langzaam naar me om.

'Jouw geval is overgedragen aan dokter Scanlon,' zei ze niet zonder leedvermaak.

'Maar ik wil niet overgedragen worden,' zei ik. 'Ik wil met dokter Southerby praten.' Mijn hart bonsde. Waarom moest ik overgedragen worden?

Ze zuchtte en sloeg haar ogen naar het plafond.

'Ik wil, ik wil, ik wil. Hebben jullie geen andere woorden in je vocabulaire? Het is niet belangrijk wat je wilt; wat je nódig hebt wordt besloten door de mensen die hier de leiding hebben,' zei ze. 'Je transfer naar dokter Scanlon staat vast en daarmee uit.' Het was of de woorden in mijn brein werden gehamerd.

'Ik wil met niemand anders praten dan met dokter Southerby,' hield ik vol. Ik keek haar uitdagend aan.

Ze keek me even aan en deed toen een stap naar me toe, een kille glimlach op haar gezicht.

'Als je je therapie weigert, moet je naar boven, en als we je boven niet kunnen helpen, word je naar een ander soort inrichting overgebracht, een die beter aan je behoeften tegemoetkomt,' zei ze. 'Geloof me maar, dat is precies wat er zal gebeuren.' Ze draaide zich om en wilde weggaan.

'Maar dokter Southerby helpt me,' kreunde ik. Hoe moest ik me verzetten tegen deze overmacht?

'Dokter Scanlon is minstens zo goed. Hij is dokter Southerby's superieur. Je hoort dankbaar te zijn dat je die kans krijgt, dat hij tijd voor je heeft gemaakt. Maar dankbaar zijn ligt niet in het karakter van de meeste patiënten hier. Waarom zou jij anders hier zijn? Zorg dat je niet te laat bent voor het diner,' waarschuwde ze.

Ik staarde haar na en vroeg me af wat ik had gedaan om aan dokter Scanlon te worden overgedragen. Per slot was het terugkrijgen van mijn geheugen toch niet iets om voor gestraft te worden. Nee toch?

14. De schaduwen voorbij

Die avond dwaalden mijn gedachten voortdurend af tijdens het eten. Ik bleef maar denken aan de herinnering dat ik met mijn kleine zusje over het strand liep naar de boot, waar mijn tweelingbroer stond te zwaaien, te wenken. De beelden braken als flitslampen op de achtergrond van mijn lege, duistere geest door: een glimlachje, een kreeftenfuik die van de bodem van de zee omhoog werd gehaald, kastelen in het zand, avonden onder de sterrenhemel op het strand, en de diepe stem van een man van wie ik wist dat het mijn vader moest zijn, die voorlas. Het klonk als een gezang, en de vrouw die mijn moeder moest zijn, zong een slaapliedje. Mijn eerste herinneringen vermengden zich met latere in een warboel van gezichten, stemmen en beelden. Ik had het gevoel of ik in een reusachtige kruiswoordpuzzel terecht was gekomen. Ik was een letter die op zoek was naar de andere letters om één woord te vormen: familie. De letters draaiden rond in mijn hoofd tot ik een naam kon spellen.

'May,' zei ik plotseling.

'Wat zeg je?' vroeg Lawrence. Iedereen hield op met praten en keek naar mij.

Ik draaide me naar hem om.

'Ze heet May.'

'Wie?' vroeg Lulu.

'Mijn zusje. Haar naam is May,' zei ik enthousiaster. 'Ik kan alleen niet op de naam van mijn broer komen –'

'Rustig maar,' zei Lawrence en raakte mijn hand aan. 'Probeer je niet te veel ineens te herinneren.'

Ik keek naar zijn bezorgde gezicht en knikte.

'Het moet opwindend voor je zijn,' zei Mary Beth, 'om je verleden, je identiteit terug te krijgen. Binnenkort weet je alles weer.'

'Ja,' knikte ik. 'Ja, dokter Southerby had gelijk.'

Ik at snel door, want ik had mijn eten koud laten worden terwijl ik zat te denken. Na het eten gingen we meestal naar de recreatiezaal om televisie te kijken, te lezen of spelletjes te doen. Vanavond had ik nergens zin in. Ik was te opgewonden over mijn doorbrekende herinneringen. Ik wilde in mijn eentje in een hoekje zitten en worstelen met beelden en woorden tot ik meer stukjes van de puzzel aan elkaar kon leggen. Mary Beth, die medelijden had met Lulu, bracht nu meer tijd met haar door, speelde de spelletjes die Megan vroeger met haar deed.

Lawrence zat tegenover me en las *A Tale of Two Cities*. Hij las veel en als hij praatte over boeken die hij had gelezen, herinnerde ik me dat ik ze ook had gelezen.

'Je moet een goede leerling zijn geweest,' merkte hij op, 'om je dat alles te herinneren.'

Ik begon het me af te vragen. Was ik een goede leerling? Waar ging ik op school? Wie waren mijn vrienden? Wat wilde ik worden? Dat ik het antwoord op de eenvoudigste vragen niet wist, was meer dan een irritatie geworden. Ik had het gevoel of er elk moment een explosie kon plaatsvinden in mijn brein, die me met een schok zou terugvoeren naar mijn verleden. Ik denk dat ik eruitzag als een hen die een ei moet leggen, want Lawrence keek plotseling op van zijn boek en begon te lachen.

'Ik wou dat je je gezicht kon zien, Laura. Je zit zo gespannen op het puntje van je stoel, alsof je overeind wil springen en "Eureka!" schreeuwen.'

'Zo voel ik me ook. De beelden blijven voorbijzweven, rondcirkelen; ik word er steeds dichter naartoe getrokken. Ik hoor de stem van mijn vader, en ook van mijn moeder, en ik begin hun gezichten te zien. Het is of een steeds feller wordend licht ze uit de duisternis naar voren haalt. Klinkt dat logisch?'

'Ja,' zei hij. 'Heel logisch zelfs, Laura. Jij bent een van de gelukkigen hier. 'Jij wordt beter, en heel binnenkort,' voegde hij er niet zonder enige droefheid aan toe.

'Jij ook.'

'Ja,' zei hij. 'Ik zou je graag weer willen ontmoeten in de buitenwereld en iets... normaals met je doen, naar een film gaan of dansen. Iets.'

'Ik ook,' zei ik glimlachend, 'maar wie weet waar ik woon? Misschien is het wel honderden, duizenden kilometers verwijderd van waar jij woont.'

'Afstand zou niet belangrijk voor me zijn.' Hij keek me gespannen en met fonkelende ogen aan.

De manier waarop hij keek maakte dat ik me afvroeg of ik voor mijn ongeluk een vriend had gehad. Ik wist dat Lawrence teleurgesteld zou zijn, maar dat was niet wat me belette het me te herinneren. Ik besefte dat het iets anders moest zijn. Maar wat? Waarom kreeg ik hartkloppingen alleen al bij het idee?

Plotseling stond Mary Beth op en kwam naar ons toe. Ze had met een van de jongere meisjes zitten praten en wat ze had gezegd leek Mary Beth ongelukkig te maken.

'Denise zegt dat ze Billy en een andere begeleider over Megan heeft horen praten. Ze zegt dat ze zeiden dat Megans moeder haar naar een echt gekkenhuis laat overplaatsen. Zoals zij het beschreven klinkt het afschuwelijk. Ze noemden haar een dwangbuisgeval.' Ze keek achterom. 'Lulu is erg van streek. Ze heeft het meeste gehoord. Ze zit voortdurend op haar duim te zuigen. Ik weet niet wat ik moet doen. Ik wil niet dat zij ook in de Tower eindigt.'

'Arm kind,' zei Lawrence. 'En arme Megan.'

'Wanneer houdt ze op slachtoffer te zijn?' vroeg ik hardop.

Lawrence keek me even peinzend aan.

'Als ze dat wil,' zei hij.

'Denk je dat ze wíl zijn zoals ze nu is?' vroeg Mary Beth kwaad.

'Ik heb de laatste tijd veel over dit soort dingen gelezen. Megan voelt zich verantwoordelijk voor wat er met haar gebeurd is. Ze geeft zichzelf de schuld en is op zoek naar medeleven. De artsen moeten haar laten inzien dat wat er met haar gebeurd is, niet haar schuld is.'

'Misschien praat je over jezelf,' snauwde Mary Beth woedend.

Hij keek haar aan.

'Misschien,' gaf hij toe en keek toen naar mij. 'Misschien praat ik over ons allemaal.'

Ik huiverde en keek om me heen naar de andere patiënten. Iemand van buiten die zijn hoofd om de deur zou steken en naar ons zou kijken, zou waarschijnlijk niet begrijpen hoe verward de meesten van ons waren. Op het ogenblik leek iedereen heel normaal – ze kaartten, deden spelletjes, keken naar de televisie en lachten, praatten en lazen.

Het drong tot me door hoe moeilijk het was iets over iemand te weten te komen door alleen naar hem te kijken. Misschien duurde het wel jaren en jaren voor je iemand echt leerde kennen. Lawrence raakte steeds meer aan me gehecht, maar wat als alles wat ik me herinnerde een klap voor hem zou zijn? Als ik was als de mensen die hij verachtte? Zou mijn eigen ik, mijn identiteit, terugkomen en alles wegvagen van de identiteit die ik nu had? Hij en ik waren feitelijk vreemden, een paar verloren zielen die elkaar toevallig hadden ontmoet en een tijdlang met elkaar verkeerd, en weldra moesten terugkeren naar ons eigen lichaam. En die lichamen zouden zich later misschien niet zo tot elkaar aangetrokken voelen, dacht ik.

'Ik wil naar buiten,' zei ik en stond op.

Mary Beth en Lawrence keken elkaar aan en lachten.

'Je kunt nu niet naar buiten,' zei Mary Beth. 'De deuren zijn op slot en als je probeert ze open te maken, gaat het alarm af.'

'We zijn gevangenen hier,' kermde ik. 'Het enige wat ik wil is in de tuin lopen, naar de sterren kijken, de avondlucht voelen. Wat is daar voor verschrikkelijks aan? Waarom mogen we 's avonds niet naar buiten?'

'Het is donker,' zei Mary Beth. 'Dan kunnen ze je niet zo gemakkelijk in de gaten houden.'

'Ik kan je naar buiten brengen,' fluisterde Lawrence.

Mary Beth zette grote ogen op.

'Nee, Lawrence. Je komt in de grootste moeilijkheden.'

'Hoe?' vroeg ik.

'Het personeel van de eetzaal is nu weg. Ze lopen in en uit door een zijdeur bij de keuken. Die is niet op slot en er zit geen alarm op.'

'Hoe weet je dat?' vroeg ik.

Hij aarzelde en boog zich toen naar me over.

'Ik heb het eens gedaan. Ik wilde weglopen, maar toen ik buiten kwam, verstarde ik,' bekende hij.

We zwegen even.

'Ik ga terug naar Lulu,' zei Mary Beth. Het gesprek joeg haar kennelijk angst aan. Lawrence keek haar na toen ze naar haar tafel terugliep voor hij verder sprak.

'Ik weet wat ze voelt. Als het donker wordt en de deuren op slot zijn, is de buitenkant van het gebouw de buitenwereld. Het is of de grenzen van de kliniek krimpen. Ze is nog niet klaar om in die wereld terug te keren, ze is zelfs bang om 's avonds naar buiten te gaan,' legde hij uit.

'Je weet zoveel van iedereen, Lawrence. Je moet gaan studeren en zelf arts worden,' zei ik. Ik meende het echt. Het compliment deed hem blozen.

'Dat komt alleen omdat ik zoveel tijd in de bibliotheek doorbreng. De meeste mensen hier weten niet wat er beschikbaar is.' Hij boog zich weer naar me toe. 'Er is zelfs een boek van de hoofdarts, dokter Scanlon, *Oorzaken van gezinsdisfunctie*. Toen ik dat gelezen had, dacht ik dat hij mijn familie als voorbeeld had genomen voor het boek.'

Ik wist dat hij wachtte op mijn commentaar, maar ik kon mijn gevoel van rusteloosheid niet bedwingen. Het leek alsof er een hele korf bijen in me zoemde. Ik moest de sterren zien, de nachtlucht voelen.

'Wil je me naar de keuken brengen?' vroeg ik ten slotte.

'Wil je dat echt?'

'Ik wil naar buiten en omhoogkijken naar de sterren. Ik denk dat het me kan helpen. Er is iets met die sterren... Iets wat knaagt aan mijn geheugen,' legde ik uit. 'Het is heel belangrijk voor me.'

Hij keek ernstig.

'Goed,' zei hij toen hij even had nagedacht, 'we doen het.' Hij keek naar de begeleiders. 'Ga jij maar eerst, zodat we niet opvallen. Ga naar het toilet, wacht daar een minuut en kom dan naar buiten. Ik sta in de gang en als alles veilig is in de eetzaal, zwaai ik naar je. Weet je het heel zeker? Ze kunnen jou of mij of ons allebei naar boven sturen en je weet wat dat kan betekenen.'

'Ik wil jou niet in moeilijkheden brengen, Lawrence. Misschien kun je me beter gewoon wijzen waar het is in plaats van me erheen te brengen.'

'Nee,' hield hij vol. 'Ik wil dit voor je doen. Ga maar. Ga naar het toilet en geef me een minuut de tijd.'

Ik aarzelde nog steeds. Hij knikte naar de deur, spoorde me aan. Ik keek naar de begeleiders en stond toen zo rustig mogelijk op. Toch keek een van de begeleidsters naar me toen ik naar de deur liep. Ik lachte naar haar en vormde het woord toilet met mijn mond. Ze glimlachte terug en liep de kamer uit. Ik wachtte, zoals Lawrence me gezegd had en liep toen de gang in. Die was leeg, maar bij de eetzaal kwam Lawrence uit een deuropening tevoorschijn. Hij wenkte dat ik moest opschieten.

Ik holde bijna naar hem toe en we liepen samen de eetzaal in. Alle lichten waren uit, maar de lampen buiten gaven voldoende licht om de tafels en stoelen te kunnen onderscheiden zodat we nergens tegenaan botsten en lawaai maakten. Lawrence liep snel naar de keukendeur en hief zijn hand op om aan te geven dat ik moest blijven staan en stil moest zijn. Langzaam deed hij de deur open.

Boven het fornuis was een zwak licht. Voorzover we konden zien was de keuken verlaten.

'Hierheen,' fluisterde hij. We liepen door de keuken naar de bijkeuken en toen een smalle gang in. 'Daar is het,' zei hij en knikte naar een metalen deur aan het eind van de gang.

'Dank je,' zei ik. Langzaam liep ik naar de deur en keek toen achterom.

'Ze zullen je straks gaan zoeken, Laura. Als ze je niet in het toilet vinden, komen er moeilijkheden.'

'Als ze iets vragen, zeg dan maar dat ik even naar mijn kamer ben gegaan,' zei ik. 'Ik blijf niet lang weg.'

'Ik zou graag met je mee willen gaan,' zei hij, maar hij scheen niet in staat nog een stap naar voren te doen. 'Alleen...'

'Het is goed, Lawrence. Je hebt genoeg gedaan. Ga terug voordat ze jou ook missen. Het komt heus in orde.'

Ik stak mijn hand uit naar de deurknop. Toen ik de deur opende, aarzelde ik, bang dat er een alarm zou zijn waarvan hij niet op de hoogte was. Maar er gebeurde niets, behalve dat de koele nachtlucht naar binnen stroomde.

'Als je niet gauw terugkomt –'

'Ik kom. Ik beloof het je.'

Ik zag dat hij beefde. Hij wilde die onzichtbare grens zo graag overschrijden. Ik liep naar buiten en deed de deur snel achter me dicht, zowel om een eind te maken aan zijn lijden als om mezelf moed te geven. Ik liep weg van het gebouw om buiten het licht te zijn.

Het was een avond vol sterren, helder, zodat de sterrenbeelden gemakkelijk te onderscheiden waren. Mijn blik ging langs de Grote Beer. Alleen al het zien van de heldere stippen in de lucht benam me de adem. Ik moest gaan zitten. Ik merkte zelfs de kilte niet meer. Woorden, beelden en gedachten stormden op me af als vallende sterren, naderden en weken terug, juist als ik op het punt stond iets te begrijpen of iets duidelijk te zien.

Ik deed mijn ogen dicht en ging zitten, met uitgestrekte armen en de handpalmen omhoog. Ik wachtte tot ik zou worden aangeraakt, tot ik mijn identiteit zou hervinden. Ik meende een andere hand in de mijne te voelen en ik hoorde een stem, de stem van een jongeman, fluisterend, zijn lippen zo dichtbij dat ik ze bijna voelde tegen mijn oor.

Ik kreunde. Zijn gezicht begon uit de donkere put van de vergetelheid omhoog te komen, eerst zijn ogen en toen zijn lippen en toen –'

'Wat doe jij in vredesnaam hier?' hoorde ik. Ik opende mijn ogen en zag Billy staan, die een sigaret rookte. Hij lachte. 'Nou?'

'Niets,' zei ik.

'Hoe ben je hier gekomen?' vroeg hij scherp.

'Ik wilde de sterren zien,' zei ik. Ik stond op en hij deed een stap in mijn richting, gooide zijn sigaret weg en bleef naar me toe komen tot hij tussen mij en het gebouw stond.

'Zeg me hoe je buiten bent gekomen,' zei hij.

'Ik vond een deur die niet op slot was en ben naar buiten gegaan,' zei ik. Hij was zo dichtbij dat ik kon zien dat hij zijn ogen achterdochtig samenkneep.

'Je vond gewoon een deur, hè? Weet je zeker dat je hier niet bent om iemand te ontmoeten? Hè? Iemand die Arnie heet.'

'Wat? Wie?' zei ik. Ik schudde mijn hoofd.

'Arnie had een oogje op je.'

'Ik wil helemaal niemand ontmoeten. Ik weet niet eens wie Arnie is.' Ik probeerde om hem heen te lopen, maar hij versperde me de weg.

'Ik weet hoe jullie jonge meisjes kunnen worden, opgesloten, zonder je vriendjes,' ging hij verder terwijl hij steeds dichterbij kwam. Ik deed een paar stappen achteruit. 'Arnie is een schertsfiguur. Ik weet hoe ik mijn meisjes moet behandelen.' Zijn rechtermondhoek ging omhoog in een wellustig lachje.

Hij legde zijn handen om mijn middel.

'Ik zal het je laten zien,' zei hij. Hij trok me naar zich toe en bracht zijn lippen naar mijn mond. Ik wendde me net op tijd af en verzette me hevig toen zijn handen over mijn ribben naar mijn borsten gleden.

'Laat me los!'

'Kom nou. Er is niets echt mis met jou,' zei hij en probeerde mijn mond naar de zijne te draaien. 'Jij bent het mooiste meisje hier. Ik heb je in de gaten gehouden sinds je hier bent en ik weet dat je ook naar

238

mij hebt gekeken. Kom,' drong hij aan en legde een hand om mijn borst, terwijl hij met de andere mijn rok optilde.

Ik verzette me hevig.

'Als je niet meewerkt, neem ik je mee naar binnen,' dreigde hij. 'En dan ben jij en degene die je heeft geholpen in grote moeilijkheden. Je zult eindigen in een dwangbuis, net als Megan. Hou op met dat gevecht. Stop!'

Ik was bang en hield me stil. Zijn hand ging omhoog over mijn been naar mijn slipje, dat hij met beide handen wegtrok. Ik snikte terwijl hij me betastte.

'Je bent lief,' zei hij en stopte de punt van zijn tong in mijn oor.

'Alsjeblieft,' smeekte ik.

'Ik zal je geen pijn doen. Je zult het prettig vinden,' zei hij en duwde me terug naar de bank. Ik voelde dat hij met zijn linkerhand zijn broek losmaakte en met zijn rechter over mijn borst bleef strelen, de knopen van mijn blouse openmaakte en frutselde aan mijn beha.

'Je bent mooi, zo mooi,' mompelde hij.

Ik begon te huilen en probeerde me weer los te rukken.

'Laura, maak me niet kwaad,' zei hij, terwijl hij me in bedwang hield.

Plotseling voelde ik zijn beide handen onder mijn rok. Hij trok mijn slipje omlaag en duwde me op de bank. Ik durfde niet te gillen. Ik dacht dat ik flauw zou vallen en toen... fluisterde iemand mijn naam. Hoewel de stem niet luid klonk, was hij dichtbij.

'Laura!' Billy verstarde, zijn handen nog steeds op mijn dijen.

'Laura, je moet binnenkomen.'

'Wie is dat verdomme? Lawrence?'

'Laat me gaan,' zei ik. Ik rukte me los en liep bij hem vandaan. Snel trok ik mijn slipje omhoog.

'LAURA!'

'Ga uit de weg,' zei ik tegen Billy. Hij dacht even na, keek naar het gebouw en liet me toen gaan.

'Als je het aan iemand vertelt, vertel ik het van jou,' riep Billy toen ik haastig naar de keukendeur liep. Lawrence stond in de open deur. Ik holde naar hem toe.

'Wat is er?' Hij keek me verbijsterd aan en sprong achteruit toen ik hem uit de weg duwde en de deur achter me dichtsmeet.

'Laten we teruggaan naar de recreatiezaal,' zei ik. Ik wilde niet dat hij het wist en iets ondoordachts zou doen. Ik zou hem alleen maar moeilijkheden bezorgen, dacht ik. Het drong tot me door dat Megan in al haar waanzin het misschien nog niet zo verkeerd had gehad wat sommige mannen in deze kliniek betrof.

Lawrence haalde me buiten de eetzaal in en pakte mijn hand. Hij draaide me naar zich toe.

'Wat is daarbuiten gebeurd?' vroeg hij. 'Je keek of je een geest gezien had. Je zag zo bleek en –'

'Ik... ik herinnerde me bijna iemand,' zei ik. 'Een belangrijk iemand.'

'Belangrijk?'

'Heel belangrijk.'

Hij begreep het. Er verscheen een droevige blik in zijn ogen en hij liet mijn hand los.

'O, dat is goed,' zei hij. Toen glimlachte hij. 'Dat is goed, alleen... ik wou dat ík die iemand was.'

De volgende ochtend werd ik wakker met het gevoel dat mijn bed een boot was die op zee ronddobberde, zo erg had ik liggen woelen en draaien. Ik was uitgeput, leeg. Het was of alle herinneringen die waren weggedreven, in de nacht waren teruggekomen en mijn hoofd zwaarder maakten. Ze lagen nu in een knoop te wachten tot ik ze uit de war zou halen en terugbrengen naar hun rechtmatige plaats.

Ik deed mijn best om rechtop te gaan zitten. Even draaide alles om me heen. Ik was zo duizelig dat ik het benauwd kreeg. Iets dergelijks was al eens eerder gebeurd. Dokter Southerby had het beschreven als een angstaanval. Hij had me aangeraden te proberen me te ontspannen, diep adem te halen en me op iets prettigs te concentreren.

Zelfs nadat ik dat gedaan had, voelde mijn hoofd nog steeds alsof het elk ogenblik van mijn romp kon vallen. Ik wankelde toen ik liep en moest een paar keer blijven staan om tegen de muur steun te zoeken. Mijn maag was leeg, maar ik had geen trek. Toen ik mezelf in de spiegel bekeek, zag ik hoe uitgeput ik eruitzag. Mijn gezicht was bleek en mijn ogen waren uitdrukkingsloos, glazen nietszeggende bollen.

Mijn handen trilden toen ik mijn gezicht waste. Had ik Lawrence's paniekaanvallen overgenomen? Ik had om tien uur een afspraak met dokter Scanlon. Ik besefte dat ik bang was, bang een nieuwe arts te

240

ontmoeten en vertrouwen in hem te stellen, vooral omdat het zo lang had geduurd voordat ik dokter Southerby had vertrouwd.

Op de een of andere manier kwam ik in de eetzaal terecht, maar kon me niet herinneren hoe. Ik moet eruit hebben gezien als iemand die rondzweefde in een droom, slaapwandelend de weg door de kliniek zocht. Iedereen was er al en begon zich af te vragen wat er met me aan de hand was.

'Je ziet er niet goed uit,' zei Lawrence.

Ik knipperde met mijn ogen en besefte dat ik midden in de eetzaal was blijven staan. Hij ging net met zijn blad terug naar de tafel.

'Ik voel me niet zo goed vanmorgen.'

'Ga maar zitten, dan haal ik iets te eten voor je. Zeg maar wat je wilt hebben,' bood hij aan.

'Dank je, maar ik heb niet veel trek. Het gaat wel,' zei ik en liep naar de rij.

Ik nam nauwelijks een hap van mijn ontbijt. Lawrence maakte zich steeds bezorgder.

'Zou je niet naar een verpleegster gaan?' vroeg hij.

'Nee, het gaat wel. Het gaat wel over,' verzekerde ik hem, al was ik er niet zo zeker van.

Hij wilde bij me blijven om zich ervan te overtuigen dat het goed met me ging, maar hij had na het ontbijt therapie en moest weg. Hij bracht me naar de recreatiezaal voor hij naar zijn therapeut ging.

Toen het uur van mijn afspraak met de nieuwe dokter naderde, begon mijn hart te bonzen en ik voelde me zo duizelig dat ik met gesloten ogen moest wachten tot het voorbijging. Ten slotte voelde ik dat iemand tegen mijn arm stootte, en toen ik opkeek, was daar mevrouw Kleckner.

Ze kneep haar ogen samen en trok diepe rimpels in haar voorhoofd. Haar gezicht zag even grauw als haar haar en de adertjes op haar benige wangen waren scherper en leken meer dan ooit op vuurrode spinnenwebben.

'Het is bijna tien uur. Je mist je afspraak,' zei ze.

'Ik voel me niet goed,' kreunde ik.

Ze keek me aan.

'Heb je pijn?'

'Niet precies pijn. Ik heb aanvallen van duizeligheid en ik voel me nu en dan misselijk.' Ik legde mijn hand op mijn buik.

Ze pakte mijn hand en voelde mijn pols. Toen voelde ze mijn voorhoofd. De palm van haar hand was klam, koud en ruw.

'Je mankeert niets,' zei ze.

'Maar ik ben misselijk. Ik ben zo misselijk,' hield ik vol.

'Dat hoort bij je conditie. Daarom moet je naar de dokter,' zei ze abrupt. 'Sta op. Ik zal je naar zijn spreekkamer brengen. Kom mee. Hij heeft het druk. Je hoort blij te zijn dat dokter Scanlon jouw geval wil behandelen. Eerlijk gezegd, vind ik dat een aantal veel ernstiger patiënten eerder in aanmerking komt, maar ik neem de beslissingen hier niet. Helaas.'

Ze stak haar hand uit. Met tegenzin nam ik hem aan. Ik was bang dat ik om zou vallen als ik het niet deed. Toen ik stond, legde ze haar hand tegen mijn rug en gaf me een stevig duwtje. Ze bleef tegen mijn rug duwen tot ik de zaal uit was. Ik voelde me wat sterker toen we door de gang liepen. Mijn blik ging verlangend naar de gesloten deur van dokter Southerby's spreekkamer toen we erlangs liepen.

'Doorlopen,' zei ze. 'Kom mee. De klok tikt door. Zelfs de rijken kunnen Vadertje Tijd niet omkopen,' mompelde ze.

We bleven staan bij kamer 101 en ze deed de deur voor me open.

'Laura Logan,' kondigde ze aan toen ik naar binnen ging.

Een kleine vrouw van achter in de vijftig keek op van haar bureau. Door haar lichtbruine haren liepen grijze en ze had doffe bruine ogen die verborgen waren achter een bril met een zwaar montuur en grote glazen. Haar dunne neus had een deuk in de brug, die speciaal gemaakt leek voor haar bril. Haar ongelijke lippen deden een zwakke poging tot glimlachen. Ze pakte een dossier van haar bureau.

'Een ogenblik, alsjeblieft,' zei ze, stond op en liep naar de deur van de spreekkamer. Ze was niet veel langer dan één meter vijftig en had brede heupen en dikke kuiten, die nauwelijks zichtbaar waren onder de zoom van haar lavendelkleurige gebreide jurk. Ze klopte aan, ging naar binnen en deed de deur achter zich dicht. Een ogenblik later kwam ze weer terug.

'De dokter kan je ontvangen,' zei ze.

'Gedraag je,' adviseerde mevrouw Kleckner en liet mijn elleboog los.

Ik keek even naar haar knorrige gezicht en liep toen naar binnen, langs de receptioniste, die er als een standbeeld bij stond, haar rug recht, haar schouders tegen de deur. Het was alsof ze bang was dat ik haar zou kunnen aanraken en besmetten. Zodra ik binnen was deed ze de deur achter me dicht. Ik keek even achterom en toen naar dokter Scanlon. Nu ik in zijn spreekkamer tegenover hem stond, herinnerde ik me dat ik hem een paar keer in het gebouw had gezien, maar ik had hem nooit voor een arts aangezien, laat staan voor de geneesheer-directeur. Ik vond dat hij altijd grote haast had en stelde me hem voor als een soort verkoper. Hij keek nooit naar iemand in het bijzonder en lachte nooit, evenmin als ik hem ooit in gesprek had gezien met een patiënt, zoals andere therapeuten, vooral dokter Southerby.

Dokter Scanlon was niet veel langer dan zijn receptioniste. Zijn haar had de kleur van slappe thee en was zo dun dat zijn schedel zichtbaar was. Ik zag dat zijn hoofd bedekt was met vlekken die eruitzagen als grote sproeten.

Dokter Scanlon stond met zijn rug naar me toe en staarde uit het raam. Zijn kamer keek uit op de achterkant van het gebouw en het pad dat naar zee voerde, de plek waar ik op de bank had gezeten toen Billy me aansprak.

Hij draaide zich om en keek me aan. Zijn lichtbruine ogen waren vol belangstelling, maar een belangstelling die me het gevoel gaf dat ik onder een microscoop werd bekeken.

'Ga zitten alsjeblieft,' zei hij met een knikje naar de stoel voor zijn bureau. 'Ik wil graag dat mijn patiënten me aankijken tijdens het eerste consult. Later kun je op de bank liggen als je wilt. Patiënten,' hij sprak het woord uit of hij het over buitenaardse wezens had, 'kunnen soms gemakkelijker associëren als ze liggen. Zat je of lag je op de bank bij dokter Southerby?' vroeg hij toen ik zat.

'Ik zat,' antwoordde ik.

Hij knikte en keek toen naar het dossier dat zijn receptioniste hem had gebracht voor ik binnenkwam. Nog steeds staande sloeg hij de pagina's om, las ze alsof ik er niet was. Toen knikte hij en sloeg het dossier dicht. Hij ging in een enorme stoel zitten, vouwde zijn handen op het bureau en boog zich naar me toe.

'Ik ben dokter Scanlon en ik ga proberen je te helpen,' begon hij.

'Waarom kan ik niet bij dokter Southerby blijven?' vroeg ik.

Hij gaf niet onmiddellijk antwoord. Hij sloot zijn ogen en bleef even zo zitten, alsof mijn vraag hem heel pijnlijk had geraakt, en deed ze toen weer open.

'Dokter Southerby werkt niet alleen hier, maar ook nog in een andere kliniek. Feitelijk heeft hij meer verantwoordelijkheden in die andere kliniek. Zijn patiënten daar nemen nu meer tijd in beslag, waardoor hij zijn taak hier moest bekorten,' legde dokter Scanlon met duidelijke tegenzin uit.

'We hebben heden ten dage een tekort aan professionele hulp,' ging hij verder. 'Normaal gesproken neem ik niet rechtstreeks deel aan de behandeling van onze patiënten. Ik ben hier om te consulteren en te assisteren en een diagnose of behandeling te bevestigen, maar er is nu een hiaat gevallen en die moet worden opgevuld.' Hij keek naar me met wat ik dacht dat zijn beste poging tot een glimlach moest zijn. Ik vond het niet leuk als een hiaat te worden betiteld.

'Goed,' zei hij en leunde nu achterover in zijn stoel. 'Nadat je hier bent gebracht, is de diagnose als psychogene amnesie gesteld, en dokter Southerby hielp je terug te keren naar je verleden en je identiteit te hervinden. Ik zie uit zijn aantekeningen dat hij blij was met je vorderingen.'

'Ik heb me gisteren nog meer herinnerd,' zei ik snel. Ik wilde deze therapie zo snel mogelijk achter de rug hebben. Ik voelde me allesbehalve op mijn gemak. Het was duidelijk dat dokter Scanlon niet de oprechtheid had van dokter Southerby. Hij zag me minder als mens en meer als patiënt, het zoveelste statistische gegeven. Ik overwoog dat de patiënten boften dat hij zich gewoonlijk niet rechtstreeks bemoeide met hun behandeling.

'O? En daar had je een of andere reactie, zie ik. Ik heb hier een rapport dat je gisteren nogal opspeelde.'

'Opspeelde? Hoezo?'

'Je holde hysterisch door de gangen, liep bijna een conciërge omver, stelde eisen en moest praktisch in bedwang worden gehouden.'

'Ik was opgewonden. Ik wilde dokter Souterby zien,' zei ik. 'Het was niet mijn bedoeling luidruchtig te zijn en ik hoefde niet in bedwang te worden gehouden.'

'Hmmm,' zei hij zonder me aan te kijken. Hij bleef kijken naar de papieren die voor hem lagen. Mevrouw Kleckner had wel erg snel rapport over me uitgebracht, dacht ik.

'Ik was niet hysterisch. Ik was opgewonden over mijn herinneringen,' ging ik vastberaden verder.

Hij glimlachte, maar het was geen warme glimlach.

244

'Je bent hier omdat je moeite hebt met de evaluatie en beheersing van je gedrag, Laura. Het is het beste als we ons houden aan de manier waarop de professionele staf je gedrag beoordeelt, vind je ook niet? Nou, waarom was je zo opgewonden?' vroeg hij weer naar het dossier kijkend.

'Ik herinnerde me de naam van mijn zusje en ik herinnerde me dat ik een tweelingbroer heb,' flapte ik eruit, ongeduldig over het tempo. Als hij bleef lezen na iedere keer dat ik wat had gezegd, zou ik hier de hele dag zitten, dacht ik. Waarom had hij zich niet beter voorbereid?

'Heus?' Hij richtte zijn blik weer op mij. 'Wat herinnerde je je nog meer?'

'Gezichten, stemmen waarvan ik weet dat ze van mijn ouders zijn. Ik weet dat we iets te maken hebben met de kreeftenvisserij en dat we een boot hebben en aan de kust wonen en dat mijn zusje doof is,' zei ik. Ik probeerde mijn uitbundigheid te onderdrukken, zodat die niet verkeerd geïnterpreteerd zou worden. Maar terwijl ik hem die dingen vertelde, begonnen ze bij me terug te komen. Mijn hart begon te bonzen en ik sloot mijn ogen.

'Waarom denk je dat je hen en jezelf was vergeten?' vroeg hij.

'Dat weet ik niet.'

Hij leunde weer achterover en trok zijn mondhoeken omhoog in een arrogante grijns.

'Uit de aantekeningen van dokter Southerby heb ik begrepen dat je tot de conclusie bent gekomen dat het iets te maken kan hebben met een gebeurtenis die je ernstig van streek heeft gebracht. Wat wij een psychologisch trauma noemen. Is dat nog steeds zo?'

'Ja,' gaf ik met bevende lippen toe.

Hij boog zich naar voren en bekeek me weer met die microscopische blik.

'Je ziet er erg moe uit. Heb je vannacht niet goed geslapen?'

'Nee,' zei ik. 'Ik werd voortdurend wakker en hoorde stemmen, hoorde iemand roepen, iemand wiens stem net zo klonk als de mijne. En toen kreeg ik het heel erg koud. Het was alsof ik...'

'Wat?'

'Alsof ik kletsnat was,' zei ik. Op dat moment besefte ik dat dat precies was wat ik gevoeld had. 'Ja, dat was het: het had iets te maken met water... de zee.'

Hij keek me doordringend aan.

'Ik begrijp het. Dit bevalt me niet,' ging hij plotseling verder. 'Haal diep adem en probeer even niet aan die dingen te denken.'

'Wat bedoelt u? Niet aan denken? Waarom moet ik er niet aan denken?' Ik vuurde mijn vragen als kogels op hem af, maar ze leken af te ketsen op zijn kille analytische blik.

'Wat er fysiek met je gebeurt, bevalt me niet. Het is klassiek. Je gaat te snel terug, vrees ik. Je loopt het risico je in je trauma te storten en dat zou onherstelbare schade, psychische schade kunnen aanrichten. Ik heb een aantal soortgelijke gevallen op mijn afdeling van ernstig gestoorde patiënten. Sommigen zijn in coma geraakt en worden intraveneus gevoed, anderen moeten worden begeleid als mensen die een lobotomie hebben ondergaan, schaduwen van zichzelf, mensen die nooit lachen, blind en doof zijn, wandelende doden. Je wilt toch niet dat dat met jou gebeurt, wel?'

'Nee,' zei ik angstig. 'Zou zoiets me werkelijk kunnen overkomen?'

'Natuurlijk kan dat. Anders zou ik het je niet zeggen. Ik lees hier dat je al een keer je spraakvermogen hebt verloren. Ik vertel je dit niet om je bang te maken, maar om meer medewerking van je te krijgen. Ik wil graag een patiënt die wil meewerken aan zijn of haar behandeling. Het maakt het gemakkelijker voor ons allemaal en vooral voor de patiënt.

Het brein is het meest gecompliceerde deel van ons lichaam. Er zijn lagen en lagen van bewuste en onbewuste gedachten. Je herinneringen zijn nu als begraven schatten,' vervolgde hij, 'de paden erheen moeten worden afgesloten. Als we er te gretig en te onhandig naar grijpen, kunnen ze dieper en dieper in een peilloze diepte vallen. We moeten er heel, heel voorzichtig stapje voor stapje naar toe.'

Hij zweeg, bladerde weer in het dossier en schudde afkeurend het hoofd.

'Ik zie dat dokter Southerby je geen medicatie heeft voorgeschreven. Zoals je me je nachten beschrijft, lijkt het me in dit stadium verstandiger dat we dat wel doen. Ik wil heel voorzichtig zijn met je, Laura. Je bent heel broos, heel gevoelig, heel ontvankelijk, en we hebben medicijnen die je kunnen opvangen, je beschermen.'

'Ik hou er niet van medicijnen te slikken.'

'Niemand houdt daarvan, behalve degenen die eraan verslaafd

raken natuurlijk,' voegde hij eraan toe. Hij schreef iets op een bloc-note.

'Zie ik dokter Southerby nog terug?' vroeg ik verslagen.

'Ik hoop dat je tegen die tijd genezen en ontslagen zult zijn,' zei hij. 'Ik weet zeker dat je dat liever zult willen, niet? Je wilt toch zeker naar huis, naar dat zusje dat je nodig heeft, je tweelingbroer, en je ouders, die je beslist zullen missen.'

'Nou, waar zijn ze dan?' vroeg ik. 'Waarom komen ze me niet opzoeken?'

Mijn vraag verraste hem.

'In jouw geval is dat nog niet raadzaam. Zoals ik al zei, te veel, te gauw kan een instorting veroorzaken en doen wat ik je net heb beschreven: je verleden nog verder terugdringen.'

'Waarom?'

Hij aarzelde.

'Ik weet niet of het verstandig is je dat nu al te vertellen.'

'Ik moet het weten. Waarom?'

'Goed dan. Omdat wat er gebeurd is, iets is waarvan je jezelf de schuld geeft. Je bent zo geworden door schuldbesef,' legde hij uit.

'Dus wat er gebeurd is was mijn schuld? Wat heb ik gedaan dat zo verschrikkelijk is?'

'Misschien niets. Of misschien iets wat heeft bijgedragen tot een tragedie,' ging hij verder. 'Je moet stap voor stap verdergaan. Eerst langzamerhand terugkeren tot jezelf en dan je schuldgevoelens aanpakken. Goed?'

'Nee, het is niet goed. Waarom komt mijn familie me niet opzoeken?'

'Er wordt geregeld verslag uitgebracht,' zei hij.

'Verslag? Ik zou nooit tevreden zijn met alleen een verslag. Heb ik hun kwaad gedaan? Lijd ik daarom aan een schuldgevoel?'

'Je weet dat het beter is als je dat zelf ontdekt,' zei hij zonder omhaal.

Ik dacht even na. Kon het zijn dat mijn ouders geen haar beter waren dan die van Lawrence of Megan?

'Nee, ik wil niet langer wachten. Ik wil alles weten. Nu.'

'Juffrouw Logan –'

'En ik wil dokter Southerby spreken. Ik móet hem spreken. Ik moet hem vertellen wat er gebeurd is. Hij kan me helpen. Ik weet dat hij me

247

kan helpen. Alstublieft.' Ik begon te huilen, met elke seconde die verstreek begon ik heviger te huilen, tot mijn hele lichaam schokte.

'Beheers je. Alsjeblieft,' zei hij.

'WAAROM... KOMEN MIJN OUDERS... ME NIET OPZOEKEN?' schreeuwde ik.

Hij drukte op een knop op zijn bureau en stond op. De deur ging open en mevrouw Kleckner en een begeleider kwamen binnengestormd. De blik in de ogen van de begeleider maakte me bang.

'We spelen weer op,' zei dokter Scanlon alsof we samenzweerders waren. 'Ik denk dat het beter is als ze voorlopig naar boven gaat.'

'Naar boven?' zei ik, hem aankijkend. 'NEE!'

Ik sprong overeind en liep bij hem weg. Ik schudde mijn hoofd.

'Rustig maar,' zei de begeleider, die langzaam naar me toekwam. 'Mijn naam is Arnie. Maak je niet ongerust. Ik zal goed voor je zorgen.'

'Ik ga niet naar de Tower!'

'Wie heeft die verdieping die belachelijke naam gegeven?' vroeg dokter Scanlon aan mevrouw Kleckner.

'Ongetwijfeld een van onze patiënten, dokter.' Ze draaide zich naar me om. 'Maak dit niet moeilijker dan het al is. Je moet doen wat de dokter zegt. Kom mee,' zei ze.

Ik schudde mijn hoofd.

'Alstublieft. Ik zal me gedragen. Ik zweer u dat ik me goed zal gedragen. Ik zal teruggaan naar mijn kamer. Ik zal niet klagen. Ik zal niet meer naar dokter Southerby vragen. Laat me met rust. Alstublieft,' smeekte ik.

'Kom, kom, je hoeft niet bang te zijn,' zei dokter Scanlon. 'We zijn hier om je te helpen, Laura. We zullen ervoor zorgen dat er niets met je gebeurt. Weet je, je hebt ook een grootmoeder, en zij zou nog meer van streek zijn dan je ouders als je iets overkwam,' vervolgde hij met een kille glimlach.

'Mijn grootmoeder?'

Flitsen van een oudere vrouw die bij een auto stond en naar me keek, vol afkeer haar hoofd schuddend, schoten aan me voorbij. Zij had me hierheen gestuurd en ik kon me helemaal niets van liefde herinneren op haar kwade gezicht. Wat had ik gedaan om mijn hele familie tegen me in te nemen?

'NEEE!' schreeuwde ik. 'Blijf van me af. Laat me met rust.' Ik strekte mijn handen uit.

Arnie liep om me heen en duwde snel mijn handen tegen mijn zij. Ik had te weinig kracht om me tegen hem te verzetten en even later had hij me stevig vast. Dokter Scanlon kwam haastig achter zijn bureau vandaan en mevrouw Kleckner stroopte de mouw van mijn blouse op. Ik vocht en wrong me in allerlei bochten, maar Arnie was te sterk. Dokter Scanlon stak een injectienaald in mijn arm.

'Het komt allemaal goed. Alles komt goed,' mompelde hij. 'Rustig maar. Ontspan je.'

'Mijn hoofd,' jammerde ik. 'Het voelt zo zwaar. Het voelt de hele ochtend al zo zwaar.'

'Dat is goed. Sluit je ogen. Haal een rolstoel,' beval hij.

Een paar ogenblikken later werd ik in een rolstoel gezet en rond mijn middel werd een riem stevig aangetrokken. Arnies sterke handen duwden me bij mijn schouders naar achteren toen ik probeerde naar voren te gaan zitten.

'Kalm aan,' zei mevrouw Kleckner.

'Breng haar naar 307,' zei dokter Scanlon.

Toen ze me wegreden had ik bijna geen kracht meer voor een laatste verzoek.

'Ik wil... dokter Southerby. Hij kan me helpen. Ik wil hem spreken.'

'Ik wil, ik wil, ik wil,' zei mevrouw Kleckner monotoon achter me. 'Dat is het enige dat jullie patiënten ooit zeggen.'

Arnie lachte. Ik hoorde een liftdeur opengaan en voelde dat ik naar binnen werd gereden. De deur ging dicht en ik opende mijn ogen. Mevrouw Kleckner keek me glimlachend aan.

'Ik wist wel dat ze boven thuishoorde,' zei ze.

En toen werd alles zwart voor mijn ogen.

15. Ik herinner me jou

Toen ik mijn ogen weer opendeed, dacht ik dat ik nog sliep, nog droomde. Ik had het gevoel dat ik boven mijn bed zweefde en omlaag keek naar het lege omhulsel van mijn lichaam. Mijn omgeving was wit en steriel en leek meer op een onderzoekkamer. De muren waren kaal en voor de kleine ramen hingen donkergrijze gordijnen die zo strak dichtgetrokken waren dat het leek of ze aan elkaar genaaid waren. De deur stond een eindje open en door de kier scheen het enige licht, een doffe, gelige gloed.

Mijn bed rook sterk naar stijfsel. Het laken was stijf en strak om me heen getrokken. Mijn kussen was zo zacht dat mijn hoofd nauwelijks opgeheven leek. Toen ik me omdraaide en om me heen keek, zag ik een tafel met een lange la en een blad van imitatiehout naast het bed. Daarop stond een ivoorwitte steek en een metalen kom met een washandje over de rand.

Toen ik probeerde overeind te komen merkte ik tot mijn schrik dat ik met brede leren riemen over mijn bovenlichaam, vlak onder mijn borsten, vastgebonden was, mijn armen dicht tegen mijn zij en een andere riem over mijn benen. Ik kon me nauwelijks bewegen. Het veroorzaakte een bal van paniek in mijn maag die van de ene naar de andere kant rolde.

'Help!' riep ik. 'Laat iemand me helpen! Alsjeblieft!'

Ik wachtte maar hoorde niets, geen voetstappen, geen stemmen, niets. Ik riep weer, wachtte en riep nog eens. De stilte was om gek van te worden. Was er dan verder niemand hier? Mijn gevecht tegen de riemen was vruchteloos, zelfs pijnlijk. Ik zuchtte diep, sloot mijn ogen en gaf het zachtjes jammerend op.

Ik moet weer in slaap zijn gevallen, want toen ik mijn ogen opende, hoorde ik water in de wasbak lopen. Er was iemand in mijn badkamer.

'Wie is daar?' riep ik.

Een paar ogenblikken later kwam een lange, magere vrouw met roestkleurig haar naar buiten. De botten van haar schouders waren zichtbaar door haar witte uniform. Ze had lange armen met naar buiten stekende polsgewrichten en heel lange handen, die er sterk en kundig uitzagen. Toen ze om het bed heen liep en rechts van me kwam staan, kon ik haar gezicht duidelijker zien.

Ze leek half te slapen, haar oogleden hingen zover over haar ogen dat er maar twee spleetjes met kleine lichtbruine pupillen te zien waren. Ze had een lange, dunne neus en een heel brede mond boven een kin met een kloof. Ze deed me denken aan Mary Beth en ik vroeg me af of zij ook aan anorexie leed. Maar waarom was ze dan geen patiënte in plaats van verzorgster?

Ze leek niet onder de indruk van het feit dat ik wakker was. Ze liep door de kamer alsof ze al wekenlang voor me zorgde. Daardoor vroeg ik me af hoe lang ik hier al was. Zonder me te begroeten, in feite amper naar me kijkend, zette ze de kom water op de tafel en sloeg het laken terug om de riemen los te maken.

'Je moet rechtop gaan zitten. Ik ga je wassen,' mompelde ze. Ze had een heel lage stem die bijna mannelijk klonk. Ze kwam zo dicht bij me dat ik de zwarte haartjes op haar kin kon zien. 'En daarna geef ik je iets te eten,' zei ze.

Terwijl ze sprak, vermeed ze het me recht aan te kijken.

'Wat is er met me gebeurd?' vroeg ik. 'Waarom lag ik vastgebonden op bed?'

Ze zweeg en keek me eindelijk aan.

'Ik weet het niet.' Ze ging verder met het losmaken van de riemen. 'Kun je gaan zitten?'

'Waar ben ik? Wie bent u?'

'Ik heet Clare. Je bent in kamer 307,' zei ze. 'Kun je alsjeblieft rechtop gaan zitten?'

Ik dacht ingespannen na en herinnerde me vaag de gebeurtenissen die ertoe geleid hadden dat ik naar boven werd gebracht.

'Ik moet dokter Southerby spreken,' zei ik. 'Kunt u hem vertellen dat Laura Logan hem zo gauw mogelijk moet spreken? Het is belangrijk!'

'Ik ben maar hulpverpleegster,' zei ze. 'Ik kan niemand zeggen wat hij moet doen.'

Ze waste mijn rechterhand en arm, met evenveel belangstelling als ze voor een vuil bord zou hebben.

'Dat kan ik zelf wel,' zei ik. Mijn angst maakte plaats voor woede. 'Waarom was ik op bed vastgebonden? Waarom kan ik niet opstaan en rondlopen? Kan ik niet gewoon een douche of een bad nemen?'

Ze bleef me wassen en afspoelen alsof ik geen woord gezegd had. Mijn bloed begon te koken van woede.

'Kunt u me helemaal niets vertellen?' vroeg ik zo krachtig als ik maar kon.

Ze wachtte even.

'Ik heb gehakt, aardappelpuree, doperwten en worteltjes, brood, appelmoes en aardbeienpudding.'

'Wat?'

'Dat is je avondeten,' zei ze. 'Dat is alles wat ik je kan vertellen. Dat is alles wat ik weet.'

Ze begon aan mijn andere hand en arm. Ik trok hem abrupt terug. 'Ik zei dat ik me zelf wel kan wassen.'

Ze hield op en haalde toen haar schouders op.

'Hier. Doe het zelf maar. Ik zal je eten halen,' zei ze, en stopte me het washandje toe voor ze zich omdraaide en de kamer uit liep. Ik legde het washandje op mijn gezicht en haalde diep adem.

Ik moet hier weg, dacht ik. Ik moet dokter Southerby opzoeken en hier weg wezen. Ik zwaaide mijn benen over de rand van het bed en stond op. Mijn hele lichaam zwaaide heen en weer als de pendel in een staande klok. Ik draaide me om naar de kast in de hoop mijn kleren te vinden. Ik droeg nu alleen een ziekenhuishemd en was blootsvoets. De tegelvloer was ijskoud onder mijn voeten. Ik haalde diep adem en liep van het bed naar de kast. Maar toen ik de deur opendeed, zag ik alleen maar lege hangertjes. Geen kleren, geen schoenen, alleen een laag stof.

'Wat doe je uit je bed? Gauw er weer in, anders word ik ontslagen,' riep de lange vrouw uit. Ze had mijn blad met eten in de handen en liep snel de kamer door naar de tafel. Toen ik me omdraaide, pakte ze mijn arm om me terug te helpen naar het bed. De kamer draaide om me heen.

'Waarom ben ik zo duizelig? Wat hebben ze me gegeven? Mijn benen lijken wel rubber.'

'Ik weet niets van medicijnen af. Ga terug in bed.'

'Waarom weet u niets als u hier werkt? Waar is de dokter? Ik moet

252

iemand spreken die iets weet,' kermde ik.

Ze tilde me praktisch in bed en stopte de deken in. Mijn hoofd viel achterover op het kussen.

'Ik zal het bed omhoog zetten,' zei ze en drukte op een knop die mijn hoofd en bovenlichaam omhoogbracht, tot ik bijna rechtop zat. Toen draaide ze de tafel zodat het eten voor me stond. 'Kun je zelf eten of moet ik je helpen?'

'Ik kan zelf wel eten,' zei ik. 'Ik kan alles zelf als jullie me de kans maar geven.'

'Mooi. Ik heb nog twee andere patiënten op deze verdieping en die kunnen geen van beiden iets zelf. De meesten kunnen niet eens hun eigen neus afvegen en die zijn niet veel ouder dan jij.'

Ze liep weg, maar kwam terug om de riem over mijn benen weer vast te maken.

'Kunt u die alstublieft loslaten?' vroeg ik.

'Je zou uit bed kunnen vallen en dan word ik ontslagen,' zei ze.

'Waarom werkt u hier als ze u voor alles wat er gebeurt ontslaan?' Eindelijk glimlachte ze.

'Het is een goede baan. Ze betalen meer dan ik ergens anders kan verdienen, en ik woon alleen met mijn moeder. Ze is te oud om iets te kunnen doen en krijgt maar een heel lage uitkering.'

'Hoe lang ben ik hier al? Dat kunt u me toch wel vertellen?' vroeg ik.

Ze haalde haar schouders op.

'Niet langer dan een dag, anders zou ik je al eerder hebben gezien.'

We hoorden voetstappen op de gang.

'O-o,' zei ze en haar gezicht verbleekte van angst. 'Dat is dokter Scanlon die de ronde doet met mevrouw Roundchild. Zij hanteert de zweep hier.'

Een vrouw van een jaar of veertig met potloodkleurig haar verscheen in de deuropening, een stap voor dokter Scanlon. Ze had grijze ogen en een smal gezicht met een krachtige, volle mond en een neus die zo recht was dat je hem als liniaal zou kunnen gebruiken. Ze droeg een donkerblauw vest met parelmoerknoopjes over haar uniform. Ik vond dat ze een goed figuur had en een mooie teint. Maar alles wat vrouwelijk en zacht was aan haar werd geneutraliseerd door haar vastberaden lippen en doordringende, kille ogen.

'Wat doe je?' vroeg ze aan Clare.

'Ik was net op weg naar 304. Ik heb haar geïnstalleerd met haar eten en –'

'Goed, schiet op dan. Ga voor de anderen zorgen. Die kunnen hun beklag niet doen.' Ze sprak de woorden scherp uit, met een Engels accent.

'Ja, mevrouw Roundchild.'

'Wacht even. Waarom staat die kastdeur open?' vroeg ze met een knikje naar de kast.

'Kastdeur? O.' Clare keek met verschrikte ogen naar mij. Ze deed me denken aan een klein dier dat een weg zoekt om te ontsnappen.

'Ik zocht mijn kleren,' zei ik. 'Ik wil terug naar beneden, dokter Scanlon,' legde ik uit, mijn aandacht op hem richtend.

'Dat zul je,' zei hij. 'Binnenkort.'

Mevrouw Roundchild draaide zich met een ruk om naar Clare.

'Ze is uit bed geweest en heeft de kastdeur opengemaakt?'

'Toen ik haar eten was halen, is ze eruit gekomen,' zei Clare.

'Je hebt de riemen losgemaakt en bent de kamer uitgegaan?' Mevrouw Roundchild viel Clare bijna aan.

'Ze wilde zich zelf wassen, dus ben ik om tijd te sparen haar eten gaan halen en –'

'Dat is een slechte aantekening, juffrouw Carson. Die wordt genoteerd. U bent op de hoogte van onze verantwoordelijkheden en u is duidelijk meegedeeld wat u wel en niet moet doen. Op de deur staat dat deze patiënte op het ogenblik het bed niet mag verlaten.'

'Dat weet ik, maar –'

'Er is geen maar als het om de regels gaat. U bent lang genoeg hier om dat te weten.'

'Het is haar schuld niet,' zei ik. 'Ik heb erop aangedrongen me zelf te wassen.'

Mevrouw Roundchild keek me onderzoekend aan.

'Het is te prijzen dat je de schuld op je wilt nemen, maar dat is niet eerlijk, hè?'

'Dat is het wél,' zei ik.

'Ben je een leugenaarster?'

'Wat? Nee, ik ... het wás mijn schuld. Ik zei dat ik me zelf zou wassen.'

'Ze weet dat zij geacht wordt de leiding te hebben en niet jij. Waarom sta je daar nog, Clare?' Ze draaide zich met een ruk om en

254

keek naar de vrouw die onderdanig in de deuropening stond.

'Het spijt me,' jammerde Clare en liep haastig weg.

Dokter Scanlon liep met mevrouw Roundchild naast zich naar het bed.

'Goed zo, je eet,' zei hij met een knikje naar mijn eten. Ik had geen hap genomen.

'Ik heb geen trek,' zei ik. 'Dokter Scanlon, waarom kan ik niet terug naar beneden? Waarom word ik hier vastgehouden?'

'Je moet voorlopig onder strenge observatie blijven, Laura. Hier krijg je een persoonlijker behandeling,' ging hij verder met een blik op mevrouw Roundchild.

'Ik heb geen persoonlijker behandeling nodig. Het ging uitstekend tot u me een of ander medicijn gaf,' protesteerde ik.

'Om te beginnen is het niet zomaar een of ander medicijn, Laura. Ik geef je iets dat je ervan weerhoudt onrustig te worden en voorkomt dat je een slechte reactie krijgt op je terugkerende geheugen,' legde hij kalm uit. 'En verder geloof ik niet dat jij in een positie bent om te weten wat het beste voor je is.'

Hij wierp een blik op mevrouw Roundchild, die keek of ze het er niet mee eens was dat hij de tijd nam om zijn beslissing te verdedigen.

'Ik wil mijn kleren,' jammerde ik. 'En ik wil niet vastgebonden worden op bed.'

'De medicijnen die je krijgt kunnen bepaalde bijverschijnselen veroorzaken, Laura. Ze werken soms desoriënterend. Dit is alleen om je te beschermen.'

'Ik voel me net een gevangene,' riep ik uit. De tranen prikten in mijn ogen. Ze werden vochtig en ik zag alles wazig.

'Je bent geen gevangene. Je bent een patiënte en wij zijn hier om je te helpen beter te worden. Mevrouw Roundchild is een van de twee speciaal opgeleide hoofdverpleegsters die het op deze verdieping voor het zeggen hebben. Ik heb het grootste vertrouwen in haar. Zij zal goed voor je zorgen.'

'Wat gebeurt er met me?'

'Ik vermoed dat je op het punt staat je je verleden volledig te herinneren met een minimum aan selectieve amnesie. Ik heb het gevoel dat je je elk moment het trauma kunt herinneren en als dat gebeurt, zal het zijn of je door een goederentrein wordt geraakt. Geloof me. Ik heb heel, heel vaak soortgelijke situaties meegemaakt.'

Zijn woorden joegen me angst aan. Ik ontspande me, mijn verzet verdween. Ik zag dat hem dat beviel. Hij keek naar mevrouw Roundchild, die een stap naar voren deed. Ze had een knop in haar hand die met een plastic draad verbonden was.

'Als je hulp nodig hebt, kun je op deze knop drukken, dan komt er iemand. Maar denk niet dat ze uit de hemel komen vallen. We hebben te weinig personeel en iedereen is altijd druk. Heb dus geduld,' waarschuwde zij, 'we doen ons best het je zo aangenaam mogelijk te maken.'

'Mogen tenminste mijn armen los? Ik zou graag zelf water willen drinken,' zei ik.

'Ik denk dat dat wel kan als je me belooft de riem rond je benen niet los te maken. Die zorgt ervoor dat je niet uit bed valt,' zei dokter Scanlon. 'Wat vindt u ervan, mevrouw Roundchild?'

'Ik zou de bovenriem rond haar middel ook willen houden. In ieder geval tot ze wat sterker is,' zei ze.

'Goed. Oké, Laura?'

Ik knikte. Wat kon ik anders?

'Als je ze losmaakt,' dreigde mevrouw Roundchild, 'zullen we je armen weer moeten vastbinden.'

Dokter Scanlon voelde mijn pols en keek toen op een kaart die aan het voeteneinde van mijn bed hing. Intussen maakte mevrouw Roundchild de riemen stevig vast.

'Laten we voorlopig deze medicijnen aanhouden,' zei hij tegen mevrouw Roundchild.

'Goed, dokter.' Ze keek of ze op het punt stond te salueren.

Hij keek weer naar mij.

'Ik laat je nu met rust, mevrouw Roundchild zorgt verder voor je. Als er zich dramatische veranderingen voordoen, zal ze me onmiddellijk op de hoogte stellen en dan kom ik zo gauw ik kan,' beloofde hij.

'Weet dokter Southerby tenminste wel wat er met me gebeurd is?' vroeg ik zacht. De vraag beviel hem niet; zijn mond verhardde en zijn ogen werden ijskoud.

'Dokter Southerby weet dat je nu onder mijn hoede bent. Hij maakt zich geen zorgen,' antwoordde hij scherp. 'Je moet weten,' ging hij na een ogenblik verder, 'dat dokter Southerby co-assistent was bij mij.

Hij beschouwt mij als zijn mentor. Weet je wat mentor betekent?'
'Ja,' zei ik. 'U was zijn docent.'
'Meer dan dat. Dokter Scanlon was zijn grote voorbeeld,' verbeterde mevrouw Roundchild me. 'En terecht,' besloot ze. Dokter Scanlon glimlachte naar haar en toen liepen ze de kamer uit.

Ik keek naar mijn eten. Ik had nog steeds geen trek. Toch nam ik een hapje van het koude vlees, dronk wat sap en ging liggen. Ongeveer een uur later kwam Clare terug voor het blad.

'Het spijt me dat ik u moeilijkheden heb bezorgd,' zei ik.

'Ik heb mezelf moeilijkheden bezorgd,' antwoordde ze. Ze nam het blad weg en liep zonder verder iets te zeggen de kamer uit.

Een kwartier later moest ik de steek gebruiken. Ik belde om hem weg te laten halen, maar het duurde langer dan een halfuur voor er iemand kwam. Eindelijk verscheen mevrouw Roundchild, gevolgd door Clare.

'Maak die leeg,' zei ze met een knikje naar de steek. Toen gaf ze me een bakje met twee pillen erin en een glas water. 'Je medicijnen,' zei ze vastberaden.

'Maken die me moe? Ik voel me van de vorige keer nog zo zwak en moe.'

'Je medicijnen,' herhaalde ze. 'Dokter Scanlon zou ze niet voorschrijven als ze niet nodig waren, Laura. Het spijt me dat ik zo streng tegen je moet zijn, maar het is een enorme verantwoordelijkheid om voor mensen te zorgen die niet voor zichzelf kunnen zorgen.'

Ik pakte de pillen en deed ze in mijn mond. Ze bleef over me heengebogen staan en keek hoe ik het water en de pillen doorslikte. Ze knikte.

'Goed zo,' zei ze. Clare zette de steek weer op tafel en ze gingen weg.

Ik had me nog nooit zo alleen gevoeld. Vastgebonden in een lege kamer, niemand om mee te praten, zelfs niets te lezen. Ik voelde me meer een misdadigster dan een patiënte. Ik spitste mijn oren, maar hoorde weinig geluid in de gang en wat ik hoorde leek zinloos. Geen stemmen en heel weinig beweging. Als ze zo weinig personeel hadden, waarom was er dan niet meer aan de hand?

Mijn ogen vielen dicht. De pillen werken, dacht ik. Ze maken mijn oogleden weer zwaar. Even later sliep ik en kwamen de dromen. Lieve, vertrouwde gezichten verschenen weer uit de duisternis. Mijn moeder glimlachte naar me en mijn vader keek naar me met een liefdevolle blik. Een handje werd naar me uitgestoken. Het was May, en ze was bang. Mijn broer kwam naast haar lopen. Zijn naam leek dichterbij te komen, mijn tong worstelde om hem uit te spreken.

'Kom thuis, Laura,' zei hij. 'Alsjeblieft, kom thuis.'

'We hebben je hier nodig, Laura,' zei mijn vader.

May zuchtte en huilde.

Ik vocht, draaide en trok in mijn slaap zo hevig aan de riemen dat ik midden in de nacht wakker werd. Mijn huid brandde op de plaatsen waar de riemen over mijn middel en benen hadden geschuurd. Ik kreunde en schreeuwde. De deur naar mijn kamer was bijna volledig dicht zodat het zwakke licht uit de gang ook bijna verdwenen was. Ik was alleen in het donker.

Ik deed mijn ogen weer dicht, zakte weg. Deze keer voelde ik onmiddellijk een golf koud zeewater over me heen spoelen. Ik hijgde. Ik zag een hand die naar me uitgestoken werd en de bovenkant van een hoofd dat boven water kwam. Ik deed mijn uiterste best die hand te pakken en toen... toen voelde ik echt iets in mijn hand en ik deed mijn ogen open.

'Ssst,' hoorde ik. Ik draaide me om en zag Lawrence naast het bed knielen.

'Lawrence? Wat doe jij hier?'

'Niet zo hard,' zei hij. 'Ik ben naar boven geslopen om je op te zoeken. We hebben gehoord wat er met je gebeurd is en geprobeerd wat informatie los te krijgen, maar niemand wist iets of wilde iets zeggen. Je moet heel veel groeten hebben van Mary Beth en Lulu.'

'Hoe ben je hierboven gekomen?'

Ik kwam overeind tot de riem in mijn middel sneed.

'Er is nog een trap die voornamelijk wordt gebruikt om voorraden naar boven te brengen. Die is hier vlakbij. Ik wist natuurlijk niet in welke kamer je lag. Ik ben in twee andere geweest voor ik je vond. Op de kaart op je deur staat dat je niet gestoord mag worden. Is er iets verschrikkelijks met je gebeurd, Laura? Heb je je iets afschuwelijks herinnerd? Hebben ze je daarom hier boven gebracht?'

Ik vertelde hem wat er bij dokter Scanlon was gebeurd en wat hij wilde dat er met me gedaan werd en waarom.

'Ik begrijp niet waarom ze je daarvoor naar boven moesten brengen,' zei Lawrence.

258

'Ik ook niet. Ik wil weer naar beneden, ik wil bij mensen zijn, rondlopen.'

'Heb je hem dat gezegd?'

'Ja, maar hij blijft zeggen dat ze het doen om me te beschermen, ervoor te zorgen dat ik mezelf niet verwond.'

'Ik snap niet waarom ze je beneden niet net zo goed kunnen beschermen,' zei Lawrence. Ik knikte.

'In ieder geval weet ik nu waar je bent. Ik zal je zo vaak mogelijk komen opzoeken, maar dat zal 's nachts zijn. Als ze me betrappen, sluiten ze mij ook ergens op, of brengen me ergens anders naartoe, zoals Megan.'

'Ik kan gewoon niet geloven dat je hierboven bent gekomen. Jij weet alles over deze kliniek.' Hij was nauwelijks zichtbaar in het schemerige licht dat uit de gang naar binnen viel, maar ik zag dat hij glimlachte.

'Ik ben hier lang genoeg om elk hoekje te kennen. Denk je dat je het redt?'

'Ik ben bang, Lawrence,' zei ik terwijl ik zijn hand vasthield. 'Ik wil hier niet blijven, maar ik durf niet te opstandig te zijn. Als dokter Scanlon gelijk heeft? Hij is immers de geneesheer-directeur? Ze zeiden dat zelfs dokter Southerby van hem heeft geleerd.'

'Ik weet het niet, maar ik wil niet dat je bang bent, Laura,' zei Lawrence zacht. Hij stond op en kwam dichter bij me. Ik wist wat een moed hij had moeten opbrengen om naar boven te komen, hoeveel hij had moeten overwinnen.

'Dank je dat je gekomen bent, Lawrence. Ik wil dat je weet hoeveel het voor me betekent dat je hierheen bent geslopen.'

'Ik kon niet slapen, ik moest steeds aan jou denken en ik maakte me ongerust over je,' zei hij.

We hoorden voetstappen op de gang.

'Er komt iemand,' fluisterde ik en keek angstig toe hoe hij onder mijn bed kroop.

Even later ging de deur open en het silhouet van mevrouw Roundchild stond afgetekend tegen het licht. Ze keek naar me. Ik sloot mijn ogen en wachtte, biddend dat ze niet binnen zou komen. Ze bleef heel lang staan en ging toen weg, terwijl ze de deur achter zich dichtdeed. We spraken niet en bewogen ons niet tot we haar voetstappen hoorden wegsterven. Eindelijk stond hij op.

'Dat was op het nippertje,' zei ik. 'Je kunt nu beter gaan.'
'Goed.'

Ik begon te snikken. Ik wilde niet dat hij wegging. Ik voelde me veiliger, meer op mijn gemak als hij mijn hand vasthield. Hij boog zich naar me toe en ik raakte zijn gezicht aan. Zijn lippen kwamen steeds dichterbij, tot ze de mijne beroerden. Het was niet zozeer een kus als wel een vluchtige aanraking en een zucht.

'Ik wou dat ik de hele nacht bij je kon blijven,' fluisterde hij. 'Ik wou dat ik mijn armen om je heen kon slaan en je vasthouden, je beschermen tegen je angstige gedachten. As ik zo bij je ben, denk ik niet aan mezelf en raak ik niet in paniek, Laura. Ik wil bij je zijn, zowel voor mezelf als voor jou,' bekende hij. 'We helpen elkaar, Laura.'

'Ik geloof niet dat ik op het ogenblik ook maar iemand help, Lawrence. Ik kan niet eens mijn bed uit om naar het toilet te gaan.'

'Jij wordt beter en ik word beter. Je zult het zien,' beloofde hij.

'Je bent zo lief voor me geweest, Lawrence. Ik ben blij dat we elkaar hebben leren kennen.'

'Ik hoop dat we elkaar zullen leren liefhebben,' ging hij snel verder. Ik denk dat de duisternis hem dapper maakte. Ik moest glimlachen.

Hij bracht zijn gezicht vlak bij het mijne en kuste me weer, maar deze keer hield hij zijn lippen langer op de mijne en maakte er een echte kus van.

Ik kreunde zachtjes, wanhopig verlangend naar een liefdevolle aanraking, naar genegenheid.

Hij kuste me weer, ging met zijn lippen over mijn wangen en terug naar mijn mond. Toen kuste hij mijn voorhoofd en hield me stevig vast.

'Robert,' zei ik zacht, mijn wang tegen zijn borst.

'Wat zei je?' Hij trok zich terug en ik deed mijn ogen open.

'Wat is er?' fluisterde ik.

'Ik dacht dat je me net anders noemde. Ik dacht dat je Robert zei.'
Geen van beiden bewogen we ons.

Ik dacht ingespannen na en wachtte, maar het was of er plotseling een donkere wolk was verschenen die het licht wegnam en me weer in duisternis hulde.

'Ik weet het niet,' zei ik gefrustreerd. 'Ik begrijp het niet.' Ik begon te huilen. 'Je ziet, dokter Scanlon heeft gelijk. Ik ben te veel in de war om voor mezelf te zorgen.'

'Niet doen, Laura. Alsjeblieft.' Hij kuste een traan weg.

We hoorden het geluid van een kar die door de gang werd gereden en wachtten tot hij mijn kamer gepasseerd was.

'Je kunt beter gaan,' fluisterde ik.

'Morgennacht kom ik terug,' beloofde hij. Hij kuste me weer. 'Welterusten, Laura.

'Welterusten,' zei ik. Hij hield mijn hand vast tot hij wegliep en me moest loslaten. Ik keek hem na toen hij naar de deur liep en voorzichtig naar buiten keek. Toen was hij weg.

Een paar ogenblikken later, alleen in het donker en de stille kamer met slechts mijn gedachten als gezelschap, begon ik me af te vragen of ik Lawrence's bezoek had gedroomd of dat hij er werkelijk geweest was.

De volgende ochtend besefte ik dat ik het grootste deel van de nacht in mijn slaap moest hebben gehuild, mijn kussen was doorweekt van mijn tranen. Ik wist dat mijn dromen droevig waren, maar ik kon me van niet één droom de details herinneren. Het was alsof alles in zand was geschreven en dat zodra ik wakker werd de zee elk woord uitwiste. Er zat niets anders op dan weer helemaal opnieuw te beginnen.

Een andere hulpverpleegster bracht mijn ontbijt. Ze was even zwijgzaam als Clare en leek nog banger iets verkeerd te doen. Het enige dat ik van haar te weten kwam was haar voornaam, Della. Ze was een dik zwart meisje met mooie zwarte ogen, de kleur van ebbenhout. Ze had heel kort haar, wat haar nog molliger maakte dan ze al was, dacht ik. Ze leegde de steek, gaf me vers water en hielp me met wassen.

'Wanneer kan ik een bad of een douche nemen? Dat afsponzen is niet genoeg.'

'Ik weet het niet,' zei ze. 'Dat zul je aan de verpleegster moeten vragen.'

Net als Clare, vermeed Della het zoveel mogelijk me aan te kijken. Het gaf me het gevoel dat ik lelijk was, een afzichtelijk wezen waar niemand naar kon kijken.

Dokter Scanlon kwam laat in de middag.

'Ik zie dat je een rustige vierentwintig uur achter de rug hebt. Dat is goed,' merkte hij op.

'Rustig? Ik werd wakker met een doorweekt kussen en mijn armen en benen waren geschaafd van al het woelen en draaien tegen die riemen. Haal ze weg. Alstublieft,' smeekte ik.

Hij dacht even na.

'Goed. Ik vertrouw erop dat je goed op jezelf past.' Hij schreef iets op zijn blocnote. 'Vertel eens over je herinneringen. Hoe staat het daarmee?'

Ik beschreef de beelden die ik me kon herinneren. Hij luisterde oplettend naar de beschrijvingen die ik hem gaf van de zee, de golven, de hand die omhoogkwam.'

'Je geheugen komt terug, Laura. We pakken dit op de juiste manier aan. Daar ben ik meer dan ooit van overtuigd. Blijf meewerken, neem je medicijnen en voel je voldoende op je gemak om het verleden langzaam te laten terugkomen in je bewustzijn. Het zal niet lang meer duren of je bent hier weg,' beloofde hij.

'Maar omdat het trauma dreigt zich dramatisch en volledig bekend te maken, zou ik je medicatie iets willen verhogen. Alleen om aan de veilige kant te blijven,' vervolgde hij en maakte nog een aantekening. 'Goed?'

'Goed,' zei ik, en hij keek naar me met een volstrekt onoprechte glimlach.

'Om je te belonen voor je medewerking, zal ik instructies geven voor een korte wandeling door de gangen om je wat lichaamsbeweging te geven. Hoe vind je dat?'

'Graag,' zei ik. Op dit punt, dacht ik, zou ik alles willen wat ook maar enigszins aan een normaal leven doet denken.

'We doen dat voor het tijd is voor je volgende dosis medicijnen, zodat je iets alerter bent.'

Hij stond op.

'Wij beheersen je problemen in plaats van toe te staan dat ze jou beheersen, en zolang we het op die manier blijven doen, zijn we op de juiste weg,' zei hij.

Clare kwam terug toen de late middagdienst begon en vertelde dat ze opdracht had een korte wandeling met me te maken. Voor dat doel kreeg ik een lichtblauwe katoenen ochtendjas en een paar katoenen slippers. Ze maakte mijn riemen los en hielp me de ochtendjas en slippers aan te trekken.

'Misschien wekt dit ook je eetlust wat op,' merkte ze op toen ze zag hoeveel ik had overgelaten van de lunch. Toen beet ze op haar lip, alsof ze iets lasterlijks had gezegd.

'Ik hoop het,' zei ik. 'Het is niet omdat het eten zo slecht is. Ik heb gewoon geen trek,' voegde ik snel toe, toen ik bedacht dat deze mensen waarschijnlijk het eten klaarmaakten voor de Tower.

Ze hielp me overeind. Ik was eerst wat beverig, maar toen ik één stap had gedaan en toen nog één, kwam mijn bloedstroom op gang en voelde ik me sterker. We liepen de kamer uit en bleven in de gang staan.

Deze verdieping was heel anders dan beneden. De gang was even smetteloos, maar er hingen geen schilderijen, er stonden geen stoelen en voor de ramen hingen zware gordijnen, die de zon volledig buitensloten. Ik zag ook dat er heel weinig kamers waren aan het eind van de gang. In plaats daarvan was er een dubbele glazen deur, waardoor ik mevrouw Roundchild zag staan praten met een andere verpleegster. Rechts van me was een scherpe bocht in de gang.

'Wat is daar?' vroeg ik.

'Aan het andere eind van deze gang is de Zombie Afdeling,' zei Clare.

'De Zombie Afdeling?'

'De patiënten daar praten niet, maar ze schreeuwen of gillen alleen maar. Ze kunnen uren naar niets zitten of staan staren, en schudden heftig met hun armen of hoofd. Ze moeten voortdurend worden gevoerd of gewassen. Er zijn daar jonge mensen die te veel drugs hebben gebruikt en hun hersens hebben verwoest.'

'Wat afschuwelijk.'

'Jij hebt geluk vergeleken met hen,' zei ze.

We liepen die gang door. Na een tijdje hield Clare me minder stevig vast en mijn passen werden zekerder. Toen we bij de hoek kwamen, keek ik de zijgang in en zag dat daar ook glazen deuren waren. Ik zag vaag een paar patiënten op stoelen zitten en een paar jonge vrouwen staan.

'Daar mag ik je niet mee naartoe nemen,' zei Clare met een knikje naar de glazen deuren. Ik bleef toch in die richting lopen. 'Je moet nu terug, Laura,' zei ze.

Plotseling hoorden we uit een kamer rechts van ons een luide klap, het geluid van een steek die op de grond viel en toen een schrille kreet.

'O, hemel, dat is Sara Richards weer. Wacht hier,' beval ze en liep de kamer in. Ik bleef naar de deuren lopen.

Toen ik dichterbij kwam, meende ik een bekend gezicht te zien. Het intrigeerde me, ik liep sneller tot ik niet meer dan een halve meter van de deur verwijderd was en door de ramen kon kijken. Daar, haar polsen in verband gewikkeld en starend naar de deur, zag ik Megan staan, met open mond, waar het speeksel uitliep. Haar ogen waren groot maar uitdrukkingsloos.

'Megan?' fluisterde ik.

Clare kwam snel naast me staan en greep mijn elleboog vast.

'Je mag hier niet komen. Laten we teruggaan, Laura.'

'Maar dat is een vriendin van de benedenverdieping, Megan Paxton. Ik dacht dat ze naar een ander ziekenhuis was gebracht. Wat is er met haar gebeurd? Ze ziet er verschrikkelijk uit.'

'Ik weet het niet, maar als ze daarbinnen is, is het niet veel goeds. Laten we alsjeblieft teruggaan voordat mevrouw Roundchild ons ziet en me een dubbele slechte aantekening geeft. Als je er tien hebt, word je ontslagen. Kom nou, Laura,' drong ze aan en draaide me om.

Ik keek achterom terwijl we wegliepen.

Megan scheen me te herkennen. Ze hief haar armen op en hield ze omhoog, ik dacht dat ze schreeuwde. Ik hoorde niets. Misschien gaf ze geen geluid, maar ze probeerde te schreeuwen. Een verpleegster liep snel naar haar toe en bracht haar een kamer in, ze was verdwenen.

'Megan,' mompelde ik.

'Je moet nu weer in bed,' zei Clare terwijl we de hoek omsloegen naar mijn kamer.

Mevrouw Roundchild keek achterdochtig onze richting uit.

'Arme Megan,' zei ik.

Ik vroeg me af of mij dat ook zou kunnen overkomen. Zou ik ook op de Zombie Afdeling eindigen? Misschien wordt niemand hier beter. Misschien eindigen ze allemaal in de Zombie Afdeling. Of erger.

'Tijd voor je medicijnen,' zei mevrouw Roundchild, die enkele ogenblikken nadat Clare me naar bed had gebracht binnenkwam. Ze duwde het bakje met pillen in mijn hand.

'Die heb ik niet nodig. Ik wil vannacht proberen zonder pillen te slapen,' zei ik.

264

'Je moet je medicijnen innemen. Bovendien heb je dat dokter Scanlon beloofd. Waarom ben je nu plotseling zo koppig?'

'Ik ben bang,' zei ik. 'Te veel medicijnen verwoesten mijn hersens misschien.'

'Dat is belachelijk. Wie heeft je dat verteld?' Ze keek naar Clare, die zich haastte met het opruimen van de badkamer om snel weg te kunnen.

'Niemand heeft me dat verteld,' zei ik. 'Ik ben gewoon bang.'

'Ik blijf hier desnoods de hele nacht staan, tot je ze hebt genomen. En als je het niet doet, brengen we een infuus aan en krijg je ze intraveneus,' waarschuwde ze.

'Maar ze maken me zo suf. Ik ben al uitgeput van die korte wandeling,' jammerde ik.

Ze hield de pillen voor mijn neus. De uitdrukking op haar gezicht veranderde niet en ze toonde geen enkel medeleven.

'Ben je van plan deze pillen vrijwillig te nemen?' vroeg ze ten slotte.

Met tegenzin nam ik ze van haar aan. Ze keek toe hoe ik ze inslikte, haar handen op haar heupen en een harde blik in haar ogen.

'Bind haar vast,' zei ze.

'Maar dokter Scanlon zei dat ik niet vastgebonden hoef te worden. Hij heeft het beloofd,' riep ik uit.

'Als hoofdverpleegster neem ik de beslissingen die op dit moment nodig zijn,' zei ze. 'Je zei dat het wandelen je vermoeid heeft. Ik denk niet dat je vannacht veilig bent als je niet bent vastgebonden.'

'Kijk eens naar mijn benen, hoe rood ze zijn,' zei ik.

'Dat is niets vergeleken met wat er kan gebeuren als je op je gezicht valt. Bind haar vast,' beval ze.

Clare gehoorzaamde snel.

'Ik wil dokter Scanlon spreken,' zei ik.

'Hij komt morgen op de gebruikelijke tijd.'

'Ik wil hem nu spreken!'

'Schreeuw niet tegen me, jongedame. Je grootmoeder mag dan voor je behandeling betalen en grote bijdragen schenken, je bent nog steeds gast in deze kliniek. We nemen niet iedereen,' zei ze en liep de kamer uit.

Clare keek me even medelevend aan en volgde haar toen snel.

'Ik wil de dokter spreken!' schreeuwde ik tegen de bijna gesloten deur.

Niemand kwam terug of reageerde.

Het duurde niet lang of de pillen begonnen te werken. Mijn ogen vielen dicht en ik voelde me zwakker worden. Het had geen zin ertegen te vechten. Slapen en je herinneren, dacht ik. Slaap en herinner je wie je bent, dan ben je vrij.

Vaag dacht ik aan iets wat mevrouw Roundchild had gezegd... iets over mijn grootmoeder. Wat betekende dat allemaal? Dat was mijn laatste bewuste gedachte.

Ik wist dat de dosering die mevrouw Roundchild me had gegeven aanzienlijk hoger was, zoals dokter Scanlon had voorgeschreven, want ik werd die nacht niet wakker. Lawrence was in mijn kamer geweest. Ik wist het, want toen ik wakker werd, vond ik een papieren zakdoekje in mijn hand met de woorden *Ik hou van je. Raad eens wie?* erop gekrabbeld. Ik moest erom lachen, maar was ook bang, ik vreesde dat iemand het zou vinden. Ik verfrommelde het en legde het in de steek. Niemand zou er nu naar willen kijken, dacht ik.

Dokter Scanlon kwam de hele dag niet. Ik bleef naar hem vragen, maar zoals gewoonlijk wisten de hulpverpleegsters helemaal niets en mevrouw Roundchild zei alleen maar: 'Hij komt als hij komt.'

Het enige waar ik op kon rekenen was mijn medicatie. Ik moest de medicijnen nu twee keer innemen, één keer 's morgens en één keer 's avonds. De avonddosis had dezelfde uitwerking als de vorige avond. Zodra ik de pillen had ingenomen viel ik in slaap, maar deze keer werd ik wakker uit mijn droom, of dacht tenminste dat ik wakker werd.

Weer zag ik een hand omhoogkomen uit zee en een hoofd rees naar de oppervlakte. Toen ik zijn ogen zag begon ik te gillen. Hij zonk weer weg en ik vocht om hem te bereiken. Ik hoorde zijn stem. Ik hoorde hem roepen: 'Help me, Laura. Help me. Ik wil voor altijd bij je zijn. Help me. Kom.'

Ik voelde zijn lippen op mijn gezicht en strekte mijn armen uit om hem te omhelzen, drukte zijn hoofd tegen mijn borst zodat hij veilig kon slapen. Net voordat het ochtend werd, werd ik met een schok wakker. Ik verbeeldde het me nu niet. Ik voelde echt iets op mijn borst. Toen zag ik Lawrence, zijn hoofd rustte op me, zijn lichaam naast het mijne.

'Lawrence,' riep ik. Hij knipperde met zijn ogen. 'Wanneer ben je gekomen? Ik kan het me niet herinneren.'

'Ik ben hier al uren, Laura.'

'Ze geven me meer medicijnen, Lawrence. Ze maken me zo moe. Ik ben bang dat ik het niet aankan. Ik ben bang voor wat er met me kan gebeuren, Lawrence,' zei ik en pakte zijn hand vast. 'Megan, Megan is niet naar een ander ziekenhuis gebracht. Ze is hier. Ze is op wat ze de Zombie Afdeling noemen. Ik heb haar gezien. Ze ziet er afschuwelijk uit.'

'De Zombie Afdeling? Ik heb daarover gehoord. Is het echt zo slecht met haar?'

'Ik herkende haar bijna niet. Ze zag er zo verwilderd uit. Het maakte me bang. O, Lawrence,' jammerde ik, 'wat als dat ook eens met mij gebeurt? Als die medicijnen en mijn dromen me gek maken? Laat me daar niet naartoe gebracht worden.'

Hij schudde heftig zijn hoofd.

'Nooit. Ik zal ze je nooit daar laten opsluiten.'

'Als ik me alles maar herinnerde, dan zouden ze me laten gaan,' snikte ik.

'Ik denk dat dat gaat gebeuren, Laura. Ik hoorde je in je slaap om iemand roepen, iemand die je aan het verliezen was. Dat moet je traumatische ervaring zijn, de gebeurtenis die je ziekte heeft veroorzaakt,' zei hij.

'Heus? Wie was het? Heb ik een naam genoemd?'

Hij aarzelde.

'Ik ben bang het je te vertellen. Na wat je me net verteld hebt, ben ik bang iets verkeerds te doen,' zei hij.

'Je moet het me vertellen. Ik kan deze leegte niet verdragen, deze duisternis. Alsjeblieft. Om wie heb ik geroepen?'

'Het was dezelfde naam die ik je al eerder heb horen noemen.'

Ik dacht even na.

'Ik kan me niet herinneren wat ik eerder heb gezegd, Lawrence. De medicijnen hebben al moes gemaakt van mijn brein. Welke naam heb ik geroepen? Je moet het me vertellen, Lawrence. Ik wil niet eindigen als Megan. Alsjeblieft.'

'Robert,' antwoordde hij.

De klank van zijn naam benam me de adem. Ik staarde Lawrence aan.

'Ik denk dat het iemand was om wie je heel veel gaf,' zei hij triest.

'Ja. Ja,' zei ik. Ik zag de duisternis wegtrekken en licht achter de wolken van mijn geheugen tevoorschijn komen. 'Dat was hij. Dat is hij.'

Ik wist dat ik me vandaag, vandaag alles zou herinneren. Ik zat vol gemengde emoties, ik was bang, ongerust en ook hoopvol dat dit het eind zou betekenen van mijn beproeving. Eindelijk zou ik vrij zijn.

16. Herenigd

'Ik vind het afschuwelijk je alleen te laten,' zei Lawrence.

Door de smalle spleet tussen de gordijnen raam zagen we dat de ochtend aanbrak. Het licht dat de duisternis verjoeg gaf me de hoop dat er iets dergelijks zou gebeuren met de duisternis in mijzelf.

'Je moet weg, Lawrence. Het gaat nu wel weer,' zei ik glimlachend. 'Heus. Op de een of andere manier,' zei ik, voor me uit starend, 'weet ik dat alles goed zal komen,'

'Ik wou dat ze je niet zoveel medicijnen gaven. Het lijkt me niet goed,' zei hij bezorgd. Hij boog zich over me heen, kuste me zacht op mijn voorhoofd en glimlachte toen. 'Tot vannacht,' beloofde hij. Hij kneep even in mijn hand, liep naar de deur en keek de gang in. Toen was hij weg.

'Robert,' fluisterde ik in de stilte die volgde. Het was of mijn lippen het woord uitprobeerden om te zien of het paste. 'Robert.'

Ik sloot mijn ogen en een reeks beelden schoot bliksemsnel voorbij. Ik concentreerde me, vertraagde ze, tot ik duidelijk mijn familie zag, duidelijk hun stemmen hoorde, hun gelach, hun gepraat aan tafel, papa die voorlas uit de bijbel, en toen – Cary. Zijn naam steeg uit de verwarring op, en met zijn naam kwam een litanie van woorden: zijn complimentjes en zijn klachten, zijn waarschuwingen en zijn hoopvolle verwachtingen.

Een kleine zeilboot dobberde op de oppervlakte van een vijver. Ik begreep dat het een van Cary's modellen was. Ik herinnerde me hoe hard hij eraan werkte, gebogen over zijn tafel met zijn soldeerapparaat en zijn lijm, hoe zijn vingers de miniatuur onderdeeltjes voorzichtig vastmaakten. Ik realiseerde me dat ik me zijn zolderkamer herinnerde. Met elke herinnering, elk beeld, kwam mijn thuis terug. Ik zag mijn kamer, mijn pluchen dieren, mijn mooie hemelbed. Ik zag mama in de keuken die een verrukkelijke vissoep maakte. Ik zag papa in zijn lievelingsstoel de krant lezen en iets mompelen over een of andere gebeurtenis. May zat aan zijn voeten met een legpuzzel. Ze wachtten allemaal tot ik thuiskwam, tot ik terugkwam.

Ik zag mezelf naar de voordeur hollen en aan de deurknop trekken, die niet meegaf. De deur wilde niet open. Waarom was hij op slot? Ik bonsde op de deur en riep.

'MAMA! PAPA! CARY!'

Niemand kwam naar de deur. Ik draaide me om en keek wanhopig om me heen. Maar in plaats van onze voortuin zag ik de zeilboot, alleen werd die nu groter. De vijver veranderde in de oceaan. Er zat iemand in de boot die naar de kust stuurde. Hij riep me, wenkte. De boot kwam steeds dichterbij, tot ik hem heel duidelijk zag, mijn Robert.

'Laura,' riep hij. 'Kom terug. Laura...'

Ik holde het strand over naar de boot, maar hoe harder ik liep, des te verder de boot afdreef. Ik holde nog harder en begon te roepen. Ik leek almaar over hetzelfde zand te rennen, ik kwam niet vooruit, terwijl hij bleef roepen en wenken.

'Wat is er met jou aan de hand?' hoorde ik iemand vragen, en onmiddellijk verdwenen mijn herinneringen. Mevrouw Roundchild stond naast mijn bed met mijn medicijnen in de hand en keek op me neer. 'Waarom huil je?'

'Ik... ik kan me nu een hoop dingen herinneren. Ik herinner me mijn familie en mijn thuis,' zei ik. 'En ik herinner me Robert en een boot en –'

'Dat is goed. Hier,' zei ze, 'neem je medicijnen. Clare brengt je ontbijt.'

'Misschien kan ik nu beter geen medicijnen innemen,' zei ik. 'Nu ik me echt dingen herinner, is het misschien beter helder te kunnen denken.'

'Waarom wil iedereen hier voor dokter spelen?' vroeg ze bijna glimlachend. 'Het spijt me, maar dan zul je toch eerst een tijdje geneeskunde moeten studeren.'

'Ik probeer niet voor dokter te spelen, maar ik voel gewoon dat ik niets moet nemen.'

'Heus? Heeft dokter Scanlon tot dusver geen gelijk gehad? Ben je niet begonnen je dingen te herinneren en wel zo dat je jezelf geen pijn doet en niet geestelijk in de knoei raakt? Wel?'

'Ja,' zei ik. 'Ik veronderstel van wel.'

'Je veronderstelt het? Nou, ík weet het. Ik ben nu bijna vijf jaar hoofdzuster op deze verdieping en ik heb veel verschillende soorten ziekten gezien, ook gevallen die op de jouwe lijken. Ik heb gezien dat dokter Scanlon ze met succes heeft behandeld. Dus hoef ik niets te veronderstellen,' zei ze.

Tranen sprongen weer in mijn ogen.

'Ik wil naar huis,' zei ik.

'Dat zul je ook als je doet wat er gezegd wordt.' Ze zweeg even en haar gezicht verzachtte. 'Ik wil niet hard tegen je zijn, Laura, maar ik moet vastberaden zijn. Ik heb een heel moeilijke baan hier. Ik ben ver-antwoordelijk voor een aantal mensen die niet verantwoordelijk kun-nen zijn voor zichzelf. Veel van die mensen hebben zichzelf kwaad gedaan en zullen dat blijven doen als ik de instructies van de dokter niet strikt opvolg. Er is veel te doen en heel weinig tijd om het te doen. Iedereen heeft een gespecialiseerde, persoonlijke behandeling nodig. Dat maakt dat we geen tijd kunnen verspillen, begrijp je?'

'Ja,' zei ik zwak.

'Goed. Neem je medicijnen. Dokter Scanlon komt om te kijken hoe het met je gaat en of je vooruitgaat, en dan zullen we zien wat hij verder wil.'

Met bevende vingers pakte ik de pillen uit het bakje en stopte ze in mijn mond. Ze gaf me het glas water en ik slikte ze door.

'Heel goed,' zei ze. 'Je ontbijt komt direct.'

Ze liep de kamer uit en even later kwam Clare met mijn ontbijt. Ze zette mijn bed omhoog en draaide de tafel voor mijn schoot.

'Ik word beter,' vertelde ik haar. 'Ik begin me nu alles te herinne-ren. Ik zal gauw naar huis kunnen.'

'Dat is fijn. Ik wil graag wat minder te doen hebben,' zei ze. Ze zweeg even. 'Maar als iemand deze verdieping verlaat of naar de Zombie Afdeling wordt overgeplaatst, komt er altijd iemand anders voor in de plaats. Ik heb gehoord dat ze een wachtlijst hebben zo lang als mijn arm.'

'Kunt u iets te weten komen over een patiënte? Over Megan Paxton?'

'Ze houden er niet van als ik naar patiënten informeer. Als iemand van ons betrapt wordt op praten over patiënten, kan die op staande voet ontslagen worden,' zei ze. 'Ik moet de andere patiënten hun ont-bijt brengen,' voegde ze er haastig aan toe, voor ik verder kon sme-

271

ken. Toen liep ze snel de kamer uit.

Ik zuchtte teleurgesteld en gefrustreerd, en begon aan mijn ontbijt. Ik at zoveel ik naar binnen kon krijgen, sloot toen mijn ogen en dommelde in. Toen ik wakker werd was mijn bed omlaaggedraaid en het blad weggenomen. Ik staarde naar het witte plafond.

Roberts gezicht begon zich af te tekenen tegen de witte achtergrond. Het leek of hij uit een wolk tevoorschijn kwam. Ik zag zijn vriendelijke ogen en zijn tedere glimlach. Lokken lichtbruin haar vielen over zijn voorhoofd. Hij lachte en plotseling begon de witte achtergrond om hem heen te kolken.. Zijn hoofd draaide mee en het witte plafond veranderde in water. Zijn arm kwam omhoog, zijn hand strekte zich naar me uit.

'Laura...'

Ik gilde.

Misschien ben ik flauwgevallen. Misschien ben ik weer in slaap gevallen, ik weet het niet. Maar toen ik deze keer wakker werd, zat dokter Scanlon naast mijn bed. Hij had mijn pols gevoeld en maakte een paar aantekeningen op zijn blocnote. Hij leek heel kalm, zo kalm dat ik me niet kon voorstellen dat hij me had horen gillen.

Plotseling zag ik twee jongere mannen in doktersjassen aan het voeteneind van mijn bed staan en naar me kijken. Beiden hadden een klembord bij zich. Een van hen had donkerbruin haar en droeg een bril; de ander had langer, lichtbruin haar en lichtblauwe ogen. Hij was langer en breder gebouwd.

'Dag, Laura,' zei dokter Scanlon. ' Dit zijn dokter Fernhoff en dokter Bloom. Beiden zijn co-assistenten en studeren bij mij. Van tijd tot tijd zullen zij ook even bij je komen kijken. 'Zo, mevrouw Roundchild vertelt me dat je je veel meer herinnert over je familie en je thuis. Is dat zo?'

Ik knikte. 'Mooi. Laten we eens over die herinneringen praten. Waren ze allemaal aangenaam?'

Ik schudde mijn hoofd.

'Aha. Wat was er onaangenaam?'

Ik keek naar de twee co-assistenten. Dokter Fernhoff, de man met de bril, keek me zo indringend aan dat ik me verlegen voelde.

'Ik... herinner me... dat er iemand was,' zei ik. 'Iemand om wie ik gaf, er gebeurde iets met hem.'

'Ja,' zei dokter Scanlon. Hij keek naar de twee co-assistenten. Er kon geen bemoedigend glimlachje af, de uitdrukking op hun gezicht veranderde niet. 'Ga door. Wat gebeurde er met hem?'

'Ik denk... dat het te maken heeft met de zee. Hij was in een zeilboot.'

'Ja, ga door, ga door,' drong hij aan alsof hij aan het touwtrekken was met mijn geest.

Ik keek naar dokter Bloom. Iets in zijn nu zachtere uitdrukking zei me dat ik er niet ver naast zat.

'Wat denk je nog meer, Laura? Je moet me vertellen wat je je herinnert en wat je denkt dat er gebeurd is.'

'Hij en ik zaten in de boot,' zei ik, 'en ik denk dat we overvallen werden door een storm. Gaat het goed met hem?'

'Met wie?' vervolgde dokter Scanlon. 'Wie was er bij je in de boot?'

'Robert,' zei ik, en alles kwam er plotseling uit. 'Robert Royce, een jongen van school.'

Dokter Scanlon leunde tevreden achterover.

'Goed zo, Laura,' zei hij en knikte. 'Je bent een eind op streek.'

'Maar gaat het goed met hem?'

'Ja?' kaatste dokter Scanlon terug.

'Ik weet het niet. Ik kan het me niet herinneren,' riep ik wanhopig. 'Het gaat hem niet goed. Het kan hem niet goed gaan. Alstublieft, zeg dat ik me vergis. Zeg het!' smeekte ik.

'Je moet niet denken dat het jouw schuld is,' zei hij.

'Waarom zou het mijn schuld zijn? Was het mijn schuld? Wat heb ik gedaan?' vroeg ik.

'Voorlopig is het zo voldoende,' verklaarde hij. Hij pakte zijn kaarten bijeen en stond op.

'Nee, het is niet genoeg. Hoe kan het nu genoeg zijn? U bent hier nauwelijks vijf minuten geweest.'

'De duur van de tijd die ik hier ben is niet belangrijk. Het gaat om wat er gebeurt tíjdens mijn bezoek,' zei hij alsof ik ook een van zijn co-assistenten was.

'Ik kan me niet alles herinneren, maar ik herinner me veel. Kunt u me niet helpen me alles definitief te herinneren?'

'Het is beter als we het stap voor stap doen, Laura. Morgen komt er weer een dag,' zei hij hooghartig. Zijn twee co-assistenten maakten snel een paar aantekeningen op hun klembord toen hij zich naar hen omdraaide.

'Ik wil naar huis,' kermde ik. 'Ik herinner me mijn moeder, mijn vader, mijn zusje en mijn broer. Waarom komen ze me nu niet opzoeken?'

'Misschien doen ze dat heel gauw,' zei hij. 'Klassiek geval,' ging hij verder met een knikje naar mij. De ogen van de co-assistenten werden groot en ze knepen hun lippen gelijktijdig op elkaar. 'Zoals jullie weten,' doceerde hij, 'vertoont dissociatieve amnesie meestal een retrospectief hiaat of een reeks hiaten in de herinnering van aspecten van de levensgeschiedenis van het individu. Zoals hier geïllustreerd, houden die hiaten gewoonlijk verband met traumatische of extreem stressrijke gebeurtenissen.'

'Het is een veel voorkomend oorlogsneurosesyndroom,' zei dokter Fernhoff.

'Precies. Maar tegenwoordig zien we het steeds vaker bij kindermisbruik. Ik wil dat jullie haar nauwlettend observeren. Ze staat op het punt door haar trauma heen te breken en de directe gevolgen zijn heel instructief.'

Ze knikten en keken naar me. Ik voelde me als een amoebe onder een microscoop. De manier waarop ze hun blik op mijn gezicht gericht hielden deed me ineenkrimpen.

'Ik wil naar huis,' jammerde ik.

'We moeten ons richten op de perceptie van de patiënt van een bepaalde gebeurtenis,' ging dokter Scanlon verder. 'Het is essentieel dat we haar schuldgevoelens aanpakken zodra ze zich bijna honderd procent herinnert, want het is juist dat schuldgevoel dat de dissociatieve amnesie heeft veroorzaakt. Alweer, klassieke symptomen van klassieke gevallen, zoals moeders die een ongeluk overleven terwijl hun kinderen overlijden, de man of vrouw die overleeft enzovoort.

'Ik zal een aantal EEG's maken. Zoals jullie weten,' ging hij docerend verder, 'beïnvloeden gebieden van het brein die betrokken zijn bij de geheugenfunctie ook de stressreactie. Traumatische stress resulteert in veranderingen in die gebieden; veranderingen in die gebieden van het brein kunnen op hun beurt symptomen tot stand brengen van posttraumatische stress-stoornissen.

Helaas,' ging hij verder terwijl hij naar mij keek, 'heeft dokter Southerby verzuimd een EEG te maken toen ze kwam, dus hebben we geen vergelijkingsmateriaal, maar...' Hij glimlachte naar hen. 'We zullen er het beste van maken.'

Hij gebaarde naar de deur, en ze draaiden zich om.

'Laat me alsjeblieft naar huis gaan,' riep ik. Waarom wilden ze me geen antwoord geven?

'Onze volgende patiënt is een meer klassiek geval van kindermisbruik,' ging hij verder toen ze wegliepen. 'Een twaalfjarige jongen...'

Ik keek ze na toen ze naar buiten liepen en liet mijn hoofd op het kussen vallen. Ik had plotseling het gevoel dat het in steen was veranderd.

Zoals dokter Scanlon had gezegd, werd ik later op de dag gehaald voor tests. Er werden elektroden op mijn hoofd aangebracht en machines registreerden mijn hersengolven. Dokter Scanlons coassistenten bestudeerden de resultaten, maar niemand vertelde me wat die waren. Ik werd domweg teruggebracht naar mijn kamer en in bed gelegd. Toen ik me beklaagde, stond mevrouw Roundchild me toe een tijdje in een stoel te zitten, zolang ik maar niet rondliep of probeerde de kamer te verlaten.

Ik bleef daar de hele dag zitten en dacht na over mijn herinneringen, voelde hoe de details werden ingevuld. De kleuren en vormen werden met de minuut helderder. Het was of mijn herinneringen, die waren begonnen als eenvoudige potloodtekeningen, nu werden geschilderd door een uitstekende schilder. Niet alleen kwamen beelden en woorden terug, maar ook aroma's, geuren en smaken. Meer dan ooit verlangde ik naar mijn moeder. Ik riep de hele dag om haar, maar niemand luisterde. Telkens als mevrouw Roundchild of een van de coassistenten verscheen, deden ze beloftes, aangevuld met *heel gauw*.

Heel gauw was niet gauw genoeg, dacht ik. Alleen nú was gauw genoeg. Omdat ik luider werd in mijn eisen, liet mevrouw Roundchild me weer naar bed brengen en vastbinden. Ze belde dokter Scanlon en kwam toen terug in mijn kamer met de mededeling dat hij wilde dat ik mijn medicijnen vanavond vroeger innam dan gewoonlijk. Hij dacht dat ik op het punt stond een dramatische doorbraak te beleven. Weer kwamen ze met de belofte dat het allemaal gauw voorbij zou zijn... heel gauw.

Ik nam de pillen na het eten en viel onmiddellijk in slaap. Na een paar ogenblikken dreef ik rond op zee. Ik zat in de zeilboot en Robert lachte, vol trots op zijn zeilkunst. We waren op weg naar een baai. Het kwam bij me terug met de belofte van liefde en dat alles lag vlak om de bocht.

In mijn dromen zag ik hoe Robert en het meisje dat ik zelf leek te zijn, de zeilboot snel op het strand trokken en lachend en plagend over het strand liepen. Ik zag dat ze in het zand ging liggen, en hoe hij op zijn kniëen viel en zich over haar heen boog. Hij keek op haar neer, zijn ogen vol liefde. Hij stak zijn hand uit om haar haren, haar wang aan te raken. Ze bracht zijn vingers naar haar lippen, hij kuste ze. Het meisje kreunde en de jongen zoende haar zacht op haar mond. Hij streek met zijn lippen over haar gezicht, haar wangen, haar gesloten ogen.

Een tijdje raakte hij haar alleen met zijn lippen aan. Hij bleef boven haar geknield, bewoog zijn mond naar haar voorhoofd, haar haren en weer terug naar haar lippen, voor hij haar hals kuste en heel voorzichtig haar rok optilde.

In de verte pakten de wolken zich samen. De jongen noch het meisje merkte de verandering van windrichting, het hectische en zenuwachtige gekrijs van de vogels of de vloed die steeds sneller opkwam. Ze gingen volkomen in elkaar op, gehypnotiseerd, verloren in het gefluister van hun stemmen die een eindeloze liefde beloofden.

Ik zag hoe ze zich uitkleedden, snel hun kleren uittrokken, maar niet ruw. Naakt onder de hemel hielden ze elkaar eerst teder, toen wanhopig vast. Ze wilden dat hun liefdesspel grootser, intenser was dan het ooit geweest was. En dat was het.

Uitgeput vielen ze tegen elkaar aan, klemden zich aan elkaar vast. Met die verrukkelijke uitputting kwam de bevrediging. Ze sloten hun ogen, bleven elkaar omhelzen en vielen even later in slaap. Ik probeerde een waarschuwing te roepen, maar ze hoorden me niet.

De lucht verduisterde. De wind wakkerde aan. Het water steeg en sloeg hard tegen de rotsen, de kleine zeilboot spoelde weg van de kust. Toen ze eindelijk wakker werden, dreef de boot op zee.

Plotseling was ik niet langer een derde die toekeek. Ik stond op het strand en schreeuwde. Robert zwom wanhopig naar de boot. Ik zag het allemaal en rende naar hem toe om hem te helpen. Toen werd het weer duister, mijn geheugen klapte dicht en rukte de geluiden weg, liet me achter in een angstwekkende stilte.

'Robert!' riep ik. Ik begon als een waanzinnige met mijn armen om me heen te slaan tot ik voelde dat iemand me vasthield. Ik deed mijn ogen open en zag Lawrence naast me.

'Laura, Laura,' riep hij.

Ik strekte mijn armen naar hem uit en hij omhelsde me.

'Had je weer een nachtmerrie?' vroeg hij. 'Misschien bezorgen die medicijnen je nachtmerries.'

'Ik weet het niet,' snikte ik. 'Ik moet hier weg, Lawrence. Ze willen me niet echt helpen. Ze blijven me maar verdovende middelen geven die me laten slapen en me verzwakken. Ik wil naar huis, Lawrence. Ik weet wie mijn ouders zijn en ik weet waar ik woon. Ik herinner me bijna alles! Ik moet naar huis.'

'Wil je nu weg uit de kliniek? Vanavond?' vroeg hij.

'Ja, ik voel me wanhopig. Ze maken een soort proefkonijn van me, gebruiken me voor een studie. Ze willen mijn behandeling zo lang mogelijk laten duren. Ik weet het zeker. Ik wil naar huis. Help me alsjeblieft,' smeekte ik.

Hij dacht even na. Ik klemde mijn vingers om zijn hand.

'Oké, Laura,' zei hij. 'Ik zal je helpen als je dat werkelijk wilt.'

'Dank je, Lawrence. Dank je.'

Ik maakte de riem om mijn middel los en rukte de deken weg. Lawrence haalde de riem van mijn benen, en ik wilde uit bed stappen.

'Wacht,' zei hij. 'Laat me eerst even nadenken.'

'We hebben geen tijd om na te denken. Haal me hier vandaan, Lawrence. Alsjeblieft.'

'Je hebt kleren nodig, Laura. Zo kun je niet naar buiten,' zei hij. 'Ik weet het al. Als we beneden zijn, gaan we naar je oude kamer en pakken iets uit je kast dat je kunt aantrekken. Dan gaan we naar de keukendeur, die ik je vorige keer heb laten zien.'

'Ja, ja. Maar we moeten opschieten.'

'We moeten voorzichtig zijn,' verbeterde hij me. 'Als we betrapt worden kun je er zeker van zijn dat ze tegen ons allebei drastische maatregelen zullen nemen.' Hij liep naar de deur en keek de gang in. 'Het lijkt veilig,' zei hij.

Ik zwaaide mijn benen uit bed en stond op. Even wankelde ik en viel bijna, maar ik wist mijn evenwicht snel te herstellen. Lawrence gaf me een arm en we liepen naar de deur. Hij keek weer.

'Als we in de gang zijn, gaan we de hoek om en nemen de eerste deur links, Laura. We gaan de trap af en wachten op de benedenverdieping zodat ik eerst de gang daar kan controleren. Ik heb dit al vaak genoeg gedaan om een expert te zijn. Maak je geen zorgen.'

Ik knikte gretig.

Lawrence pakte mijn hand en leidde me de kamer uit. Snel glipten we weg en liepen de trap af. Ik was duizelig, maar ik liet niet merken hóe duizelig ik was, tot ik uitgleed en hij me moest opvangen en vasthouden.

'Je bent zo zwak, Laura. Hoe kun je in vredesnaam de kliniek verlaten?'

'Ik kan het, Lawrence. Als ik eenmaal weg ben, in de frisse lucht, gaat het goed.'

Hij hield me nog even besluiteloos vast, toen bracht hij me naar de volgende trap, tot we beneden waren en hij de gang controleerde. Na een paar ogenblikken knikte hij en liepen we haastig de gang door naar de afdeling met de kamers. Minuten later waren we in mijn oude kamer. We maakten geen licht uit angst de aandacht te trekken. Ik ging naar de kast en haalde er een spijkerbroek en een trui uit, maar ik zag geen schoenen of gymschoenen. Ik moest mijn slippers aanhouden.

Lawrence bleef in de deuropening staan met zijn rug naar me toe terwijl ik me aankleedde.

Bij het tafeltje bleef ik staan en keek naar het dagboek dat ik had bijgehouden voor dokter Southerby. Niemand had de moeite genomen het aan dokter Scanlon te geven. Ik kwam in de verleiding het mee te nemen, maar aarzelde. Ik wilde zo min mogelijk herinneringen aan de kliniek. Ik wilde dit gebouw voorgoed achter me laten.

'Ik ben klaar,' kondigde ik aan.

Lawrence keek naar me en schudde zijn hoofd. Hij bewoog zich niet.

'Wat is er?' vroeg ik.

'Ik kan je dit niet in je eentje laten doen, Laura. Ik ga met je mee.'

'Wil jij de kliniek ook verlaten?'

'Ja,' zei hij. Ik kon hem bijna voelen beven in het donker. Lawrence had me verteld dat hij het terrein in jaren niet had verlaten.

'Dat hoeft niet, Lawrence.'

'Ik wil het,' zei hij.

Hij keek de gang in en beduidde me dat ik stil moest zijn. Een paar seconden later hoorden we praten en door de kier van de deur zagen we Billy en Arnie door de gang lopen. Bij mijn deur bleven ze staan. Billy fluisterde iets tegen Arnie en ze begonnen te lachen. Toen liepen ze verder en verdwenen om een hoek.

'Nu,' zei Lawrence. We liepen haastig de gang door naar de eetzaal. Vlak voordat we bij de keuken waren, ging de deur open en kwam een man naar buiten met een emmer op wielen. Hij keek niet naar rechts of naar links, anders had hij ons met onze rug tegen de muur zien staan. We wachtten en zagen hoe hij via de eetzaal in de hal verdween. We wachtten.

Ik keek naar Lawrence. Hij leek plotseling verstijfd tegen de muur. 'Moeten we nu niet gaan?' vroeg ik hem. Hij knikte, maar bewoog zich niet.

'Misschien kun je beter teruggaan, Laura. Ik weet niet of dit wel goed is. Nee,' besloot hij. 'Dat is het niet. Ik had dit niet moeten doen. Laten we alsjeblieft teruggaan.' Hij beefde over zijn hele lichaam en zelfs in het gedempte licht zag ik hoe wit zijn gezicht was geworden.

'Nee, ik kan niet terug. Ik moet hier vandaan,' zei ik. Ik liep weg, de keuken in. Een paar ogenblikken later stond Lawrence achter me.

'Hoe wil je thuiskomen?' vroeg hij toen we bij de metalen deur stonden.

'Dat weet ik niet.'

'Je weet niet eens welke kant je op moet. Laura, dit is verkeerd.' Hij pakte mijn arm en wilde me terugtrekken. 'Laura...'

Zijn stem leek weg te sterven toen hij mijn naam had uitgesproken. Het woord viel dieper en dieper, alsof alles wat hij zei van de bovenkant van een diepe put kwam en ik op de bodem stond. Ik had het gevoel dat ik kromp.

'Laura... ga niet. Laura... kom terug.'

'Ja, Robert,' zei ik. 'Ik kom terug.'

'Wat? Laura, ik ben het. Lawrence.'

Ik ging naar de deur.

'Laura! Wacht!'

'Ja, Robert,' zei ik. 'Ik kom, Robert. Ik ben heel gauw bij je.'

Ik draaide me om en begon om het gebouw heen te lopen. De lucht boven me was zwaarbewolkt. Er waren geen sterren, geen beloften voor morgen.

Ik struikelde, maar negeerde de pijn. Ik hoorde zijn stem in de wind. Soms klonk hij luid, dan weer was hij heel ver weg.

'Laura, wacht. Waar ga je naartoe? Zo kom je niet op de snelweg. Laura.'

Lawrence greep mijn elleboog en draaide me rond.

'Laura, wat doe je? Je was je slipper verloren.' Hij gaf hem aan me terug. Ik keek er even naar en toen naar hem.
'Ik ga niet terug,' zei ik. 'Zeg maar tegen mijn grootmoeder dat ik hem niet opgeef.'
'Wat? Ik begrijp je niet, Laura. Heb je het niet koud?' vroeg hij terwijl hij zijn armen om me heen sloeg. Hij keek om zich heen. De treurwilgen zwaaiden in de wind. 'Er staat een harde wind vanavond. Er is storm op komst.'
'Natuurlijk is er storm op komst,' zei ik. 'Maar dat zal ons niet tegenhouden. Vertel haar maar dat ik dat gezegd heb.'
Ik trok mijn slipper aan en liep verder over het pad, langs de banken en de bloemperken.
'Wie moet ik het vertellen? Laura, je praat wartaal. Laura!' schreeuwde hij.
Iemand in het gebouw hoorde hem. Er ging een lamp aan en toen nog een. Ik hoorde deuren opengaan en stemmen roepen. Ik liep sneller. Ik holde nu de heuvel af, slippend en glijdend; ik verloor mijn slippers weer, maar lette er niet op. Iets in me zei dat ik geen seconde mocht aarzelen, dat het dan te laat zou zijn.
Bovendien riep hij steeds luider en wanhopiger.
'Ik kom, Robert. Ik kom, lieveling,' riep ik in het duister.
Voor me bulderde de zee. De golven sloegen tegen de rotsen en het sproeiwater spatte omhoog. Mijn ogen hadden zich aan de duisternis aangepast, maar vormen waren nog steeds niet meer dan silhouetten. Sommige rotsen waren zo lang door het water overspoeld, dat ze glansden als juwelen.
Ik viel en schaafde mijn arm aan een rots. Het deed pijn, maar ik lette er niet op. Ik krabbelde zo snel mogelijk overeind en luisterde. Zijn stem was verdwenen. De zee overstemde hem.
'Robert!' gilde ik.
'Laura! Waar ben je?' De stem leek achter me te klinken, maar toen hoorde ik hem weer, deze keer recht voor me. 'Laura. Ik ben hier. Laura!'
'Ja, ja, Robert. Ik kom.'
Ik liep wat voorzichtiger over de kleinere rotsen, tot ik bij het water was en de vloed over mijn voeten spoelde. Ik concentreerde me en zag de boot omhoogrijzen en neervallen. De kleine mast was gebroken en lag over de rand, het zeil was doorweekt. Ik liep het water in.

'Robert!' riep ik. 'Robert!'

De boot kwam weer omhoog, alleen kwam hij deze keer op zijn kant terecht en draaide toen volledig om. Daarna zag ik hem in het water dobberen, zijn arm omhoog.

'Laura...'

'Robert, ik kom. Wacht.'

Hij verdween even. Ik liep haastig verder. Het water kwam nu tot mijn middel.

'Laura!' hoorde ik iemand achter me schreeuwen, maar ik draaide me niet om. Dat was grootma Olivia's truc om me hem te laten opgeven. Niet omkijken, dacht ik, anders word je net als de vrouw van Lot en verander je in een zoutpilaar.

Ik begon naar de boot te zwemmen. Zijn hoofd kwam weer boven en toen verscheen die arm langzaam uit het donkere water, net zoals in mijn dromen. Ik probeerde tegen hem te schreeuwen terwijl ik zwom, maar dat was moeilijk omdat het water in mijn gezicht sloeg en ik water inslikte. Ik kokhalsde even. De golven tilden me op en gooiden me terug, maar ik zwom zo snel ik kon verder. Ik was niet ver meer van de boot.

Hij hief langzaam zijn hoofd op en zijn ogen straalden van liefde, zelfs in het donker zonder maan en sterren.

'Robert, lieveling,' riep ik en zwom en zwom en zwom. Toen ik opkeek was de boot niet dichterbij. Was het de sterke stroming die me tegenhield?

Mijn armen deden pijn. Mijn kleren trokken me omlaag. Ik ging watertrappen en trok mijn spijkerbroek en toen mijn trui uit. De zee voerde de buit snel weg en ik zwom verder, legde al mijn kracht in elke slag die ik deed. Ik voelde me op en neer gaan met het water en toen ik weer opkeek, zag ik de boot, maar niet dichterbij.

'Robert, ik kan je niet zonder je. Ik wil je niet verliezen. Laten ze je niet van me afnemen. Alsjeblieft.'

Als door een wonder leek hij plotseling vlakbij, zijn hoofd dook op uit zee, zijn armen waren naar me uitgestrekt. Ik strekte mijn armen naar hem uit en onze handen vonden elkaar.

'Robert –'

'Laura,' zei hij. 'Mijn Laura.'

Ik voelde dat hij me dichter naar zich toe trok, tot hij zijn armen om me heen kon slaan. Het water deed er niet meer toe. Ik voelde niet hoe koud het was of hoe ruw de zee was. In zijn armen voelde ik me veilig en warm. We kusten elkaar.

'Ik heb op je gewacht,' zei hij. 'Ik wist dat je bij me terug zou komen, daarom heb ik op je gewacht.'

'Ik ben zo blij, Robert. Ik ben zo gelukkig.'

Ik draaide me om naar de kust. Iemand stond hevig te zwaaien. Hij stond tot aan zijn middel in het water en zwaaide.

'Laten we teruggaan,' zei ik. 'Samen.'

'Nee, Laura. We kunnen niet terug,' zei Robert. 'Kom...'

Hij gebaarde met zijn hoofd naar de gekapseisde zeilboot.

'O,' zei ik. Ik glimlachte begrijpend.

Samen zwommen we een paar ogenblikken verder en ik stak mijn hand uit naar de boot. Robert deed hetzelfde. We keerden ons naar elkaar toe en brachten onze lippen bijeen, kusten elkaar terwijl de duisternis ons overspoelde.

Ik was gelukkig, gelukkiger dan ik ooit geweest was.

Ik was samen met mijn geliefde.

Voor eeuwig en altijd.

Epiloog

De zwarte Rolls-Royce reed langzaam omhoog naar de kliniek, over de top van de heuvel. De auto stopte voor de hoofdingang terwijl de zon schuilging achter een lange, donkere wolk. De chauffeur stapte haastig uit en opende snel het portier voor Olivia Logan. Hij stak zijn hand uit om haar te helpen, maar ze wuifde hem weg.

'Er is niets aan de hand, Raymond,' snauwde ze. Ze bleef even staan toen ze was uitgestapt en keek naar het gebouw alsof het leefde, alsof de ramen die fonkelden als spiegels, tientallen ogen waren die haar begroetten.

'Wacht hier,' beval ze en liep naar de trap.

Raymond keek haar gehoorzaam een paar ogenblikken na voor hij weer in de Rolls ging zitten. Hij pakte zijn krant en draaide de rugleuning van zijn stoel naar achteren.

Voordat Olivia Logan bij de deur was, ging die open, en dokter Scanlon, met mevrouw Kleckner aan de ene kant en mevrouw Roundchild aan de andere kant, kwam naar voren om haar te begroeten. Ze bleef even staan en keek hen aan met minachtende, beschuldigende ogen. De drie leken te verschrompelen, vooral Herbert Scanlon. Het leek of zijn kleren groeiden rond zijn lichaam. Zijn boord werd wijder en hij trok zijn das tussen duim en wijsvinger recht voor hij Olivia's hand pakte.

'Waar is ze?' vroeg Olivia.

'Op de ziekenzaal. Het spijt me,' begon dokter Scanlon. 'Ik –'

Oliva stak haar zwartgehandschoende hand op met de palm naar voren.

'Bewaar je uitleg voor later,' zei ze. 'Breng me bij haar.'

De drie weken uiteen. Mevrouw Roundchild deed een stap naar achteren, zodat Olivia naar binnen kon.

Er was niemand in de hal. De patiënten waren allemaal lunchen. Olivia bleef even staan, getroffen door de stilte, liep toen achter

283

Herbert Scanlon aan, die haar naar een volgende deur bracht en de gang daarachter. De twee verpleegsters kwamen achter hen aan. Ze keken elkaar niet aan en zeiden geen woord.

'De patiënten zijn allemaal in de eetzaal,' zei Scanlon.

'Op één na,' merkte Olivia op.

Hij keek even achterom naar de verpleegsters en liep door. Aan het eind van de gang sloegen ze rechtsaf naar een deur met het bordje ZIEKENZAAL. Scanlon deed de deur open en stapte achteruit om Olivia binnen te laten. De verpleegster die een speld droeg met de naam Suzanne Cohen, sprong zo snel van haar stoel op, dat het leek alsof ze op veren had gezeten. Ze keek naar Scanlon. Haar gezicht zag grauw van bezorgdheid.

'Dit is mevrouw Logan,' zei hij. 'Ze komt voor Laura.'

'Ja,' zei de verpleegster. 'Het spijt me verschrikkelijk,' voegde ze eraan toe.

Olivia sloot haar ogen en schudde haar hoofd.

'Verontschuldigingen interesseren me niet,' antwoordde ze. Sue Cohen keek even naar dokter Scanlon en zag aan zijn gezicht dat ze snel moest handelen.

'Hierheen,' zei ze en ging hen voor door de kleine hal naar een deur achterin, een korte gang door met aan beide kanten onderzoekkamers, radiologie, een laboratorium en helemaal aan het eind een kamer die gelukkig zelden gebruikt werd. Er was geen bordje op de deur, maar iedereen die er werkte wist dat het het mortuarium was.

Ze opende de deur en deed een stap achteruit.

Olivia kwam langzaam dichterbij en keek naar de metalen brancard met daarop onder een laken het lichaam van haar kleindochter. De kamer had geen speciale geur, was verstoken van enig karakter of licht.

Olivia liep naar de brancard. Dokter Scanlon kwam snel naast haar staan.

'Ik wil haar zien,' zei Olivia.

Hij trok het laken omlaag tot aan haar hals en Olivia keek er lange tijd naar.

Nu ze hier was en ze om haar heen stonden, zou ze haar vragen gaan stellen.

'Hoe is dit gebeurd?'

Scanlon was voorbereid.

284

'Een andere patiënt, met wie ze iets van een relatie had opgebouwd, is stiekem naar onze speciale verdieping geslopen en heeft haar geholpen te ontsnappen via een trap die door het personeel wordt gebruikt. Hij kende de enige deur zonder alarm en liet haar zien hoe ze het gebouw uit kon komen. Hij beweerde dat ze naar huis wilde.'

Olivia keek hem belangstellend aan.

'Naar huis? Hoe is ze dan in zee terechtgekomen?'

'U moet goed begrijpen,' zei Scanlon, 'dat die andere patiënt een ernstig gestoorde jongeman is. Het heeft enorme moeite gekost hem helder genoeg te krijgen om ons een paar zinvolle details te geven. Deze hele gebeurtenis heeft een regressie veroorzaakt die –'

'Ik ben niet hier om over hem te praten,' zei Olivia scherp.

Scanlon knikte.

'Naar wat ik ervan heb begrepen, hoorde ze stemmen.'

'Stemmen? Wat voor stemmen?'

'Voornamelijk de stem van haar vriend, degene die is verdronken. Lawrence – dat is de naam van de andere patiënt – zei dat ze om Robert bleef roepen. Hij zei dat ze, zodra hij haar de weg naar buiten had gewezen, in de richting van de zee holde. Hij probeerde haar tegen te houden, maar ze was vastbesloten.'

'Ze liep naar zee en heeft zichzelf met opzet verdronken?' vroeg Olivia ongelovig.

'Zelfmoordneigingen zijn niet ongebruikelijk in gevallen als de hare, mevrouw Logan.'

'Waarom werd ze dan niet dag en nacht bewaakt?' snauwde Olivia.

'Ik... tja, ze was op onze beveiligde verdieping.'

'Beveiligde verdieping? En toch kon die andere patiënt bij haar komen en haar meenemen?'

'Niemand verwachtte...' Hij keek naar mevrouw Roundchild, die naar voren kwam.

'Ze was vastgebonden en kreeg medicijnen. We hadden net bij haar binnengekeken. Hij moet zich achter de deur hebben verstopt, op de uitkijk hebben gestaan,' legde ze uit.

'Stuur ze weg,' beval Olivia met een handbeweging.

Scanlon knikte naar de verpleegsters, die de kamer verlieten. Zodra ze weg waren, richtte Olivia zich tot hem.

'U weet dat ik deze kliniek een proces kan aandoen en u elke cent die u bezit afhandig kan maken. Berichten over dit soort nalatigheid

zouden uw ondergang betekenen,' zei ze. Haar ogen waren samengeknepen, maar fonkelden van woede.

Scanlon kon nauwelijks slikken. Hij knikte.

Olivia hield haar blik vol haat als een spotlight op hem gericht. Ten
slotte keek ze weer naar Laura.

'Het is uw geluk dat ik niet wens dat ook maar één woord van het
gebeurde buiten deze muren komt.'

'Wat? In elk geval van overlijden volgt er een lijkschouwing, er
wordt rapport uitgebracht...'

'Dat is uw probleem,' zei ze. 'Ik wil niet dat dit in één krant komt.
We zullen haar een fatsoenlijke begrafenis geven en dat is alles. Dit
zou vernietigend kunnen zijn voor mijn familie,' ging ze verder en
draaide zich om. 'Ik zal dat niet dulden.'

'Ik begrijp het. Ik zal doen wat ik kan.'

'Nee, u zult doen wat ik verlang, niet wat u kunt.' Ze keek weer
naar Laura. 'We zien de resultaten van wat u kunt. Ik verlang meer.'

Hij knikte. Het zweet parelde van zijn voorhoofd.

'Wilt u iets van haar bezittingen, van wat u gestuurd hebt?'

'Op het ogenblik niet, nee,' zei Olivia. 'Ik aarzel het te vragen,
want ik heb nu enige twijfels omtrent uw competentie, maar maakte
ze vorderingen?'

'O, ja. Ik denk dat ik mettertijd een volledig herstel zou hebben
bewerkstelligd,' snoefde hij.

'Wat herinnerde ze zich voor... voor dit?' vroeg Olivia.

'Haar familie, haar ouders, haar broer en zus, en het meeste van de
tragische gebeurtenis.'

'Heeft ze niets over mij gezegd?'

'Geen woord tijdens mijn gesprekken met haar, en te oordelen naar
dokter Southerby's rapporten, ook niet tegen hem,' zei Scanlon.

'En hij?'

'Daar is voor gezorgd,' zei hij snel.

'Goed. Ik wil dat voor alles gezorgd wordt, Herbert.' Ze draaide
zich weer om en richtte haar scherpe, doordringende ogen op hem,
wat een ijskoude rilling over zijn rug deed lopen. 'Ik meen het.'

'Ik begrijp het. Is er iets speciaals dat u aan het graf wenst?'

'Nee. Laat me even alleen,' beval ze.

'Natuurlijk. Het spijt me, mevrouw Logan. Echt.'

Ze zei niets en hij ging weg.

Lange tijd keek ze naar Laura's gezicht. Toen haalde ze kort en diep adem en keek naar het plafond.

'Het spijt me,' zei ze. 'Ik weet dat je het nu nooit zult begrijpen, maar wat ik deed, deed ik voor mijn familie. Familie is het enige dat werkelijk belangrijk is, de reputatie van de familienaam, de trouw aan de familie. Die is wie we zijn als we op deze wereld komen en wie we zijn als we die verlaten, en daar moeten we ons hardnekkig aan vastklampen in alle tijd daartussen, Laura.'

Ze keek naar haar kleindochter en bedacht hoe mooi ze was, zelfs in de dood.

'Op de een of andere manier wist ik dat je, nadat je je dierbare Robert had verloren, nooit meer een echt gelukkig moment zou kennen, Laura. Misschien... misschien was je niet zo krankzinnig, zo ziek als de dokters denken. Misschien hoorde je hem roepen.

'Op de een of andere manier,' fluisterde ze, 'benijd ik je, kindlief.'

Ze raakte Laura's koude gezicht aan. Toen draaide ze zich om en liep de kamer uit.

Scanlon begeleidde haar naar de voordeur.

'Mijn advocaat zal met u in contact blijven om erop toe te zien dat alles verloopt zoals ik dat wil,' zei ze.

'Ik begrijp het,' zei Scanlon met een kort knikje.

'Ik wil dat je nog iets voor me doet.'

'Natuurlijk,' zei Scanlon zonder aarzelen, zonder haar zelfs maar eerst aan te horen.

'Ik wil dat je die jongeman, die andere patiënt, iets vertelt.'

'Ja?'

'Ik wil dat je hem vertelt dat ik hem niets kwalijk neem. Zeg hem dat ik hem bedank omdat hij haar vriend was. Wil je dat doen?'

'Ik zal het doen. Het zal hem helpen, mevrouw Logan. Dat is heel vriendelijk van u.'

'Ik doe het niet voor hem, ik doe het voor Laura en,' zei ze, starend naar de Rolls-Royce, 'voor mijzelf.'

Ze liep de trap af. Raymond stapte snel uit en deed het portier open. Scanlon veegde zijn gezicht met zijn zakdoek af, terwijl hij toekeek hoe ze in de auto stapte. Toen het portier dichtviel, liep hij achteruit en sloot de deur van de kliniek.

Raymond ging achter het stuur zitten en startte de motor. Langzaam reed hij naar de oprijlaan.

De zon kwam achter een wolk vandaan en scheen op de auto, de tuin, de zee, waar de golven nu zachtjes deinden, de schuimkoppen glinsterden. Twee meeuwen stegen op in de warme lucht en vlogen naast elkaar, doken samen omlaag naar de zee en stegen weer op naar de zon alsof het een belofte tussen hen was.

Een paar ogenblikken later waren ze verdwenen.

6–

d